小説 永井荷風

小島政二郎

筑摩書房

小説　永井荷風

一

恋に「片恋」があるように、人と人との間にも、それに似た悲しい思い出があるものだ。

私と永井荷風との関係の如きも、そう言えるだろう。もし荷風という作家が丁度あの時私の目の前にあらわれなかったら、私は小説家にはならなかったろうと思う。

それほど——私の一生を左右したほど大きな存在だった荷風に対して、私はついにわが崇拝の思いを遂《と》げる機会にすら恵まれなかった。

それだけならまだいい。私は荷風一人を目当てに、あわよくば彼に褒められるかも知れないと思って書いた第一作を、彼の個人雑誌で嘲笑された。

中頃、私が文壇に出てから後、尊敬の一心を込めて書いた「永井荷風論」によって、——十のうち九までは礼讃《らいさん》の誠をつらねた中に、ホンの一つ、私が荷風文学の病弊と見た点を指摘したことによって、彼の怒りを買った。九つの真心は彼の胸に届かず、僅か一つの直言によって終生の恨みを招いた。

私はまだ実物を読んでいないが、河盛好蔵の書いたものによると、「断腸亭日乗」の中で私への悪声を放っているそうだ。

荷風に教わりたくて、私は三田の文科にはいったが、とうとう教わらずにしまった。顧みるに、荷風の文学に惚れて惚れて惚れぬいて、得たものは嘲笑に始まって悪声に終わったのだ。こういう人生もまた逸興《いつきょう》であろう。

二

それにしても、荷風が「あめりか物語」と「ふらんす物語」とを土産《みやげ》に、パリから帰って来た当時の颯爽《さっそう》とした姿を私はみんなに見せたかったと思う。

それには、それまでの文士の一般的な姿を語っておかなければ、彼のハイカラな、いかにも新帰朝者らしい、いかにもフランス文学を体全体に浴びて来た、小説家というよりも最も新らしい詩人が発散する新鮮な雰囲気を感じ取ってもらえないだろうと思う。

尾崎紅葉の昔は知らず、自然主義が天下を取った頃の小説家は、みな和服で、地味で、野暮な田舎者《いなかもの》揃いだった。すぐ思い出される人達——例えば田山花袋は、「スットコ上州館林《たてばやし》、碾《ひ》き割《わ》り御飯でタント、タント」と彼自身で言っているように上州生まれ。徳田秋声は金沢生まれ。島崎藤村は「木曽路はすべて山の中」の生まれ。正宗白鳥は岡山県の生まれ。大きくって立派なのは花袋一人で、あとの三人は、いずれも風采《ふうさい》のあがらぬ小男《こおとこ》だった。

彼等に比べると、荷風は六尺近い上背があり、アメリカ仕立てかフランス仕立てか知らないが、リュウとした黒の洋服に、黒のボヘミヤン・タイを牡丹の花のように大きく風に靡《なび》かせていた。髪は長く、パリの貴夫人のスカートの裾のように左右に軽くフワッと少し捲《まく》れ上がっていた。いやみと言えばいやみでないこともなかったが、若い頃の荷風には、いやみ癖《へき》が多分にあった。

冬でも、普通の長いコートを着ず、コバート・コートというのだそうだが、上衣よりもちょいと長めの同じ色のコートを羽織っていた。当時、こんな人目に立つ姿で銀座を闊歩《かっぽ》した文士は彼以外に一人もいなかった。いや、文士には限らない、こんな派手な恰好《かっこう》をした紳士は恐らく一人もいなかったろうと思う。

私はフランスも、パリも知らないが、昔、ゴーチエは赤いチョッキを着ていたと言うし、オスカー・ワイルドは胸に大輪の向日葵《ひまわり》の花を付けていたと言う。西洋の詩人達は、この程度のお洒落《しやれ》は沢山居《い》もしたし、誰も目を欹《そばだ》てることもなかったのだろうか。そういう風習を身に付けて帰って来た荷風は、日本では初めてのパリ風のお洒落だったのだろう。

誰だったか忘れたが、オスカー・ワイルドの向日葵を見ると、反吐《へど》が出るほどイヤでイヤでたまらなかったという人がいた。荷風のボヘミヤン・タイを見て、キザだと思うのが当時の日本人の常識だったかも知れない。が、私達はまだ若い中学四年生だったから、いやみに感じずに、いや、それどころか、初めて詩人の生きた肖像を見たように思って恍惚《こうこつ》としたものだった。上品な、色白の、面長な顔に、長い髪の毛を真中から分けた彼の風采が、その頃の文士とは似ても似つかぬ品のよさに匂っていた。

もっとも、荷風の風采に魅せられるより前に、私達は「あめりか物語」の作品としての魅力に興奮させられていたのだ。

残念ながら、「あめりか物語」の原本を私は今持っていない。持っているつもりで、最近三人で三日掛かりで書庫の大掃除をしたが、出て来《こ》なかった。貸した覚えもないし、無くなすはずもない、私にとっては大事な本なのに、出て来なかった。「あめりか物語」の原本は、博文館の発行だから、実に粗末な四六判の本だった。

定価も、七十銭ぐらいではなかったかと思う。茶色の紙の表紙で、左手の上の方に小さな絵が印刷されていた。

「あめりか物語」は、「全集」をはじめ、いろんな版があって別に珍らしい本ではない。しかし、私が原本をこんなに惜しがるのは、その後のどの版も原本通りではないからである。原本には、彼の訳した貴重な詩が方々に鏤《ちりば》められていた。それが無いのだ。

原本には、荷風が巌谷《いわや》小波《さざなみ》宛に書き送ったエハガキが何枚か写真版になって載っている。それも懐かしいが、しかし、そんなものはどうでもいい。かえすがえすも惜しいのは、原本の余白に、フランスの近代詩がホンの五六行か、長くて十二三行、六号活字で小さく組み込まれていたその詩のよさだ。

勿論、全訳ではない。いいところだけ訳してあったのだ。荷風の訳はうまいし、――いかにうまいかは、モーパッサンの「水の上」の、吉江孤雁の訳と読みくらべて見るがいい――短いだけに余計印象が強く、詩の分らない私に、フランスの詩のよさを垣間見《かいまみ》させてくれた。

荷風には後に「珊瑚集《さんごしゆう》」という訳詩集があるが、「あめりか物語」の余白の埋め草に使われた抄訳のよさには遠く及ばない。そのいい詩が、どの版にも、「全集」

にも、収録されていないのだ。

抄訳だから、無論不完全なものだったろうが、あれで初めてフランスのボードレール、ヴェルレーヌ以降の詩を味わった新鮮な興奮を、私は忘れられない。新らしい泰西の詩や小説の刺戟《しげき》の喜びに接しようと憧《あこが》れていた——今のように語学の読めなかった時代の青年の飢えと喜びとを想像してもらえないだろうか。

小山内薫《おさないかおる》の自由劇場。北原白秋、三木露風の詩。馬場孤蝶の訳してくれたモーパッサンの「脂肪の塊《ブール・ド・スイフ》」を読んだ時の驚き。時代は新らしい文学の創作に目覚め、何かに向かって胎動しつつあった。ウェデキントに「春のめざめ」という戯曲があるが、事実、新らしい時代の春の目覚めの声がどこからともなく聞えて来ていた。青年達は誰もじっとしていられない焦躁《しょうそう》を感じた。

「スバル」が創刊され、「白樺」が創刊され、森鷗外が鷗外の号を捨てて、森林太郎の本名で再び活動を始め出した。高浜虚子が俳句雑誌の「ホトトギス」に、夏目漱石の「吾輩は猫である」を連載し、彼自身も「風流懺法《せんぼう》」などという短篇を発表したりした。

藤村は、あれほど読まれていた詩を捨てて、学校の先生という職を放擲《ほうてき》して、新らしく小説家としてデビューした。「破戒」がそれだ。花袋は「露骨なる描写」を主張し、これまでの作風をかなぐり捨てて「蒲団《ふとん》」を書いた。これまで芽の出なかった秋声は、自然主義によって彼の才能を初めて把握《はあく》することが出来た。若い真山青果は「南小泉村」で、白鳥は「何処《どこ》へ」や「紅塵」で、新進作家として認められた。

新らしい時代が、古い時代と交替しつつあった。

「ふところ日記」の作者川上眉山《びざん》は、新らしい時代に付いて行けずに自殺した。流行作家だった小栗風葉は、筆を折って故郷の豊橋へ帰って行った。日露戦争に勝った日本は、国運隆々、実業界も、経済界も、面目を大きく一新しようとしていた。荷風の「あめりか物語」は、丁度そういう時代に投じられたのだ。感覚、官能のみずみずしさ。抒情味豊かな、色彩に富んだ、描写の新鮮な流れるような文章。素材の新らしさ。自然派の文学にはなかった新らしさ、新鮮なリズム、奔放な空想、濃厚な描写力、適度な物語性、そういう多種類な要素が、私達を悩殺した。

紅葉にも、一葉にも、鏡花にも、文章の魅力があった。それが、私達を楽しませてくれた。鷗外にもそれがあった。「即興詩人」にしても、「舞姫」にしても、まず文章の美しさが私達を捉えて放さなかった。読んだ時から五十年も立っている今でも、私は紅葉、一葉、鏡花の文章の一節を暗誦することが出来る。鷗外の名文に至っては、言うまでもない。

が、自然派の作家は、そういう楽しみを文章から排斥した。そこに彼等の文学の存在価値を置いていたのだ。だから、私のように鷗外の名文によって養われて来た人間には、自然主義の批評家によっていかに「破戒」が傑作であり、「蒲団」が画期的な名作であると聞かされても、私自身この種の小説を書こうとも思わず、また書けるとも思えず、従って自分自身小説家になろうという情熱は沸いて来なかった。

そうかと言って、紅葉や鏡花を読んだからって、自分も小説家になろうとは思わなかった。紅葉の「三人妻」や「伽羅枕《きやらまくら》」のような大作には感心しながらも、そこに文学精神と言ったような第一義的なものが感じられなかった。鷗外の作品にはそれがあったが、余りに古典的に冷たくて、十九《つづ》や二十《はたち》の青年には、自分も小説家になりたいとのめずり込ませる若さがなかった。今になって見れば、鷗外の古典的な清澄さは見事と言う外ない。「舞姫」も「うたかたの記」も「文づかひ」も、いずれも二十台《はたちだい》の作であった。

一方、「吾輩は猫である」のユーモアは、自然主義の洗礼を受けた青年にとっては唯苦々《にがにが》しいばかりだった。虚子の短篇集「鶏頭」に、漱石が序文を書いて余裕文学の有難味を説いているが、私達は一笑に付した。

要するに、それまでの私達は小説を娯楽として読んでいたのだ。しかし、自然主義の小説は娯楽ではない。そこまでは分ったが、さて、それを一生の仕事にする気にはなれなかった。中学の四年生は、やがては一生の仕事を極めなければならない必要に迫られていた。大学の法科にはいるべきか、経済科にはいるべきか、そうかと言って、文科にはいる勇気はなかった。

そう言うと、今の青年は笑うかも知れない。しかし、当時は一トロに「三文《さんもん》文士」と言われて、文士は貧乏と極まっていた。早い話が、世間では文士には貸家を貸してくれなかったものだ。明治、大正の小説家で、貸家でなく、自分の家を持っていた人は一人もなかったろう。電話を引いている文士もいなかった。

大正七年に大学を出て、鈴木三重吉の「赤い鳥」の編輯を手伝った時、方々の小説家のところへ寄稿を頼みに廻った時の記憶を思い出して見ても、電話を持っている文士は一人もいなかった。まして自分の家に住んでいる文士などは尚更だった。有島武郎や芥川龍之介は自分の家に住んでいたが、実際は父の家に同居していたに過ぎない。印税を三割取った漱石でも、一生借家暮らしだった。鷗外は観潮楼を所持していたが、それは軍医総監だったからだ。純粋に文士で自分の家に住んでいたのは、私の知っている限りでは田山花袋一人だった。

その花袋でも、本当は文士プロパーではなく、博文館に職を持って、「文章世界」の編輯主任であった外に、山崎直方博士の厖大《ぼうだい》な地理叢書の手伝いをしたりしていたのだ。

純粋に筆一本で食べていたのは、恐らく秋声と藤村の二人くらいのものだったろう。どんなに貧しい暮らしをしていたかは、秋声なら「黴《かび》」と「足迹《あしあと》」を読めば彷《ほう》彿《ふつ》として来るだろう。藤村なら、「芽生」を読んでごらんなさい。「芽生」のことは私は幾度も書いているのでここには略すが、今思い出しても襟を正さずにいられない。

一流の大家になってからも、藤村は麻布狸穴《まみあな》の、露地の奥の、崖下《がけした》の、地震があったら一トたまりもなさそうな、日の当らない、質素過ぎるくらい質素な貸家に住んでいた。私の女房が贅沢なことを言い出す度に、私は何にも言わずに藤村の家の前へ連れて行ったことを忘れない。鏡花は終生二軒長屋の一軒に住んでいた。

文士に家を貸してくれなかったのは、明治、大正の時代ばかりではなく、昭和になってからでも、そうだった。これも前に一度書いたが、佐佐木茂索が谷中真島《まじま》町に恰好《かっこう》の貸家を見付けて借りようとしたが、家主がなかなかウムと言わなかった。

原稿料だけではなかなか生活して行けなかったので、当時の文士は、花袋のように雑誌社か新聞社に勤めるか、中学か女学校の先生をしながら小説を書いていた。一作で忽ち認められた芥川でさえ、暫くは海軍機関学校の教官を勤めていた。しまいには文壇の大御所《おおごしょ》といわれた菊池寛も、時事新報の社会部記者だった。二人とも、原稿料だけで一家を支えて行けるような時代の来ることをしじゅう話題にしていた。当時の文士は、一方に勤めを持ちながら小説を書く生活を、二重生活と言って呪っていた。そんな話になると、芥川はいつも、

「ああ、永久に不愉快な二重生活さ」

そう言って、悲しい目付をした。だから、私自身も、中学を卒業してどこかの大学にはいるについて、煩悶した。

小説家にはなりたい。が、食うや食わずの貧乏暮らしはイヤだった。そのためには川上眉山は自殺している。かと言って、その方の才能も嗜好もない理財科にはいって、いやいや五年間辛抱して、揚句の果てに会社か銀行に勤めるのも、ゾッとしなかった。しかし、父も母もそうなることを望んでいたし、中学に入れる時からそう極めていた。若し「あめりか物語」に魅了されなかったら、私は会社員か銀行員かになっていたに違いない。

「あめりか物語」は、私にとって強烈な何かだった。私に貧乏暮らしの恐れを忘れ

させ、今まで両親に一度もそむいたことのない従順な子供にその決心をさせたのだから——

一体「あめりか物語」の何がそんなに私を夢中にさせたのか。もう半世紀も昔に読んだのだから、みんな忘れていそうなものなのに、「長髪」というのと、「六月の夜の夢」というのと、「落葉」という小説らしい筋も何もない散文詩のような短いものと、この三つをハッキリ覚えている。

この三つの話をする前に、荷風の文章が私に与えた若々しい魅力と、外の小説家の文章との相違について書いて置きたいと思う。

それにはまず、自然派の文章を二つ三つ読んで置いてもらわないと、話のキッカケが付かない。

男は、ずっと底の抜けた人に生まれて来るか、さもなければ、一層性来拙《つたな》いか、どちらかであったらと思われる一人で——その証拠には、彼よりも人に迷惑をかけていながら、それでそんなに悪く思われない者もあるし、または彼ほどの器量がなくて、更に信用されている人もある。しかしながら、物を受け入れることの早い、呑み込みのいい、すぐに火の燃え易いような性質のために、彼はあらゆる社会のことを経験した。

　慈善事業もした。新聞も書いた。社会運動もやった。青年の味方となって演説をして歩いた時は、驚くべき才能を発揮したと言うことである。世が変るにつれて、彼もまた変った。それから鉱山に関係したという噂もあるし、樺太《からふと》へ人夫を送って手を焼いたという話もある。彼は真逆《まつさか》さまに世のどん底へ落ちた。

これがその一つ。こんな四十男に、中学生が興味を寄せ得ようはずがない。第一、文章に何の魅力もない。話に面白い筋もない。

　東京で家を持つまで、笹村は三四年住み古したもとの下宿にいた。下宿では古机や本箱がまた物置部屋から取り出されて、口金《くちがね》の錆《さ》びたようなランプが、また毎晩彼の目の前に置かれた。坐りつけた二階のその窓先には、楓の青葉が初夏の風にそよいでいた。

　笹村は行きがかり上、これまで携《たずさわ》っていた仕事を、ようやく真面目に考えるような心持になっていた。机の上には、新らしい外国の作が置かれ、新刊の雑誌などもも散らかっていた。彼は買いつけの或大きな紙屋の前に立って、暫く忘られていた原稿紙を買うと、また新らしくその匂をかぎしめた。

けれど、ざらざらするような下宿の部屋に落ち着いていられなかった笹村は、晩飯の膳を運ぶ女中の草履の音が、廊下にばたばたする頃になると、いらいらするような心持で、ふらりと下宿を出て行った。笹村は、大抵これまで行きつけたような場所へ向いて行ったが、どこへ行っても、以前のような興味を見出さなかった。しじゅう遊びつけた家では、相手の女が二月《ふたつき》も以前にそこを出て、根岸の方に世帯《うち》を持っていた。笹村はがらんとしたその楼の段梯子を踏むのが物憂げであった。外の女が占めているその部屋へはいって、長火鉢の傍へ坐ってみても、懐かしいような気もしないのに失望した。聞き馴れたこの里の唄や、廊下を歩く女の草履の音を聞いても、心に何の響も与えられなかった。

中学生には、この地味な文章の含みのあるうまさなど分りッこなかった。洗練された余所行《よそゆき》の名文に養われた私には、この不断著《ふだんぎ》の――広津和郎の名言に従えば、人生のすぐ隣にいるこの散文の名文さが嚙み分けられなかったのだ。そうしてこの短い文章の中に、「女中の草履の音が、廊下にばたばたする頃になると」とか、「廊下を歩く女の草履の音を聞いても」とか、草履草履草履と二度も使ってあるのが無神経に思えた。

そうかと言って、

色白く、傾く月の影に生まれて小夜《さよ》という。母なきを、つづまやかに暮らす親一人子一人の京の住まいに、盂蘭盆《うらぼん》の燈籠をかけてより五遍になる。今年の秋は久し振りで、亡き母の精霊《しょうりょう》を、東京の苧殻《おがら》で迎えることと、長袖の右左に開く中《なか》から、白い手を尋常に重ねている。物の哀れは小さき人《ちい》の肩にあつまる。のしかかる怒りは、撫でおろす絹しなやかに情けの裾に滑り込む。

名文は名文でも、こういう名文は困るのである。わが書斎では、こういうのは名文の中にはいらない。そこへ行くと、「あめりか物語」の文章は、

僕は女と腕を組みながら暫く四つ角へ立ちどまった。不夜城ともいうべき芝居町《まち》四十二丁目の雪の真夜中。実に見せたいくらいの景色だった。

ずっと見渡す上手《かみて》は高いタイムス社、アストルホテルを始め、下手《しもて》はオペラハウスから遠くメーシーやサックスなどいう勧工場《デパートメントストア》のあるヘラルド広小路《スクエヤー》あた

りまで、連なる建物は雪の衣を着て雲の如く影の如く朦朧《もうろう》として暗い空にその頂きを埋め尽し、ただ窓々の灯のみが高く低く蛍か星のようだ。燦爛《さんらん》たる色さまざまの電燈はまだ宵のままにあちらこちらの劇場の門々《かどかど》、酒屋、料理屋の戸口戸口に輝いているが、それさえ少しく遠いのは激しい吹雪《ふぶき》を浴びて、春の夜のともし灯とでも言いたげな色彩《いろあい》。

両側の人道は雪で真白なところへ色電燈の光で或所は青く、或所は赤く、リボンのように染め分けられている上を、帰り遅れた歓楽の男女互いに腕を組みつつ右方左方へと、或者は音もなく雪を分けて来る電車に乗り、或者はその辺の自動車《オートモビル》や馬車を呼んで一組二組と、次第次第に人影の消え行くさま、僕はこの芝居町の夜更けはもう雪に限ると思ったね。何となく疲労したような夜更けのともし灯と、いかなるものにも一種犯し難い静寂の感を催さしめる雪というものとが、ここに深い調和をなすからだろう。

僕は辻待ちの駆者《ぎょしゃ》どもが勧めるままに、行く先はさほどに遠くもないが、女を助けて一輛の馬車《カブ》に乗った。

日本でも雪の夜の相乗りと来れば、何となく妙趣《おつ》なものだ。まして乗り心地のよいゴム輪の馬車。両方から手を握り身を凭《もた》れ合わせ、天地はただ我物と言わぬばかり散々ふざけちらしながら女の家に着いた。

明治三十九年六月の作だから、今から数えて六十六年前の文章だから、別に新らしくもないし、別に讃《たた》えるほどの名文でもないが、前の自然派の文章と比べれば、色彩が豊富だし、使ってある文字が豊かだし、扱われている世界が派手だし、十七八の少年には魅力的だった。

地味で陰気な自然派の小説と違って、「あめりか物語」の舞台は、青年の憧《あこが》れの的であるアメリカ大陸だし、主人公は若い、官能的な、恋を命としているような特殊な性格の日本人を取り扱っているし、相手は見たこともないアメリカの若い女性だし、ストーリーは恋愛の讃美かその反対かだし、若い読者には抵抗出来ずにウットリとしずにいられないようなことだらけだった。その上、刺戟的な文章で化粧されているのだ。

正直に言うと、今日の目から見て、「あめりか物語」の大部分は、小説とは言えない。「牧場の道」などは、一見モーパッサン流の残酷な小説だが、よく読んで見ると、やっぱり小説ではなくって物語だ。

一応筋を話すと、「その頃には丁度シアトルやタコマへ日本人が頻《しき》りと移住し始めた当時のことで、今日のように万事が整頓していないから、いろいろの罪悪が殆《ほと》んど公然に行なわれていた。カリフォルニヤの方からさまよって来た無頼漢や、どこの海から流れて来たのか出所の知れない水夫あがりの親方なぞ、少しく古参の滞米者は、争って案内知らぬ新渡米者の生血《いきち》を吸ったものだ。こういう危険な悪所へと彼――発狂者の一人は、その妻と二人連れで日本から出稼《でかせ》ぎに来たのである」

夫婦は、やがて彼等の手で、「過分な周旋料を払わせられた後、妻は市中《まち》の洗濯屋に働き、男は市から十マイルばかり離れた山林の木伐《きこ》りに雇われることになり、昼もなお薄暗い林の中の一軒屋に送り込まれた。ここには三人の日本人が同じく木伐りとなって寝起きしていたが、そのうちの親方らしい一人が、

『知らねえ国へ来たらお互いが頼りだ。これからは、みんな兄弟のようにして働こうよ』と言うので、彼も殊の外安心して、毎日仲間と共に西洋人のボスに監督されながら、一心に働いていた」

「仕事から帰って来ると、寂しいこの小屋の中で、新参《しんざん》の彼は三人の仲間から問われるままに、いろいろと身の上話をする……と、親方らしい一番強そうな男が目をギラギラさして、

『嚊《かかあ》をシアトルへ置いて来たって……まあ、なんていう不用心なことをしたもん

だ』といかにも驚いたように、大声で外の仲間を見廻した」

そんな話から「『シアトルてえところは……シアトルばかりにゃ限らねえ、このアメリカへ来た日にゃ、どこへ行ったたって、女一人を安穏《あんのん》にさしとくところはありゃしねえ。まあ、瑕《きず》をつけるくらいならまだしもだ。お前さん、悪くすると、もう二度と嘄の顔は見られねえぜ』」

そんなことを言って彼を怯《おび》やかした。

「『この国へ来たら、どんなあまッちょでも、女という女はみんな生きた千両箱だ。だから嬪夫《びんぷ》てえ女衒《ぜげん》商売をしている奴が、鵜の目鷹の目で女を捜しているんだが、時にゃ随分無慈悲な仕事をするよ。こりゃ真実《まったく》の話だぜ。夫婦連れで往来を歩いているところを、いきなりうしろから行って亭主を撲り倒して女房を掻ッさらって、それなり雲隠れをしちまった。この広いアメリカだもの、もう分るものか。一晩のうちにどこか遠いところへ行って女郎に売りゃ、千ドルは濡れ手で粟だ。お前さん、悪いことは言わねえ。早くどうかしないと、飛んでもねえことになるぜ』」

こうして一応彼を顫え上らせておいて、今度は親切ごかしに、

「『こうしたらどうだね。いっそのこと、ここへ嘄を呼び寄せたら……』」

アアもスウもない。彼はまんまとこの甘口に乗せられて、次の日、親方と一緒に

市《まち》へ出て、妻を連れて林の中の小屋に帰って来た。

悲劇が待っていた。雨の日曜日。一同はそとへ遊びにも出られず、一日小屋の中で飲むやら唄うやらで夜遅くなってから、

「『おい、ちょいと相談があるんだ』」

と彼は呼びとめられた。

「『何です？』

『ちょいとお願いがあるんだ』

『何です？』

『外でもない。今夜一晩嗅を貸してもらいてえんだが……』

『ハハハハハ、大変酔ってるね』

『おい、酔って言うんじゃねえ。冗談でもない、洒落でもない。相談するんだが、どうだい』

『ハハハハハ』

『相談するのに笑うてえ奴があるかい』

と今度は外の一人が、

『どうだい、兄弟の誼《よし》みだ。今夜一晩俺《おいら》達三人に貸してくれめえか』」

彼は死んだ人のように真青になり、総身をブルブル顫わすばかり。女はその足許に泣き倒れて早や救いを呼ぶ力もない。

「風雨は尚盛んに人なき深山のうちに吠《ほ》え狂う。やがて小屋の中には一ト声女の悲鳴……それを聞くと共に、男は失心してその場に倒れてしまった。

彼は蘇生したが、それなり気が狂って再び素《もと》の人間には立ち返らなかった。彼は瘋狂院《アサイラム》に収容される身となったのである」

中学生の私は、これを読んで深刻な小説を読んだと思った。人生をよく知らない子供には、これで十分だった。

が、大人になってから読み返して見ると、ここには人生がない。あるのは、ただ物語だけだ。その頃の自然派の小説には、物語性が少しもなかった。「芸者が二人来た。大きな芸者は三味線をひき、小さな芸者は踊りを踊ったりした」と言ったような文章を書いていた。荷風は、そんなまずい文章は書かなかった。その上、どの小説を読んでも、この「牧場の道」のようなショッキングな事件が必ずあった。中学生程度の子供なら、飛びつくのも無理はない。人生なんか分らないのだから――

しかし、ショッキングな目に会って気違いになる同じような場合を取り扱っても、アルフレッド・ド・ヴィニーの「ロレット、あるいは、赤い封蠟」には、同じようにロマンチックな小説だから多分に物語の面白さがあるが、しかし荷風の場合のようにそれだけではない。「この慎しみ深い、禁欲的なヴィニーの詩は、決して華麗なものではない」詩でさえそうだ。ましてや彼の散文は「嘆かず、叫ばず、呻《うめ》かない」。だからと言うのもおかしいが、「ロレット」は、若い夫がつまらない罪で船の上で銃殺されるのを見て、可愛いその妻が気違いになるのだが、物語だけで終わっていない。そこには艦長である老少佐の介在《かいざい》によって「人生」が匂っている。

老少佐の人間が——人間性が生き生きと躍動しているから、若いロレット夫妻の物語までがその影響を受けて人生を感じさせるのだろう。そこが小説というものの不思議さだ。

私は「あめりか物語」のロマンチックに酔わされて、小説というものの虜《とりこ》になり、成長するにつれてその酔いが醒めると共に、もっと大事なもの——小説にリアリティを求めるようになった。そうして自然派の小説——その中でも、秋声の「のらもの」や「爛《ただれ》」や「あらくれ」に文学の神髄を見た。

「あめりか物語」は、要するに私の一生に於ける小学校的存在だった。この短篇集には、アメリカという外国を舞台にしたエキゾチックな魅力があった。それも、作者が物珍らしげに、アメリカの生活を見ていないよさが読者を捉《とら》えた。まるで日本の社会の中で生息しているように、アメリカの社会の中に溶け込んでいる、日常生活的な雰囲気が一つの魅力であった。

アメリカの女と同等に恋愛している楽しさも、一つの魅力だった。アメリカの都市の描写、郊外、自然に向かって、荷風は異常な興味を寄せている。また後に彼は、日本の花柳界や、もっと品下《しな》がった女や、そういう女が巣くっている特殊な一劃にただならぬ愛情の目を注いでいるが、アメリカに滞在中も、彼はやはり同じ好みを恣《ほしいまま》にしている。

「あめりか物語」全篇、荷風のこの五欲が絢爛《けんらん》と渦巻いている。しかも、ヴィニーと違って彼は至るところで嘆き、叫び、呻いているのだ。当時彼は二十四から六七の青年であった。だから、若い私達が共鳴したのも当り前であったろう。その上、彼は一般社会の掟《おきて》を無視して好き勝手な生活に憧れるボヘミヤン的傾向が強かった。「あめりか物語」にはそういう雰囲気がタップリ漂っていた。荷風のようにボヘミヤンになり得ない中学生にとっては、これが一種の憧れ的魅力として迫った。

「あめりか物語」には、小説にならない風景描写や、落葉に寄せた感傷や、そんな種類の作品が少なくない。が、そこに盛られている彼の感想が新鮮で――これまでの日本の文壇になかった豊かな、色彩のある、歌うような文体で語られていると、私達はそれだけでウットリとさせられてしまうのだった。そうしてその間間《あいだあいだ》に、「万象《ばんしよう》消え行く秋の日の、朧《おぼろ》の光ぞいや美しき。そは友のわかれを告ぐるに似たらずや。そは永《とこし》へに閉《と》じなむとする唇の、臨終《いまわ》の微笑《ほほえみ》に似たらずや」なんというラマルチーヌの詩の名訳が挟まれているのだ、ウットリとしない方が間違っているだろう。

そういう散文詩のような作品、物語に終始しているような作品の中に、ただ一つ「夜の女」という短篇だけは、立派に小説の体をなしている。五人か六人の娼婦が出て来るそれぞれの性格、アメリカの淫売宿のたたずまい、ぶくぶく肥って腰のまわりは大理石の柱ほどもあるマダム、彼女達の客の持てなし方、彼女達の情夫、いずれもソツがなくリアリスチックに描き出されている。

殊に、水際立っているのは、最後に登場する警察の旦那方の御入来《ごじゆらい》の描写だ。

突然、呼鈴《よびりん》が家中の疲れを呼び醒ました。

元気を付けるためか、マリーを待たずして内儀《おかみ》自ら戸口に出ると、シルクハットに毛裏付きの外套、白手袋に洋杖《ケーン》を持った二人連れ。どこから見ても、間違いのない交際場裡の紳士という扮装《いでたち》に、内儀は恭々《うやうや》しく先ず次の客間に案内し、

「皆さん、お客さまですよ」と呼ぶ。

　大女のヘイゼル、最初に立ち上がり、次の間に進み入る前に、女どもの癖として物になりそうな客か否かと境のカーテンから盗み見したが、忽ち怪訝《けげん》な顔をしてうしろを振り返り、「シッ」と一同を制した。

「一件かい」と一同は直ちに了解した様子で顔を見合わせるうち、進み出《い》でたのはブランチ、同じくカーテンの間から見透かして、

「うむ、そうだよ」と、もう抜き足して、一同の傍に立ち戻り、「探偵《いぬ》だよ。ドレスなんか着やがって……お内儀さんは気がつかないのかね。私アちゃんと顔に見覚えがある」

　この一ト言に、流石《さすが》に泥水を吸う女ども、ニューヨークの警察が月に一度は必ず酒類の脱税販売と夜業の現行犯を取りおさえるために、客に仕立てて探偵を入《い》り込ます、このお灸《きゆう》には、いずれも一度や二度の経験のない者はないので、みな騒がず慌てず、抜き足差し足、廊下《ホール》から地下室《ベーズメント》の食堂に逃がれ出《い》で、或者は裏庭から隣の庭へと忍び入り、或者はイザといえば往来へ逃げる用意で、地下室の戸口に佇《たたず》んだ。

　マダムは二度まで一同を呼んだが、誰も出て来ぬので、この社会は万事悟りが

早く、そうかと腹で頷《うなず》き、シャンパンをと男が命ずるのを利用して、自ら大罎《おおびん》を取ってなみなみとついだ後、「旦那、いけませんよ、御冗談なすッちゃ……」と言いながら、靴足袋の間から二十ドル紙幣《さつ》二枚ばかりも摑み出して、そのまま男のポケットに撚《ね》じ込み、「罪ですよ」と笑う。

ここに於いて探偵二人わが意を得たという様子で、「ハハハハハ、これも勤めじゃ。それじゃ、また近いうちに……」と立ち上がった。

この作では、荷風の描写力と、描写の正確さと、息《いき》の長さとに感心せずにいられない。二十五六の若い作者の腕に舌を巻いたものだ。

これは物語ではない。まさに小説である。五六人いる女の個性をそれぞれ描き分けている腕は見事なものだ。荷風の「西遊日誌抄」を見ると、こんないい作品を書きながら、まだ自己の才能を把握出来ず、千々《ちぢ》に心を煩悶に切り苛《さいな》んでいる。「余《よ》は帰国の後、果して文壇に立ち得べきや否や」「嗚呼《ああ》、余は到底米国を去る能わず。敢《あ》えて一女子のためと言う勿《なか》れ。米国の風土、草木、すべてのものは今余の身にとりて余りに親愛となりたるを――」「嗚呼、余は何故にこの月夜、この寂寞たる深林の中に自殺することを敢えてし得ざる。哀れ、卑屈なる余よ」「アメリカは全く余をして多感の詩人たらしめしか」「イデスはやがてニューヨークに来たりて余と同棲せんと言いしにあらずや。余は娼家の奴僕《ぬぼく》となるも何の恥ずるところかあらん。かかる暗黒の生活は余の元来嗜《この》むところなるを——」

右の「日誌抄」を読むと、悲観し煩悶しつつも、「あめりか物語」に収めてある短篇を幾つも幾つも書いては、せっせと日本の巌谷小波の許へ送っている。

私は「長髪」の一篇を忘れることが出来ない。幼稚な私のような読者は、小説の中に書かれていることを、作者自身のことと誤認する危険がある。「長髪」の最後に、

或日、夫人は例の如く国雄をさんざんに苛《さいな》んだばかりか、ついには自分の美しく結んだ髪の毛までをメチャメチャに挘《むし》って、挿した宝石入りの櫛《くし》を足で踏み砕いた。その時の心地は何とも例えられぬくらい、丁度夏の日に冷水を浴びたようであった。ふいとこれから思いついたのであろう、夫人は国雄にヘンリー四世の像のようにその髪の毛を長くして見せてくれと言いました。

国雄は艶ある黒い髪をふさふさと肩近くまで伸ばし、その先きをば美しく巻き縮らした。

あなたは車上の彼が姿を御覧になって、あの長髪をば定めし極端なハイカラ好みとでも思われたかも知れぬが、その実は夫人が癇癪《かんしゃく》を起した時、彼はその長い髪を引き捲らせ、そして狂乱の女に一種痛刻な快味を与えるためなのです。

この「長髪」を読んだ後、銀座で荷風の長髪を見て、私は国雄の境遇を荷風の上に想像しずにいられなかった。想像するのは自由だ。しかし、彼以外、そんな長髪をして、長髪の先端を貴婦人の礼服の裾のようにフワリと捲き上げたスタイルをした日本人は一人も見たことがなかった。だから、どうしても、国雄と彼とをアイデンチファイして、事実アメリカでそんな生活を送って来たのではあるまいかと思い、なぜだか分らないが、彼をいたく尊敬した稚《いとけな》さを冷汗《ひやあせ》と共に思い出さずにいられない。

私は自分が人生を知らぬ若さ故に、「あめりか物語」を愛読したのだと後に反省したことは事実だ。しかし、そうではなかった。毎年「早稲田文学」は、二月号で前の年にいい作品を書いた作者に「推薦の辞」を贈ることを一つの年中行事にしていた。

あれは明治四十三年だったろうか。自然主義の牙城《がじょう》である「早稲田文学」から、アンチ自然主義の作家永井荷風に「推薦の辞」が贈られたのだ。「早稲田文学」は当時第一流の雑誌で、確か島村抱月が主宰し、相馬御風《ぎょふう》が編輯していたと思う。「推薦の辞」は文壇では権威があり、推薦された作家は、忽ち流行作家になるのが例であった。自然主義の雑誌から、アンチ自然主義の作家が推薦されたのだから、文壇の珍事として問題になり、大いに騒がれた。

私は自分の鑑賞眼が幼稚でなく、正鵠《せいこく》を射ていたことを証明されたように思い、甚だ心楽しかった。いよいよ小説家になろうという臍《ほぞ》を固めた。私が満十五の年だった。

三

何か新らしい時代が動いていた。例えば、出る出ると言われながら、なかなか出版されなかった北原白秋の「思ひ出」という詩集が突然出て、若い私達の心をさらって行った。

本の形も、装釘《そうてい》も、新鮮だった。その頃の小説や詩集は、皆と言ってもいいくらい四六判だったから、「思ひ出」もそうだろうと思っていたところ、意外にもそれは半分の小ささで、表紙がこれまた思いがけずトランプの女王《クイーン》をそのまま色彩豊かに印刷してあると言ったハイカラさだった。

本文も赤い枠《わく》でかこまれて、小さな六号活字で印刷されていた。すべてが垢抜けのした感じだった。しかも、彼の第一詩集の「邪宗門」のように難解でない。「邪宗門」では何か無理をしていた白秋が、「思ひ出」では、南国生まれのトンカ・ジヨンに返って、明朗な自分の性格のままに、自分の言葉で、自分の調子で、故郷の水郷《すいきよう》柳河の風物を思い切り歌っているのだ。「思ひ出」で彼は自分を、自分の詩を、自分の言葉を発見した。

二つの詩集を比べて見よう。「邪宗門秘曲」によると、

われは思ふ、末世の邪宗、切支丹でうすの魔法
黒船の加比丹《かぴたん》を、紅毛《こうもう》の不可思議国を
色赤きびいどろを、匂ひ鋭《と》きあんじやべいいる
南蛮の桟留縞《さんとめじま》を、はた、阿刺吉《あらき》・珍酡《ちんた》の酒を
目見《まみ》青きドミニカ人《びと》は陀羅尼《だらに》誦し夢にも語る
禁制の宗門神《しゆうもんしん》を、あるはまた、血に染む聖磔《くるす》

　芥子粒《けしつぶ》を林檎のごとく見すといふ欺罔《けれん》の器《うつわ》
　波羅葦僧《はらいそ》の空をも覗く伸び縮む奇《き》なる眼鏡を

　まあ、こんな調子で続くのだ。今の人には「でうす」も、「加比丹」も、「紅毛」も、「びいどろ」も、「あんじゃべいいる」も、「栈留縞」も、「阿刺吉」も、「珍酡の酒」も、「ドミニカ人」も、「陀羅尼」も、「聖磔」も、「欺罔」も、「波羅葦僧」も、全部注釈が必要かも知れない。が、今はその時でないから、あなた自身字引きを引いて下さい。

　いささか説明を加えれば、これは当時の南蛮《なんばん》趣味で、木下杢太郎《もくたろう》にも「南蛮寺門《なんばんじ》前」という戯曲がある。芥川龍之介にも「奉教人の死」とか、「きりしとほろ上人伝」とか、「じゅりあの吉助」とかいう作がある。いずれも「でうす」とか「さんた・るちや」とかいう外国語を片仮名で書かずに平仮名で書いている。これは新詩社——与謝野寛を盟主とした詩歌《しいか》の結社であるが、白秋も、杢太郎も、吉井勇も、皆その門下であった。この一行《いっこう》が一年前か二年前かに大挙して長崎、平戸、天草に遊んだ時、若い彼等に取り付いた夢である。今でも、長崎の町にはオランダが残っている。まして明治大正の頃には、もっと濃厚に残っていたに違いない。

今では新詩社と言っても余りピンと来《こ》ないかも知れないが、その頃の新詩社は、新らしい詩歌の大本山だった。石川啄木も、そこから出た。高村光太郎も、佐藤春夫も、そこから出た。佐藤春夫などは、中学の三年生か四年生かの時、新詩社の同人を紀州新宮に招いて講演会を催したという廉《かど》で、退学させられた。それほど新詩社には魅力があったのだ。同時に、それほど新らしい文学運動は危険視されていたのだ、一般社会から――。今から考えると想像もつかないが――。

与謝野といえば、晶子ばかり持て囃《はや》されているが、何と世間には明き盲の多いことか。歌詠《うたよ》みとしては御主人の方が上だ。これは私の一家言ではない。芥川龍之介も、吉井勇も、それを言っていた。折口信夫《おりくちしのぶ》はこのことを詳細に書いて発表している。「鉄幹《てつかん》は果して晶子の下風に立ったのであろうか」鉄幹は寛の若い頃の号だ。「私はどの時期においても、晶子は鉄幹の敵でなかったことを知っている。このことは晶子が一番よく知っていたに相違ない。晶子の最盛期『夢の華』を取って見ても、鉄幹の『相聞《そうもん》』の大きさに達していない」「『相聞』の鉄幹は、技巧において殆《ほと》んど及ぶ人の稀なところまで、短歌史上の位置に登った。根岸派第一の赤彦の腕も、これだけ水際立ってはいない。人生的であるよりも、芸術的ではあるが、爽快な様式の美しさは、誰よりも人を誘《おび》くものを持っていた」

「明治の新派の和歌は誰が興《おこ》したのか」鷗外はそういう問いを発して、自ら答えている。「これに答えて俺だと言い得るものは鉄幹の外には一人もあるまい」また正岡子規をして「鉄幹是《ぜ》ならば子規非なり。子規是ならば鉄幹非なり」と叫ばしめたほど最大の敵国だった。

「思ひ出」の詩は、詩心《しごころ》のない私にも分って楽しかった。例えば、

唇をさしあてたまふ
ああ、君は
目も燃えて
やはらかに
いかにせむ

とか、「柳河風俗詩」の一つに、

もうし、もうし、柳河じや
柳河じや

銅《かね》の鳥居を見やしやんせ
欄干橋《らんかんばし》を見やしやんせ
(馭者《ぎよしや》はラッパの音《ね》をやめて
赤い夕日に手をかざす)

……………………
……………………
……………………
……………………

もうし、もうし、旅のひと
旅のひと
あれ、あの三味を聞かしやんせ
鳰《にお》の浮くのを見やしやんせ
(馭者はラッパの音を立てて
あかい夕日の街《まち》に入る)

夕焼小焼
明日《あした》天気になあれ

いやいや、こんな詩よりも、私は巻頭の「生《お》ひたちの記」という散文にウットリとさせられたことを覚えている。

「私の郷里柳河は水郷《すいきょう》である。そうして静かな廃市の一つである。自然の風物はいかにも南国的であるが、既に柳河の街を貫通する数知れぬ堀割の匂には、日に日に廃《すた》れてゆく旧い封建時代の白壁が、今なお懐かしい影を映《うつ》す。肥後路より或いは久留米路より、或いは佐賀より筑後川の流れを越えてわが街に入り来る旅人は、その周囲の大平野に分岐して、遠く近く朧銀《ろうぎん》の光を放っている幾多の人工的河水を目にするであろう」。街全体が堀割の水に浸っているような柳河の町の四季の美しさを白秋は言葉の限りを尽して歌い上げているのだ。美しいと言っても、廃市の匂のする頽廃的な美しさだ。荷風でも、潤一郎でも、都会の頽廃的な美しさは描いて見せてくれたが、地方都市の、六騎《ロッキュ》とか沖の端《はた》とかいう魚の匂のする田舎の頽廃は初めてであった。それにトンカ・ジョン（大きい方の坊ちゃん）とか、ゴンシャン（良

家の娘）とかバンコ（縁台）とか、ノスカイヤ（遊女屋）とか、御正忌参詣《ごしようきめえ》らんかん
情人《ヤネ》が髪結うて待っとるばん

というような方言まじりで語られるデカダンは、都会のデカダンとは違ってまた別種の魅力があった。デカダンは荷風によって教えられた新らしい文学の一つのジャンルだった。

私の生家は呉服屋で、屋号を柳河屋と言った。わが家の言い伝えによると、先祖は江戸の正徳年間に柳河から出て来たとのことだ。墓は、御領主の立花さまと同じお寺にあったところから見て、この言い伝えは信じていいのだろう。白秋の「生ひたちの記」を読んで、作品の魅力の外に、私はまだ知らぬ遠い故郷に対する憧れを掻き立てられた。後に鈴木三重吉と共に「赤い鳥」の編輯に従事するようになってから、生身《なまみ》の白秋に逢った時の感激を私は忘れることが出来ない。彼は真赤な、椿の花のような鮮《あざや》かな色の唇をしていた。あんなロマンチックな唇の色をしている芸術家をその後も私は見たことがない。

その「思ひ出」も、私に文学者になろうという夢と感動とを与えた。正直にいうと、そのほかにもう一つあった。

それは小山内薫《おさないかおる》が市川左団次と結成した自由劇場の第一回の公演だった。いや、公演の初夜の一景だった。俗に芝居は血を荒らすというが、事実、私は見事に血を荒らされた。

ついこの間死んだのは、三代目。ここに言う左団次は、本当の左団次の血筋を引いた二代目だ。芸が下手で、不遇でいたが、後に岡本綺堂《きどう》の作品を得て、俄かに個性を発揮して一流の役者になった。自由劇場の第一回では、イブセンの「ジョン・ガブリエル・ボルクマン」のボルクマンに扮した。猿之助、寿美蔵、松蔦《しょうちょう》、左升《さしょう》、紅若《こうじゃく》などがメンバーだった。

脚本は小山内に頼まれて鷗外が訳した。戯曲の訳は大抵口訳で、鈴木春浦が筆記するシキタリになっていた。それを俳句の高浜虚子が乞《こ》うて、徳富蘇峰の「国民新聞」に連載した。「国民」の文芸欄は虚子が主宰していた。雑誌に載せてさえ読者の喜ばない戯曲を、新聞に連載するということは異例であったろう。それを敢えてしたほど、自由劇場が世間の評判を沸かしていたのだ。

自由劇場は会員制で、確か三円送ると、切符が二枚来たように覚えている。その切符の意匠が、フランスの自由劇場の意匠をそのまま踏襲《とうしゅう》していて、こんなハイカラな切符はこれまで見たことがなかった。フランスの自由劇場は、アンドレ・アントワーヌが創立したものとか聞いている。当時の我々は、何事につけても西洋崇拝で、切符一枚からもヨーロッパの匂いを嗅《か》ごうとしていた。

公演は、有楽座で初冬の夜に開かれた。言うまでもなく、今の有楽座ではない。現在でいうと、朝日新聞社のもう少し奥にあった瀟洒《しょうしゃ》な劇場だった。ああ、あの晩の興奮の何時間かが未だに心に焼き付いている。

鷗外の日記に、「夜、有楽座へボルクマンを見にゆく。妻を伴う」とあるが、鷗外をはじめ、荷風も、藤村も、秋声も、花袋も、白鳥も、私達文学青年が常日頃《つねひごろ》一ト目でも見たいと思っていた文壇の大家が――いや、文壇そのものが全部そこに集まっていた。「綺羅《きら》星の如く」という形容詞が、その夜だけは形容詞でなく、事実そのもののように思われた。廊下を歩けば、一ト足毎に誰か写真で顔を見知っている有名人を見ることが出来た。私達は芝居が始まる前から興奮のし続けだった。

ベルが鳴って、静かに一同が着席した。咳《しわぶき》一つする者もない。私達は単に芝居見物に来たのではなく、世界的な神聖な劇の祭典に出席しているような厳粛な気持で幕のあくのを待っていた。ところが、幕があく前に、上手《かみて》から黒ずくめの瀟洒な洋服を着た小山内薫の姿が、幕を排して舞台のはずれに現われた。幕を背景に、色の白い美男子が一ト際引き立って見え、思わず観客は一斉に拍手を送って迎えた。

その時小山内薫は、勘平ではないが、恐らく、三十になるやならずの若さだったろう。

彼がどんなことを喋《しやべ》ったのか何も覚えていないが、私達は黒ずくめの彼の姿と、遠いノールウェイ生まれの、近代劇の第一人者に対する彼の敬虔《けいけん》な態度と、自由劇場の演技に対する快い遜《へりくだ》りと、とにかく日本における初めての近代劇に踏み切ったその勇気と、そんないろんなものから来る、これを第一歩としてこれから開ける将来への楽しい期待が、小山内薫の姿から私達は新らしい時代を告げる使徒のような印象を受けた。それは誇張ではない。当夜出席した長田秀雄も、秋田雨雀も、そう言っていた。

何しろ今と違って、ボルクマンに扮した西洋の名優の写真一枚すら手に入らず、そんな時は西洋では作者の姿に似せて扮装するのが風習でもあり礼儀でもあるそうで、その晩の左団次のボルクマンも、イブセンに似せた顔で舞台に現われるだろうというようなことも彼の口から聞いたように覚えている。正直の話、十五や十六の少年に、「ボルクマン」が面白いはずがない。が、初めて見た西洋近代劇のむずかしさに感動して帰って来たことは事実だ。その一夜の感銘も、私の文学に対する憧れをインスパイヤーしずに置かなかった。

しかし、いかにせん、私はまだ中学の四年生だった。小説家になろうとしても、まだ四年、五年とあと二年間つまらない課程を我慢しなければならなかった。無事に卒業し得たところで、父が私を文科へ行かしてくれるかどうか分らなかった。いや、分っていた、行かせてくれないのに——。三年生までは首席を争ったこともあり、出来なくっても、五番と下がったことのない私が、文学熱に浮かされ出してからは、ドンドン成績が落ちて行った。代数まではどうにか付いて行けた数学も、幾何、三角になってからは、学問ではなくて、まるで手妻《てづま》の鍵を解く思い付きのように思われて興味が持てなかった。

四

ここで、アメリカへ渡る以前の荷風の生活を一瞥《いちべつ》して置かなければならない。あれはいつのことだったろう。荷風の父永井久一郎の「来青閣集《らいせいかく》」を徳富蘇峰がその「東京だより」で紹介した文中に、永井家の先祖が永井伝八郎より出ていることを知って、私はビックリした。荷風の祖先が、そんなに有名な武将で、そんなに古い家柄とは知らなかった。永井伝八郎といえば、徳川家康の家来で、「名将言行録」によれば「平右衛門の子。直勝《なおかつ》。伝八郎と称す。後、右近大夫に任ず。古河《こが》七万石に封《ほう》ぜらる。寛永二年十二月二十九日卒す。年六十三」とある。

また「永湫《ながくて》の役、直勝二十二歳にして、敵の大将池田勝入斎信輝《しょうにゅうさいのぶてる》を打ち取り、その佩刀《はいとう》笹の雪と名付くるものを取る。後年、池田輝政、直勝に向い、禄は幾何《いくばく》なりやと問う。直勝、七千石と答う。輝政戯れて曰く、わが父の首、何ぞその安きやと――」

近年に及んで、秋庭太郎が「考証永井荷風」で伝八郎の家系を詳しく調べてくれた。「直勝の嫡男《ちゃくなん》信濃守尚政は家を継ぎ、後、功あって加増、十万石となり、寛永十年三月山城淀の城に移り、寛文八年九月、年八十三を以って淀に歿し、宇治の興聖寺に葬られた。東照権現遺訓として世に伝わるものは、尚政が家康歿後の元和《げんな》三年二月に作ったものである」家康の「遺訓」が、永井尚政の作であることなど、秋庭さんのお陰で初めて知った。昔、大久保湖州という史学者が、この遺訓について大いに議論があったことを思い出す。

秋庭さんの研究によると、「尚政は万治元年に致仕《ちし》、嫡子に七万三千石、二男に七千石、三男に二万石と、その所領はそれぞれ分割して与えた。子孫はいずれも大名として栄え、維新の後、いずれも華族に列せられ、旧摂津高槻《たかつき》藩主子爵永井直諒《なおまさ》、旧美濃加納藩主子爵永井尚敏、旧大和櫛羅《くしら》藩主子爵永井直哉は悉く永井直勝の後裔《こうえい》である」

「荷風の末弟永井威三郎博士から、わたくしは永井という旗本のあったことを教えられたので、慶応二年板『慶応昇栄御旗本武鑑』を検《けん》してみた。その結果、直勝後裔の旗本に、本国三河、家紋梨割《かもんなしわり》、七千石永井桂次郎、同じく三千四百石永井兼之助直景、同じく三千三十石永井房之助直清の三家のあることを知ったが、他にも永井姓を名乗る旗本が数家あった。然らば荷風の家系は、前掲の大名、旗本のいずれの家より出《い》でたものであろうか」

秋庭さんはそういう問いを発して、次のように答えていられる。「荷風の始祖は右にあげた永井宗家、分家、並びに旗本諸家のいずれの家にも属せざる直勝の庶子《しょし》にして、幼名伝太郎、久右衛門正直より出でたものであった。わたくしはこれを大正二年十二月排印《はいいん》『来青閣集』巻七に載せた『明治丙午《ひのえうま》十一月、始祖構宅《こうたく》三百年紀念家宴《かえん》席上書感』とある七言律詩《りつし》の引《いん》によって知り得た。即ち、『始祖諱《いみな》を正直、久右衛門と称す。常陸の国笠間《かさま》の城主、後に下総の国古河《こが》の城主永井右近大夫直勝公の庶子、故ありて尾張の国知多郡板山村外の家に長ず。慶長初年愛知郡星崎の荘本地村に移り住む。数年の後、地を荘内荒井村に相して宅を構う。則《すなわ》ち今の鳴尾なり。後人修茸《しゆうしゆう》、今に到って尚存す』とあるのがそれである」

とにかく、名家であり旧家であることは間違いない。この永井家十一代目匡威《まさたけ》に五男一女があった。長男が久一郎、これが荷風の父である。二男が松右衛門、三男が釤之助《さんのすけ》、四男が佐佐吉、五男が久満次、女の名は分らない。

釤之助は大審院勅任判事阪本政均《まさひら》の養子になり、佐佐吉も堀越家の養子になり、久満次も大島家の養子になった。詩人阪本越郎は釤之助の子、杵屋五叟《ごそう》は久満次の子、荷風の養子になった永光《ひさみつ》は五叟の次男である。

ところで、長男の久一郎は「弱冠《じやつかん》にして名古屋に出で、藩儒《はんじゆ》鷲津毅堂《きどう》の門生となり、儒学を修《おさ》むる傍ら詩を森春濤に学んだ」。彼は神田一ツ橋にあった大学南校にはいったが、翌年更《さら》にアメリカ留学を命ぜられた。アメリカでは、プリンストン大学、ニュー・ブランスウィック大学に学んだ。

鷲津毅堂は司法権《ごん》大書記官で死んだ。五十八だった。久一郎は内務省衛生局に勤め、東京帝国大学書記官になり、文部省会計局長を最後に官を辞して日本郵船の上海支店長となり、三年の後に横浜支店長になった。

筆が前後したが、彼が二十六歳の春に毅堂の二女恒《つね》を娶《めと》った。これが荷風の母である。これより前《さき》、彼は小石川区金富町《かなとみ》に四百五十坪ほどの地所を買っている。後に牛込区大久保余丁町《よちょうまち》の来青閣は千坪あった。鷗外の「ヴィタ・セクスアリス」を読むと、官吏某家の主人は、百円の月給をもらって、若いお妾を持って「清福」を周囲から羨ましがられたと書いてある。内務省衛生局第三課長の久一郎の月俸は百五十円であった。後に外務大臣となり、総理大臣となった加藤高明が、若い頃久一郎から借りた百円の借用証書が未《いま》だに残っているそうだ。永井家は裕福だったのだろう。逗子に別荘を持っていた。

久一郎と恒の間には、荷風が生まれ、貞二郎が生まれ、威三郎が生まれた。貞二郎は、鷲津家に入って牧師となった。威三郎は後に植物学専攻の理学博士になった。

やれやれ、これで一ト通り永井家の紹介が済んだ。以上はすべて、秋庭太郎著「考証永井荷風」からの借用である。これから私は荷風その人の青年時代を語らなければならない。

五

父久一郎は、漢魂洋才の真面目《まじめ》な官吏であり、勤勉な務め人であった。重役であったかどうか知らないが、生活程度は重役級であったらしい。大久保余丁町の来青閣は堂々たるお屋敷で、幅三間ぐらいの式台玄関があり、そこの楣間《びかん》一杯に横額が掲げられていた。文句は覚えないが、横に一字ずつ大字が彫られて、それに草色の漆が盛り上がっていた。秋庭太郎は久一郎のことを「一飲数壺を倒す酒客であった」と書いているが、品行は方正であった。荷風は父から漢文を読む力と、漢詩に親しむいい習慣とを受け継いだ。

母の恒は、当時の女性と一般で、芝居や遊芸に趣味があった。母は「大の芝居好き。長唄が上手で、琴もよく弾きました」と荷風は語っている。「私は忘れません。母に連れられ、乳母に抱かれ、久松座、新富座、千歳座《ちとせ》などの桟敷で、鰻飯の重詰めを物珍らしく食べたこと。冬の日の置炬燵で、母が買い集めた彦三《ひこさ》や田之助の錦絵を繰り拡げ、過ぎ去った時代の芸術談を聞いたこと――」

こういう方面の影響を、彼は母から受け継いだ。荷風は明治十二年生まれ、谷崎潤一郎は十九年生まれ。彼は山の手の子、これは下町の子の違いはあったが、芝居や寄席から受けた影響の点ではよく似ている。

荷風が荷風らしい性格を発揮し出したのは、中学へはいってからであった。長田幹彦の文章によると、「永井先生と僕は同じ中学校の出身である。先生は突飛な奢修論というのを書いて、時の同窓会雑誌に載せた。先生はその時分から反骨《はんこつ》らしいものに燃えていたらしく、かなり激烈な文章であった。まだ軍国主義時代であったから誰も驚いた。第一、やんちゃ坊主の寺内一派の妙な正義派には、とても気に入らなかった。早速問題が起きて、荷風たちの軟派はみんなの吊るし上げを食い、校庭へ引ッ張り出されて、衆人の見ている前でさんざ鉄拳《てつけん》制裁を食わされた」

ここで中学というのは、高等師範の付属中学で、寺内とあるのは、後の陸軍元帥寺内寿一のことだ。幹彦は「祇園情話」などの作者で、言うまでもなく、荷風のずっと後輩である。

「十六七の頃、私は病いのために一時学業を廃したことがあった」と荷風は書いている。「もしこのことがなかったなら、私は今日のように、老いに至るまで閑文字を弄ぶが如き遊情の身とはならず、一家の主じともなり、親ともなって、人間並の一生涯を送ることが出来たのかも知れない」

荷風はこの種の嘘を平気でつく癖があった。このことについては、奥野信太郎に実に穿《うが》った感想があるから、いつか適当の折に紹介するであろう。荷風が学業を廃したというのは、三年生の時だ。瘰癧《るいれき》で、——これを正式にいうと、慢性結核性淋巴腺炎というのであろう。入院して切開して直ったが、その年の暮れにまた悪性の感冒にやられて、翌る年の三月一杯まで臥床、四月になるのを待って小田原の足柄《あしがら》病院に転地。七月に退院して、逗子の別荘に帰って来た。これで完全に一年遅れた。余計なことだけれど、一度は数学が出来ないために、一度はこの病気のために、荷風は二度落第している。

昔、「中学世界」という雑誌で、荷風の「雅号の由来」という一文を読んだことがあった。「中学の二三年級の頃、下谷にあった帝国大学第二病院に入院した時、一人の看護婦を見初《みそ》めた。自分が女性に対して特別の感情を経験したのは、これがそもそもの初めである。退院した後、小説を書いた。小説には、是非雅号を署名せねばならぬと思って、その時いろいろ考えた。看護婦の名が『お蓮』というので、それに近いものをと考えた末に、荷風小夫という字を得た」「その頃、自分は漢詩の方が熱心であって、小石川に生まれたから石南酔士と言っていたが、やがて広津柳浪先生の門に入って、初めて自分の作を『文芸倶楽部』に出す時に、柳浪の仄仄《そくそく》韻《いん》に対して荷風は平平韻《ひょうひょういん》になるから、これは妙だと漢詩趣味で、石南を廃してその後は習慣的に荷風で今日まで続いている」

十五六の少年が「石南酔士」と号するなど、大変な早熟振りである。こういう早熟振りというか、いやみと言うか、そう言ったところは一生——戦後の晩年期を除いて、一生抜けなかったように思う。同じ柳浪門の中村吉蔵の書いたものに、荷風が「黄八丈か何かの長羽織を着流して、いやにニヤケタ風采なので、自分には今丹次郎とでも言いたいような気持がして親しめなかった」とある。

要するに、荷風は体の弱い少年であったらしい。チェスタートンの「チャールズ・ディッケンズ」の中の大事な一節を私は思い出さずにいられない。そこを訳して見よう。

早くから彼に知性を目醒めさせた事情がもう一つあった。それは彼の不健康だった。しかし、事実は「やや不健康の気味」ぐらいの程度であったろう。病気は、少年の無意識生活からいいやでも彼を遠ざからせずには置かなかった。無意識生活から遠ざかることは、よかれ悪《あし》かれ、「心」にとって非常に必要なことである。

彼は病気のおかげで、しばしば知性の快楽の上に投げ返された。知性の快楽は、丁度閉じ込められて苦しがっている竈《かまど》の火のように、彼の頭の中で燃え始めた。彼は、いかにして人の気付かぬ屋根裏に這い上ったか。そこでいかにして、埃《ほこり》まみれのガラクタの中から、死せざるイギリスの文学を捜し出したか。

彼は屋根裏の部屋で、スモーレットの「ハンフリー・クリンカー」と、フィールヂングの「トム・ジョーンズ」の二冊を愛読した。この二冊の本をあけて見た時、彼は自分が結ばれている過去をそこに見出《みいだ》したのだ。彼自身その最後の一人になるべく運命付けられた偉大な滑稽作者を見出したのだ。

その賢い小さな子供の頭の中に群っていた幻影は、どんな種類のものであったろう。それを知るものは一人もない。

ディッケンズは貧しい家の子だったが、荷風は富裕の家の生まれだった。だから、考えたことも、したことも、格段に違っていた。

「ディッケンズの父は破産した。破産したばかりではなく、マーシャルミーの牢獄に繋がれる身となった。母は、ロンドンの北部の貧しい家に残された。チャールズは、不潔な町へ、家庭の必需品を質入れに行かされ行かされした」

「程経て、彼は、大きな陰気な工場で、襤褸《ぼろ》を纏《まと》った少年の列の中に彼自身を見出した。そうして朝から晩まで、同じレッテルを同じ靴墨の罎の上に貼らせられた。彼はそこで、落胆によって卒倒した人のように物寂しく働いた」

「いや、本当に一度就業中に肉体の苦痛のために卒倒したことがあった。一週間に四回或いは五回は飢えたことも珍らしくなかった。こうして彼の最善の感情と、最悪の感情とが生きながらに皮を剝《は》がされたのだ」

「それにもかかわらず」とチェスタートンは声を大《だい》にして言っている。「長い間にわたって、ディッケンズは、苦労を知らぬ批評家から、人生に対する見解が非現実的であり、余りにも快活であると言って非難されて来た」

「そうだろうか」とチェスタートンは反問している。そうして次のように答えている。「たとい彼が余りにも快活であったとしても、その快活を知った場所が工場であったことを忘れてはならぬ。彼の考え方がたとい楽天主義であるとしても、彼がそれを学んだ場所が工場であったことを忘れてはならぬ。彼がこの宇宙を、愉快な白一色に塗って見せたとしても、それを学んだところが黒い靴墨工場に於いてであったことを忘れてはならぬ」

「事実、悲しい経歴を持った人々が、必ずしも悲しい哲学を持つという証拠はない。ロバート・バーンズを見よ。ルッソーを見よ。ディッケンズは、多くの人が幸福であるべき吸収時代に最も不幸であった。そうしてすべての人が泣く時になって幸福であった」

「境遇は人の骨を砕く。しかし、楽天的性向までは砕きはしない。厭世家は、却ってバイロンの如き貴族にいる。神を呪《のろ》うものは、却《かえ》ってスウィンバーンの如き貴族にいる」

チェスタートンのこの論断は、荷風の将来を予言しているかの観がある。チャールズはスモーレットとフィールヂング——この二人の作家しか発見出来なかったが、荷風は右を向けば「水滸伝《すいこでん》」があり、「西遊記《さいゆうき》」があり、「通俗三国志」があり、左を向けば京伝、三馬、種彦の「傑作集」があり、「八犬伝」があり、「東海道中膝栗毛」があり、「牡丹燈籠《ぼたんどうろう》」があり、ラムの「沙翁《さおう》物語」があり、母の手許を覗《のぞ》けば、毎月「文芸倶楽部」「新小説」「都の花」などが本屋から届けられて、当時の流行作家であった尾崎紅葉、広津柳浪、川上眉山、山田美妙《びみよう》その他多くの作品を自由に読むことが出来た。家を出れば、寄席《よせ》があって、講釈、落語、娘義太夫、新内、清元、常磐津《ときわず》、なんでも好きなものを聞くことが出来た。

小説は言うまでもなく、落語でも講釈でも、出て来るのは大抵若い男女であり、主題は異性間の痴情《ちじよう》である。初恋を知った荷風が、小説を読むことによって、落語、講釈、俗曲を聞くことによって、早くから人生の機微に対する興味を刺戟されたことは想像に難くない。

多くの人が説いているように、荷風はどっちかというと臆病の方であろう。例えば、大倉燁子《はなこ》が上田敏未亡人の紹介状を持って、荷風を訪ねて自作に序文を乞うた時のイキサツなどは、彼の人に弱い面をハッキリあらわしていると思う。

「原稿ですと、御覧願うのに煩わしいだろうからと申しまして、本屋の方で印刷してくれましたので――」

そう言って、彼女がゲラ刷《ずり》を出すと、荷風は、

「あ、そうですか。拝見いたしましょう。いずれこちらから御挨拶いたしますから、それまで待って下さい」

そう言われて、彼女は喜んで帰って来た。二三日すると、荷風から手紙が来て、印刷物を持って頼みに来るとは怪しからん、原稿そのものを持って来るのが礼儀であろう、こういう無礼な人を紹介する上田夫人にまで私は疑いを抱かずにいられない――そういう文面だった。それを読んだ大倉燁子は、

「なんていいやな人だろう。男らしくもない。その場ではニコニコして気持よく引き受けて置きながら、あとからこんな手紙をよこすなんて、卑怯だわ」

彼女は口惜しさに涙がこぼれたと書いている。荷風にはこういう気の弱い、卑怯なところが確かにあった。彼の「にくまれぐち」に対する中根駒十郎（新潮社）の反駁《はんばく》文など、同じ荷風の性格を暴露している。これが彼の客嫌いとなってあらわれているのだと思う。彼のような上流の家庭に生まれて、乳母日傘《おんばひがさ》で育った人間の過

敏と我儘《わがまま》とであろう。

荷風の書いた文章の一節に「父は今年六十。少し口髯が白くなったばかりで、銅《あかがね》のような顔色はますます輝き、頑丈な体は年と共に若返って行くように見えました」というのがあるが、この父は荷風にとって恐い父だった。中学生の頃は勿論のこと、アメリカ留学中も、帰朝して次々と小説を発表して二三年うちに第一流の流行作家になってからも、恐い父だった。恐くなくなったのは、彼が慶応義塾の教授となってからであろう。それまでは、父の存在に対してしじゅう戦々《せんせん》兢々《きょうきょう》としていた。

私は彼の中学時代の成績を知らないが、数学が出来なくって一度落第し、更に病気で二度目の落第をしているところから察して、余り出来のいい方の生徒ではなかったろうと思う。十五や十六で「石南酔士」などと号していたというから、漢詩を作っても、「相模太郎、胆《たん》、甕《かめ》の如し」というような詩ではなくて、和歌でいえば吉井勇の作るような所謂《いわゆる》「竹枝《ちくし》」とか、「香奩体《こうれんたい》」とかいう種類のものだったろう。よくは知らないが、「竹枝」というのは風俗人情を歌い、「香奩体」というのは豊肌《ほうき》香骨《こうこつ》を歌った艶冶《えんや》な一体であろう。

父は彼を優秀な官吏か有能な実業家に仕立てるつもりだった。だから中学を卒業するのを待って、帝国大学へ入学させたい期待を持っていた。それには先ず第一高等学校の試験にパスしなければならない。が、数学の出来ない彼には、その望みは全然なかった。事実、受験して落第した。

悪いことに、父は上海《シャンハイ》に赴任して四年間留守だった。母ではこの我儘息子を御《ぎょ》することが出来なかった。父がいないことによって、彼は気の弱い一面をかなぐり捨てることが出来た。恐いものがないとなると、彼は忽ち「家の中のライオン」になった。若さまの無鉄砲で、恐いものがなくなった。

彼は十八で女を知った。十九の二月「吉原に遊ぶ」「遊意止み難く、一人北里《ほくり》に遊びて、楚腰繊細掌中に軽し《そようせんさいしょうちゅう》と謳《うた》」ったと自ら書いている。

さあ、これから彼の眼中には学校なんかなくなってしまった。柳浪の「今戸心中」は、今読んでも傑作に違いない。一葉女史の「たけくらべ」に至っては不朽の名作であろう。泉鏡花の「註文帳」も荷風の推奨《すいしょう》する小説の一つだった。彼は自分も小説家になりたいと思った。

しかし、思っただけで一意専心それに打ち込むというような性格ではなかった。何よりも先ず、窮屈な、面白くもない学校へなんか行かずに、とにかく遊ぶことが面白くって仕方がない年頃だ。私達と違って、金持ちの家に生まれた「家の中のライオン」は、将来何になって生活して行こうかというような煩悶なんかなかったに違いない。早い話が、吉原へ遊びに行ったにしても、「我れ幼き頃より病いにはよく馴れたる身なりき。十六七の頃には二十四五まで生き得たらば幸いなりと思うこと頻《しき》りなりしかば、今のうち早く青春を楽しみ置かずば悔《く》ゆるも及ばざるべし」と勝手なことを言っている。何かにつけて、しかつべらしい理由を付けるのが荷風の好みだ。疑う方《かた》は、彼の随筆を幾つか読んでごらんなさい。至るところにこの種の嗜好を見出して一笑されるであろう。

では、女を買う外に、どんな遊びを彼は選んだであろうか。金持ちの家の子らしく、荒木古童に入門して尺八を学んだ。彼が最初に買った尺八は、専門家に言わせると、音律の狂った出来合いの安物であった。本物の尺八を手に入れるには、どうしても五円という金を奮発しなければならなかった。「中学生の身として、かかる巨額の出金を家庭に申し出る口実のあろう筈がない。あからさまに尺八が買いたいと言ったところで、既に再三落第している成績不良の自分に対して、父母の許す訳もなく、月々もらう小遣銭をば内々で師匠への月謝にしているそれまでも、悪くすると取り上げられぬとも限らない。少年時代の極めて危険なる出来心は、しばしばこういう事情のもとに発作《ほっさ》する。自分の性情には、張り詰めた女心が時々大胆無法の行動を敢《あ》えてするような盲目的な何物かが潜《ひそ》んでいると見える。自分ながらも分らぬこの何物かが、突然わが家《や》の近所の質屋に連れ行かしめた。自分は所持の銀時計を質入れして、なお足らざるところをば着ている新調の外套を以ってした。そして家庭に対しては、時計をそのポケットに入れたまま外套を盗まれたのだということにした」

彼の性格を知る一つの挿話として私はここに抜萃《ばっすい》した。

「尺八の技術を完成するためには、一通り三味線の道をも心得ておく必要があるというので、丁度中学を卒業した頃、頻りに忍び駒をかけて弾き試みた」ああ、何という、私達には想像もつかぬ彼の「黄八丈の長羽織」趣味であろう。

次に彼の選んだ「遊び」は落語だった。彼は言う。「卒業後の目的について、私は遂《つい》に家庭と衝突するの止むなきに立ち至った。私は美術学校の洋画科を志望した。然るに、家庭の事情でこれは許されない。そして高等学校の文科を望んだが、これもまた家庭の反対を受けて許されなかった」。出ようとする度に、出鼻を叩《たた》かれる。私も覚えがあるが、若いうちはそのつど余計ヤケになってぐれる。父のいやがる方面へ方面へ堕落してやれと思う。「それで遂に第二部の工科を受けることになったが、元来私は工科などは志望しないので、わざと落第してしまった」そうして彼は朝寝坊むらくという落語家の弟子になった。

彼の書いたもので読んだのだと思うが、落語に新らしい演劇風の朗読法を交えて、人情噺《ばなし》に一新機軸を出そうと思ったというのだが、これだけでは荷風のネライがよく分らない。もう一つ、人情の機微を知ろうと思ったとも言っているが、これもあとから考えた彼一流の理窟ではないかと思う。

彼が大家になってから、人情噺を一つか二つ書いたのを読んだ覚えがあるが、どこにも新機軸なんか出ていなかった。荷風ほどの作家を煩わすまでもない、平凡な講釈だった。どこにも演劇風の朗読法なんか採用されていなかった。だから、この理由も彼一流の嘘だと思う。

「考えて見ると、当時いろいろ境遇を変えたのは、文学士になりたいという希望があったけれども、それを家庭が許さなかったので、いつも不満と不平を持っていて、いろいろに自分から境遇を変えて見たのであった」

「その時分のことは、正当な家庭とか、正当な教育とかに対する反感を以って掩《おお》われていたように思う」彼自身そう言っているのが本音であろう。

六

子供だから仕方もないが、彼が落語家になろうとしたことが私にはおかしい。と言うのは、自分のしゃべり方が落語家に向いているかどうかを考えて見たら、そんな望みを起こすはずがないのにという意味だ。

一度でも彼に会ったことのある人なら、彼の抑揚《よくよう》のない、句切りの悪い、ダラダラと一本調子の、息の長い、無表情なしゃべり方に気付かれたろうと思う。あの名文の作者がと思うほどしゃべり方は不名文なのだ。

私は彼の講演を二度聞いているが、あまりに下手《へた》なのにビックリした。彼が名文家だけに、幻滅だった。同じ時に聞いた上田敏の、いかにも東京生まれらしい、打てば響くような、歯切れのいい、描写力のある講演に感心したことを思い出す。そう言えば、荷風は自分で自分の講演のまずさ加減を、大勢の前で隠し芸を強《し》いられているようなものだと告白している。

そんな彼に落語家になれる資質があると思ったことが、私には不思議で仕方がない。私は「むらく」という話し家を知らないが、荷風が講釈師の猫遊軒《びょうゆうけん》伯知の弟子にもなったと聞いて、当時の荷風の鑑賞のほどが分るような気がする。伯知なら私も知っているが、義理にもうまいとはいえない講釈師だった。むらくにしても、うまいとも、まずいとも、口《くち》の端《は》に上ったのを聞いたことがない。明治二十八九年の頃なら、大円朝《だいえんちょう》もいたし、円朝ほどでなくとも、一流の名人上手が大勢いた。それだのに、選《よ》りに選って下手なむらくや伯知の弟子になった荷風の気が知れない。思うに、どんな苦労もいとわずに、末は大看板《おおかんばん》になろうというほどの熱意はなかったのだろう。言わば自堕落な道楽商売の世界に身を落すことに、一種の反逆児的な喜びを感じていたに過ぎまい。彼が大人になってから、一般の人が望むような家庭を持つことに幸福を感じずに、花柳界の女を相手にすることを無上の楽しみとした彼の好みと相通ずるものがそこにあるように思われる。そういう意味では、荷風の一生の傾向が既にそこに顔を覗かせていたと言えるだろう。

昔、若い頃、トルストイの「戦争と平和」の中で、私はこんな意味の文章を読んだことがあった。「聖書の伝説は語っている、勤労のないこと（遊惰）は、堕落以前の原人《げんじん》にとって、幸福の根本条件であったと――。無為安逸を愛する心は、天国を追われた人間にも依然として残っていたが、神の呪いは絶えず人間を押《お》し拉《ひし》ぎ、単に額に汗して自己のパンを得なければならぬという理由からばかりでなく、自らの精神的特質によって、我々は無為にして平然たることは出来ないのである。心の中の秘密の声は、無為であることに対して、我々は罪を受けねばならぬぞと説く。もし人が無為でありながら、自分は有益な人間であり、おのれの義務を履行していると感じ得るような状態を発見することが出来たら、彼は原始的幸福の一面を発見したものと言うべきであろう」

荷風のその頃の句に、

昼寄席《ひるせき》の講釈聞くや春の雨

とか、

春雨に昼の廓《くるわ》を通りけり

とか言うのがあるそうだが、恐らく彼自身の生活を詠《よ》んだものだろう。つまり芝居、寄席、遊里に出入りしていたのだ。荷風の時代には、そのくらいしか娯楽の設備がなかったのだ。「考証永井荷風」に従うと、吉原に初めて遊んで以来、「三年を出《い》でざるうちに、洲崎、品川、板橋など、知らざるところなきに至った」とある。洲崎を除いて、外に新宿、千住を入れて四宿と言った。

荷風は最も洲崎を愛したらしい。「冷笑」のうち「深川の夢」の中に、感嘆しずにいられないくらいその頃の洲崎の風物を活写している。「冷笑」はフランスから帰って来てからの作だが、洋行以前にも、「夢の女」で——昔読んだのであら方内容は忘れてしまったが、確か洲崎の女のことが書いてあったように覚えている。三田では——荷風に教えられた三田の文科の若い学生の間には、この荷風の洲崎好みを受け継いで、洲崎の水に映る灯を慕って、美化してここを「ヴェニス」と呼んで、永代橋を渡って遊びに行ったものだ。

しかし、遊びの金には詰まるのが御定法《ごじようほう》だ。荷風は「明治三十年か三十一年の頃、『万朝報《よろずちようほう》』毎週懸賞小説の募集あり。余『花籠』と題する一篇を投じ、十円もらいたり。余の作の印刷に付せられし初めなり」と言っているように、遊びに行く金が欲しくなると、懸賞に応募して、俗に三度に一度というが、彼の場合は三度に二度は当選していた。十円の時もあり、七円の時もあり、五円の時もあった。初めて吉原へ登楼した時の記事に、「この遊興費正に金三円也」とあるところから見れば、五円あれば十分だったのだろう。当時原稿料が一枚三十銭程度だったというから、十円という「万朝報」の懸賞金は大変分《ぶ》がよかった訳だ。だから、小栗風葉のような新進作家までが名前を隠して応募していたという逸話が残っている。

「万朝報」は、土佐の人黒岩周六の経営で、時代の尖端《せんたん》を行く論説で青年階級の読者を吸収していた。黒岩は涙香《るいこう》のペンネームで「レ・ミゼラブル」を「噫無情《ああむじよう》」とし、「モンテ・クリスト伯」を「巌窟王」として連載して人気を博していた。従って経営も楽だったのだろう。

「とかく遊びに連れは邪魔」という諺《ことわざ》があるが、若い頃というものは不思議に目高《めだか》のように群れをなして遊びに行く。若い頃から群遊を嫌って一人不善を行なったのは、村松梢風《しょうふう》と三宅周太郎の二人だったろう。荷風にはいつも二人の連れがあった。一人は井上啞々《ああ》、一人は島田翰《きよし》。二人とも、荷風とは中学校からの同窓だったのだろう。後に荷風が外国語学校の支那語科に入学したら、そこに翰がいた。

翰は、島田篁村《こうそん》の二男だ。篁村は漢学の大家で、文科大学の教授、文学博士、江戸の昌平黌《しょうへいこう》の出身である。翰は神童と言われたほどの秀才で、漢学——殊に書誌学では彼の右に出るものがなかったほどの造詣《ぞうけい》があった。三十にもならない若さで書いた「古文旧書考」という著述は、支那本国の学者をも驚倒させたほどの名著だと言われている。支那公使館の公使をはじめ、丁度その時日本に来ていた何とかいう学者——支那有数の学者までが、彼を招待して称讃してやまなかったという話が残っている。

啞々の方は、荷風が洋行するまでは彼の兄貴分であったらしい。荷風が「中学生の頃、初め漢詩を学び、その後近代の文学に志を向けかけた頃、啞々が『今戸心中』所載の『文芸倶楽部』と、斎藤緑雨の『油地獄』一冊とを示して頻《しき》りにその妙所を説いた。これが後日わたくしをして柳浪先生の門に遊ばしめた原因である」と言っている。が、遊びにかけては、どっちが兄でどっちが弟だったのだろうか。その間《かん》の消息は私には分らない。文学に関しては、荷風が名をなしてからは、啞々は完全に弟分になってしまった。荷風が三田の教授を辞し、「三田文学」を手放して後、「文明」という雑誌を出し、続いて「花月」という雑誌を出した時には、彼はその編輯を手伝っている。

彼は境遇にも恵まれなかったらしいし、才能にも健康にも恵まれなかったらしい。後半生は荷風の下風《かふう》に立って、四十六年の生涯を終えてしまった。題名は忘れたが、深川夜烏《やう》の名で一作が「三田文学」に載ったのを私は読んだが、古くってどうにもならなかった。

翰の方は、別にこれ一壺天《いっこてん》の人物で、荷風の下風に立つような代物《しろもの》ではなかった。特に支那文学の造詣では荷風の方が下風に立たなければならないほどの学者であった。

しかし、私の見るところでは、由来天才には危ないところがある。彼の性格も知らず、生活も知らず、イキナリこんなことをいうのは乱暴だが、どこかに性格破産者的なところのある人物ではなかったのかと思う。彼が酒を飲んだかどうかも私は知らない。異性に溺れる体質だったかどうかも知らない。人が十年かかからなければマスターすることの出来ないむずかしい専門の研究を、彼は一年かそこらで自分のものにすることが出来たのではあるまいか。そうしてあとの時間を遊惰に過ごすことを喜ぶ荷風タイプの人物ではなかったのではないだろうか。唖々は、彼の生涯を見ても知れるように、日の当らない場所へ場所へと自分で潜《もぐ》り込んで行くタイプ——貧乏と、病身と、学を身に付けそこなった僻《ひが》みと、親友が日の当る場所へ場所へと伸《の》し上がって行くのとの対照から来る劣等感、そんなものが入りまじって、性格破産者型になって行ったのだろうと思う。

要するに、この二人の性格破産者を道連れにして荷風は遊蕩を楽しんでいたのだ。荷風は原稿料の収入が多少でもあった。それでも、母が永井家にお嫁に来る時実家《さと》から付いて来た女中の嫁入り先へ義理の悪い借金をしに行ったりしている。そういうところのない翰と唖々とは、父の蔵書を持ち出して質屋に運んで金策をするより外なかった。

私は読んでいないが、荷風の作の一つに、唖々が父の書斎から「資治通鑑《しじつがん》」の「綱目《こうもく》」を盗み出して二人で質屋に行く話があるそうだ。唖々の方は父の蔵書を持ち出すのだからまだ罪が軽いが、翰の方は人の十倍も目が利くから、並大抵の本なんかには手を出さない。どんな本を質入れしたのか人の秘事ゆえ口《くち》を緘《かん》して誰も語らないが、私の聞いたところによれば、世界に一冊か二冊しかない稀覯本《きこうぼん》だったそうだ。しかも、父の蔵書でなく、或る富豪の文庫に納まるべき本だったそうだ。

彼は罪に問われて、獄に繋がれた。それを恥じて、獄内で首をくって死んだ。三十七だった。三十七といえば、既に一家をなしてからだから、かえすがえすも惜しいことをしたものだ。三十七の荷風は、どうしていたか。彼は幾つかの傑作を書いたあとで、小説家としてはやや休息の時期にはいっていた。「日和下駄」の時代だ。

七

ゲーテによれば徒弟時代、ツワイクに従えば自己形成時代——この時代の荷風は、あっちへ行きこっちへ行き、彷徨《ほうこう》の限りを尽している。

前にも言ったように、落語家や講釈師の弟子になっているかと思うと、父に連れられて上海へ行ったことが動機で、東京へ帰って来ると早速外国語学校の支那語科に入学したり、入学して二年生にまでなったものの、法律や軍事教練があるのでいや気がさし、殆んど学校へ行かなくなったため除名されたり、広津柳浪のところへ通ってせっせと小説を見てもらったり、――広津和郎の「年月のあしおと」を読むと、

「永井は最初からズバ抜けて才能があった。中村（吉蔵）は学者に向いたろうが、作家としては永井とは比べものにならなかった」

と柳浪先生が言っていたと書いてある。事実「薄衣《うすごろも》」は柳浪荷風合作の名義で「文芸倶楽部」という一流雑誌に掲載された。

泉鏡花にも、紅葉と合作で発表した作品が幾つかある。それは本当は合作でも何でもないのだ。が、鏡花一人の名では、まだ有名でないから雑誌が買ってくれない。で、合作という名義で買ってもらうのだ。師匠の慈悲なのだ。合作を二三度やっているうちに、読者にも馴染《なじみ》が出来、信用も出来て、一本立ちの作家になれる。それが当時の「世に出る」便法だった。荷風の場合もそれと同じだった。

「この年、栗島狭衣《さごろも》君、牛込下宮比《しもみやび》町の寓居に俳人谷活東子《たにかつとうし》と携提《けいてい》して、文学雑誌『伽羅《きやら》文庫』なるものを発行せんとするや、矢来に来《きた》りて先生の新作を乞えり。時に先生筆硯《ひつけん》甚だ多忙なりしがため、余に題材を口授《くじゅ》し、俄かに短篇一章を作らしむ。

この作『夕《ゆう》せみ』と題せられ、再び合作の署名にて同誌第一号に掲げられぬ」

荷風の才能はそれほど信用があったのだ。実際、間もなく彼一人の名で「闇の夜」を「新小説」に――これも一流の雑誌だった。「をさめ髪」を「文芸倶楽部」に、発表することが出来た。「荷風全集」第一巻に収められている二十篇に近い小説は、恐らくこの前後の作品であろう。

昔、私が新進作家の頃、初めて泉鏡花に見《まみ》えた時、いろいろ雑談の末に、

「小島さん、我々の書いたものが、今切《いまぎれ》の渡しを向うに渡るのは並大抵のことではありませんよ」

と言われた。多少東京で名を知られても、今切の渡しを渡って――今でいう浜名湖の口にあった渡しだ。渡ったところに新居《あらい》の関があった。鏡花の私に諭《さと》した意味は、文名が関西に聞えるまでには長い時間が掛かりますよ、まして全国に知れ渡るまでには非常な努力や忍耐を必要としますよとの教訓だと思って間違いあるまい。この場合、その言葉と表現とがいかにも鏡花らしくて面白かった。それで未だに忘れずにいる。

荷風の名は今や今切の渡しを渡って、大阪の雑誌にその作品が掲載されるまでになった。が、彼自身の言葉を借りれば、「余、安んぜず」。作者というものは、作品

が売れて金がはいっても、一つの、大きな評判を取るような作品を持たないと、自信が持てないのだ。年からいえば、荷風の二十二三歳の頃であった。

自信が出来なければ迷う。彼は自己の才能を発見しようとして右往左往した。柳浪先生以外に、彼の才能を認めたものは一人もいなかった。その柳浪すら、口に出してその旨《むね》を荷風に語ったかどうか分らない。恐らく口の重い柳浪は言わなかったのではないかと思う。「我れは尾崎や川上とは異なりて、かの人々の如く多く門生を養い教うるの煩《はん》に堪えざるものなり」と言っているくらいだから――。尾崎は紅葉、川上は眉山である。

小説に自信の持てなかった荷風は、福地桜痴《おうち》の弟子となって、歌舞伎座の作者部屋にはいった。

「作者見習いとしてのわが役目は、柝《き》の稽古にと幕毎に二丁《にちょう》を入れ、マワリとシャギリの留《と》めを打つこと、幕明き、幕切れの時間を日記に書き入れ、楽屋中へ不時の通達なすべき事件ある折には、役者の部屋部屋、大道具、小道具方《がた》、衣裳、床山《とこやま》、囃子方等《はやしかたなど》、楽屋中に洩れなく触れ歩くことなどなり。着到《ちゃくとう》の太鼓打ち込みてより一日の興行済むまでは、厳冬も羽織を着ず、部屋にても巻煙草を遠慮し、作者部屋へ座元《ざもと》、もしくは来客の方々見ゆれば、丁寧に茶を汲みて出《いだ》し、その草履を揃え、また立作者出頭《たてさくしゃしゅっとう》の折は、その羽織をたたみ、食事の給仕をなし、始終付き添い働くなり」

苦労知らずで育った良家の坊ちゃんが、こういうつらい下男奉公のようなことを忍び得たというのも、好きな道なればこそであったろう。同じ人が学校がいやで、法律や軍事教練に辛抱出来なかったことを思うと、好きと嫌いの勝手さをつくづく感じずにいられない。

前後したが、彼が福地桜痴に面会を得るまでの容易でなさ加減なんてものは、語り草に近い。「この度の訪問は、初めて硯友社《けんゆうしゃ》の諸先輩を歴訪せし時とは異なりて、容易に望みを遂《と》ぐること能《あた》わざりけり。福地先生の邸《やしき》は、その時合引《あいびき》橋手前、木挽《こびき》町の河岸通りにて、五世音羽屋宅の並びにてありき」

「一番町のわが家よりかしこまでは、電車なければかなりの遠路なりしを、歩み歩みて朝八時頃、我《や》れは先生が外出し給わざる前をと思いて三四度、また夕刻、帰邸の時分を計りて五六回、まず三宅青軒翁が紹介状を呈出し、面会の栄を得んことを請願《せいがん》せしが、或時は不在、或時は多忙、或時は不例《ふれい》、或時は来客中とばかりにて、遂に望みを叶うべき模様もなかりけり」

「さすがの我れも、いささか疲労し、且つはまたこの上強《し》いんには礼を失するに至らんことを恐れ、せめてわが芝居道熱心の微衷《びちゆう》をだに開陳《かいちん》し置かば、また何かの折り宿望を達するよすがにもなるべしと長々しき論文一篇を草《そう》し、そっと玄関の敷台に差し置きて立ち去りぬ」

「やがて半月余りを経たりしに、突然福地家の執事《しつじ》榎本破笠子より、予《か》ねて先生への御用談、一応小生より承わり置くべしとのことにつき、御来車ありたしとの書面に接し、即刻番地を目当てに、同じく木挽町の河岸通りなる破笠子が寓居に赴《おもむ》きぬ」

「さて、破笠子はおのれが歌舞伎座作者部屋に入り、芝居道実地の修行したき心底篤《とく》と聞き取りし後、共に出でて福地家に至り、勝手口より上がりて、やや暫く我れをばト間に控えさせけるが、やがてこなたへとて先生の書斎と覚しき座敷へ導きぬ」

「川風涼しき夏の夕暮は、燈火まさに点ぜられし時なり。先生は風呂より上りしところと見えて、平袖中形《ひらそでちゆうがた》牡丹の浴衣に縮緬の兵児帯を前にて結び、大《だい》なる革蒲団の上に坐し、徐《おもむろ》に銀のべの煙管《きせる》にて煙草のみて居《お》られけり」

「破笠子は恭《うやうや》しく手をつき、敷居際よりやや進みたるところに座を占めければ、伴われし我れはまた一段下がりて僅かに膝を敷居の上に置き得しのみ。破笠子の口添えを待ち、我れは今夕計らず拝顔の望みを達し、面目この上なき旨《むね》申し述ぶるうちにも、万一先生よりわが学歴その他のことにつきて親しく問わるることあらば、何と答えんかなぞと、宛《さなが》ら警察署へ鑑札受けに行きし芸者の如く一人胸のみ痛めけるが、先生は更にわが方《かた》には見向きもし給わず、破笠子を相手に、今朝パリの川上（音二郎）より新聞を郵送し来たれりとて、パリ劇界の消息を語り出《いだ》されぬ」

こんなあしらいを受けても、荷風は腹も立てず、三四日後に破笠を請け人《にん》にして次のような証文を入れて、歌舞伎座の作者部屋にはいることが出来た。

私儀、狂言作者志望につき、福地先生門生と相成り貴座楽屋へ出入り差し許され候上は、劇道の秘事、楽屋一切の密事、決して口外いたすまじく候。よって後日《ごじつ》のため一札件《くだん》の如し。

何と封建的であることよ。

「偏奇館《へんきかん》劇話」から抜萃すると、

「その頃、竹柴清吉は五代目菊五郎の出る幕の柝《き》を打っていました。団十郎の出幕《でまく》は早川七造の担当で、外の若い作者は、団菊の幕切れの柝は打てなかったのです」

「私は七造について、柝の打ち方、書き抜きの書き方など、万事作者の修行を受けることになりました。初めは、つなぎの柝より外打てません。半年ばかり立ってから、やっと序幕の柝を打たしてもらえるようになりました」

「私の如き書生が、柝を打つ時一番困ったのは、三味線の分らないことでした。三味線が分らないと、拍子木《ひょうしぎ》は打てないものです。例えば、琴唄とか、はやり唄とかいうもので幕のあく時は、どうしても三味線が分らないと、柝の打ちようがないのです。三重《さんじゆう》の幕切れなどは、ことさら音楽の知識が必要です」

「私は、こういうところから、江戸歌舞伎を見るには、三味線の間《ま》と称して、拍子を知っていなければならぬということを感じました。それで、長唄を習いに参りました。それから、芝居の帰りに、今の日比谷公園へ行って、拍子木を叩《たた》いて音の冴《さ》えるように練習しました。その頃、日比谷はまだ公園ではなく、練兵場の跡が広い空地になっていました」

「その頃、私の宅は麴町一番町にありました。そこから毎朝九時頃、袴《はかま》をはいて宅を出て、近所の出入りの人力車屋《くるまや》に寄って袴を脱ぎ捨て、紺足袋を白足袋に変えて芝居に出掛けたのです」

「私の家庭は厳格でしたから、学生の身で袴をはかずに外出することは出来ませんでした。しかし、袴をはいていては、芝居の楽屋へはいるのには似合わないので、止むを得ず途中で身なりを変えるということを考えついたのです」

「作者の見習は、楽屋の中の者では一番早く出勤して、最後に帰ることになっていました。それ故、私は大抵朝九時には楽屋へはいって、部屋の掃除をして、囲炉裏《いろり》に火を起こし、湯を沸かしたりなどしていると、囃子方《はやしかた》の方で著到《ちゃくとう》の太鼓を打ちます。その打ち上げを聞いて、見習は柝を打つのです」

「一日の狂言の終った時、囃子方では著到と同じように打ち出しの太鼓を打ちます。そのトメを打つのが作者の勤めですから、見習はその時まで居残っていなければなりません」

「見習の勤めは『触れ』と言って、役者が事故があって欠勤の場合、頭取が第一に作者部屋へ通知をすると、作者の見習が役者の部屋部屋や衣裳方、床山などへそのことを触れるのです。その時、相中《あいちゅう》と大部屋へは、その部屋を預かっている者へ知らせるのです。それは立ったまま通知をしても差支はないのです」

「名代《なだい》役者の部屋へは、廊下の敷居のところへ膝をついて、その部屋の男衆か或いは弟子にそのことを知らせるのです。見習は直接に名代役者へ話をしかける資格はありません。勿論そういう場合は、羽織は着られません。帯に煙草入れ或いは扇子などを差すこともいけません」

「見習は無給でして、菜代《なだい》をもらうだけです。その菜代は、よく記憶していませんが、確か一日に二銭か三銭だったと思います。菜《さい》は楽屋へ出入りする煮染《にしめ》屋があるので、それから買うのです」

「飯は雑用飯《ぞうようめし》と言って、楽屋の口番《くちばん》がお鉢に入れたものを持って来てくれました。この雑用飯は、黒くて粗悪なことはお話になりません。良家に生まれた私は、二十一歳にして初めてそういう飯を食べたのです。その堅いのと黒いのとには全く驚きました」

荷風はこういうシキタリを一向苦にしていず、寧《むし》ろ楽しいことのように――知らぬ世界の内幕を覗き見する楽しさのように受け取っている。

話は前後するが、彼がむらくの弟子だった頃の苦労話をもう少し聞こう。なぜこんな小さなことをくどくどと紹介するかというと、最後に私に言いたいことがあるからである。

「落語家の稽古は、別に師匠から教わるのではありません。毎晩寄席《よせ》の楽屋へ行って、みんなの話を聞いて自然に覚えるのです」

「毎日、昼過ぎの三時頃に師匠の家へ行きます。そしてその夜寄席の高座へ張るうしろ幕と、前夜の上がり金とを持って、五時頃までに寄席へ行きます。この金は、前の晩真打《しんうち》が寄席の帳場から受け取った金で、それを真打が家へ帰ってからその席へ出勤する芸人へ渡すように、別々に紙に包んで置くのです。それを弟子が受け取って、次の晩寄席へ持って行って、出勤の芸人へ渡すのです。金は銀貨ですから随分持ち運びに重いことがありました。また、うしろ幕も、縮緬《ちりめん》なぞもあり、これもかなり重いのでした」

「それに、電車もない時分でしたから、この金とうしろ幕とを風呂敷包みにして背《し》負《よ》って歩くのは、雨の降る時なぞは随分難儀でした。雪の降る夕方、下谷から品川の七福亭まで、うしろ幕を背負って徒歩した時のことは、いまだに忘れません」

「楽屋へ行くと、定刻になるのを待ち、太鼓をたたき、幕を高座のうしろに張ったり、或いは高座の火鉢、座布団から鉄瓶など、万事の支度をします」

「まだ客の来《こ》ないうちに、暇があれば高座に上がって、一人で覚えた落語をしゃべって口を馴らします。しかし、お客は一人もいず、それに寄席の娘などが見て笑うので、しまいにはキマリが悪く、やめてしまいました」

「落語家は手が掛かりませんが、手品使いが出る時は手伝いをしなければならないので、骨が折れました」

こんな思いをして、なぜ荷風は落語家、歌舞伎座の座付き作者になろうとしたのか。何で読んだのか忘れたが、荷風が「小説家になったら、私は親から勘当されるもの。そうすれば食べられなくなるだろうから、その備えのために落語家になろうとしたのだ」

と言ったという談話筆記を私は記憶している。その時の用意だったろうが、とにかく小説家になれば、勘当される、その時の用意だったと解して間違いあるまい。座付き作者にしても、同じ気持からだったのだろう。福地桜痴が歌舞伎座から離れた後、やまと新聞に主筆として迎えられた驥尾《きび》に付して、彼も雑報記者として入社し、月給十二円を給せられたのも、同じ気持からだったのだろう。

「わが新聞記者たりしも、僅か半年ばかり。社員淘汰《とうた》のためとやらにて、突然解雇の知らせを得たり。止めたる後は、再びもとの如く歌舞伎座の楽屋に入らんことを冀《こいねが》いしかど、敬して遠ざけらるる如くなりしかば、ここに意を決してフランス語稽古にと暁星《ぎようせい》学校の夜学に通い始めぬ」

こうした彼の青年時代の跡を辿って見ると、自分の才能を発見出来ずに、あれに迷いこれに迷ったように見受けられるけれど、素志はやっぱり小説家志望にあった。

家を勘当された時のことを慮《おもんぱか》って、あれになり、これになりしたと言っているけれど、そうばかりとも思えないふしがないでもない。何とかして、自分の才能を見出そうとしての足掻《あがき》でもあっただろう。

そうして何をやっても駄目で、また素《もと》の小説家に戻って来たのだと思う。あれだけ迷った揚句に、やっとこれ以外に自分の行く道はないと覚悟を極めたのだと思う。いや応なしに、勘当されたら勘当された時のことだという腹が――というと立派だが、そうじゃない、一種の不貞腐《ふてくさ》れでそうなったのだと思う。

以上私が長々と書いたあとを、もう一度振り返って見て下さい。私のつくづく感心するのは、坊ちゃんの向う見ずに似ているとは言え、無鉄砲な勇気と、一種の情熱と、こうと思ったことは必ず実行する青年らしい実行力と、この三つのものを持っている荷風の姿を彷彿《ほうふつ》としずにいられないことだ。

この三つのものを持っている荷風の性格を忘れずに記憶して置いていただきたい。この性格が彼の一生を貫いていることをやがてあなたも発見するであろう。ただ現在のところ、まだ本物でないひ弱さを感じる。ヒステリックで、病的で、たよりなさをどうしようもなかった。

事ある毎に私が痛感しているのは、人と人との相逢うことの微妙さだ。いや、尊さだ。例えば、若《も》し高浜虚子が正岡子規に逢わなかったら、虚子はなかったろう。凡兆《ぼんちょう》が若し芭蕉に逢わなかったら、凡兆はなかったろう。道元が支那で如浄《にょじょう》禅師に逢わなかったら、道元はなかったろう。

荷風が柳浪の「今戸心中」を読んで感激しなかったら、荷風はゾラを発見しなかったろう。まだそのあとに「ゾラを発見しなかったら」と言いたいのだが、今は言うまい。荷風が清国の人羅臥雲《らがうん》と相知らなかったら、巌谷小波《いわやさざなみ》の門に遊ぶ機会もなかったろう。小波と彼の関係は、彼が文壇に出るキッカケを作ってくれた外に、その以前に西洋文学に彼の目を開かせてくれる機会となった。

「今戸心中」は——と言う中《なか》には、「黒蜥蜴《とかげ》」「変目伝《へめでん》」「河内屋」など、柳浪の傑作を全部含んでいると解していただきたい、硯友社流の自然主義前派の小説ではなく、自然主義に最も近い心理的な小説であった。文体も紅葉のような美文調でなく、平明な散文的な文体であった。

しかし残念なことに、柳浪はフランス自然主義の文学理論を知らなかった。フランスの自然主義が生んだ小説の実物も知らなかった。従って後の田山花袋のように自分の文学理論を持たなかった。そのために、書けなくなって行ったのだろうと思う。

小波やその門下の誰彼から、西洋文学に興味を唆《そそ》られた荷風は、「先ず鷗外先生の翻訳から読んで見た。『水沫集《みなわ》』などだ。その意味は十分分らなかったにも拘《かか》わらず、本当の文芸というものは、当時わが国で盛大であった硯友社一派の小説よりも、西洋の作品のようなものでなければならないと言うような気がして来た。そうして分らないながらも、原文について外国文学を味わいたいという考えが頻《しき》りに動いて来た」

右の文中「硯友社一派の小説」とあるのは、尾崎紅葉一派の小説という意味である。

「最初には、先ず多少英語の知識があったから、ジョージ・エリオットとホーソンを読んで見たが、『水沫集』などで窺《うかが》った大陸文学のような趣味がないのと、また一つには語学の力も十分でなかったので、期待したほどの面白味は感ずることが出来なかった。ところが、その後何心なくゾラの英訳を繙《ひもと》いて見ると、これは訳文も読み易く、またゾラが旧文芸に対するあの雄々しい反抗の態度が非常に自分の性情に適したように思われた。で、一冊また一冊、殆《ほと》んどゾラを通読してしまった」

「その頃の思想は、敢《あ》えて私一個人のみではなく、世間一体が旧思想に対して反抗の声を挙げていた。外国の作家でも、ゾラの外にゴルキー、ニーチェなど初めて紹介されたのは、やはりその当時だから、私なぞも、外国文学と言ってもゲーテ若《も》しくはシェークスピヤーの如き古典の方には更に目を向けなかった。従ってその頃の私の作品といえば、すべてゾラの模倣《もほう》であって、人生の暗黒面を実際に観察して、その報告書を作るということが、小説の中心要素たるべきものと思っていた」

大雑把《おおざっぱ》に言って、柳浪のすぐ隣にいるようなのがゾラの小説だろう。荷風の気に入ったのは無理もない。それも「ジェルミナル」（木の芽《こめ》立ち）のような炭坑を舞台にしたものでなく、「女優ナナ」のような華かな女の出て来るものに心を引かれたのも、いかにも荷風らしい。

無論梗概だが、彼は「女優ナナ」という単行本を出している。「恋と刃」という翻案は、黒岩涙香式に人名も地名も、すべて日本名に書き改められている。外に原文のままの梗概もあるし、「洪水」の翻訳（?）もあるし、「エミール・ゾラとその小説」「ゾラ氏の故郷」「ゾラ氏の『傑作《ラーブル》』を読む」「ゾラ氏の作ラ・ベート・ユーメン」などの紹介もある。

一時彼がいかにゾラに傾倒していたかを見ることが出来るであろう。

いや、単に翻案紹介に努めたばかりでなく、ゾラ張りの「地獄の花」という中篇小説を書いている。「金港堂の『文芸界』は第一号の発刊と共に、賞を懸けて長篇小説を募集しぬ。余が『地獄の花』と呼べるいかがわしき拙作は、この懸賞に応募したるもの。選に入ること能わざりしが、編輯諸子の認むるところとなり、単行本として出版せらるるの光栄を得たるなり。原稿料この時七十五円なりき」

「地獄の花」以前の自作について、荷風は次のように語っている。「その頃の私の作物は、『文芸倶楽部』などに出したのを見ても分るが、思想、形式、取材ともに、悉くその当時の柳浪氏に模倣して至らなかったと見ればよろしい」「おぼろ夜」以下「野心」に至る諸作を顧みて、作者自身そう言っているのは、その通りだろう。

ゾラに感心してから、彼はフランスの作品に強く心を引かれて、暁星の夜学へ通ってフランス語の勉強を始めた。彼の勘《かん》はその頃から正しい方角を捜し当てるようになった。彼は言う。

「そもそもこの年月わが身をして深く西欧の風景文物に憧れしめしは、かの『即興詩人』『月草』『かげ草』の如き森先生が著書と、また『最近海外文芸論』の如き上田敏先生が著述との感化に外ならざればなり。わが身の初めてボードレールが詩集『悪の花』のいかなるものかを知りしは、上田先生の『太陽』臨時増刊『十九世紀』というものに物せられし『近世フランス文学史』によりてなりき。かくて我いかにかしてフランス語を学び、フランスの地を踏まんとの心を起せしが――」

「地獄の花」がどんな作品であったか私はもう覚えていない。今更読み返して見る興味もない。以前の作品が柳浪の模倣であったように、この作もゾラの模倣を出《い》でなかったように思う。

それは序文で作者自身「人類の一面は確かに動物的たるを免《まぬが》れざるなり。これぞの組織せらるる肉体の――」などと言っているのでも明らかだろう。二十四の若者が書いたものだから、思想は思想、人物は人物と別れ別れになっていて、この二つのものが一つになって生きた人間として読者を打って来ない。そういう不満を抱いたことを覚えている。

それにしても、荷風が小説の正しい方向に舵《かじ》を取りつつあることは間違いない。いや、「夢の女」と言い、「地獄の花」と言い、片々たる売り込み原稿でなく、何百枚という力の籠ったものに身を打ち込んだということは、いよいよ小説を書くことが自分の行く道だという自覚を摑《つか》んだという意味で、私は彼のために祝福したい。作の出来からいうと、思想のお化けがくっついていないだけに、「夢の女」の方がフックラしていると思う。

しかし今と違って、小説を書くということは男子一生の仕事ではないと社会がそう思っていたばかりでなく、二葉亭四迷のような優れた小説家自身さえハッキリそう考えて、「クタバッテシメエ」と自嘲したと伝えられている時代だった。嘘か本当か知らないが、それが二葉亭四迷の号の由来だと言われている。

　当時の常識からいうと、小説家は「ならずもの」の一種だった。義太夫に、「やあ、聟のならずはまた留守か」などという文句があるように、「どうにもならない者」の謂《い》いである。「破落戸」と書く。

「貴様見たような怠け者は望みない。もう学問なんかよしてしまえ」

　父の久一郎は荷風に失望して、しばしばそう言って罵ったそうだ。荷風の弟の永井威三郎博士の話だと、

「父は同郷出身の学生の面倒をよく見、帝国大学の書記官をした関係から、帝大生の世話もよくしていた。それだけに、自分の息子も大学に入学させたかったのです」

　ところが、大学は愚か、高等学校にさえはいれず、完全にならずものになってしまった荷風を見て、父は途方に暮れた。父の目から見ると、わが子は、見た目も、心の中も、全く変り果ててしまった。肉体は堕落し、精神は頽廃し切っている。生活能力は皆無である。

「今にして更生させなければ、永久に救うことが出来なくなるだろう」

　父はそう考えた。郵船会社横浜支店長を実業家と呼ぶべきかどうか私は知らない。が、教養ある立派な紳士だった。彼自身漢詩を解し、漢詩人であった。しかし、小

説を解し、小説を——文学を認めなかった。漢詩もまた小説と同じように文学の一部門であることをどう解していたのだろうか。

父は何とかして息子を改心させて、真面目《まじめ》な勤め人にさせたいと願った。その頃、どうにも手に負《お》えない堕落息子を洋行させるという非常手段が上流社会では行なわれていた。その結果の成否は知らないが——。久一郎も、窮余の一策としてこの非常手段を以ってわが子に迫った。

書くのを忘れたが、これより前《さき》、荷風は徴兵検査を受けて不合格になった。若し合格していたらどうなったろうと思うと、少なからぬ興味を唆《そそ》られずにいられない。

もう一つ、洋行前に彼が鷗外先生の知遇を得たことも記しておく必要があると思う。「金港堂より『地獄の花』を出《いだ》せし後は、どうやらこうやら我れも新進作家の列に数え入れらるるようになりぬ。たしか明治三十六年の春なりしと覚ゆ。新派俳優伊井蓉峰《ようほう》等の一座、市村座にて鷗外先生の『両浦島《ふたりうらしま》』を中幕に、紅葉山人が『夏小袖』を大喜利《おおぎり》に据えたることあり」

当日、荷風も見物に行っていた。

「一幕二場演じ終りてやがて再び幕となりし時、わが傍にありける某子《ぼうし》、突然わが袖を引き、隣れる桟敷《さじき》に葉巻くゆらせし髭《ひげ》ある人を指さして、あれこそ森先生なれ、いで紹介すべしとて、わが驚きうろたえるを構わず、我れを引き行きぬ。われ先生の謦咳《けいがい》に接せしはこの時を以って初めとす。先生はわれを顧みて微笑して『地獄の花』は既《すで》に読みたりと言われき。余、文壇に出でしよりかくの如き歓喜と光栄に打たれたることとなし」

「未《いま》だ電車なき世なりしかど、その夜われは一人下谷よりお茶の水の流れに添いて、麴町までの道程《みちのり》も遠しとは思わず、楽しき未来の夢さまざま心のうちに描きつつ歩みて家に帰りぬ」

この夜の荷風の感激は、私にも手に取るように分る。勤め人になるために、父にアメリカへ追いやられる直前、鷗外先生の一ト言を耳にした一事は、ただ一時の感激で終りはしなかったろうと思われるのである。彼の一生を左右するほどの大きな事件であった。

八

その時、荷風は数えの二十五だった。明治三十六年九月二十二日、彼は信濃《しなの》丸に乗って横浜を出帆《しゅっぱん》した。

若い彼の心は、恐らく悲喜こもごもだったろう。父の命ずるがままに、アメリカに於いて会社員になる素地を作る自信は恐らくなかったろう。いや、そんな道を辿ろうとする気持は、さらさらなかったに違いない。

何年かの後に帰って来た時の父の失望、いや、激怒を思うと、彼の心は重く沈む一方だった。

しかし、外国の土を踏み、外国の生活を身を以って味わうことの出来る喜びは、飛び立つほどに大きかったに違いない。彼は身の幸運を父に向かって感謝しずにいられなかったろう。

アメリカに於ける彼の生活を見れば、この二つの心の動揺が如実に現われている。初めタコマに着くと、彼はまず古屋商店に入社した。古屋商店は何を商《あきな》っている店か、私は知らない。恐らく貿易商であろう。本店はシアトルにあり、タコマ支店の支配人山本一郎と父の永井久一郎とは旧知の間柄であったらしく、古屋商店入社のことは、父の計らいであったらしい。

しかし、間もなく彼は同地のハイスクールに入学してフランス語の勉強をしている。かと思うと、遠く離れたミシガン州のカラマヅという町のカレッジに転校して、やはりフランス語の勉強に身を入れている。

間もなくワシントンに出て、日本公使館の雇員《こいん》となり、それを辞すると、ニューヨークに行って、正金銀行の行員となっている。

「再び家書に接す。正金銀行に入るべしとの命なり」

父も、遠くから絶えず彼に目を放さなかったのだ。「再び家書に接す」の前に「家尊《かそん》よりフランス行きはいかにするとも同意し難き旨《むね》の来書あり」という記事がある。が、結局子の愛に引かれて、父は東京の正金銀行の頭取《とうどり》に面会して、荷風をフランスのリヨン支店へ転勤させてくれるように頼むのだ。フランスに憧れていた荷風は「感極まりて言うところを知らず」と言っている。

こう書いて来ると、いかにも父の意志に忠実のように見えるが、彼の生活を見ると、決してそうとは思えない。

「父は余をして将来日本の商業界に立身の道を得せしめんがため、学費を惜しまず余を米国に遊学せしめしなり。子たるもの、その恩を忘れて可《か》ならんや」

そう言っているかと思うと、

「ああ、父と余との間には何事も同意せられざるなり。失敗と失望とに馴れたる余は、今更に何の驚き歎くことあらんや。余は早晩ワシントンを去らば、身をニューヨークの陋巷《ろうこう》に晦《くら》まし、再び日本の地に帰ることなかるべし」

と言っているのだ。

「アメリカに来《きた》りてより、余が胸裏には芸術上の革命漸く起らんとしつつあるが如し。近時筆を執《と》れども、一二行すら満足には書き能《あた》わざるは、蓋《けだ》しかくの如き思想混乱の結果たらずんばあらず」

彼の心は一刻も文学を離れてはいけない。「身、海外にある故にや、近頃は何となく雅致に富める古文の味わい忘れ難く、行李を開きて『平家物語』『栄花物語』なぞ取り出《い》だし、一人炉辺に坐して夜半に至る」「薄幸の詩人アラン・ポーの詩を読む」「シェンキウィッチが作『ハニヤ』を読む」「この地に来たりてより、創作意の如くならざれば、これを機会に自叙伝の稿を起さんかと思い、参考のためにもと、まずトルストイが自叙伝『幼年』『少年』の著を次第に読み始む」

父の命ずる「商業界に立身の道」を求めることには至って薄志弱行の彼も、文学に対しては薄志でも弱行でもなかった。

例えば、一ト度西洋文学に心を引かれたとなると、中学を卒業しただけの語学力を独学でポーの詩が読める程度に勉強した。フランス語にしても、日本にいた時、自転車で暁星の夜学——後のアテネ・フランセに通ったのを皮切りに、アメリカへ渡ってからも勉強を続けて、後にはフランスの小説を自由に読めるようになっているのだ。

「殊に余の心をチャームするは、短き冬の日の将《まさ》に暮れなんとする頃、雪に埋ずもれたる静かなる街路に橇《そり》を馳《は》する鈴の響きを聞くことなり。この鈴の音を聞く時は、身恰《あたか》もロシア小説中の人物なるが如き心地するなり」「余はかくの如き夜のさまをば、しばしばツルゲネフの小説中にて見たるが如き心地せり」「余は将《まさ》にこの夜の光景より筆を起さんなぞ、さまざま思いに耽《ふけ》りて時の移るを忘れたり」

フランス語の勉強については、「今少し十分に仏語研究いたしたく思い居り候えども、何分銀行勤務に大切なる時間を取られ、思うよう進歩いたさず、残念に存じ居り候。しかし当分は日常のちょいとした会話には不便を感ぜざるように相成り候。三度の食事も、フランスの料理屋にて食事し、またフランスの教会にも参り、万事仏語に馴るるよう生活いたし居り候」

好きなことには、彼はこんなに熱心なのだ。まだ実例を示す機会がないが、好きなことには、日本にいた時の例でも分るように、彼は驚くほど恐《こわ》いもの知らずだった。

「作品が出来ないので、一時は実に言うに言われぬほど煩悶したが、いくら煩悶しても感興が湧かねば駄目だとあきらめて、近頃は専心読書に耽って、いささか素養に努めているつもりである。アメリカの小説は、余りに無邪気で楽天的で、到底フランス、ロシアの作品に接するようには行かない。万事に余の如く文学的研究をなさんとするものには、アメリカは甚だ不便、不適当である」

「家庭に対する紛紜《ふんぬん》、久しく煩悶の種であったが、近来は例のなげやり主義に立ち返って、空々寂々に日を暮らしている。しかし僕としても、このまま朽ち果てるつもりでもないから、いつか一度は文学的の方面で家の奴等《やつら》を驚かす機会を得ることがないでもなかろう」

「ロチの作『ロマン・ダン・スパイ』を読む」「モーパッサンが紀行『水の上』を読む」「モーパッサンの作『ベル・アミー』を読みはじむ」「ルッソーの著書を購《あがの》う」「フローベールが『感情教育』を読む」

文学以外のことは全然彼の心になきが如くだ。銀行に勤めれば、勤めがイヤでイヤで仕方がない。日本公使館に勤めた時も、フランスへ行く旅費稼ぎだと言っている。

「再び家書を得たり。フランスに遊ばんと企てたることも、予期せし如く父の同意を得ざりき。今は読書も、健康も、何かはせん。余は淫楽を欲して止まず。淫楽のうちに一身の破滅を冀《こいねが》うのみ。先夜馴染みたる女の許に赴き、盛んにシャンパンを倒して快哉《かいさい》を叫ぶ」

ソロソロ彼の地金が現われ始めている。しかし、そう言いながらも、フランス遊学のことはあきらめられなかった。「西遊日誌抄」を見ると、そのことで従兄《いとこ》の永井松三（素川）のところへ相談に行っている。当時永井松三はニューヨークの領事を勤めていた。「素川子と四方山《よもやま》の話の末、余は米国生活の更に余の詩情を喜ばすものなきを歎《たん》じ、フランスに渡りてかの国の文学を研究せんことの是非を問いぬ。子は大いにこれを賛成し、まずその旅費を才覚《さいかく》すべく、暑中休暇を労働に当つべしと言う。余は直ちにヘラルド新聞に奉公口を求むる広告を出《いだ》しぬ」

松三は、帝大法科の出身で、後《のち》に外務次官になり、最後にはドイツ大使になったほどの人物であった。「色の白い細面《ほそおもて》の好紳士で、口を利くと歯切れがよかった」と長田幹彦が書いている。後に荷風自身「ふらんす物語」に「わが親愛の従兄永井素川君に本書を献ず」とデジケートしている。

彼の「日誌」の次の行に、「ワシントン日本公使館にて、身許正しき小使一名入用なりとのことを聞き込み、素川子にその周旋を依頼したり。これ近日、日露講和談判開始せらるるにつき、自然公使館の事務多忙となれるがためなるべし」

前に、ソロソロ彼の地金が現われ始めたと言ったのは、東京の黒田湖山宛の手紙に、「僕こっちへ来てから、神田の芸者が一度手紙をよこしました。その後は音沙汰なし。きっとお代りが出来たのだろう。僕の方でも去るものは疎《うと》しで、目下はややタコマ花柳界の消息もアンダースタンドしましたよ」

というのが始まりで、東京にいたのと同じように、彼は暇と金にまかせてアメリカでの遊蕩を始めたのである。東京の友人に送ったエハガキによると、こう書いている。「私はやはり流行だの、鳴り物だの、いろいろ賑かなもののある土地でなければ、幸福に暮らすことの出来ない人間だということを悟りました」

　今更何を言うか。

「天気、連日日本の梅雨に似たり。雨の晴れ間に、街を散歩す。とあるカッフェの前を過ぎし時、見馴れぬ女の余を見て目礼するに、よく見れば、去年さる家の下婢《かひ》なりし女にて、毛皮の外套、羽根飾りの帽をいただきし姿、見違うばかりとなれり。これも浮世なるべし」

「市中の雪景色いと麗《うる》わし。日曜日を幸い、午後より素川子と共に市中を散歩し、十四丁目あたりの酒場に俗謡を聞く。このあたり、辻君《つじぎみ》多し」

「余の生命は文学なり。家庭の事情止むを得ずして銀行に雇わるるといえども、余は能《あと》うかぎりの時間をその研究に委《ゆだ》ねざるべからず。余は信ず、他日必ずかの『夢の女』を書きたる当時の如き幸福なる日の再来すべきを――。余は絶望すべきにあらずと自ら諌《いさ》め且つ励ましたり。しかも余は一時文芸に遠ざからざるべからざることを思う時は、何等か罪悪を犯したるが如く、また深き堕落の淵に沈みたるが如き心地して、心中全く一点の光明なし。銀行の帰途、酒場のテーブルに一人痛飲して夜半に至る」

こうして酒場巡《めぐ》りをしているうちに、彼はイデスというアメリカ生まれの恋人を得るのだ。彼がアメリカに渡って来て三年目の秋である。

「朝夕の風、身にしむようになりぬ。美しき燈火《ともしび》の光の恋しさに、夜、下町の寄席《よせ》に入るに、訳もなき愚かなる俗曲、却って客愁を動かすこと深し。一酒舗《しゅほ》のテーブルにカクテル傾くる折から、ふとわが傍なる女の物言い掛くるがままに、打ち連れてポトマック河上《かじょう》の公園を歩み、遂に誘《いざな》われてその家に至る」

これがイデスだった。

「日露両国講和の談判も既に結了し、公使館内の事務も漸く暇多くなりぬ。余は当月一杯にて不用なる由申し渡されたり。ああ、樹木多きこの都も、今は遂に見納めとなりぬるか。数《かぞ》うれば、夏の盛りの七月より、秋も漸く暮れゆく十月まで、早くも四ヶ月をここに過《す》ごせしなり。余はこれまで見たりし米国の都市のうちにて、街衢《がいく》悉く囿苑《ゆうえん》の如きこのワシントンほど心地よきところはなかりしものをと思えば、目に入るもの皆言うばかりなく懐かしく、取り分けポトマックの公園にて初めて見たりしかのイデスと呼ぶ浮かれ女《め》が情、堪え難きまで懐かしく思い出《いだ》され、せめて余《よ》所《そ》ながら別れを告げんものをと、晩食すませし後、いつもの酒舗に至り見れば、イデスは華美なる帽子冠《かぶ》り、二三の友とテーブルに倚《よ》りいたり」

「誘《いざな》いて公園に入り、人なき小径《こみち》を歩むに、落葉の梢《こずえ》を漏るる月かげ朧《おぼろ》に霞みて、夜は風なく、彼女が化粧の香高く薫《かお》るさま、何となく薔薇咲く春夜の庭にあるが如き思いなり」

「余は程なくこの都をあとに、ニューヨークに去るべき由語り出でしに、彼女は暫く無言にて、唯腹立たしげに細き靴の先きにて散り積る落葉を音高く蹴り居たりしが、忽ち余が身を堅く抱きて声を曇らせ、さらば今宵《こよい》より毎夜わが家に来て給われかし、執念《しゅうね》くあとは追うまじければ、別るるまで一日に必ず一度来て給われかしとて、ひたとわが胸にその顔押し当てたり。ああ、人の運命ほど測《はか》り難きはなし。異郷の街の旅より旅にさまよい歩みて、将に去らんとする時、この得難き恋に逢《あ》う。余は明日を待たで死するも更に憾《うら》みなし」

荷風に「腰まげてジャップが申す御慶《ぎよけい》かな」という俳句があるように、日露戦争に勝ったとは言え、アメリカでは日本人はなおジャップ、ジャップと軽蔑されていた時代だ。「イデスはワシントンの娼婦なり」と荷風は言っているが、人種的軽蔑は娼婦にまで行き渡っていたと思う。その彼女が――殊に、商売女が、商売を忘れて彼を愛してくれたのだ。荷風が「余は明日を待たで死するも更に憾みなし」と言ったのも無理はあるまい。

昔、神田伯龍《はくりゅう》という講釈師が、私に吉原通いの醍醐味《だいごみ》を説いて、「向うは、客には絶対に惚れてはならぬと教えられている商売女ですよ。その商売女が、商売を忘れて、素人女に返って私に誠意を見せてくれるんですぜ。こんな面白いことってありますか。先生が相手にしているような女なんか、みんなハナから素人女じゃありませんか。素人女が素人女として惚れてくれるのなんか、当り前で、一向面白くも有難くもありませんや」

そう言っていた。荷風に於けるイデスの場合も、この伯龍のいう醍醐味と相如《あいし》くものがあったに違いない。「イデスの手紙来たること連日なり。わが心、歓喜とまた恐怖に満たさる」なぜ歓喜と共に恐怖に満たされたのか、それはもう少しあとで了解されるであろう。

「ワシントンのイデス、その後久しく消息なかりしが、ニューゼルシー州トレントン市に来たれる由書き越しぬ」荷風は当時ニューヨーク市にあり、トレントン市はワシントンとニューヨークの丁度中間ぐらいのところにあった。ワシントンとニューヨークとは、どのくらいの距離で離れているのだろうか。州が違うのだから、相当遠いのであろう。それを女の方から逢いに来るというのだから、並大抵のことではない。半月ほどしてまたイデスから手紙が来て、「次の日曜日には余を見んがためトレントン市よりニューヨークに来たるべしとなり。いかがはせんとさまざまに思い惑《まど》う」

「いかがはせんとさまざまに思い惑う」という文句をよく覚えて置いて下さい。三日ほどして更に「イデスは次の日曜日、正午と一時の間に、さるところより電報を打つべければ、それを受け取りたらば直ちに来《こ》よと手紙にて言い越しぬ」

「イデス、既にニューヨークにあり。余に四十五丁目のベルモントホテルに待ちつつありと言う。余はこの電報を片手にして馳《は》せ行けり。ああ、去冬十一月、落葉蕭々《しょうしょう》たるワシントンの街頭に別離の涙を濺《そそ》ぎしより恰《あたか》も九ヶ月なり。彼女は一日とてもその夜の悲しさを忘れたることなしとて、熱き接吻もて余の身を掩えり。ホテルにあること半日、夜の来たるを待ちて共に中央公園を歩み、コロンブスサークルの酒楼バブストに入りて、シャンパンを傾け、酔歩蹣跚《まんさん》、腕をくみて燈火の巷《ちまた》を歩み、暁《あかつき》近く旅館に帰る」

「彼女は、この年の秋か、遅くもこの年の冬にはニューヨークに引き移りて、静かなる裏通りに小綺麗《こぎれい》なる貸間《フラット》を借り、余と共に新らしき世帯を持つべしとして、楽しき夢のかずかず語り出でて止まず。余は宛然《えんぜん》フランス小説中の人物となりたるが如く、その嬉しさ忝《かたじ》けなさ涙のこぼるるばかりなれど、それと共にまた来たるべき再度の別れのいかに悲しかるべきかを思いては、寧《むし》ろ今のうちに断然去るに如《し》かじと、さまざま思い悩みて眠るべくもあらず」

「今、余の胸中には、恋と芸術の夢との激しき戦い布告せられんとしつつあるなり。余はイデスと共に長くニューヨークにとどまりて米国人となるべきか。然らばいつの日かこの年月憧《あこが》るるパリの都を訪い得べきぞ。余は妖艶なる神女の愛に飽きて、歓楽の洞窟を去らんとするかのタンホイゼルが悲しみを思い浮べ、悄然《しょうぜん》として彼女が寝姿を打ち眺めき。ああ、男ほど罪深きはなし」

翌日——

「朝晩《おそ》く疲れし睡眠より醒むるや、余等は直ちに接吻せり。彼女は午後二時半の汽車にてトレントン市に帰るとのことなりければ、食事して後直ちに馬車を雇いてペンシルベニヤ停車場に赴き、渡船にてハドソン河を渡る」

「彼女は、この道すがら、車の中、舟の上にてもしばしば余を接吻せり。発車の時刻迫り来たるや、彼女は汽車の窓よりまた逢うまでの形見にとて、胸にさしたる薔薇の花を投げたり」

「余は突然、いかなる犠牲を払うとも、彼女を捨つること能《あた》わずと感じぬ。昨夜の二心《ふたごころ》は忽ち変じて、今は一刻だも彼女なくしては生くること能わざるが如き心地となれり」

「汽車は既に動き出《いだ》して、ハンケチ打ち振る彼女の姿は、見る見るうち遠ざかり行きぬ」

翌日の「日誌」にも彼女のことが語られている。「彼女がこと心を去らず。余はさまざまあられもなき空想に包まるる身とはなれり」同じ文章を再度抜萃することを許せ。「そもそも父は余をして将来日本の商業界に立身の道を得せしめんがため、学費を惜しまず余を米国に進学せしめしなり。子たるもの、その恩を忘れて可ならんや。然れども如何せん、余の性情遂に銀行員たるに適せざるを。余は寧ろ身をこの米国の陋巷にくらまし、再び日本人を見ざるに如《し》かじと思うことしばしばなり。イデスは、やがてニューヨークに来たりて、余と同棲せんと言いしにあらずや。余は娼家の奴僕《ぬぼく》となるも何の恥ずるところかあらん。かかる暗黒の生活は、余の元来嗜《たしな》むところなるを」

日本にいた時と全く同じ荷風ではないか。彼のような上流の家庭に生まれて、両親も、兄弟も、揃いも揃って模範的な紳士なのに、荷風一人がこうしたデカダン的な性格を持っているというのは、何の故であろう。しかも、一時のそれが気紛《きまぐ》れでなく、一生この種の生活を徹底的に貫いたところを見ると、借り物でもなければ、江戸文学のデカダン、西洋文学のデカダンの影響でもなさそうだ。寧《むし》ろそれ以前のもののように思われる。彼の持って生まれた性格としか解釈のしようがない。

では、彼が持って生まれた性格とはどんなものか。一卜口に言えば、乳母日傘《おんばひがさ》で育った坊ちゃんの気の弱さだ。それが一卜通りの気の弱さではない。そとに出れば二十日鼠《はつかねずみ》だが、内にいればライオンの気の弱さなのだ。もう一度言い直せば、「面従腹非《めんじゅうふくひ》」の弱さであり強さである。

ここで彼の性格について語るのは、やや早きに過ぎる観がある。ここではもう暫く彼の生活を追うことにしよう。

荷風の筆はなお暫くイデスの上を去らない。「彼女の手紙は、毎朝、余の銀行に行かんとする時余の机上に飛び来たれり。ああ、余は実に不思議なる運命に遭遇《そうぐう》せり」

「明治三十九年七月十四日　机上に小包郵便あり。開き見るに、銀製の巻煙草入れにして、彼女の贈るところ。『愛はすべてなり』との文字を刻《こく》したり」

「七月十八日　イデス、再び余を見んがためこの月の末ニューヨークに来たるべしと言い越しぬ」

「七月二十八日　午後四時、金ボタン輝かしたるベルモントホテルのボーイ、イデス余を待ちつつある由の書状を持ち来たれり。余は直ちにホテルに赴けり。晩餐後、ブロードウェイを歩み、そこここの酒場に休みて飲む。帰途、彼女は是非にも余が寓居を見ねばやまずと言うに、止むなく導きて余が寓居に至る。暁近き頃、共にホテルに帰る」

翌日――

「正午頃目醒めて後、余は彼女と共に窓に近きコーチに倚《よ》りて語りぬ。空曇りて驟《しゅう》雨《う》やむ時なし。晩餐のテーブルに白葡萄酒傾けし時、彼女は長々と幸《さち》薄き来《こ》し方《かた》語り出でて泣きぬ。窓のそとには家々の燈火美しく、殊《こと》に彼方なるニューヨーク劇場の屋上園《ルーフガーデン》には、色さまざまの燈火宝石の如く、男女の戯れ遊ぶさまよく見ゆ。雨の鉄屋根を打つ音しめやかなり」

「八月一日　正午、日本領事館の素川子と会食す。子、語りて言う。君、近頃銀行内の評判よろしからず。解雇の噂さえあるやに聞き及べりと。余が超俗的の態度は遂《つい》にこの周囲の空気に合わざりしと見ゆ。余は最初より解雇を予期して入社したるなれど、今日素川子の言を聞くや、心大いに憂い悲しめり。余は来たるべきこの一ト冬、銀行に雇われ歌劇と音楽を聞くべき切符代を稼ぎたしと思いたればなり。欧洲各国の音楽を聞き比ぶるには、ニューヨークほど便利なるところ恐らく他にはあらざるべし」

銀行勤めについては、この「日誌」の前の方で彼はこんなことを言っている。「銀行の勤務漸《ようや》く苦痛の度を増し来たれり。余は銀行の事務に対しては別に何等不平なるところなし。余の苦痛に堪えざるは、銀行閉《と》じて後、銀行員との交際を強《し》いらるることなり。日曜日毎に頭取の社宅に御機嫌伺いをなさざるべからざることなり。余はかかる苦痛を忍びし後は、必ず支那町の魔窟に赴き、無頼漢とテーブルを共にして酒杯を傾け、酔えばしばしば賤業婦の腕を枕にして眠る」

「余は支那街の裏屋に巣を食えるこれ等米国の賤業婦が、醜悪惨澹たる生活を見て戦慄すると共に、また一種の冷酷なる慰藉を感ずるなり。彼等ももとは人なりき。人の子なりき。母もありけん。恋人もありけん。しかも彼等は遂に極点まで堕落し終れり。すべての希望を失える余は、これ等堕落の人々に接する時、同病相憐れむ底《てい》の親密を感ず。余は彼等が泥酔して罵り狂えるさまを見る時は、人生を通じて深き涙を催すなり。ああ、彼等不潔の婦女、余これを呼んで親愛なるわが姉妹となすを憚《はばか》らず。余は光明と救いの手を要求せず。余は彼等と共に一掬《いっきく》の鴉片《あへん》を服すべき機会を待つのみ」

前半の、銀行勤めのいやさを語っているところについて私は言いたい。銀行員同志としての交際がいやなのは私にも分る。しかし、いやなのは、何も荷風一人ではあるまい。彼に交際を強《し》いる銀行員だって、日曜日毎に頭取の社宅に御機嫌伺いに行くのは、荷風同様いやであるに違いない。が、彼等は荷風と違って、一生銀行員でいなければならないのだ。だから、荷風よりももっといやな思いをしても我慢しているのだろう。一ト冬、歌劇と音楽を聞くべき切符代を稼《かせ》ぎに銀行員になっているのとは訳が違うのだ。

賤業婦に対する彼の親愛感も、私に言わせれば、詩人の感傷に過ぎない。詩人の感傷としては面白い。文章も美しいし、デカダンの詩味も、これまでの日本文学にはなかった新らしさで、若い私達を魅了するに十分だった。

しかし、「一掬の鴉片を服すべき機会を待つのみ」に至っては、笑わせるにも程があると言いたい。私はボードレールのことも、ヴェルレーヌのこともよくは知らない。彼等が鴉片を吸ったかどうかも知らない。しかし、その辺からの借りものらしい気がしてならない。ボードレールやヴェルレーヌのように、何か生活上の破れから止むに止まれず飲酒に惑溺《わくでき》するような生活者でない荷風が、何で身心の危険を冒してまで鴉片をのむものか。文学の遊戯に過ぎない。私達青年はそれと知らずに、文字の上のこの種のデカダン美にコロリと参ってしまったのだ。

それにしても、この「西遊日誌抄」の文章は、二十三や四の青年のよく書けるものではない。晩年の「断腸亭日乗」を彷彿《ほうふつ》とさせるスタイルの美を既に持っている。若さと老成との違いはあるが――。或る種の完成美を既に備えている。日本にいた時の未熟さを見事にかなぐり捨てている。誇張でも何でもなく、未来の荷風文学の詩境と、人生観とが歴々と完成しつつあるのを見逃すことが出来ない。荷風はアメリカに滞在した五年間に、捨てるべきものは捨て、取り入れるべきものは取り入れることを過《あやま》たなかった。彼は自分が本当の小説家の素質を持っていたことを彼自身に向って証明した。

それもこれも、アメリカの五年間に、彼が本当に自分自身の生活をしたからであった。自分自身の生活をしたからこそ、文学的にも、本当のものを摑まえることが出来たのだ。その点については、後に具体的に語るであろう。

私は余計な感想を少し挟《はさ》み過ぎた。もう少しイデスのことを語ろう。

「八月十四日　帰り来たれば、机上に一封の電報あり。開き見るに、『今夜ニューヨークに行くべし。待ちたまえ』との言葉の末には、イデスの名あり。余は髪を直し、衣服を着換えて待つほどもなく、ベルモントホテルのボーイは彼女の手書を齎《もたら》し来たりぬ」

「八月十五日、イデスはトレントンの町にも住み飽きたれば、これよりニューヨークに引き移りて日々余を見るべし。この年月の貯金《たくわえ》三百ドルほど持ちたれば、当分はこのホテルを家にせんとて、行李を開き、写真挟み、花瓶など取り出《いだ》してテーブルの上を取り飾り、ボーイを呼びて頻《しき》りにシャンパンを傾けぬ」

これではまるでヒモではないか。

「八月二十日　彼女はホテルを引き払いて、四十九丁目の貸間に移り、毎夜寄席の運動場または諸所の舞踏場に行きて、浮きたる世渡りせんと言うなり。日曜日は主なる寄席、芝居は休みなれば、その日の夜を我れとの会合に当つべしと約す」

「九月十五日　心地すぐれず。銀行の執務に堪えず。家に帰りて臥《ふ》す」

「九月十六日　イデスの余を待つ日なり。電話にて、病いあり、行き難き旨《むね》言い送りしかど、若しこのまま病い長引きて、銀行もいよいよ解雇となりなば、彼女に逢うことも能わずなりぬべし。フランスの土も踏み得ずして空しく東洋の野蛮国に送り帰さるるこの身は、長く生きたりとて何の楽しみかあらん。病魔も今は更に恐るるに及ばず。余はこの地にある間、せめて一回なりと逢瀬《おうせ》しげく彼女を見んこと、これ余が彼女の愛に酬ゆべきすべてなるべしと思い返して、臥床より起き出で彼女が家の戸を叩きぬ」

「九月十七日　病い、よからず。臥床の中にて、モーパッサンの『イヴェット』を読む」

「九月十九日　午後苦しき眠より醒むれば、枕頭に大いなる紅薔薇の花束と一封の書簡あり。イデスの贈るところ」

「九月二十四日　尚病む。日本医師広瀬氏を訪う。この人、東京帝国大学の医学士にして、ニューヨーク東区に開業せるなり。薬を得て帰る途次、イデスの家に立ち寄り休む」

「九月二十六日　発熱《ほつねつ》甚だし。広瀬医学士来たりて、腸チブスなるやも知れざれば、病院に入り給えという。余は病院に入りて無益の金を費し、全快して日本に帰らんよりは、寧ろ父をも家をも何物をも見ざる死の国にこそ行きたけれ。南欧の空見たしと思えばこそ、この世に未練はあるなれ。その望み今は早や絶えたれば、生命は惜しからず」

「九月二十七日　悪熱去らず。身、恰《あたか》も炎の中にあるが如し」

「九月二十八日　熱少しく去りぬ。物思うことにも疲れ果てて、今はただ昏々《こんこん》として眠るのみなり」

「九月二十九日　広瀬医学士来たりて、病院には行かずともよろしかるべしと言う」

「十月二日　病い、大いによし。明日は外出を試み得べしと言う」

「十月三日　空よく晴れたれば、初めて外出し、手袋を買う。風甚だ寒ければなり。計らず書肆《しょし》ブレンタノの前を過ぎたれば、入りてモーパッサンの『ロンドリ姉妹』を購《あがな》い、それよりイデスの家を訪い、晩餐を共にす」

「十月五日　この日より再び銀行に出勤す」

「十月十二日　秋晴れの好天気打ち続けり。病後の健康も漸く恢復し来たりぬ。余は毎朝銀行に赴く時、青き空と明るき日光とを打ち仰げば、一度は自殺せんかとまで思い煩《わずら》いたる憂悶の情も次第に散じて、恋に、芸術に、深くこの世の生命を楽しまんとする勇気おのずから胸中に湧き来たれり」

「十月十四日　イデスを訪い、酒楼にシャンパン抜きて晩餐す」

「十一月二十八日　メトロポリタン劇場にて、タンホイゼルを聞く。ああ、タンホイゼルの恨み。彼が罪の歓楽より身を脱せんとして脱し得ざる肉と霊との悩みは、直ちにこれ余が身の上の苦悶にあらずや。余はいかにしてイデスを捨つべきか」

「十二月十六日　イデスと逢うべき日なり。夕暮れブロードウェイの一酒亭に入りて待つほどもなく、彼女は盛装して来たりぬ」

「明治四十年一月十三日　イデスの家に遊ぶ。隣室にジョセフィンとて、パリより来たれる女あり。この夜、卓を共にして晩餐をなし、かの都の話に一ト方ならぬ興を得たり。欧洲大陸の話を聞く度に、遊意到底禁ずる能わざるを如何にせん」

七月になって、荷風は正金銀行リヨン支店へ転勤を命じられた。

「七月二日　この日の午後、日本よりの後便にて、これ等のことすべて余が父の斡《あつ》旋《せん》によりしことを知り得たり。感激極わまりて殆《ほと》んど言うところを知らず」

「七月三日　仏国大西洋汽船会社出張店に赴き、十八日出帆ブルタニュ号中等切符を購う」

「七月九日　イデスと別杯を汲む。この夜のこと記するに忍びず。彼女は、パリにて同じ浮きたる渡世する女に知るもの二三人もあれば、いかにもして旅費を才覚し、この冬来たらざるうちにパリに渡り、それよりリヨンに下《くだ》りて再会すべしと言う。ああ、然れども余の胸中には、最早や芸術の功名心以外何物もあらず、イデスが涙ながらの繰《く》り言《ごと》聞くも上《うわ》の空なり」

「七月三十日　暁三時半リヨンに着す」

「明治四十一年一月三十一日　本年に至りて二度ほど手紙を出《いだ》したれど、ニューヨークのイデスより返事遂《つい》になし。ああ、イデスは既にニューヨークを去りしか」

「三月五日　イデスの書を受け取る。彼女は尚余を忘れざりき」

彼女の消息はこれを最後として「日誌」から消えている。しかし、私にはまだ書きたいことがある。

九

何で読んだのか忘れたが、「歴史は礼装の人々を、伝記は平服の人々を、日記は脱衣した人々を見せる」とあったのを覚えている。

事実、荷風のこの「日誌」は、アメリカ滞在中の彼の外側の生活も、内側の生活も、赤裸々に見せている。

これは、言うまでもなく、小説ではない。しかし、芥川龍之介は小説、随筆を引っくるめて、この「日誌」を荷風作中第一の傑作だと言っていた。そう言われれば、荷風がこれほど真剣に情熱を込めて書いた作品は外にないかも知れない。

この「日誌」には、父がどうしても彼の文学志望を入れてくれない悲しみが訴えられている。絶望に近く、或る時は死を思い、或る時はこのまま日本に帰らずに、「旅館のボーイか、然らずば料理屋の給仕人か、いかなるものにも姿を変え、異郷に放浪の一生を送らんかな」と言っている。また或る時は、「如何せん、余の性情遂に銀行員たるに適せざるを。余は寧《むし》ろ身をこの米国の陋巷《ろうこう》にくらまし、再び日本人を見ざるに如《し》かじと思うことしばしばなり。イデスはやがてニューヨークに来たりて、余と同棲《どうせい》せんと言いしにあらずや。余は娼家の奴僕《ぬぼく》となるも何の恥ずるところかあらん。かかる暗黒の生活は余の元来嗜《たしな》むところなるを」

前にも言ったように、荷風のアメリカ滞在は満二十五歳の九月から二十八歳の七月までだ。父は彼とは全く反対の謹厳な紳士だった。荷風は自活力のない二十台《はたちだい》の青年だから、父が恐くって仕方がなかった。その点、今の二十台の青年とは違う。

この「日誌」を読めば、彼が銀行員になって父を喜ばす性格でないことは一見してすぐ分る。父の望むような勤め人となって国へ帰ることが出来ない自分をよく知っているから、彼は無性《むしよう》に父が恐いのだ。

幾度も言っているように、明治時代には、小説家は一ト口に「三文文士《さんもん》」と言って軽蔑され、紳士の職業とは認められていなかったのである。貧乏人だったからだ。家を構えて妻子を養って行くことの出来ない浮浪人同様に見られていたのだ。

現代とくらべて、何という相違であろう。現在のように小説家がいい暮らしが出来るようになったのには、過去に於ける幾多の犠牲者と、よき先輩の長きに渡る悪戦苦闘とによる賜物《たまもの》であることを忘れてはならない。

私達は、本を出すと、定価の一割とか一割五分とかの印税を受け取ることが出来る。が、昔から現在のように印税という制度があった訳ではない。本が出ても、二十円程度で買い取られていたのだ。だから、再版になっても、三版になっても、儲《もう》けはすべて出版者のものになってしまって、作者の手には一文もはいって来なかったのだ。

「紅葉全集」が博文館から出た時にも、生前博文館から出版されていた作品だけの全集であって、春陽堂から出ていた作品はこれを収録することが出来なかった。もっと甚だしいのは、田山花袋が、春陽堂から出ていた「新小説」という雑誌に掲載した作品を短篇集に入れて発行したら、版権侵害だと言って訴えられた。原稿料を払って雑誌に載せた以上、その作品の版権は作者にはなくて雑誌社にあると考えられていたのだ。これは、田山花袋の場合ばかりではなく、荷風自身の上にも、「ふらんす物語」が発売禁止になった時、博文館から、実に理不尽の申し出を受けているのである。恐らく「あめりか物語」も「ふらんす物語」も、印税ではなかったのであろう。

印税という制度が確立されたのは、森鷗外の努力のおかげだったのだ。印税のおかげで、再版になり三版になり、たとえ百度でも版を重ねる毎に、作者の手にも約束の率で印税がはいって来るようになった。印税の利得者よ、鷗外の恩を忘れるな。

荷風は明治三十九年（二十七歳）八月二日の「日誌」に、こう書いている。「遠からず日本に呼び戻さるべき運命は将《まさ》にその一歩を進め来たらんとす。混乱せる余の胸中には、第一に余はいかにしてイデスと別るべきか。別れて後いかにすべきか。第二に、余は帰国の後何をかなすべき。銀行解雇となりたる余は、何の面目をもて父に見《まみ》ゆべきか。第三に、余は帰国の後果して文壇に立ち得べきや否や。第四に、余は米国を去りて日本に帰りし後、当時を思い出でて返らざる追憶の念に泣くことなからんか。これ等の問題は連続してその回答を求めんとするなり。ああ、余は到底米国を去る能《あた》わず、敢《あ》えて一女子のためと言うなかれ。米国の風土、草木、すべてのものは、今余の身にとりて余りに親愛となりたるを」

彼の心中の煩悶は、恐らくこれに尽きているであろう。当時の常識から言って、彼は不肖《ふしよう》の子であり、親不孝の悴《せがれ》であった。

事実、父はきびしく荷風が小説家になることを禁じ、文学研究のためにフランスに渡ることを峻拒《しゆんきよ》しながらも、陰では東京で正金銀行の頭取に逢って、息子をリヨンの支店に転勤させてくれるように——憧《あこが》れのフランスの生活を味わわせてやろうという親心を見せているのだ。それも、パリでなしに、リヨンを選んだところに、父としての苦心があったのだろう。

しかし、フランスの生活を息子に体験させる便宜を計らってはやったが、長居は無用、その頃「美的生活」という言葉が流行《はや》っていて、その大本山はフランスだと一般に信じられていた。今の言葉でいうなら、ボヘミヤン生活《ライフ》というような意味であろう。伝統や因襲を嫌って、自由奔放な生活を楽しむというほどの意味であろう。

その頃向の強い荷風を、大本山に長くいさせては一大事だと常々《つねづね》思っていた父は、明治四十年（二十八歳）七月にリヨンへ転勤させるとすぐ、翌年（二十九歳）の三月に帰朝を命じている。リヨンにいること正味九カ月。荷風の文学とパリとは切っても切れぬ間柄のように信じられているが、その実パリに滞在したのは、三月二十

八日から五月二十八日までの二カ月に過ぎない。彼の「日誌」を見ると、

「明治四十一年三月二十八日　空、夏の如くに晴れ渡れり。余は今一日リヨンにとどまらんかと思いしが、遂《つい》に意を決してパリに去るべく汽車に乗りぬ。夜半十二時パリに着す。停車場前の宿屋に一夜を過ごし、明朝はカルチエ・ラタンに移らんと思う」

「同じく五月二十八日　パリを去る。夕頃ロンドンに着」

「五月二十九日　ロンドンに滞在」

「五月三十日　十二時出帆」

これで「西遊日誌抄」は終わっている。しかし、私はまだこの「日誌」を手放すことを欲しない。

「明治四十一年三月二十日　父の書簡来たれり。いよいよ帰国すべき運命は定められたり。かねて覚悟したることながら、心今更の如くに驚き悲しむこと限りもなし」

「三月二十一日　余は日本に帰るも、父を見ることを欲せず。いずこに姿を隠すべきか。余が懐中には今些少《さしょう》の金あり。再びニューヨークに帰りてイデスを訪《たず》ね、悪徳不良の生活を再演せんか。余は惑《まど》えり、苦しめり。余は決断すること能わず」

彼の父が、パリで息子がボヘミヤン・ライフに感染するのを恐れたのを嘲笑《あざわら》うが如く、息子は既にアメリカに於いて深く感染していたのだ。いや、源を探《さぐ》れば、病菌は早く東京に於いて彼の体内に寄生していたと言うべきだろう。彼の「日誌」に従えば、大本山のフランスでは、却《かえ》って何事もなかったようである。

明治四十一年二月五日、リヨンにての「日誌」に、

「去年十一月、小波《さざなみ》先生の許に郵送したる『あめりか物語』に関して先生の返事到着す」

この短い一節を見逃さないように私はあなたに注意したい。言うまでもなく、巌谷小波の斡旋によって「あめりか物語」が博文館から出版されることが極まったのだ。この数行の記事の中に、帰朝後の荷風の一生を大きく左右すべき運命が隠されているのである。

しかし、誰もどんな運命が自分を待っているか知りはしない。荷風は日本に帰るにつけて、「国に帰りて貧苦の中に創作の筆を執らんか」と半ばあきらめている。

ここに倶生神《ぐしようじん》という面白い神さまがいる。人が生まれた時から、その左右の肩の上にあって、常にその人の善悪を記録するという男女二夕柱の神だ。男神《おがみ》は左の肩にあって善業を記《しる》し、女神は右の肩にあって悪業を記す。私は差し当って荷風の悪

業ばかりを記して来たが、これからは男神になって彼の善業を記そうと思う。

今まで書いて来たような壮吉《そうきち》だけだったら、後の荷風は絶対に生まれなかったであろう。彼は正《まさ》にボヘミヤンだけではなかったのだ。

一トロに言って、彼はどの学課も万遍なく出来る秀才ではなかった。菊池寛や芥川龍之介のように一高から帝大を苦もなく卒業するようなタイプの学生ではなかった。好きなことにしか興味の持てない大変片寄った青年だった。

こんな青年は大抵落伍するのが普通だが、壮吉を救ってくれたのは、文学に対する彼の並はずれた強い執着だった。父を恐れながらも、結局恐れに負けなかった。父の鉄のような意志にも、父の一生の希望にも、父性的な慈愛にも、負けなかった。その負けなさが、谷崎のような、菊池のような、一本気な、筋金の通った強さでないところに、私などは親しみというか、血の近さというかを感じないではいられない。この前私の言った彼の面従腹非の、弱さの裏の強さだ。この弱さも、弱さの裏の強さも、彼の一生を通じて変らなかった。彼の第一の性格だ。

この一点に視点を集めて彼の一生の行蔵《こうぞう》を見ると、彼の呼吸の一つ一つまでが理解出来て興味が深い。

ハッキリ言ってしまえば、彼は女と小説にしか興味が持てなかったのだ。日本にいた時は勿論《もちろん》、アメリカへ渡ってからも、この二つのために生活を挙げて苦労している。

西洋の小説を読みたいばっかりに、中学で学んだ英語を更《さら》に独学で勉強して物にした。フランスの小説を英語でなしに原語で読みたいばっかりに、フランス語の勉強を始めてこれも物にした。こういう勉強なら出来たのだ。

硯友社《けんゆうしゃ》の文学に飽き足りなかった田山花袋は――硯友社の文学というのを具体的にいうならば、紅葉、風葉、鏡花等の小説をさす。花袋は英語でフランス、ロシアの小説を読んで、自然主義の文学観を樹立した。その第一声が「露骨なる描写」であり、その第一作が「蒲団」であった。

それに呼応して、詩を捨て教職を擲《なげう》って、信州から東京へ降《お》りて来たのが島崎藤村だった。「破戒」が彼の第一作だった。徳田秋声は、どうしてもピッタリしなかった硯友社の作風をかなぐり捨てる勇気を与えられた。彼の第一作は、「出産」だったろうか、「新世帯」だったろうか。

こうした、自然主義の先覚者達が読んで啓発された作家は、モーパッサンであり、ドーデーであり、ゾラであり、フローベールであり、ツルゲネーフであり、チェーホフであり、トルストイであり、ドストエフスキーであった。彼等がまず目を開かされたのはモーパッサンであった。

荷風がゾラによって近代文学に目醒めた後、アメリカに渡ってから、この日本の自然主義の作家達が読んだのと同じ作家の作品を読んでいる点、非常に興味が深い。日本に於ける自然派の作家と全く同じ作品を読んで、荷風も異国に於いて開眼《かいげん》しつつあったのだ。

順序もなく、彼の「日誌」の中から彼の読書の跡を辿《たど》って見ようなら、明治三十七年一月五日のくだりに、ゴーチエの名が出ているのを初めとして、一月十三日には「薄幸の詩人アラン・ポーの詩を読む」とあり、四月十四日には「シェンキウィッチが作『ハニヤ』を読む」とあり、九月二十三日には「トルストイの自叙伝『幼年』『少年』の著を次第に読み始めぬ」とある。

その外、ツルゲネーフの名も出て来るし、モーパッサンの紀行「水の上」を読んでもいる。ヅーミックの「仏国文学史」を再読し、「ゾラが『クロードの懺悔』も最後の一章を読み余すのみ」とあるところもある。そうかと思うと、「老成と言い、完全と称するもの、果して芸術の最上なるものか。例えば、余はゾラが老成の大作よりも、不健全と言い、未完成と言わるる小篇に於いて遥かに深厚なる親しみを感ず」と感想を洩《も》らしている。「第六大通りの古本屋にて、ゾラの『コント・ア・ニノン』一巻を見たり。価を問うに、僅か五セントとのことなれば購《あがな》い帰る」とあり。この「ニノン」なんか、荷風の好みに合う短篇であろう。

「ロチの作『ロマン・ダン・スパイ』を読む。これまで読みたるロチの作中にては、この一作最も激しく余の心を打ちたり。主人公の騎兵ジャンが、天涯千里の異域に黒人の一娼婦と遂《つい》に悪縁絶つ能わざるの辺、運命の手の恐ろしさに慄然《りつぜん》たらざるを得《え》ず」由来ロチはその後も彼の愛読の書の一つになった。

ずっと後《のち》に、三田の教室で彼が好んでロチの諸作について語るのを聞いたことがあるが、彼はロチと言わずに、いつもロッチと言っていた。

明治三十九年（二十七歳）四月二日の条に、「ニューヨーク西区三十二丁目辺の裏通りは、フランスの移民町なり。フランスの酒場ありて、娼婦多く集《つど》う。揚代《あげだい》三ドルより五ドルぐらいとぞ。この移民町には、またフランスの貸本屋ありて、ドーデー、モーパッサンなぞの小説も備えたり。また内々にて、いかがわしき絵も売るなり。この夜、亭主と懇談す」

懇談すとあるところから察すると、荷風はフランス語で懇談することが出来るほどに熟達していたのであろうか。四月十一日には、「露国文豪マキシム・ゴルキー、その夫人及び秘書を伴いてニューヨークに上陸す」とあり。更に十五日には、

「今朝、ニューヨークの諸新聞は、斉《ひと》しくゴルキーがその投宿せるベルクレール旅館の支配人より、突然宿泊を拒絶せられたりとの記事を掲げたり。事の起りは、ゴルキーの伴い来たれる婦人は宗教及び法律上認可せられたる正妻ならず、アンドレウナと呼ぶ女優なりしため、旅館の支配人は、米国社会の道徳上正妻ならざるものを宿泊せしむること能わずとて、文豪に向いその宿替えを請求したるものなりとぞ。元来米国にては、良家の妻女と然らざるものとの区別甚だ分明ならざるがため、良家の妻女の宿泊する旅館には、いかなる理由のもとにも、妾または情婦の如き婦女の出入を禁ずるなり。ゴルキーは女優と共に第五通りの一旅館に引き移りしが、同日の午後に至りそこをも断られて、また外の旅館に移りしという。奇怪なるは、米国の道徳とその風習なり。余の如き外国人の到底解釈すること能わざるところなり」

「四月十六日　ゴルキーの問題は、益々奇怪となれり。文豪は昨夜十二時過ぎに至り、三度目の旅館をも追い出され、俄《にわ》かに姿をくらまして第五通りの著作家倶楽部に潜《ひそ》み隠れたりと言う。然れども該《がい》倶楽部にては、断じてさることなしと打ち消しつつあり。かくの如くしてゴルキーは全く米国社会より排斥せられ、今やその所在を知られざるに至れり」

こういう消息は、鷗外の「椋鳥通信《むくどり》」のように面白い。

「六月九日　新緑愛すべし。人なき公園の樹下に坐し、携えたるモーパッサンの詩集を読みて半日を過ごしぬ。夕陽のかげ、新緑の梢《こずえ》にようよう薄くなり行く頃、あたりの木立ちに栗鼠《りす》の鳴き叫ぶ声ものさびしく、黄昏《たそがれ》の空の色と浮雲の影を宿せる広き池の水には、白鳥の姿夢の如くに浮び出《いだ》せり。何等詩中の光景ぞや。余は頭髪を乱し、物に倦《う》み疲れしようなる詩人的風采をなし、野草《やそう》の上に臥《ふ》して樹間にフランスの詩集を読む時ほど幸福なることなし。笑うものは笑え、余は一人幸福なるを」

「六月二十二日　モーパッサンが短篇集『メイゾン・テリエ』を読む」

「六月二十七日　フランス語の夜学校に赴《おもむ》く」

「七月十六日　モーパッサンの作『ベル・アミー』を読みはじむ」

「七月二十六日　フローベールが『感情教育』を読む」

「八月二十三日　心ようやく日常の平和を保ち得たり。朝、銀行に赴くべき列車の中にて、モーパッサンを読む。小波《さざなみ》先生その著『笑いの国』を送らる」

「八月二十五日　八十九丁目に住むフランスの老婆デトールを訪いて、フランス語にて談話しぬ。余はニューヨークの炎暑殆んど忍ぶべからざるにつけて、今はフランスの芸術のみならで、その風土を慕《した》う心日に増し激しくなり行くなり。去年の夏、余はワシントンより、いかに熱誠を込めたる手紙を父に呈せしぞや。然れども父の心は依然として木石に等しかりき。余は遂にフランスを見ること能わずして空しく米国より早晩日本に呼び戻さるべき身を思えば、デトールの媼《おうな》がフランス語もて物語るパリの話は、やがて余の身にとりて何物にも替え難き形見となるべし」

「八月二十六日　終日中央公園の人なき緑蔭に潜みて読書す」

「九月十七日　病い、よからず、臥床の中にてモーパッサンの『イヴェット』を読む」

「十月三日　モーパッサンの『ロンドリ姉妹』を購《あがの》う」

「十一月六日　市長選挙の当日にて銀行は休みなり。中央公園の落葉に埋ずもれて一人読書に耽《ふけ》る」

「十二月二十一日　クリスマス前の賑わいを見んとて、燈火の街を散歩し、書店ブレンタノに入りてフランス新着の『ツルゲネーフ伝』を購う」

「明治四十年（二十八歳）一月七日　初めてミュッセが悲しき詩を読む。余は今日まで幾度か英詩に興を得んとして失敗したり。然るに一ト度フランス語もて綴られたる詩を読むや、余はここに初めて韻文の妙味を解し得たるが如き心地せり」

「一月八日　ああ美しきミュッセの詩よ。余は銀行内にありても、折あらば窃《ひそ》かにポケットより一巻を取り出だして黙読せり」

「一月十七日　雪降る。再び八十九丁目なるフランスの媢デトールが寓居《ぐうきよ》の一室に移る。再び朝夕美しきフランス語を聞き得ることの嬉しさよ」

「明治四十一年（二十九歳、フランス、リヨンにて）正月元日（この間《かん》破り取りてなし）……には到底長く堪えられるべきでない。帰国か、自殺か」

「正月二日　寒き夜なり。机上ユイスマンが『彼方《ラバー》』を読んで一時に至る」

「二月十四日　ルッソーの著書を購う」

島崎藤村は、ルッソーによって近代文学に目醒めたと書いている。里見弴《さとみとん》も、ルッソーについて同じような自覚を得たと告白している。しかし、荷風はルッソー読後の感想を一ト言も洩らしていない。なぜだろう。

「正月九日　ユイスマンの小説に続いてブルージェの著作を読む」

「二月十五日　この頃身体甚だしく疲労し、しばしば読書に堪えざるが如き心地すれど、気常にいらだち、就眠の前一二時間はいかにするも書籍に対せざれば心済まず。ああ、一日も早く銀行の関係を一掃し、専念詩書に親しみたし」

「二月十四日　ルッソーの抜萃《ばつすい》集を求む」

「三月四日　マルセル・プレボーの作『半処女』を読む」
日本に帰ってから、荷風は同じ作者の「女らしい女」の一部を訳している。
「三月二十七日　夜は晴れて暖かく風なし。余はローンを見るも今宵《こよい》限りと思いて、橋の欄干に凭《もた》れて泣けり」

フランス文学の学者に言わせれば、日本の自然派の作者達は、フランスの自然主義を誤読して咀嚼《そしやく》したと言う。しかし、私に言わせれば、日本の自然派の作家達が誤読して咀嚼したことは悲しいが、彼等は学者ではないのだから、それはそれでいいのだと思う。誤読して咀嚼したにしろ、彼等があれだけ大きな仕事をしたことは褒めていいと思う。

兎にも角にも、前の時代の低い文学を否定して、新らしい文学を樹立した功績は認めなければならない。そのおかげで、明治の文学が一応フランス文学の高さにまで幾らかでも近付いたのだから――。

前にも言ったように、荷風はアメリカで、日本の作家が東京で英訳で読んだフランスの作家の作品をフランス語で読みつつ、彼等と同じように脱皮しつつあった事実を私は興味を持って眺めずにいられない。そうして世間の誤解を受けつつ、自然派の作家達が完全に文壇をわが物にした頃に、彼は前時代の――と言ってイケなければ、柳浪の影響を洗い去って、ゾライズムの模倣からも抜け出して、新らしい時代の作家として、彼等と歩調を合わせたかのように帰って来たのだ。

ゾラからはいって行ったことは、花袋達がモーパッサンからはいって行ったのよりも、自然主義へのはいり方としては荷風の方が正しかったと言えるかも知れない。ただ彼の素質が、ゾラの信奉者として徹底出来ずに、中途でゾラ海《かい》の波間に浮び上ってしまった。ということは、彼はゾライズムの人でもなければ、自然主義の作家でもなかったということであろう。

それとは別に、荷風が日本にいて、自然主義の疾風怒濤下に青春時代を経過しなかったことは、仕合せだったと言えるかも知れない。彼の素質がアメリカにいたように素直に伸びなかったかも知れないからである。

同時に、日本にいて、日本の自然主義の洗礼を受けなかったことは、一つの、或る意味での大きな不幸であったことも事実である。これは一応彼が自分の素質を十分に伸ばして成功を収めた後に来る問題であった。

このことについては、その時になってから詳しく触れるであろう。鷗外の文学、漱石の文学にも拘《かか》わりのある問題だと私は思っている。

アメリカで、誰の影響も受けずに――これが彼の気質に最も適した境遇であり土壊であった、徐々に文学の神髄に触れて行きながら、一方では、当時の日本では味わえない音楽、演劇、オペラなどの摂取に夜もこれ足りない生活を送っていた。

「十二月十四日　フランスの名優サラ・ベルナール夫人が米国興行の辻番付は、一週間ほど前より余を狂喜せしめつつあり。この夜『サッフォー』を見る」

「十二月十六日　偶然街上にて再び素川氏と逢《あ》い、リーリック劇場にサラ夫人の技を見る。ラシーヌが悲劇『フェードル』はこの夜の演題なりき」

「十二月二十三日　サラ・ベルナール夫人がニューヨーク興行の最後の晩なり。素川氏と共に行きて、サルドー作『妖妃《ソルシェール》』を見る。そもそも余が最初に海外の旅行を思い立ちたるは、西洋劇の舞台を見んことを欲したればなり。劇は書物によるのみにては、何某《なにがし》氏の空論の如く物の役に立たざるべし。ああ、余は幸いにして世界第一の悲劇女優の技芸を親しく目睹《もくと》することを得たり。余が渡航の目的は達せられたるなり」

「明治三十九年一月三日　寒雨煙りの如し。歌劇『ファウスト』を聞かんとてメトロポリタン歌劇場に行きしに、席既に売り切れとなりいたれば、台帳のみ購《あがな》い求め、付近の酒場に入りて音楽を聞きつつこれを読む」

「一月四日　歌劇『リゴレット』の台帳を読む」

「一月五日　ワグネルが『トリスタン』演ぜらるる日なり。銀行より直ちに馳《は》せ赴く。余は深き感動に打たれ、詩歌の極美は音楽なりちょうワグネルが深遠なる理想の幾分をも、やや窺《うかが》い得たるが如き心地し、無限の幸福と希望に包まれて寓居に帰りぬ」

「一月六日　イタリア歌劇『ドン・パスクワレ』を聞く」

「一月八日　朝よりこまかき雪降り始めぬ。銀行より帰り来たりて、直ちにプッチニが歌劇『トスカ』を聞きに行きぬ。立ち連らなる諸劇場の戸口の電燈は、紛々として降り来る雪中を往来する歓楽の男女を照らすさま、まことに得も言われぬ光景なり。この夜『トスカ』はイタリア語にて歌われたれば、場中にはイタリア人多く、ブラバの声しばしば沸くが如くなりき」

「一月二十二日　ワグネルの『タンホイゼル』を聞く」

「二月三日　ヴェルヂが傑作歌劇『アイーダ』を聞く」

「二月十六日　ローヘングリンを聞く」

「二月二十二日　ワシントン誕辰《たんしん》の祭日に当る。メトロポリタン劇場、午後よりワグネルの聖曲『パルシファル』を演奏す。行きて聞く」

「三月三日　大雨滝の如し。歌劇『ルチヤ・ヂ・ランメルモール』を聞く。カルゾーよく歌う」

「三月六日　楽劇『ワルギュール』を聞く」

「三月八日　来週にて、本年のオペラ興行期も終りを告げんとす。来週興行の入場券を買いに行きしが、空席既に一つもなし」

「三月十六日　ワグネルが『ライン物語』の最後の演奏『諸神の夕暮』を聞く」

「三月十日『ジョコンダ』を聞かんとて行きしが、満員空席なし。明夜にて本年のオペラ興行も終りを告ぐると、今宵《こよい》はイタリアの名優カルゾーが出場するとの二つにてかくは雑沓せしなるべし」

「三月十八日　カーネギー音楽堂に開かれたるロシア管絃楽を聞く」

「三月十九日　俳優マンスフィルドの演ずる『ドン・カルロス』を見る」

「三月二十二日　秩序的に聊《いささ》か西洋音楽の何たるかを知らんと欲し、斯道《しどう》の著書数冊を購い読む」

「三月二十四日　銀行は土曜日にて早く閉《とざ》されたり。時間は少しく遅れたれど、近頃評判よき狂言『スクォーマン』を見物す。主人公がユタ州の荒原に、旧情人と邂《かい》逅《こう》する一場はよく余をして一掬《いっきく》の涙あらしめたり。余は故国にありし時の如く冷然たる評家の眼を以って劇を見ること能わずなれり。アメリカは全く余をして多感の詩人たらしめしか」

「三月二十九日　メンデルスゾン楽堂に催さるるヴァイオリン四部演奏会を聞く」

「六月十二日　サラ・ベルナール夫人、米国各州を興行してニューヨークに帰り来たり、この夜最終の告別として得意の狂言数種を選み、各々その一ト幕を演ず。ハムレットに扮したる一ト幕、最も珍にして奇なりとの評判なり」

「六月十七日　セントラル公園、日曜日毎に緑陰に音楽を演奏す」

「九月一日　マンハッタン座に入り、ブランシュ・ワルシの『クロイツェル・ソナタ』を見る」

「十月十三日　英国名優アービングの遺子、アムステルダム劇場に『パウロとフランチェスカ』を演ず」

「十一月三日　フランスの音楽家カミル・サンサン、この夜カーネギー楽堂に演奏会を催す由聞きたれば、馳せ赴く」

「十一月十日　雨降りて悲しき日なり。カーネギー楽堂に、ニューヨーク・シンフォニーの演奏を聞く」

「十一月十七日　十三丁目の劇場に、マンテル一座の『マクベス』を見る。来週よりいよいよオペラの季節開始せらるるなり」

「十一月二十六日　メトロポリタン歌劇場いよいよ初日となる。パリのオペラより招聘《しょうへい》せられたる俳優、この夜グノーの歌劇『ロメオ・エ・ジュリエット』をフランス語にて歌う」

「十一月二十八日　メトロポリタン劇場にて『タンホイゼル』を聞く。ああ、タンホイゼルの恨み。彼が罪の歓楽より身を脱せんとして脱し得ざる肉と霊との悩みは、直ちにこれ余が身の上の苦悶にあらずや。余はいかにしてイデスを捨つべきか」

「十一月二十九日　午後、バーナード・ショーが作『シーザーとクレオパトラ』を見る」

抜萃すればキリがないからこれくらいで止めて置くが、好きなこととなると、これほど熱中する彼なのだ。この外に、彼はピネロの芝居も見、ドビュッシーの音楽も聞いている。銀行の勤めがあって、散歩好きで、遊び好きで、傍らフランス語の勉強をして、暇さえあれば本を読んで、毎晩のように芝居やオペラを見に行って、——それだけではないのだ。父からの干渉があって、失望したり、煩悶したり、自殺を思ったり、葡萄酒を飲んだり、シャンパンを飲んだり、イデスと恋愛したり、彼女を捨てることを考えたり——まだそれだけではないのだ。その上に、彼はせっせと創作の筆を執っているのだ。誰が彼を怠け者と言い切れるのか。

「明治三十七年（二十五歳）九月二十三日　この地に来たりてより創作意の如くならざれば」と、渡米早々苦にしている。

「十二月二十八日　短篇小説『岡の上』を脱稿し得て、木曜会に寄す」

木曜会は、巌谷小波の周囲に集まった若い文士のグループで、その頃はそういうグループを持たないと、文壇に出にくかったらしい。紅葉のまわりにも、露伴のまわりにも、後には鷗外のまわりにも、漱石のまわりにも、自然派の人々のまわりにも、そういうグループがあった。中でも紅葉はその雄《ゆう》たるもので、雑誌社、新聞社に弟子達の原稿を世話する隠然たる「顔」を持っていた。

小波も、その硯友社の同人であったし、博文館の重要なポストにもいたし、弟子の原稿を斡旋する便宜が外の人よりもあった。「太陽」も、「文芸倶楽部」も、「文章世界」も、「中学世界」も、「少年世界」も、博文館から発行されていた。荷風が「木曜会に寄す」と言っているのは、「小波に寄す」ということで、「小波に寄す」ということは、博文館の雑誌のどれかにこの原稿を売って下さいという意味だ。

「明治三十九年（二十七歳）五月二十五日　短篇『春と秋』を浄書し、小波先生のもとに送る」

「五月二十七日　あたり夏らしくなりて、演劇、音楽の聞きに行くべきものなくなりたれば、夜は大方机に向う暇あるようになりぬ。『長髪』と題する一小篇を脱稿し得て、再び木曜会に寄す」

「六月十一日　短篇『雪の宿』の稿を清書して『太陽』に寄送す」

「七月十七日　炎熱やくが如し。夜、机に向かいしが、心のみ苛立《いらだ》ち、頭悩みて稿を起すこと能わず。筆を投じて嘆息す」

「七月二十二日　驟雨《しゅうう》しばしば来たる。終日家にありて短篇『夜半の酒場』を草《そう》す」

「九月二日　早や秋なり。空晴れて風涼し。朝早くより公園の樹下に坐して、手帳に短篇小説の稿を試む」


御存じの通り「あめりか物語」には二十四篇の短篇が納められている。その全部が、銀行勤務の余暇に書かれたものだ。まだ十分に人生を知らず、だから柳浪の目を借りて人生を見ていた彼が、先ずゾラに引き付けられたのは頷《うなず》ける。しかし、それは理窟で人生を見ようとした嫌いがなくもなかった。

アメリカに来て、モーパッサンに共鳴し出した彼は、次第に理窟で人生を見ることを忘れて行った。モーパッサンによって、自分の目で人生を見、人生の中に一つの物語を発見することを教わった。自分のテンペラメント（体質、気質）で人間を、人生を、見ることに小説の在り方を教わって行った。

彼は自分の感情や感性に信頼することが出来るようになって来た。柳浪も、ゾラも忘れて、自分の全身で先ず異境アメリカの四季を、自然を、都会の美を、女の魅力を、誰に気兼ねもなく、自分の思う通りに味わい楽しむことから始めた。アメリカに送られたことは、荷風の文学に幸いした。日本にいては出来ぬ自由の生活が、彼に文学への目を開かせてくれたのだ。

十

ゾラは、少年時代を南フランスのエックスで送った。ユーゴーを崇拝し、ミュッセを愛読して、ロマンチックな感動と感傷に浸っていた。

青年になってからパリに出て来た。荷風が憧れたカルチエ・ラタンに住んで、日夜貧民の生活を目にしていた。アルコールや不秩序な生活に蝕《むしば》まれた多くの家庭を見た。この時彼の目と鼻とが受けた印象は、長くゾラの皮膚を離れなかった。

彼の住んでいた屋根裏は、高みにあったから、パリを毎日一望の下《もと》に眺めることが出来た。彼の作品「パリ」に描かれているように、物凄い胃袋を持ったパリの現実をありのままに見て暮らした。その結果、ロマンチックな文学なんかに憂き身を窶《やつ》す気なんかなくなって、現実に直面しなければならぬことに目醒めた。

彼に「実験小説論」が生まれたのには、こうした生活があったからである。丁度そこへ、クロード・ベルナールという科学者が、「実験医学研究序説」という本をあらわした。その中に、「医学という言葉を小説家という言葉に置き換えるならば、よく私の思想を明らかにすることが出来る」という一節があるそうだ。

ゾラはその言葉に飛び付いた。小説家にとって、観察するということは非常に大切なことではあるが、それだけではまだ足りない。小説家は更に進んで、人間を科学的に実験しなければならない。その実例を、彼は先輩ゴンクールの小説に見た。「ジェルミニー・ラセルトー」がそれだ。この小説で、彼は新らしい小説に対する一つの啓示を受けた。

もう一人彼の目を開かしてくれたのは、バルザックであった。この大作家は、フローベールやゴンクールの説いているところを既に実行しているのを発見して、彼はビックリすると同時に、気を強くした。

彼の言うところによると、バルザックは、「従妹《じゆうまい》ベット」を書く時に、ユロ男爵のような人物を実生活のうちで観察して、一人の男の痴情が、その一身に、その家庭に、更に社会に及ぼす災害を実験している。

ゾラの関心は、一人の個人や、一つの家庭などにとどまっていない。「居酒屋」を読むと、日本にも「水は酒をいため、車は道をいため、女は男をいためる」という諺《ことわざ》があるように、パリでも、労働者は酒と女に生活を荒らされている。「大地」を読むと、百姓達は醜い動物的な闘争のうちにその日その日を送っている。「ナナ」を読むと、荒れた農村や、みじめな労働者の家庭の子女が、都会に流れ出て、売女になって社会に害毒を流している。

ゾラの小説は、勢い社会小説にならざるを得ない。彼は生物学的に人間を見るから、思想的には物質主義的にならざるを得ない。

バルザックが、自分の小説群に「人間喜劇」という名を与えたように、ゾラも自分の小説群に「ルーゴン・マッカール」叢書《そうしょ》という名を与えた。どの小説も、昔ルーゴン・マッカール家の系図の中の人々なのである。

以上を、私は山田珠樹の「ゾラ論」に教わりながら書いたが、私が読んだ範囲内で一番強く印象に残っているのは、遺伝の恐ろしさをテーマにした小説の何冊かだ。その外では、炭坑を書いた「ジェルミナル」(木の芽《こめ》立ち)と、初期の短篇が私は好きだ。彼は人間の「身体的気質」に興味を持つと言明している。「精神的性格」に興味を持つとは言っていない。

　製作に当っては、彼はまず多くの人間、生活、境遇、周囲などを観察し、調査し、実験し、一大記録を作製することから始める。非常に科学的な準備を必要とした訳だ。

　フランスの批評家が言っているように、彼の作品は必然的に「人間獣性の、ペシミスチックな（厭世的な）叙事詩」にならざるを得なかった。

　こうしたゾラの前へ荷風を連れて来ると、二人の性格の著《いちじる》しい相違を感じない訳に行かないであろう。荷風はただ若げの好奇心でゾラの獣性の暴露に心を引かれたに過ぎなかった。現に、彼は「ゾラが老成の大作よりも、未完成と言わるる（初期の）小篇において遥かに深厚なる親しみを感ず」と言っている。初期の小篇というのは、ゾラが自然主義者になる以前の作品のことである。

　第一、私がくどくも語って来たように、荷風はゾラのようなペシミストではない。ペシミストどころか、「西遊日誌抄」が証明しているように彼は快楽主義者だ。快楽主義者が、ペシミストの弟子になれる訳がない。

　彼はアメリカで自分流の生活を送っている間に、新らしい文学の洗礼を受けた。どんな作家を彼が愛読したかは、私が前に列挙した通りだ。彼はいつの間にか、主義のないモーパッサンやロチに血の近さを感じた。彼のテンペラメントとして、これは当然のことで、彼のような詩人的な稟性《ひんせい》の人間が、ゾラのような科学的な「小説作法」を遵奉《じゅんぽう》することは不可能だったに違いない。

しかし、彼がゾラの小説によって近代文学に目醒めたことは、彼の一生の一大事であった。彼が紅葉に行かずに柳浪へ行ったこと、そうして柳浪からゾラへ行ったこと、そうしてゾラによって新らしい文学に開眼《かいげん》したこと、そうしてゾラからモーパッサン、ロチへ行ったこと、この道程には無理がない。そうしてモーパッサン、ロチによって、彼が彼の文学を発見したこと、これにも何の無理がない。

父の永井久一郎が自分の息子に失望しつつあった時に、息子の荷風は着々と自分の望みを達しつつあったのだ。彼は父の希望の銀行員にはならずに、自分の希望通りに小説家として、自分の行く道を発見しつつあったのだ。まだ自分の文学に自信を持つほどではなかったが――。

アメリカへ自分を送ってくれた父に、彼は一生の恩を感じなければ罰が当ると私は思う。もし彼があのまま日本にいて、日本の自然主義革命の只中にいたら、こういう無理のない道程を経て自己の文学を発見することが出来たろうか。彼の性格から見て、日本の自然主義が輸入した仕方のモーパッサンやロチに、アメリカで読んだように素直に対面しただろうか。

無論、いやでも日本の文壇の影響を、よくも悪くも受けたに違いない。鷗外や漱石のように既に自分の文学観をチャンと持っていた大家ですら影響を受けたのだから——。

鷗外や漱石は影響を受けなかったとあなたは言うのか。「虞美人草」や「草枕」を書いていた漱石が、「道草」を書いたのをあなたはどう見るのか。鷗外が「ヴィタ・セクスアリス」を書いたのは、なぜだと思うのか。

まして若い、まだ自分の文学観がハッキリしていなかった荷風が、何の影響も受けなかったろうとは誰が言えるだろうか。日本の自然主義者は、本家の自然主義を少し間違えて読んだ。しかし、この間違えた読み方が、日本の自然主義を確立して、日本の文学を新らしい文学の樹立へ持って行った功績は没することが出来ないくらい大きい。

少し間違えて輸入したから、いろんな方面から反対の声が上った。鷗外も反対し、漱石も反対した。しかし、反対しながらも、この二人がその影響を受けた事実は否定出来ない。

荷風の尊敬する鷗外が反対したのだから、荷風も反対の立場を取ったに違いない。

彼の性格から見ても、素直に日本自然主義の言うことに耳を貸すはずはない。現に、フランスの反自然主義者の論文を「三田文学」に翻訳している事実を私は知っている。

第一、後に彼の主宰した「三田文学」は、反自然主義の雑誌だった。反自然主義の作家として名告《なの》りを上げた谷崎潤一郎を逸早《いちはや》く認めて、最大の讃辞を送ったのは、彼だった。これ等の事実を見ても、彼がもしあの時代に日本にいたら、日本の自然主義者が自分の神さまのように尊んだモーパッサンやドーデーを、素直に、何等の成心なしに、日本自然主義運動を知らずにアメリカで素直に読んだように読めたろうか。私は疑いなきを得ない。流行に反抗して、思わぬ方向へ逸脱し易い荷風の性格を知っているから、私は危ぶむのだ。

モーパッサンやドーデーが、荷風をゾラから救ったと私は見ている。だから、どうしても日本自然主義の投影なしに、モーパッサンをじかに素直に読まなければ、モーパッサンによって荷風が荷風文学の第一歩を踏み出すことは出来なかったと思っている。じかのモーパッサンが、この場合、重大な意味を持つ。荷風にとっては絶対なものなのだ。

遠くアメリカにいたおかげで、唯一無二の理想的な状態でモーパッサンに見《まみ》えることが出来たのだ。そういう荷風を、荷風のために私は祝福したい。

それからもう一つ。荷風が父から月々どの程度の送金を得ていたのか私は知らない。しかし大体、銀行から受け取る月給が生活費の主なるものだったのだろうと私は推察する。私はこのことを重視する。

荷風を伝する人の全部が、彼の合理的な金の使い方はフランス人から学んだものだと言う。しかし、荷風がフランスに滞在したのは、前にも言ったように、僅か二カ月に過ぎない。アメリカには足掛け五年もいたのだ。私はアメリカ人もフランス人も知らない。が、西洋人の金に関する考え方は恐らくアメリカ人もフランス人も同じように合理的だろうと思う。個人主義の国だから——。まして荷風は異国人だ。「五位と六位は銭《ぜに》も借り合う」という川柳のような工合には行かない。勢い五年間のアメリカ滞在中に荷風の合理的な生活法は身に付いたのだと思う。

なぜこんなことを言うのかというと、一生の一番大事な時期に、アメリカで自活したことを私は最も注目したいからだ。自分で稼《かせ》いだ金で実際に一日一日生活するということは、小説家にとって、いや、小説家には限らない、どんな人間にとっても、大事な意味がある。

自己を発見する近道だからだ。たといどんな生活をしようとも、肝にこたえるような生活をしていれば——。彼はイデスに惚れながら、惚れ合っている最中にも、別れることを考えている。これが荷風なのだ。荷風の個性なのだ。こうして一つ一つ、自分の個性を発見して行くのだ。それが生活の尊さだ。

鷗外が、四年かな、五年かな、長い留学を終えて帰って来ると間もなく、エリスという小柄な女性があとを追って来た。鷗外自身「普請中《ふしん》」という短篇に書いているし、於菟《おと》さんも随筆に書いている。そのことを知って、荷風が、

「鷗外先生は日本にいた時、全然遊んでいないから、ああいうヘマをやるのだ」

と言って、自分なら、あんなヘマはやらないとやや自慢げに言ったのを私はこの耳で聞いている。荷風はイデスとのことを心に持っていたのだろう。彼は自慢するだけあって、イデスをフランスへも来させなかったし、日本へも来させなかった。

荷風流にいえば、見事というところだろう。しかし、エリスが鷗外のあとを追って来たのは、鷗外のヘマだろうか。私はそうは思わない。このことは、いずれもう一度触れる時があるだろう。

自分の稼いだ金で自活するということは、誰でもやっている当り前のことで、特に取り立てて問題にする程のことではない。百人が百人そう思うだろう。

しかし、実はそうではないのだ。実に大事な大事なことなのだ。

つまらない人は、何も学ばないかも知れない。しかし、つまらなくない人は、自己の日常生活から、大きなものを学ぶのだ。日常生活を置いて、何から人は大切なことを学ぶのだろうか。

人間にとって、自己の生活くらい大切なことはない。そこから学ばないで、どこから学ぶのか。

私は樋口一葉と先代の羽左衛門のことを思い浮べる。五代目菊五郎が、誰だか忘れたが太夫元《たゆうもと》から「塩原多助」の上演を勧められた時、初め断った。その断った理由が面白い。言うまでもなく、「塩原多助」は名人円朝の作で、当時大評判を取っていた。

「塩原には何人人物が出て来ますかね。それを、みんな名人が一人でやるんですぜ。こっちは、仮に私が円朝と同じほどの腕があるとして、あとは全部下手《へた》がやるんです。叶《かな》いっこありませんや」

いかにも五代目らしいセリフだ。それでも、太夫元に口説き落されて、結局やることになり、「それでは」というので、一日円朝を呼んで「塩原」をみんなで聞くことになった。その中に、後の羽左衛門、当時の家橘《かきつ》もいた。後の梅幸、当時の栄三郎もいた。

一席済まして家へ帰った円朝が、弟子の一人に、

「栄三郎は身を入れて聞いていたが、あの隣にいたのは何という役者だ?」

「家橘でしょう」

「あの役者は駄目だね。テンデ聞いていやしない」

そのくらい仕様のない役者だった。舞台に出れば、「大根《だいこ》」「大根」と言われていた。円朝の見たところは当っていた。

その後団十郎が死に、菊五郎が死に、彼を引き立ててくれる有力な先輩がいなくなり、若い役者が奮起しなければならない時が来た。栄三郎が梅幸になり、彼も十五代目羽左衛門になった。

改名披露の時には、先輩が大勢居並んで口上を言ってくれるのが、一つの見栄《みえ》になっていた。ところが、羽左衛門はこの例を破って、誰にも援助を頼まず、たった一人で出て、一人で口上を述べた。

この前例のない大胆不敵な口上は、内外の人々を驚かした。これがキッカケとなって、大根役者が大根でなくなり、興行毎に大胆な性根《しょうね》が彼の舞台に一種の魅力を生んで来た。一例をいうと、どんなむずかしい役を持って行っても、彼は辞退しずに引き受けて、片ッ端からやってのけた。

舞台に一人出て、一人で自分の口上をいう前例のないことをしようと覚悟をした時に、初めて本当の羽左衛門が生まれたのだ。彼自身は自覚したかしなかったか私は知らないが、無援で孤立した時に、何か悟ったか、生活的に何等かの覚悟が出来たかしたのだろう。

一葉が「大つごもり」や「にごりえ」や「たけくらべ」を発表した時、期せずして「天才」という声が起った。世間では、馬場孤蝶など「文学界」の人々との交際で、新らしい外国文学のことをいろいろ聞いているうちに、彼女が文学の生命を摑んだのだという説が行なわれている。

しかし、そんなことはない。あの時分の「文学界」の人達は、新らしい文学なんかまだ知らなかった。彼等は詩人で、小説家ではなかった。島崎藤村一人だったろう、十二三年後に、詩を捨てて小説に走ったのは——。一葉の小説は、後の自然主義の小説ほど新らしくはなかったが、それでも硯友社の小説よりは新らしかった。新らしい古いは置いて、小説の神髄を突いたものだった。そういう意味では、いつが来ても、古くならないことは間違いない。

イギリスのロゼッチなど、ロマンチックな詩を崇《あが》め尊んだ「文学界」の連中なんかから示唆《しさ》されたり、教えられたりする程度の彼女ではなかった。彼女の方が、藤村よりも進んだ文学生活をしていたと言いたいくらいだ。私の言っていることの信じられない方は、「にごりえ」でも「たけくらべ」でも読んで見るがいい。

「天才だなあ」

と思わずにいられないから――。

彼女の天才はどこから生まれたのか。その秘密は、彼女の「日記」の中にある。今は一つ一つ例を捉《とら》えて証明して行く時でないから略すが、「日記」を読んで下されば、すぐ分ると思う。

一ト言でいえば、彼女の勉強と、「日記」に描かれている彼女の生活の詳細を十分に味わって見て下さい。彼女の日常生活がどんなに彼女を一日一日と鍛練して行ったか、そのあとを、あなたも忠実に生活して見て下さい。

私がこれから言おうとすることは、名の出て来る人達を非難しようとしているのではない。

紅葉や露伴のように早くから大家になった人達は、比較的生活に恵まれていたろう。紅葉などは売れッ子だったから、新聞に連載小説を書くと、当時のお金で一回五円が相場だったという。明治二十七八年頃、一日五円の収入があれば、一応紳士の生活が出来たろう。彼の「十千万堂《とちまんどう》日録」を見ると、誰に聞かれても恥ずかしくない、いい暮らしをしていたことが分る。

佐賀の「葉隠《はがくれ》」を読むと、「一ト世帯構《かま》うるが悪《わろ》きなり」と戒めている。一家の主《あるじ》になってしまうと、付き合う人が極まってしまう。出入りのものとは顔を合わさぬ。太平無事になってしまう。

ところが、一葉程度の新進作家は、そうしじゅうは仕事を頼まれない。と言うことは、しじゅう収入がないことだ。

今でもそうだが、原稿料生活というものは不思議な習慣で、原稿を書いて相手に渡しても、すぐには原稿料をくれないものだ。原稿の載った雑誌が出ても、なかなかくれない。

一葉の「日記」を読むと、待っても待ってもなかなか原稿料が来ない。しかし、年末なので、新年用のお餅を注文してしまった。醬油も届けてくれるように頼んでしまった。が、家にはもう幾らもお金が残っていない。お餅や醬油が届いたら、どうしようとヤキモキしている。

悪い時には、そんな時に限って、月払いで返すことになっている死んだ父の借金を取りに来たりする。

そんなことを書いた文章が日記の方々に出て来る。一葉の一家は、お母さんと、妹の邦子《くにこ》さんと、女ばかりの三人暮らしだった。途方に暮れて、縁もゆかりもない、小説家の村上浪六のところへ借金申し込みの手紙を出したりする。ところが、「日記」によると、「絶えて音《おと》ずれもなし。誰も誰も、言い甲斐なき人々かな」

「今日、夕飯《ゆうはん》を終りては、後に一粒《いちりゅう》の貯えもなしと言う。母君しきりに嘆き、邦子さまざまに口説く。我れかくてあるほどは、いかにともなし参らすべければ、心な労し給いそと慰むれど、我れとて更に思い寄る方《かた》なし」

「母君、田部井に今日も行く。売りもの、少し値段よくなりたり」

　こんな記事もある。

「母君、小林君《ぎみ》に金借りに行き給う」

　金のことの出ない日はないくらいだ。

「二十九、三十の両日、必死と著作に従事す。暁《あかつ》き方《がた》しばし微睡《まどろ》むのみにて、一意三十一日までに間に合わせんとするほど、いと苦し」

　前の餅と醤油のことの続きを書けば、「さても明日《あす》、岡野より（餅を）持ち込みし時は何と言わん。榛原《はいばら》へ誂《あつら》えおきし醤油も酒も明日《あす》は来《こ》ん。その払いは何とせんと、見合わす顔に吐息呑《の》み込むもつらし。奥田の老人、いざとて帰らんとする時、郵便とて届きしは何。慌ただしく見れば、（藤本）藤陰隠士より『暁月夜《あかつきづきよ》』の原稿料、明二十八日、両替町の編輯所にてお渡し申さん、午前のうちに参らせたまえとなり。自然はかくも円滑なるものか」

翌日行くと、三十八枚の原稿に十一円四十銭払ってくれた。一枚四十銭にもつかない。思い出す、私も初めて三十枚の小説を頼まれて、五円もらった。

一葉は「日記」に書いている。「この浅ましき文学者、家に帰りし時は、餅も共に来たりぬ。酒も来たりぬ。醤油も一樽《たる》来たりぬ。払いは出来たり。和風、家のうちに吹くこそ、さてもはかなき――」

このあとがいい。

「暁月夜の原稿料、十円のつもりなりしを、思うに越えたれば、かの稲葉《いなば》の穂波《ほなみ》風に揉《も》まれて枯れ枯れなるも哀れなるに、昔は我れも睦《むつ》びし人の、これよりは何事も頼まねど、さすがに仇の間にはあらず。理を押せば五本の指の血筋《ちすじ》ならねど、さりとて同じ乳房に縋《すが》りし身の、言わば姉ともいうべきを、いでや喜びは諸共《もろとも》にとて、柳町《やなぎちょう》の裏屋に貧苦の体《てい》を見舞いて、金子《きんす》少し歳暮にやる」

「稲葉の穂波風に揉まれて」とあるのは、旗本稲葉家が零落したのを言ったのだろう。一葉の母が、若い頃稲葉家に乳母として御奉公に上っていたことがあったのだ。

「いでや喜びは諸共に」という文章が私は好きで、未だに忘れずにいる。ここ、「日記」中の名文だが、まだ続く。
「昔は三千石の姫と呼ばれて、白き肌に綾羅《りようら》を断《た》ざりし人の、髪はただ枯れ野の薄《すすき》のようにて、いつ取り上げけん油気もあらず、袖なしの羽織見すぼらしげに——」

もう止そう。ただ私の言いたいのは、大した額でもない原稿料を受け取るとすぐ、乳兄弟《ちきようだい》のことを思い出して、喜びは諸共にと喜びを分けに行った彼女の心意気だ。思い出すのは、石天基《せきてんき》という支那の人の言った「余りあるを待ちて人を救わんとせば、遂《つい》に人を救うの日なからん」という言葉の真実だ。

一葉自身、貧乏したればこそ、こういうことも出来たのに違いない。後に彼女が「にごりえ」を書く時、源七の裏店《うらだな》住まいを如実に描写出来たのも、この時柳町の稲葉家の実際を見たからだろう。

「落ちぶれて袖に涙のかかる時人の心の奥ぞ知らるる、とは、実に言《げ》いける言葉かな。足らぬことなきその昔は、人は誰も誰も情け深きもの、世《よ》はいつとて変りなきものとのみ思いけるよ。人世の行路難は、人情反覆《はんぷく》の間《かん》にあるこそいみじけれ」

「あわれ、はかなの世や。さりとてはまた、哀れの世や。かの釧之助《せんのすけ》、わが家に対してその昔誠を運びけるも、昨日今日《きのうきよう》の情《つれ》なき風情《ふぜい》も、共にその心の写し絵なりけり」

既に彼女自身経験しているように、こっちが貧乏になると、世間の人は顔も心も剝《む》き出しにして向って来る。これが人間にとって、いい修行になるのだ。鍛練になるのだ。

小説家は、人間を見る目が備わって来る。自分の人世覚悟が出来て来る。一葉は、金の点で当てにならぬ原稿料生活を思い切って、吉原の裏に荒物屋の店を開く。この前後からだ、彼女の人間の本質に日がさすのは――。彼女の天才が初めてパッチリと目を開くのだ。

同じ意味で、私は荷風の「西遊日誌抄」を大事に見る。あの中に、荷風のすべてがあると思うからだ。「あめりか物語」までの彼のすべてが――

いや、実は「あめりか物語」までのすべてではないのだが、それは今言うべきことではないから、今はそう言って置く。

それはとにかく、臆病な荷風は、父が恐《こわ》くって「やくざ」になり切れなかった。「やくざ」という言葉を使ったのは中野重治だ。「西遊日誌抄を、世俗的な蹉跌《さてつ》、逃亡、わが身の始末も出来ぬやくざ青年の記録とすれば」と言っているのだ。父が恐くなかったら、彼は日本公使館の小使にはならなかったろう。「公使館事務室の後《あと》掃除《そうじ》を済まし、地下室の台所にて黒奴と共に晩食」を取るような生活も、父恐さに我慢出来たのだろう。

日露戦争のあとの講和談判が終って公使館を解雇された後、父が恐くなかったら、彼は正金銀行には勤めなかったろう。日本に帰りたくないばっかりに、日本に帰って父に束縛されたくないばっかりに、彼はいやな銀行勤めも忍んだに違いない。

そういう意味では、彼は自分の臆病をも、父の恐さをも、上手に利用したと言える。「わが身の始末も出来ぬやくざ青年」ではない。

生活能力もないくせに、すぐ父と衝突して家を飛び出してしまった向う見ずのシエレーとも違うのだ。

父の目の届かぬアメリカで、父の指図に従って神妙に銀行勤めをしていると見せ掛けて置いて、その実、女遊びはする、小説は書く、将来文学者として立つ準備は怠らない、何のことはない、父を瞞《だま》しながら、完全に自分の思うような生活を享楽していたのだ。

享楽しながら、フランス語をものにしたこと、小説家としての荷風を「花咲く樹」にまで一人で育て上げた点、彼は異端者だと思うが、文学に対してだけは信仰を持っていた。それも、熱烈な信仰を――

これが、彼を「やくざ」にさせなかったのだ。彼を救ったのだ。彼はフラフラしながら結局初一念を全うしたのだ。臆病も使いようで生かせることを私は彼から教わった。

彼は無類の女好きだったと言っても、誰も否定はしまい。しかし、彼は女を信仰していなかった。イデスと熱烈な恋愛をしている最中にも、「余はいかにしてイデスと別るべきか」と考えている。女を信じていない証拠だ。彼はただ文学だけを信仰していたのだ。

臆病な彼に、信仰を貫く真理を教えたのは、アメリカにおける彼の生活の累積《るいせき》だと私は言いたいのだ。異国における独身生活。孤立無援の、しかし自由な独身生活。彼は孤立を寂しいとは思わなかった。

それが、彼に大事な、人生のいろんなことを教えた。面従腹非の強さを一層強く鍛えもした。信仰を持たぬ一人暮らしの裏寂しさを、実生活が彼に実感させてくれた。

新らしい文学が、新らしい音楽が、新らしい劇が、絶えず寂しい独身生活に希望と忍耐とを叩き込んでくれた。日本にいた時は、放蕩にだけ生甲斐を感じていた青年に、人間生活の複雑な「人生の味」を教えてくれた。

人と人との出合いくらい、人の一生にとって大切な、唯一無二のチャンスはないと私は信じている。

前にも言ったように、もし高浜虚子が正岡子規に出合わなかったら、後の虚子はなかったろう。道元禅師は、支那留学の最後の年にもし如浄《にょじょう》大和尚に巡り合わなかったら、今日の道元はなかったと彼自身言っている。それほど、人と人との出合いは絶対の大事である。

同じように、人と土地との出合い、人と土地との適不適も、一生一度の一大事だと思う。もし荷風がアメリカへ行かなかったら、後の荷風はなかったと思う。憧れのフランス、フランスのパリへ行っても、荷風は荷風に成りそこねたろうと私は思う。

アメリカは芸術を育《はぐく》む土壌ではないと彼自身幾度か訴えている。その代り、彼は勤勉というものを皮膚を通して自分の生活の中に溶かし込むことが出来た。

これこそ荷風に最も欠けていたものなのだ。これなくしては、人は事を成就することは出来ない。不可欠のものだ。彼は人生で一番大切なものをアメリカから学んだ。

一度でも彼の書斎に通ったことのある人は、彼の坐っている手近の柱に中ぐらいのソロバンがぶらさがっていたのを覚えているだろう。これは彼がアメリカで身に付けた勤勉のシンボル以外の何物でもない。アメリカの生活で、文学的生活に対して、彼はしじゅう不満で不平だった。この不満と不平とが、彼を駆《か》ってフランス語の勉強をさせ、フランス文学を勉強させた原動力だった。人間は若い時には、不平と不満とに絶えず胸を煮え沸《たぎ》らせていなければ駄目だ。

今言ってしまうのは早過ぎるが、「あめりか物語」が「ふらんす物語」よりも作品的に優れている事実を、あなたは何と見るか。あなたは、私が未だに「西遊日誌抄」を手放さないしつっこさに、呆《あき》れているのではないかしら。

実際、私はこの「日誌」と別れともないのだ。この「日誌」の中には、荷風の一生の未来図が描き出されている――のではない、描き伏せられているからだ。この「日誌」を仔細《しさい》に見れば、人相見ではないが、荷風のこれからの長い生涯の運命が、残る隈《くま》なく描き伏せられている。

一例をいえば、彼は風景描写の名手であった。私は何かというと、「冷笑」の中の「深川の夢」をすぐその例に引くので、中には、ああ、またかと思われる方があるかも知れないが、あれは外に真似手《まねて》がないくらい立派な風景描写の模範だろう。「日和下駄《ひよりげた》」の中にも、忘れられない風景描写が幾つもある。「狐《きつね》」にも、「花より雨に」にも、そうだ、「すみだ川」の宮戸座の立ち見の描写のうまさには、息《いき》もつけない。彼の風景描写のうまさは、彼の作品の中でも特筆していい大きな魅力であり、特長の一つである。彼の筆にかかると、すべてのものが躍動して来る。

そういう彼の特長が、「西遊日誌抄」の中にも沢山見ることが出来る。日記に風景描写なんか必要とも思えないのに、しばしば出て来る。

「他日、米国田舎《いなか》の風景を描くべき創作を思い立つことあらば、余は将《まさ》にこの夜の光景より筆を起さんなぞ、さまざま思い耽《ふけ》りて時の移るを忘れたり」

彼はこんなことを言って、思わず彼の性向を暴露している。

「晩餐後、牧場を横切る鉄道の線路に添いて歩む。小流れのほとりの柵《さく》に腰かけて休《やす》ろうに、夏草の香高く、空気の清涼なること、胸もおのずと打ち開かるる如き心地す。夕暮れは、いとも静かに小山の半腹に立ちたる村落を掩《おお》い、折り折り遠く子供等の笑い戯るる声、聞え来たる。ああ、忘れ難き夕《ゆう》べなり」

「二年前の今月今夜、余は初めてシャートルの港に着きし夜泊の船上、新世界の山影を月明のうちに眺めたるなり。二年の後、今夜また月明水の如し。感慨きわまりなく、眠る能わず。一人公使館の後庭に出でて、厩《うまや》のほとりの石に腰かくるに、樹影参差《しんし》として草の上にあり。涼露蕭々《しょうしょう》雨の如くに衣《ころも》を潤せり」

「空晴れ渡りて、春の日来《い》たれり」

「一人パリセードの懸崖《けんがい》を散歩す。黄葉の深林、田家の養鶏所、また牧場の景と相待って、宛然《えんぜん》好箇の油絵なり。路傍の酒舗《しゅほ》に休み、林檎酒を傾けつつハドソンの流れを見る。帰途、日既に傾くや、夕陽の反映は遠く対岸なるニューヨーク市の高楼大廈《たいか》を紅に染めなすさま、言うばかりなく美し」

「劇場を出づれば、薄暮の空水の如く清く澄み渡りたるに、見渡すブロッドウェーの高き建て物黒く聳えて、その数限りなき窓々に燈火の斉《ひと》しく輝き出《いだ》したる、得も言われぬさまなり」

日記ではなくて、まるで文章の練習をしているようだ。外の人の日記——例えば鷗外の「独逸《ドイツ》日記」を見るに、いかにも日記だが、荷風の「大窪《おおくぼ》だより」にしても、「断腸亭日乗」にしても、ただの日記ではない。巧みに——目に付かないように編輯している。

十一

この日記の中には、荷風のあらゆるものがゴッタ煮になっているところを私は面白いと思う。

例えば、トルストイに行かずに、ツルゲネーフに行ったらしいことは、帰朝後に書いた「狐」を読めば分る。ユイスマンは読んでも、ユイスマンは宗教に関心の強い作家だから、余り彼は心を引かれなかったらしい。ブルージェへ行かずに、プレボーに親しみを感じたことも、彼の性格から出た選択だと思う。

前にも言ったが、ゾラの大作よりも「ニノンに参らす物語」のような主義主張のない素直な短篇を好むと敢《あ》えて言えるようになったことも、性格で小説を読むようになった証拠だろう。

「論」に弱いことを彼自身知ったのだ。ゾラの「実験小説論」を彼が読んだかどうか怪しいと思う。鷗外の紹介ぐらいは読んだかも知れないが——。それは兎に角、アメリカの生活は、生活とは自分の性格に従う以外にないことを彼に教えた。そういう点、生活は力だ。生活が、彼に自分の性格に従うことに自信を与えた。「雲《くも》を根に富士は杉なりの茂りかな」性格が根になったことで、彼は模倣から脱け出すことが出来た。論に弱い彼は、ゾラから自由になれた。トルストイの名は「日誌」に出て来るが、ドストエフスキーの名は出て来ないばかりか、彼の口から聞いたこともない。彼は心理小説には余り心を引かれなかったのだろう。

この辺で結論をいえば、彼はサイコロジストではなくて、そんな言葉があるかどうか知らないが、ヴィジュアライザーである。心理の曲折波瀾に興味を持つよりも、目に見えるものを楽しむ型の性格だと思う。彼が風景描写がうまいのも、女の姿態を描いて抜群なのも、彼のこの性格によるものであろう。

そういう目で見ると、この「日誌」くらい荷風の性格を赤裸々に現しているものは外にあるまい。しかも、青春の情熱を込めて書いているのだから、――彼が一人前の人間、芸術家になろうとしている時の、以前の、未完の、ボイラー一杯の熱湯が苦悶している呼吸の切実さは、彼の外の作品には見られない。人は「断腸亭日乗」を赤裸々だという。しかし、私に言わせれば、「日乗」は赤裸々ではない。赤裸々なのは、この「日誌」の方だ。「日誌」には何を語ろうとする意識がない。無意識で、声を限りに全心をぶつけている。「日乗」には意識があり、作意がある。

筆者の冷静な顔が行間に覗《のぞ》いている。そうして「日誌」には成長がある。青春の成長が楽しい。

そこに、彼の精神発展の跡が――しかも、その第一歩が見られる楽しさがある。恋に、読書に、音楽に、観劇に、創作に、青春のエネルギーを、――エネルギーは青春にあっては喜びに外ならない。彼は常に享楽しながらでなければ、味わったものが血肉にならない人間なのだ。日常の生活には束縛がある。この種の束縛には従うより外ないことを彼は知っていた。ただ、父の束縛、強要から遠く、思うがままに若いエネルギーを発散している間に、いつの間にか、自己を樹立――とまでは行かなくとも、形成しつつあったのだ。その点、日本にいては不可能なことをすることが出来たのだ。

日本にいては、父の干渉があり、友達の影響があり、アメリカにいるほど自分だけの生活が出来ず、友達の影響は避け得なかったろうし、文壇の影響も大きく働き掛けて来たに違いない。

アメリカにいる間、彼は一人の友達もなかった。先生もなかった。彼のような性格の人間には――エゴイズムに徹底しない限り、何も自分のものにすることの出来ない人間には、この孤独ということが絶対に必要だったのだ。アメリカの生活は、いや応なしに、彼を孤独に突き落した。孤独も孤独、異国に於けるこの徹底的な孤独に堪える力を彼は獲得することを得た。孤独はエゴイスチックな彼に、エゴイズムの価値を――エゴイズムの徳を教えた。

読書が彼の友達であり、彼の先生であった。読んだ感銘を、読書から得た何物かを、友達もない、先生もない彼は、すべてを――一から十までを自分一人で楽しみ、疑問し、解剖し、議論し、納得しなければならなかった。

こうした読書が、友達や先生の影響なんかこれっぽっちも受けずに、純粋にすべてが彼の血肉になった。血肉にならない読書なんか、小説家には用がない。知識なんか小説家には用にならない。彼は後に慶応の教授になったが、そういう彼の読書だから、鷗外が教授になったのとは違う。系統的な学殖は何にもなかった。それでいいのだ、彼の場合は――。彼の講義は裃《かみしも》を付けた講義としないで、馬場孤蝶のように、上田敏のように、初めからリテラリー・チャッツ（文学座談）として分《ぶん》を弁《わきま》えた講義をしたら、どんなに個性のある、どこの大学でも聞くことの出来ない興味津々たる講義が聞けたことと思う。つまり、文学の神髄を荷風によって生徒は自分のものにすることが出来たに違いない。これは、いい加減のアカデミックな講義よりも、どんなに個性的な価値があったか知れないと思う。大学の講義から、文学の神髄を会得することは、そうめったにあることではない。

イデスによって、荷風が異国に於ける孤独を慰められたことは、望外の仕合せと言わなければならない。外国で恋を得た画家が、十人のうち七八人までは妻として相手を連れて帰って、終りを完《まっと》うしないのが多い。アメリカで、エゴイスチックに磨きをかけて完全なエゴイストに成長した彼は、見事にイデスをアメリカにいる間だけの恋人として後腐《あとくさ》れを残さなかった。女を——何と言ったらいいのか私は適当な言葉を知らないが、フィランダーとでも言うのだろうか、戯れに恋をするとでも訳すのだろうか。「戯れに」というのが多少引っ掛かるが、相手は娼婦なのだから、戯れにでいいのかも知れない。要するに、妻にもしず、後追《あと》いもさせなかったことを、荷風はやや自慢気な語気で語っていたが、事実彼の恋愛哲学から言えば、最も理想的なフィランダーリングをしたことになるのだろう。

私は荷風のエゴイズムのインテンシティ（激しさ）に、彼の人間も、性格も、生活も、文学も、すべてがあると思う。ここまで徹底した生活の知恵は、彼の人間に、そうして彼の文学に、堅固な骨格を与え、スタビリティ（安定さ）を定著させた。彼は安心して、彼のもう一つの特長を生かすことが出来た。

それは何か。持って生まれた詩人としてのテンペラメントである。彼のスタビリティが定着するまでは、この詩人的素質は作家としての魅力にならず、却《かえ》って作品の弱点になっていることを、「おぼろ夜」以下の――成人以前の作品が語っている。

彼のエゴイズムの特徴は、守備に強いことだ。彼の父は恐らく強固な意志と実行力を持っていた人であろう。写真を見ても、ほぼ彷彿《ほうふつ》とすることが出来る。荷風は自ら攻撃に出て、父を論破し、彼の希望を強行することは遂に出来なかった。しかし、何と父が説こうが、圧迫しようが、明治の父親だから絶対と言ってもいいくらいの強権を以って彼に迫ったに違いないと思うが、それでも、父もまた遂にわが子の守備のトーチカを抜くことが出来なかった。

その点、モスクワの攻略に肉迫したナポレオンと、激しい抵抗らしい抵抗をしずに、最後の一点に於いて遂にナポレオン軍を潰走《かいそう》せしめたロシアのクツーゾフ将軍との対陣に似ている。あの強烈な父にも、荷風の防禦の堅塁だけは抜くことが出来なかった。「戦争と平和」の中でトルストイの語るところによると、クツーゾフは「突撃したり攻撃したりする必要はない。忍耐と時、これが必要なのだ」と言っている。

荷風の口からじかに私は聞いたことはないが、恐らくクツーゾフと同じように、短兵急な父との交戦に際して、

「不決断の中で、じっと辛抱していることだよ」

と荷風は心の中で呟《つぶや》いていたことであろう。

攻撃に弱いこの気の弱さと、守備に強い彼のエゴイズムとが、彼の人間の、そうして彼の文学の、二つの山脈をなしていると私は見ている。そうして気の弱い面に、バーナード・ショーのいう勇敢でない彼の肉体に、デカダンな感情に、感覚に、官能に、彼の抒情詩のハープが隠されているのだ。

彼の守備に強いエゴイズムについて、もう少し語ろう。私の知っている佐藤春夫も、私達友人仲間の中では有力なエゴイストであった。そうしてどっちかと言うと、守備的であるよりも攻撃的であったと思う。

彼も、荷風と同じように文学者になるために相当激しく父と戦っている。明治の父は、荷風の父と同じように春夫のために相当の投資をした。春夫はその餌《えさ》を出来るだけ長く食い伸ばそうとして辺鄙《へんぴ》な田舎に引ッ込んで、新劇女優の三流ぐらいのと同棲した一部始終を彼の詩魂を通して書いたのが「田園の憂鬱」である。

私の見るところでは、春夫のエゴイズムにはアメリカに於ける荷風のような生活の鍛えがない。荷風と同じように女はいたが、荷風に於けるイデスとは違う。生活ではなくて、怠惰だった。怠惰も生活には違いないが、だからこそ後に「田園の憂鬱」を生み得たのだが、エゴイズムの鍛練にはならなかった。エゴイスチックな人間をエゴイストに完成するには、持って生まれたエゴイスチックを放任して置いてはモノにならない。

しかし、放任しながらも、生まれながらのエゴイスチックが春夫一流の文学理論を生み出し、彼の感性に自信を持たせた。その点、彼は仕合せだった。

この点と、どっちかと言うと、攻撃的だった彼のエゴイスチックが、徳田秋声、菊池寛、久米正雄以下の人達と座談会で衝突して帰宅すると、忽ち「風流論」を一気呵成《かせい》に書き上げてこれ等の人達に余憤を叩きつけている。

彼の文学理論と、彼の感性への自信とが、芥川龍之介に向って、「その窮屈なチョッキを脱げ」と言わせたのだ。この場合に限って言えば、佐藤の感性は太陽の光線のように正しくて暖かい。

若し龍之介が、彼の忠告を聞いて、その窮屈なチョッキを脱ぐことが出来たら、龍之介は自殺しないで済んだのではないかと思われて仕方がない。窮屈なチョッキというのは、彼の古典的な文章をいうのだ。

もう一度佐藤のエゴイズムに話を返す。彼は大家になってから、荷風から何を学ぼうとしたのか、師弟の礼を尽して麻布の偏奇《へんき》館《かん》に出入した。いつでも自分の城を

守って天下を睥睨《へいげい》していた佐藤が、他に教えを乞うなどと言うことは曽ってない珍らしいことだった。私達は佐藤に、

「よせ、よせ」

と言って留めた。余りしつけないことをすると、ろくなことはない。荷風という人は、遠くで眺めているに限る人で、近付くと気まずいことになるのが落ちだ。それを知って、谷崎は、荷風は恩人だが、心得て出入りをしなかった。だから、一生喧嘩をしずに済んだ。佐藤は最後に大喧嘩をして、悪口の限りを浴せかけた文章を書いている。荷風も、「日乗」の中に冷たい態度で佐藤のことを発《あば》いている。鍛えに鍛えて防禦に強いエゴイズムの前には、放任したままのエゴイズムはどこか手薄い感じだった。

十二

とにかく、これだけの用意をして荷風は日本へ帰って来たのだ。満で二十九歳だった。恐らく表向きは肩身の狭い思いで、牛込余丁町《うしごめよちょうまち》の来青閣《らいせいかく》へはいったに違いない。正業を身に付けずに帰って来たのだから——。小説家としてもまだ十分に自信

を得ていなかったのだから――。

ここでも彼は、巌谷小波に感謝しなければならない。彼が帰って来たのは八月、一ト月前の七月には、例の「あめりか物語」が発売されて、未曽有《みぞう》の大歓迎を受けていたのだ。どんなに歓迎されたかは、第一章に書いた通りだ。彼は一躍流行作家となった。

これは愚にもつかぬ茶飲み話だが、「あめりか物語」のアメリカを平仮名で書いたところに、この本の幸運があったと私は考える。若しこれを「アメリカ物語」としたら、「あめりか物語」ほど魅力がなく、あれほどの幸運を呼ばなかったと思う。文字の不思議を私は信じる。

私達小説家は、題が極まった時はその小説が半分書けたようなものだとよく言う。泉鏡花は、佐藤春夫に一人ッ子が生まれた時、どういう字を書くかと聞いた。で、佐藤が客の立ったあとの座蒲団に「晨也《しんや》」という字を書いて見せようとしたら、鏡花は突然声を立てて、佐藤の書き掛けた字を自分の手で払いのけて消して、

「こんな人の踏むものへ字を書いてはイケません」

と叱《しか》るように言った。字で三度三度のものを頂いているものが、何たら不心得なことをしたことかと佐藤はきびしく反省させられた。昔の文士はそれほど文字とい

うものを大事にした。

文士ならずとも「ソニー」という名を、「ナショナル」という名を、極めるまでに当事者は大変な苦労をしてやっと捜し当てた名であったと言う。「ソニー」「ナショナル」という名のおかげで、その商品が好感を以って迎えられて今日の大をなしたのだそうだ。「あめりか物語」も、平仮名のおかげを随分蒙《こうむ》っていると私は信じている。

「あめりか物語」の中の短篇を、今更鑑賞するにも当るまい。今日の目から見れば、当時自然主義の作家によって書かれた小説の方に価値のあるものがあるように思う。しかし、当時の日本の文壇になかったものを「あめりか物語」が提供したことは事実だ。漱石の「坊ちゃん」も、なかったものを提供したことによって愛読されたのだと思う。文学的価値がさほどあったとは思われない。

なかったものとは何か。

第一に「物語性」である。第二に、異国趣味である。文章の美しさ、文章の豊麗さ、感情、感覚、官能の新鮮さ、豊かな描写力、詩味の匂《にお》っていることなども、私達青年を恍惚《こうこつ》とさせた。とにかく、これまで自然主義の作品からは叩かれたことのない私達の五感を叩かれ、刺戟され、酔い心地にされた。

これこそ小説だと私達は思った。実に楽しかった。

「なれるものなら、自分も小説家になりたい」と思った。それほど「あめりか物語」の身体髪膚《しんたいはっぷ》は何もかも新鮮だった。朝の花のように匂っていた。私達は予告されている「ふらんす物語」の出るのを首を長くして待った。

出たのは翌年だったと覚えているが、出るとすぐ発売禁止になって、私達は茫然として内務省を憎んだ。

その頃は内務省というのがあって、図書の検閲権を持っていた。本を出すと、即日内務省に二冊納本しなければならないという法律があった。

その納本した本を検閲して、内容の如何によって発売禁止を命じたのだ。当然その間に、何日かの余裕があった訳だ。だから、禁止された本も、一週間や十日間ぐらいは小売店に並べられているのが普通だった。買おうと思えば買うことが出来た。一例をあげれば、鷗外の「魔睡」の載った「スバル」なんか、二十日間近くも小売店の店頭にあった。

ところが、「ふらんす物語」ばかりは、どうした訳か、発売と同時に禁止されて、全部破摧《はさい》されてしまった。だから、内務省に納本された二冊しか残っていないと噂された。

事実、私などはどんなに苦労して手に入れようとしたか知れなかったが、全然無駄だった。水上瀧太郎などは、後年作者から直接借覧してこれを筆写して持っていた。

太平洋戦争中に、秦豊吉《はたとよきち》またの名、丸木砂土《まるきさど》が鎌倉の私の隣へ疎開して来た時、彼が「ふらんす物語」の原本を持っているのを初めて見せてもらった。

「へエー、どうして、これを手に入れたの？」

不可能に近いことをして入手したに違いない、そのイキサツが知りたくって、私は聞いた。

「これは内務省に納本された本の一冊だよ」

「だって、そんな本が我々の手にはいる訳がないじゃないか」

「それが、手にはいったんだから尚貴重じゃないか」

そう言って、彼の友達が内務省の警保局に勤めていて、「ふらんす物語」のことが忘れられた頃、コッソリ盗み出して来たのだという話をしてくれた。

「幾らで手に入れたの？」

文壇三客畜《さんけち》の一人である彼が、一体どのくらい出したのか興味があった。

「タダさ。タダで貰ったのさ」

彼は「帝国文庫」の「西鶴全集」上下本も持っていた。今と違って、これ以外には「西鶴全集」はなかった。しかも、無数にある伏せ字に、こまごまと全部書き入れがしてあった。

私は彼のビブリオメニア（書籍狂）の一面を初めて知った。その上誰かから原本を借りて一々伏せ字に書き入れしたことは、大変な骨折りだったに違いない。その点をも、彼の好学心に私は敬意を表さずにいられなかった。

「ふらんす物語」ばかりでなく、荷風の小説はその後も幾つも発売禁止になった。与謝野晶子は、その不当を和歌に託して次のような二首を発表した。

　新らしき荷風の筆の物語馬券のごとくとどめられにき

　英太郎東助といふ大臣《おとど》らは文学を知らず哀れなるかな

丁度その頃は競馬で馬券を売ることを禁じられたのだ。英太郎というのは、小松原英太郎という官僚で文部大臣、東助は平田東助という内務大臣だ。

フランスには面白い言葉があって、「著述、演芸などの実質的な成績よりも、作者、芸人の人柄に対して表する歓迎」のことを「シュクセ・デスチーム」と言うとか、「問題を起して有名になった作品」のことを「シュクセ・ド・スカンダル」と言うとか、普通のまっとうな成功とハッキリ区別していると聞いている。

発売禁止は、別にスキャンダルではないが、不思議に発売禁止になると、大評判になって作者を一層有名にするジンクスのアベコベがあった。

そういう意味で、荷風はますます流行作家になり、あっちからも、こっちからも、原稿を頼まれるようになった。クツーゾフ将軍のいう「忍耐と時」の「時」を得たのだ。彼の創作の載った雑誌を列挙すれば、「中学世界」「秀才文壇」「趣味」「新潮」「文章世界」「帝国文学」「早稲田《わせだ》文学」「中央公論」「新小説」当時出ていた目ぼしい雑誌のすべてだった。

それ等の雑誌に載った彼の作品をあげれば、「狐」「祝盃」「歓楽」「牡丹の客」「花より雨に」「新帰朝者日記」「春のおとづれ」「深川の唄」「監獄署の裏」「すみだ川」「見果てぬ夢」などである。

「あめりか物語」に対する文壇を挙げての絶讃に、荷風は長年の苦労が報いられた喜びに蘇生の思いをしたことと思う。同時に、自分の才能に生まれて初めての大きな自信を得た。

一人の作家が本当に自力を発揮するまでは、先輩なり友達なりから絶えず褒められることが絶対に必要だ。批評家の平野謙は、このことを作家は「褒められ乞食」

だと言っている。荷風は、実にいい時に褒められた。あれほど絶えず彼の念頭を去らなかった文壇が、双手《もろて》をあげて満面の笑みを湛《たた》えて歓迎してくれたのだ。こんな仕合せな作家はめったにいない。私の知ってからだって、荷風以外には一人もいなかった。派手な売り出し方をしたと言われる谷崎潤一郎だって、芥川龍之介だって、一部の味方から褒められたに過ぎない。第一章に書いたように、反対派の自然主義の批評家からも褒められ、自然主義の牙城《がじょう》といわれる「早稲田文学」から「推薦の辞」を送られたのだ。こんな例は曽つてないことだ。

何よりの帰朝歓迎だった。荷風の生涯で一番嬉しかったことだったろう。彼が自信を得たことは、前にあげた帰朝後の作品のどれを取って見ても、「あめりか物語」「ふらんす物語」の文章と文章が全く違っていることをあなたは発見されるだろう。文章がノビノビとし、自信のリズムというか、自信の呼吸というか、そういう落ち着きと、「幅」と「丈《たけ》」とが出来た。「あめりか物語」は新進作家の若々しさと、派手ではあるが一種の「伸び足りなさ」があったが、「牡丹の客」にも、「新帰朝者日記」にも、「監獄署の裏」にも、悪い意味での若々しさなんかどこかへ消えてしまって、自信からでなければ生じない見事な落ち着きが流れ出て来た。それも作った落ち着きでなくて、「春の海終日《ひねもす》のたりのたりかな」の、おのずからの落ち着きである。海だから、波をあげることもある。「監獄署の裏」や「新帰朝者日記」には、社会批評となって飛沫《しぶき》をあげている。

　その頃の小説で、社会批評をした小説は一つもなかった。そういう意味では、この二つの作品は珍らしい。しかし、小説の出来からいうと、失敗作だ。その原因は、彼が友人の西村渚山宛の書簡が代弁してくれるだろう。

「自分は暫くパリの書生町（カルチエ・ラタン）の宿屋に泊まっている。書生町の書生生活（ボヘミヤン・ライフ）を日々目撃すると、自然と思い出すのは、ゾラとモーパッサンとの差別である。ゾラは『クロードの懺悔』を書いて、書生町にいる女郎の生活を描いた。モーパッサンのものでは、短篇中に『隠者』『クリスマス前夜の夜明かし』なぞその他沢山あったと思う。ゾラのものは、どうしてもゾラ式で、精密極まる写実にも拘わらず、人物や景色が、実際の生きたものよりは要するに『ゾラの書いた人物や景色』であるという感じを脱し得ぬ。これに反して、モーパッサンの短篇になると、直ちに自分が目に見る生きた人生で、簡単な物語の中に無限の悲しみが含まっている」「これ等も、僅か二三ページの物語で、パリ街頭を彷《ほう》徨《こう》する哀れな女郎の生活の一面が、十二分によく現われている。自分は毎日散歩する毎に、モーパッサンの魔筆に感服している」

荷風の「新帰朝者日記」にしても、「監獄署の裏」にしても、――「監獄署の裏」の方がまだややいいが――いずれも人間が彼の社会批評の犠牲になっている。人間を描いていても、彼のテーマを通すための型に嵌まった、血の通っていない人間しか書くことが出来ていない。

この二作ばかりでなく、荷風はテーマのある小説を書くと、大方失敗している。例えば、「歓楽」にしても、「祝盃」にしても、作者は「歓楽」のいわれを語り、「祝盃」のいわれを語ろうとする。そういう目的を持つと、人間が目的のための傀《かい》儡《らい》になってしまう。彼自身の言葉を借りれば、「実際の生きたものよりは要するに『ゾラの書いた人物や景色』であるという感じを脱し得ぬ」

私は「冷笑」が好きだが、しかし批評をするとなると、やはり彼のテーマのために「生きたもの」が犠牲にされているという憾《うら》みを指摘しない訳に行かない。

露骨なテーマのない「牡丹の客」とか、「花より雨に」とか、「深川の唄」とか、「春のおとづれ」とか、そういう作品は完全に荷風でなければ書けない、彼の言葉に従えば、モーパッサン流の作品になっている。「狐」には、露骨ではないが少しばかりテーマの匂いがしないでもないが、描写の生き生きさがテーマの難を救っている。「小庭を走る落葉の響き、障子をゆする風の音」などという美文調が初めのうちは耳につくが、それもやがて気にならなくなるほど描写が生きている。

帰朝当時は、東京の町に電信柱の立っている醜さに眉を顰《ひそ》めていた荷風が、日が立つにつれて花より雨に移り変る日本の気候の美しさに、日本の「春のおとづれ」の楽しさに、四谷見附から乗った市内電車の中の眺めに興味を持つようになり、昔彼のよく知っている深川へ遊意を誘われてお不動さまの境内まで足を運ぶだけの「深川の唄」にしても、「日本はイヤなところだ、イヤなところだ」と言っていずに、日本の風物に小説家の――というよりも、詩人の目を向けるようになってから生まれた日常の詩だ。

これ等の作品には、現実の日本を嫌う裏打ちに――いや、掩《おお》い隠すものに、過去への追憶がある。これが彼の――荷風文学の詩となっている。

後の荷風の江戸趣味の芽が、帰朝匆々に既に芽を吹いているのをあなたは発見するだろう。

「何かと近付いて見ると、坊主頭の老人が木魚《もくぎょ》を叩いて阿呆陀羅経《あほだらきょう》をやっているのであった。阿呆陀羅経の隣には、埃《ほこり》で灰色になった髪の毛をぼうぼう生やした盲の男が、三味線を抱えて小さく身をかがめながら踞《しゃが》んでいた」

これが哥沢を唄う大道芸人だった。

「さして年取っていると言うでもない。無論明治になってから生まれた人であろう。自分は何の理由もなく、かの男は生まれついての盲目ではないような気がした。小学校で地理とか数学とか、事によったら、以前の小学制度で、高等科に英語の初歩ぐらい学んだことがありはしまいか。けれども、江戸伝来の趣味性は、九州の足軽風情が経営した俗悪蕪雑《ぶざつ》な『明治』と一致することが出来ず、家産を失うと共に盲目になった。そして栄華の昔には洒落《しゃれ》半分の理想であった芸に身を助けられる哀れな境遇に落ちたのであろう。その昔、芝居茶屋の混雑、おさらいの座敷の緋毛氈《ひもうせん》、祭礼の万燈《まんどう》、花笠に酔ったその目は永久に光りを失ったばかりに、却《かえ》ってあさましい電車や電線や薄ッぺらな西洋造りを打ち仰ぐ不幸を知らない。よしまた知ったにしても、こういう江戸ッ子は我等近代の人の如く熱烈な嫌悪《けんお》、憤怒《ふんぬ》を感じまい。我れながら解せられぬ煩悶に苦しむような執着を持っていまい。江戸の人は早くあきらめをつけてしまう。すぐと自分で自分を冷笑する特徴を備えているから」

「節廻しから拍子の間取りが、山の手の芸者などには到底聞くことの出来ぬ確かな哥沢節《うたざわぶし》であった。自分は懐かしいばかりでない、非常な尊敬の念を感じて――」

　荷風は自分のテーマを通そうと思うと、こういう嘘をつく。

「自分は懐かしいばかりでない、非常な尊敬の念を感じて――」嘘でないまでも、こんな誇張を平気で書く。

その前にある「九州の足軽風情が経営した俗悪蕪雑な『明治』」云々以下の感想は、哥沢の大道芸人から離れてしまう。露骨に作者の感想である。隠せない。

こんなもののない「春のおとづれ」のような小品の新鮮さを人は愛するだろう。例えば「空は曇ったまま薄暗いのに、いずくから洩れて来るとも知れぬ薄い日の光りがぽっと流れ渡った。冬であるならば、こんな薄い日の光りでは大きな家屋の影も描かれまいのに、庭中の樹木はすぐさまその細い糸のような小枝の影までを、はっきり余すところなく濡れて平《たいら》かな土の上に横たえた」

視覚の発達した詩人のこの種の散文詩を、私は最も愛読する。

漱石も、視覚型の詩人だった。「永日小品」の中の「蛇」の書き出しだったと覚えている。

「木戸をあけて表へ出ると、大きな馬の足跡の中に雨が一杯溜っていた」

という描写――。漱石のは俳句的で一ト色だが、荷風の描写は何と言ったらいいのだろう、暖かい。

「春のおとづれ」に比べれば、「牡丹《ぼたん》の客」には荷風好みの作意が感ぜられる。「小《こ》れん」という芸者と二人で、本所の四ツ目へ牡丹を見に行く話である。大地震前までは、東京市内にも牡丹園があったのだ。荷風の小説に芸者が出て来るといえば、内容は大凡《おおよそ》察しがつくだろう。

「あなた、もう一度私と家《うち》を持って見ないこと……いやですか」

「いやなことはない。だけれども、やはり駄目だよ。先見《せん》たようにじき飽きてしまうよ」

「そうねえ、でも私、芸者していても、つまらないから」

「何をしても、もうつまらないんだよ。女房になって暮らしの苦労なんかしたら、尚つまらない」

「そりゃそうですけれど、私やッぱりもうお内儀《かみ》さんでくすぶってしまおうかと思ったの」

こんな会話があるくらいだから、頽廃の詩を狙《ねら》った作であることは想像に難《かた》くあるまい。

ならない。

十三

私はもう一つ、荷風の「時」について見落してはならぬことを書き添えなければならない。

受ける作品には「時」があるということだ。クッーゾフのあの「時」だ。森鷗外の「うたかたの記」にしても、「文づかひ」にしても、「舞姫」にしても、なぜあんなに歓迎されたのか。「舞姫」の一作で、文壇の王座をなぜ鷗外が占め得たかというのに、あの作は明治二十三年一月の作だが、紅葉や露伴が新進作家として前時代の戯作者《げさくしゃ》流の古臭い文学に比べればいかにも一応新時代の文学らしく新らしい姿、形はしていたが、二人とも西洋の文学を鷗外ほど全心に浴びていなかった。多少は西洋文学を齧《かじ》ってはいたろうが、根は江戸文学育ちだった。

そこへ行けば、鷗外はドイツ語を十分身に付けた医学者で、ドイツへ留学して帰って来たばかりの新帰朝者だ。鷗外が私に語ったところによれば、ドイツ語は日本語と同じように自由に読めて、話せて、書けた。しかも、外に何の道楽もないと言うくらいの本好きだ。専門の勉強の余暇に、ドイツ語を通して、ドイツ文学の外に、フランス文学、ロシア文学、イギリス文学などを読み漁っていた。と言っても、時代が時代だから、自然主義文学以後の近代文学には深い興味はまだ持っていなかった。ポール・ハイゼあたりが愛読の書だったと言っていられた。

それが、丁度よかったのだと思う。紅葉や露伴では食い足りない新らしい時代の読書家に、彼の「うたかたの記」や「文づかひ」や――分けても「舞姫」は、実に清新な喜びを与えた。

西洋崇拝熱の将《まさ》に来ようとする時代だった。その時代に、西洋を舞台にした、西洋の女性を女主人公にした、そうして日本人の主人公が活躍する小説のハシリが出たのだ。鷗外の文章は擬古文で表面は古いが、盛られた内容も、感情も、感覚も、心理も、西洋文学の洗練を経て新らしいのだ。ツベコベ言うよりも、一例をあげた方が早いだろう。

「今このところを過ぎんとする時、鎖《とざ》したる寺門《じもん》の扉に寄りて、声を呑みつつ泣く一人の少女あるを見たり。年は十六七なるべし。被《かむ》りし巾《きれ》を洩れたる髪の色は、薄き黄金《こがね》色にて、着たる衣《ころも》は垢つき汚れたりとも見えず。わが足音に驚かされて顧みたる面《おもて》、余に詩人の筆なければこれを写すべくもあらず。この青く清らにて物問いたげに愁いを含める目の、半ば露を宿せる長き睫毛《まつげ》に掩われたるは、何故に一顧したるのみにて、用心深きわが心の底までは徹《てつ》したるか」

こういう描写は、紅葉や露伴の文章――いや、日本の文章、いや、日本の文学にはない清新さだった。「うたかたの記」や「文づかひ」は、構想の面白さ、目新らしさはあったが、「舞姫」は、心理的に自然主義以後の近代文学の新らしさ、深さを兼ね備えていた。だから、新時代の文学を待ち望んでいた読者が、いや、文壇が、紅葉や露伴を押しのけて、鷗外に王座を与えたのは当然であった。

この時以後、鷗外はゲーテのように常に王座を占めて、身は軍医総監なのに、いつも文壇に新らしい西欧文学を注入し、王位を維持し続けたのだ。

要するに、新らし過ぎてもイケないのだ。鷗外が若し自然主義文学ソックリの作品を書いたとしたら、あれほどには歓迎されなかったであろう。

荷風の「時」についても、全く同じことが言える。アメリカで彼が盛んに読書して新らしい文学に目を開こうとしていた作品が、日本の文壇でも同じ目的で盛んに読まれていた作品と全く同じだった。しかも、日本の自然主義者は十人のうち十人とも地方生まれの人だった。野心を抱いて東京へ出て来て、下宿生活をした人が多い。

だから、みんな質素な生活をしていた。自然主義の小説は、紅葉や鏡花の小説のように、後の谷崎潤一郎の小説のように、目を奪うような構想のある小説ではない。構想のある小説は自然主義の主義主張と相反する。彼等は生活を大事にした。となると、身のまわりから小説のタネを拾って来るより外はない。下宿生活しか知らない彼等の小説の取材は、勢い地味な、単純なことにならざるを得ない。「人生に触れる」ということが、文学の第一義だと考えられていた。それに違いないのだが、自然派の小説が余りに主人公と下宿屋の娘との恋愛事件が多いものだから、しまいには、こんな唄が唄われた。

触れる触れると
炬燵《こたつ》の中で
早稲田《わせだ》太鼓が
ドンジャン、ドンジャン

正直の話、こんな小説に私達はウンザリしていた。ここで秋声の「黴《かび》」と「足迹《あしあと》」を私は思い出す。作のよし悪《あし》から言えば、あの頃の自然主義の作品中第一の出来で、私に小説の本当の面白味と、小説の神髄とを教えてくれた作品だが、地味と言ったらこのくらい地味な作品はあるまい。面白くない点でも随一だろう。光線なんか一ト筋もさして来ない小説である。

この小説は傑作だからいいが、不傑作で地味で面白さの全くない自然派の小説に私達青年は辟易《へきえき》していた。そこへ派手で面白い、しかも青年の目には「人生に触れている」荷風の「あめりか物語」が現れたのだから、正直の話、蘇生の思いをした。

全く同じ自然主義の作品を読んで育った荷風と、日本の自然派の作者との間にこんな差違が生じたのはなぜだろう。勿論、性格の相違が大きいだろう。生活の相違もあったろう。が、自然主義の輸入の仕方——自然主義の受け取り方の間違い、文学観の違い——花袋達は、紅葉、鏡花の文学を否定し駆逐《くちく》することが一つの目的でもあった。が、アメリカに於ける荷風の受け取り方には、そういう不自由さがなかった。あるがままの影響を自然主義の文学から受けた。

そういう目で見れば、モーパッサンの作品にも、ドーデーの作品にも、結構構想がある。モーパッサンの「ブール・ド・スイフ」一つ取って見ても、これが自然派の小説かと思われるほどのドラマチックな、面白い構想がある。日本の自然派の小説家は、そういう面を見て見ない振りをしていたのだろうか。アメリカに於ける荷風は、そういう面を遠慮会釈なく自分のものにした。

この鑑賞の違いも面白いが、——ここが値打ちだが、荷風と日本の自然主義者と同じ作品を読んでいたと言うことが、そうして日本の自然主義者が見落していたところを、荷風がソックリもらって帰って来たところに、荷風が一躍人気作家になり、流行作家になった原因があったのだ。これが荷風の「時」を得た理由である。

鷗外は時代に一歩先んじ、荷風は時代にピッタリだった。「よろずのことにその時あり」とモンテーニュが言っている通りだ。

十四

この一歩の差と、ピッタリとの違いは、時が立つに従って面白い結果を生んだ。鷗外はその後も——一生、一歩の差を文壇との間に保ち通した。彼の学問の深さも、広さも、私には分らない。が、彼がどんなに沢山の小説を読んでいたか、それぐらいは分る。彼ほど新らしい小説を読んでいる作家は一人もいまい。

岩波から「鷗外全集」が出る時、著作篇と翻訳篇と二つに別れて発表された。その広告を見て、宇野浩二は、

「翻訳篇の方が価値がある」

と言った。これは無責任な、宇野好みの発言だが、鷗外が専門の小説家よりも外国の新らしい小説を遥《はる》かに遥かに沢山読んでいたという意味に私はこれを解したい。

明治三十二年、九州小倉の第十二師団の軍医部長になってから、三十八でフランス語の勉強を始めて、自由に小説が読めるようになった。一度でも「椋鳥《むくどり》通信」を読んだことのある人なら、彼がどんなに外国の文学、文壇に興味を持っていたか分ると思う。

私に言わせれば、一歩の差ではない。絶えず五六歩——もっとの差があったと思う。知識として——。創作の方の差はどのくらいの違いがあったろうか。これは後日の話だ。とにかく常に一歩の差を維持していたという言葉は、象徴的な意味で私は使ったのだ。

ところが、荷風のピッタリの場合は、忽ち自然派の文壇の中に巻き込まれてしまった。差はないのだから、当然であろう。

日本の自然派は、フランスの自然主義から「人生に触れる」「人間性の真に迫る」ことを学んだ。まるで固法華《かたぼっけ》のように、この一念に凝《こ》り固まって脇目も振らなかった。その上、彼等はみんな貧乏だった。そんなに貧乏ではなかったが、荷風見たいに千坪余の屋敷に住んでいる父を持たなかった。

今の文士と違って、大家になっても、そう豊かな暮らしは出来なかった。この貧乏がよかった。荷風のように持《も》て囃《はや》されたこともなかった。これもよかった。貧しい人、持て囃されない人は、道元禅師が言っているように、一度信じた信仰を守り通すスタビリティを持っている。

新聞が彼等に舞台を与え出した。あの頃の新聞は、今の新聞よりも高い見識を持っていた。秋声の「黴」や「足迹」のような殆《ほと》んど筋のない、地味な、寧ろ陰気な小説が新聞に載って好評を博したのだ。藤村の「春」のような、何をテーマに書こうとしたのかよく分らないような長篇ならざる長篇が、新聞に載ったのだ。

田山花袋は「妻」や「田舎教師」を書きおろした。舞台を与えられれば、長篇にはどうしても筋——構想が必要になって来る。読者よりも、まず作者の方が、構想がなければ百五十回の長さのものは書けないことを悟らざるを得なかった。

秋声から「あらくれ」や「爛《ただれ》」のような構想のある、生き生きとした個性のある男や女や——秋声の場合は、血肉を備えた、個性の強い、今まで誰も書いたことのない——いや、書くことの出来なかった女を生き生きと描く才能を持っていた。自然派の小説も、下宿生活から抜け出して広い世間へ出て行ったのだ。人生と、生きた人間が彼等の筆から生まれ出た。

そこにはもう自然派の理論も、主義、主張もなかった。小説があるばかりだった。本当の小説があるばかりだった。

論より証拠――生きた証拠を一つお目にかけよう。

最初におかれた下谷《したや》の家から、お増が麴町の方へ移って来たのは、その年の秋の頃であった。

自由な体になってから、初めて落ち着いた下谷の家では、お増は春の末から暑い夏の三月《みつき》を過ごした。

そこは賑かな広小路の通りから、少し裏へはいった或る路次のなかの小さい平家で、ついその向う前には男の知り合いの家があった。

出て来たばかりのお増は、そんなに着るものも持っていなかった。遊里《さと》の風《ふう》がしみていたから、口《くち》の利き方や、起居《たちい》などにも落ち着きがなかった。広い大きな建て物のなかから初めてそこへ移って来たお増の目には、風鈴《ふうりん》や何かと一緒に、上から隣の老爺《おやじ》の禿げ頭のよく見える黒板塀で仕切られた、じめじめした狭い庭、水口《みずくち》をあけると、すぐ向いの家の茶の間の話し声が、手に取るように聞える台所などが、鼻がつかえるようで、窮屈でならなかった。

その当座昼間など、その家の茶の間の火鉢の前に坐っていると、お増は寂しくて仕様がなかった。がさがさした縁の板敷きに雑巾掛けをしたり、火鉢を磨《みが》いたりして、湯にでもはいって来ると、あとはもう何にもすることがなかった。長い間居《い》なじんだ陽気な家のさまが、目に浮んで来た。男は折《お》り鞄《カバン》などをさげて、昼間でも会社の帰りなどにちょいちょいやって来た。日が暮れてから、家から出て来ることもあった。男は女房持ちであった。

お増は髪を丸髷《まるまげ》などに結って、台所で酒の支度をした。二人で広小路で買って来た餉台《ちゃぶだい》の上には、男の好きなカラスミや、鯛煎餅《たいせんべい》の炙《あぶ》ったのなどが並べられた。近所から取った鰻《うなぎ》の丼《どんぶり》を二人で食べたりなどした。

いつも肩のあたりの色の褪《さ》めた背広などを着込んで通《かよ》って来た頃から見ると、男はよほど金廻りがよくなっていた。米琉《よねりゅう》の絣《かすり》の対《つい》の袷《あわせ》に、模様のある角帯などを締め、金縁眼鏡をかけている男のキリリとした様子には、その頃の書生らしい面影もなかった。

酒の切り上げなどの早い男は、来てもでれでれしているようなことは滅多《めった》になかった。会社の仕事や、金儲《かねもう》けのことが、しじゅう頭にあった。そして床《とこ》を離れると、じきに時計を見ながらそこを出た。締め切った入口の板戸が急いで開けられた。

男が帰ってしまうと、お増の心はまた旧《もと》の寂しさに返った。女房持ちの男の許《とこ》へ来たことが、悔いられた。

「おかみさんがないなんて、私を瞞《だま》しておいて、あなたもひどいじゃないの」来てから間もなく、向いの家のお婆さんからそのことを洩れ聞いた時に、お増はムキになって男を責めた。

「誰がそんなことを言った」

男は媚《こ》びのある優しい目を見張ったが、驚きもしなかった。

「嘘だよ」

「みんな聞いてしまいましたよ。前に京都から女が訪ねて来たことも、どこかの後家さんと懇意であったことも、ちゃんと知ってますよ」

「へへ」と男は笑った。

「その京都の女からは、今でも時々何か送って来ると言うじゃありませんか」

「下《くだ》らないこと言ってら」

「私はうまく瞞されたんだよ」

男は床の上に起き上って、シャツを着ていた。お増は傍に立て膝をしながら、巻煙草をふかしていた。睫毛《まつげ》の長い、疲れたような目が、充血していた。剝《む》き出《だ》しの男の膝を抓《つね》ったり、タバコの火をおッつけたりなどした。男はビックリして跳《は》ね上った。

これは「爛」の第一回全部だが、新聞一回分だけで、お増の過去を語り、男の過去を語り、二人の生活を描き、男の性格を描き、僅か三枚と何行かを費しただけで、二人の男女の生活のうちに知らぬ間に我々を引き入れる自然なうまさなどというものは、ただ驚嘆の外はない。世界独歩である。

自然派の小説がここまで成長して来た間に、荷風の小説は逆に退歩しつつあった。本家のフランスの小説から、人生に触れることと、自然派の小説にも適度の構想が必要であることを学んだはずの彼は、人生に触れる必要の方を軽く見た。「あめりか物語」で、適度に構想のある小説で当てた味が忘れられなかったのだろう。或いは花袋や秋声のように、硯友社時代に徒弟時代を過ごして、小栗風葉や鏡花のように性格的に硯友社流の——通俗小説的な構想と相容れず、長い間文壇の下積みの苦を舐めて来た花袋や秋声のように、荷風は、構想は親の敵とまでは思わなかっただろう。

悪いことに、渡米前に彼は構想のある小説を相当数書いている。その上友達の井上唖々《ああ》と共に大学館から赤本に近い小説を小遣欲しさに書いていた。赤本には赤本流の構想がなければ出版社が原稿を買ってくれない。

帰朝以来、大受けに受けて流行作家になると同時に、気が弛《ゆる》んだと言うこともあったろう。気が弛むと、渡米以前の構想病が――フランスの自然派の小説にもそれがあり、それで受けたという安心感から、彼は安心してフランス文学から学んで来た二つの大事なことの一つの方を忘れて、一つの方をはびこらした。

構想も大事だが、それよりももっと大事な「人生に触れる」ことを忘れてしまったのだ。その代表作が「歓楽」であり、「祝盃」であり、「すみだ川」である。

これ等の作品を読むと、こういうことも考えられる。彼は二十五で日本の地を離れた。だから、大人になってからの、大人の日本人を知る機会がなかった。幾ら人生に触れようとしても、日本の人生を知らないのだから、日本人の人生に触れることが出来なかったのだ。

「歓楽」でも、「祝盃」でも、構想はあり、テーマはあるのだが、どこにも人生がない。主人公を語るのに、「沈痛な面《おもて》の表情」などという文字の遊戯をして足れりとしている。

「場所を言う必要もなかろう。名前を言う必要もなかろう。どうして、どうなったかを語る必要もなかろう」

こんな呑気なことを書いているのだ。これで小説が成り立つと思っているのだろうか。「酒よ、汝に謝す」とのみ言っているだけで、酒がどう二人に作用したのか、大事なことを逃げているのだ。こんな作者がいるだろうか。こんな小説があるだろうか。主人公は一生に三度女と関係しているのだが、作者はそれを恋愛と呼んでいるが、恋愛ではない。そんなことはどうでもいいが、男の性格も、女の性格も、男の生活も、女の生活も、何も書かれていない。ただ詩のような美文で事件が報告されているだけだ。要するに、お話だ。お話は小説ではない。

「祝盃」に至っては、もっとたわいのない話が語られているに過ぎない。

　岩佐は職務上の所用を帯びて二三日前静岡へ行ったそうである。その折停車場前に小綺麗な休み茶屋を出している女房の様子がどことなく見覚えがあるようなので、それとなく聞いて見ると、間違いなく昔の西洋料理屋の娘のお富であったと言うことである。

　岩佐はその日までも思い出せば流石《さすが》に心疚《やま》しい私生児のことを聞いて見ると、四ヶ月目に流産してしまった。その時分からお富の家は暮らしがいよいよ立たなくなったので、お富は静岡の芸者になり、間もなく落籍《ひか》されて今では子供もあり、奉公人の三四人も使っている有福な休み茶屋の内儀になっているとのことであった。

「祝盃を挙げざるを得ないじゃないか。たった今新橋へ着いたばかりだ。まだ家へも帰らんのだ。何しろ一刻も早く君に逢《あ》って話がしたいと思って電話をかけたのだ。我輩の昔の罪悪もとうとう消滅してしまった。僕がお富を弄《もてあそ》んだというこ とがお富の身の上には少しの不幸にも幸福にもなっていない。世の中は不思議なもんだね、あの時そうと知っていたら、僕は今日までこんなに良心に咎めて苦しみはしなかったのだ」

岩佐は言い終って盃を私にさした。私は一口飲んで、

「宗教家や教育家が学生を嚇《おど》すのと実際の世の中とはおかしいほど違っている。バイブルなんぞ見ると、嘘一つついてもすぐ地獄へ落ちそうな気がするが、僕等見たように散々悪い事をし尽しても、お互の身の上に少しも応報がないようでは、聖書や論語に対しても、何だか気の毒のような心持がする。実に不思議だ。君のところの子供はみんな健康かね。僕なぞはとても子供なんか出来まいと思っていたが、もう二人になった。医者に見せたところが、少しも悪い遺伝病なんぞはないそうだよ。はははは。僕も祝盃を上げなくちゃならん。はははは」

これが最後なのだが、何と浅薄な作意であり、何と浅薄な思想であろう。発売禁止になったのは当り前である。芥川龍之介が、荷風の作品に価値を払わなかったのは当然であろう。佐藤春夫が荷風のためにいかに強弁を揮《ふる》っても、芥川が遂に受け付けなかったことを私は思い出す。

この二作に比べれば、「すみだ川」にはまだいいところがある。が、俳諧師松風庵蘿月《らげつ》も、妹の常磐津の師匠のお豊も、その一人息子の長吉も、その幼馴染で、近々芳町《よしちょう》から芸者になって出るお糸という煎餅屋の娘も、みんな古臭い。人物も古ければ、筋立ても古い。古いのはいいが、近代小説に必要なそれぞれの性格描写、心理描写がなくてはならぬ。新らしい作者でなければ出来ない一つの発見がなければならない。バルザックの「フランダースのキリスト」なんか、古い時代に題材を取りながら、新らしい発見がある。「すみだ川」にはそれがない。ただ古いだけだ。新派の悲劇のような人物の配置があるだけだ。「すみだ川」が新派で度々上演されたのを私は覚えている。

前の二作よりもいいのは、古くても、ちゃんと小説の組立てになっていることと、荷風が全力をあげて隅田川の自然、四季の移り変り、小梅《こうめ》の軒の低い貧しい町々、浅草にあった宮戸座の立ち見場の描写、そこから見た「十六夜清心《いざよいせいしん》」の舞台描写、そういうところには、荷風の描写力が物を言っている。そういうところだけは生きている。そういうところは、彼の「日和下駄」の中の東京と共にこの世から消えてなくなってしまっただけに、そういう土地を知っている私達にとっては、描写の一ト筆一ト筆が何とも言えず懐かしい魅力を呼吸している。

そういう意味では、この小説は不思議な小説である。小説としては古臭くって面白くないのに、間々《あいだあいだ》に鏤《ちりば》めてある情景描写、季節描写の精細さだけは本物だ。荷風崇拝だった私などは、彼の描いた町や風景を慕って東京中をあっちこっち散歩したことを思い出す。しかし、折角のそう言う優れた風景や季節の描写と、町々の描写と、内容とがピッタリと融合しているとは言い難い。その点が、この作が苦心の作であるにかかわらず、チグハグで、大きく失敗している所以《ゆえん》であろう。

荷風自身も、自分のヴィジュアライゼーション（目で見たものをありありと心に思い浮べる能力）には自信を持っていたのだろう。日本人を小説の中で活写することの不得手な自分に愛想を尽かした時代があったのだろうと思う。一時自分のヴィジュアライゼーションだけにたよった作品を好んで書いた時代があった。

「花より雨に」とか、「曇天」とか、「春のおとづれ」とか、「夏の町」とか、「伝通《でんづう》院《いん》」とか、「日本の庭」とか、こういう小品は、荷風独得の詩——散文の詩だ。荷風の小説を全然認めなかった芥川龍之介も、「花より雨に」「曇天」「春のおとづれ」などは、

「ちょいといやみだね」

と言って私と同じようには買わなかったが、「夏の町」以下は、

「うむ、うまいね」

と言って、一ト言も非難の語気を差し挟《はさ》まなかった。

「花より雨に」「曇天」「春のおとづれ」は、帰朝後荷風が日本の気候を観察した感覚描写だ。こういうものを書かしたら、彼の右に出るものはあるまい。

「夏の町」「伝通院」は彼の少年時の思い出である。思い出は楽しい。彼は色彩の豊かな、流れるような文章で、その頃の町々の姿を印象派の絵のような明るさで描いて行く。そういう描写の手腕は、荷風の独擅場《どくせんじよう》で、文壇の誰も及ばない。谷崎潤一郎の描写などは、紙にベットリとくッついたまま、立ち上って来る力がない。あれは説明で、描写ではない。荷風の描写は、描く傍から情景が紙から立ち上って来る。見る見る立体世界を色彩と共に形づくって行く。見事という外ない。

私の好きな一節を「夏の町」からここに引き写して見よう。

私は毎年の暑中休暇を東京に送り馴れたその頃のことを回想して今に愉快でならぬのは、七月八月の二タ月を大川端の水練場に送ったことである。

自分は今日になっても、大川の流れのどの辺が最も浅く、どの辺が最も深く、そして上げ汐引き汐の潮流がどの辺に於いて最も急激であるかを、若し質問する人でもあったら、一々明細に説明することの出来るのは皆当時の経験の賜物《たまもの》である。

午《ひる》過ぎに夕立を降らして去った雷鳴の名残りが遠く幽《かす》かに聞えて、真白な大きな雲の峰の一面が夕日の反映に染められたまま見渡す水神《すいじん》の森の彼方《かなた》に浮んでいるというような時分、試みに吾妻橋の欄干に佇《たたず》み、上げ汐に逆らって河をおりて来る舟を見よ。舟は大概右岸の浅草に添うてその艪を操《あやつ》っているであろう。これは浅草の岸一帯が浅瀬になっていて、上げ汐の流れが幾分か緩《ゆるや》かであるからだ。しかし中洲《なかず》の河添いの二階からでも下を見おろしたなら、大概の下《くだ》り船は反対にこの度は左側なる深川本所の岸に近く動いて行く。それは大川口《おおかわぐち》から真面《まとも》に日本橋区の岸へと吹き付けて来る風を避《よ》けようがためで、されば水死人の屍《しかばね》が風と夕汐とに流れ寄るのは極まって中洲の方の岸である。

自分が水泳を習い覚えたのは神伝《しんでん》流の稽古場である。神伝流の稽古場は毎年本所御舟蔵《おふなぐら》の岸に近い浮き洲の上に建てられる。浮き洲には一面芦が茂っていて、汐の引いた時には雨の日なぞにも本所辺の貧しい女達が蜆《しじみ》を取りに出て来たものであるが、今では石垣を築いた埋立地になってしまったので、浜町河岸には今以って昔のように毎年水練場が出来ながら、わが神伝流の小屋のみは他所《たしょ》に取り払われ、浮き洲に茂った芦の葉は二度と見られぬものとなった。

一ト通り遊泳術の免許を取ってしまった後《のち》は全く教師の監督を離れるので、朝早く自分達は芦のかげなる稽古場に衣服を脱ぎ捨てて肌襦袢のような短い水着一枚になって大川筋をば汐の流れにまかして上流《かみ》は向島、下流《しも》は佃《つくだ》のあたりまで泳いで行き、疲れると石垣の上に這《は》い上って犬のように川端を歩き廻る。濡れた水着のままでよく真砂《まさご》座の立ち見をしたことがあった。永代《えいたい》の橋の上で巡査に咎《とが》められた結果、散々に悪口《あっこう》をついて摑まえられるなら摑まえて見ろと言いながら、四五人一度に橋の欄干から真逆さまになって水中へ飛び込み、暫くして四五間も先きの水面にぽっくり浮み出して、一同わアいと囃《はや》し立てたことなぞもあった。

私のように同じように隅田川で水泳を習った後輩にとっては、ここに語られていることの一つ一つが、そのまま蘇《よみがえ》って来る。日本橋ッ子の谷崎潤一郎も、本所《ほんじょ》ッ子の芥川龍之介も、荷風と同じ神伝流の免許だったが、下谷《したや》ッ子の私一人は向井流だった。

「伝通院」から——

寺院と称する大きな美術の製作は偉大な力を以ってその所在の土地に動かし難い或る特色を生ぜしめる。パリにノートル・ダムがある。浅草に観音堂がある。それと同じように、私の生まれた小石川をば（少なくとも私の心だけには）飽くまで小石川らしく思わせ、他の町からこの一区域を差別させるものは、あの伝通院である。滅びた江戸時代には芝の増上寺《ぞうじょうじ》、上野の寛永寺《かんえいじ》と相対して大江戸の三霊山と仰がれたあの伝通院である。

伝通院の古刹《こさつ》は、地勢から見ても小石川という高台の絶頂であり、また中心点であろう。小石川の高台はその源を関口の滝に発する江戸川に南側の麓《ふもと》を洗わせ、水道端《すいどうばた》から登る幾筋の急な坂によって次第次第に伝通院の方へと高くなっている。東の方は本郷と相対して富坂を控《ひか》え、北は氷川《ひかわ》の森を望んで極楽水《ごくらくみず》へと下《くだ》って行き、西は丘陵《きゆうりよう》の延長が鐘の音《ね》で名高い目白台から、忠臣蔵で知らぬものはない高《たか》田《た》の馬場《ばば》へと続いている。

今になって、誰一人この辺鄙《へんぴ》な小石川の高台にも曽ってはー般の住民が踊の名人坂東美津江のいたことを土地の誇となし、また、寄席《よせ》で曲弾《きよくび》きをしたため家元から破門された三味線の名人常磐津《ときわず》金蔵が同じく小石川の人であったことを尽きない語り草にしたような時代のあったことを知るものがあろう。

現代の或る批評家は、私が芸術を愛するのはパリを見て来たためだと思っているかも知れぬ。しかし、そもそも私がパリの芸術を愛し得たそのパッション、そのインシュージアズムの根本の力を私に授けてくれたものは、フランス人がサラ・ベルナールに対し、イタリア人がエレオノラ・デューゼに対するように、坂東美津江や常磐津金蔵を崇拝した当時の若い衆の溢れ漲《みなぎ》る熱情の感化に外ならない。哥沢節を産んだ江戸衰亡期の唯美《ゆいび》主義は私をして二十世紀の象徴主義を味わしむるに余りある芸術的素質を作ってくれたのである。

二人はどこから出て来るのか無論私は知らない。しかし、私がこの世に生まれて初めて縁日というものを知ってから、その後小石川を去る時分までも、二人の爺《じじい》は油煙《ゆえん》のあかりの中に幾年たっても変らないその顔を見せていた。

辻講釈の方は、歯こそ抜けておれ、目付のこわい人の悪そうな爺であった。余程遠くから出て来るものと見え、いつでも草鞋《わらじ》に脚半掛《きやはんが》け、尻端折《しりはしよ》りという出《い》で立ちで、帰りの夜道の用心と思われる弓張《ゆみはり》提灯を腰低く前で結んだ真田《さなだ》の三尺帯の尻ッぺたに差していた。

縁日の人出が三人四人と次第にその周囲に集まると、爺さんはキセルを銜《くわ》えて道端に踞《しや が》んでいた腰を起こし、カンテラに灯をつけ、集まる人々の顔をずいと見廻しながら、扇子《せんす》をパチリパチリと音させて、二三度続けさまに鼻から吸い込む痰唾《たんつば》を音高く地面へ吐く。すると初めはごく低く嗄《しわが》れた声が次第次第に専門的な雄弁に代って行く。

「……あれえッという女の悲鳴。こなたは三本木《さんぼんぎ》の松五郎、賭場《とば》の帰りの一杯機嫌、真暗な松並木をぶらぶらとやって参ります……」

話が興味の中心に近付いて来ると、いつでも爺さんは突然調子を変え、思いもかけない無用なチャリを入れてそれをば聞き手の群集から金を集める前提にするのであるが、物馴れた敏捷な聞き手は早くも気勢を洞察して、半開きにした爺さんの扇子がその鼻先へと差出されぬうちにバラバラ逃げてしまう。すると爺さんは逃げ遅れたまま立っている人達へ面当てがましく、

「彼奴等《あいつ》ア人間はお飯《まんま》食わねえでも生きてるもんだと思っていやがらア。昼鳶《ひるとんび》の持ち逃げ野郎め」

などと当意即妙の毒舌を揮《ふる》って人々を笑わせるかと思うと、罪のない子供が知らず知らずに前の方へ押し出て来るのを、また何とか言って叱りつけ、自分もおかしそうに笑っては例の痰唾を吐くのであった。

この描写、目に見るようではないか。

しかし、もっと見事なのは「冷笑」の中の「深川の夢」の描写であろう。

おきみさんは既にお話したよう、芸者を止めて、すっかり素人《しろうと》の娘らしくなっていた。しかし、どことなく垢抜《あかぬ》けがして、それでまた言うに言われぬあどけない初心《うぶ》なところのあるのが、中谷と私二人の目にはどうしても芝居に出て来る江戸の町娘としか見えなかった。

富岡門前まで生花《いけばな》の稽古に行くからと言うので、朝帰りの吾々と早船を共にして、堀割の水に浮かべた材木の脂《やに》の匂が冷たい朝風に立ち迷う間を通って行く時、私はおきみさんが胴の間の薄べりの上に横坐りして、舷《ふなべり》に頬杖をついたその横顔を斜めに眺め、いかに麗《うる》わしい空想に酔うことが出来たであろう。

おきみさんは土地のものだけに早船の船頭とは大概知り合っていて、随分卑陋《ひろう》な冗談をも平気で聞いているが、その代り時としては金歯を仄《ほの》見せて笑いながら、荒くれた船頭を鋭く頭から叱りつけることもあった。花を片手に舟から上って朝日を受けた真白な倉庫の壁をうしろにして岸に佇《たたず》む若いおきみさんの姿をば、私は滑《なめら》かな朝汐の水面に流れるその倒影《かげ》と共に眺めた時の心持を、今もって夢のように思い出すことがある。早船は艪の音に揺すられながら遠ざかって行く。と、おきみさんは岸の上から、明日《あした》またいらっしゃいよと言って、いつも私達の舟が朽ち掛けた橋の下に遮られて見えなくなるまで見送ってくれた。

朝の匂と、朝のすがすがしさとに包まれた、特殊な境遇に生まれた若い引手茶屋の娘の姿が、発表当時から六十年立っているのに、未《いま》だに少しも色褪《いろあ》せていないのである。荷風は深川の朝を描き、鏡花は深川の夜を描いて、——鏡花くらい深川の夜の黒さを描き得た作家は外に一人もいまい。明治の深川の朝と夜を描いた彼等二人の非凡な感覚を私は一生忘れないだろう。

十五

突然だが、文学には、二タ通りの考え方があると思う。

一つは、自然主義のように、人間性の真に肉迫しようという行き方と、「三田文学」や「スバル」派の人達のように、美しいものを創造しようという行き方と――私はどっちも否定しない。ただ、人間性の真に迫る場合も、文学的な美しさを忘れてもらいたくない。生きた人間性の真に迫り得た場合は、真の持っている美しさがおのずと作品に照り添うことを私は信じて疑わない。

美しいものを創造する側の人は、自分の空想する美しさに恍惚《こうこつ》とする余り、小説にインデスペンサブルな人間性の真を置き忘れ勝ちだ。その実例を、私はこれまでに幾つか挙げて来た。足りないというなら、谷崎潤一郎の若い頃の作品の殆《ほと》んどすべてを名指してもいい。

そんなことを言うのが、私の目的ではなかった。夫婦の真《しん》、親と子の真に迫った自然主義の作品は、どうしてもこれまで日本の国に大手を振って通っていた在来の道徳と正面衝突しなければならなくなった。

古い道徳に挑戦して、新らしい道徳を樹立しようとするのが自然主義作家の目的ではなかった。目的は人間性の真に迫ることだった。真に迫ることを小説のモットーとすれば、どうしても最後には道徳との摩擦に立ち到《いた》らざるを得まい。丁度イブセンの「人形の家」や、ストリンドベルヒの「女中の子」や「痴人の告白」などが訳されて、その問題が表面化された。ニイチェの思想が紹介されて問題になったのもこの頃だった。

私の父は、どうしても私が小説家になることを許してくれなかった。中学を卒業したばかりの青年にも、そういう親と子の衝突があった。そんな時、人間性の真に迫った結果生まれた最も自然な新らしい道徳がどんなに私の心の支えとなったことだろう。古い道徳は、真から生まれた自然さがなかった。主権者にとって都合がいいように作られた露骨な作為《さくい》が鼻についた。

古い道徳を、理窟でなしに真実で、見る影もないものにしてしまった自然主義文学の功績は大きい。美の文学にはこれがない。彼等の信奉するデカダンなんか、道徳にはなり得ない。人が生きる力にはなり得ない。

自然主義の文学には、こうした大きな発展性があった。自然主義が道徳とぶつかり、荷風の文学が道徳と無縁になったということは、フェータルなことだ。文学が最後に道徳と雌雄を決しなければならないのが、文学に与えられた使命であろう。私の若い頃、私のいる前で、芥川龍之介と菊池寛とが「美」と「善」とについて口論したことがあった。芥川は、文学にあっては何よりも美を重んじると言ったのに対して、菊池は、

「僕は反対だね。僕は善を第一とする」

そう言い切ったあとで、

「バーナード・ショーは、美のために自分は一行の文章も書かなかったと言っている」

私は善悪を——道徳を第一とはしない。しかし、小説の目的が人間性の真を発見することにあるならば、善悪と——道徳と無縁ではあり得ない。無縁の小説は小説ではない。

人間性の真に肉迫することを忘れた荷風からは、いい小説は生まれなくなった。いい小説どころか、全然小説が書けなくなった。自分の小説に自信を失ったのだ。そうして自分の最も得意とするヴィジュアライゼーションを生かした小品ばかり書

いていた。

そういう精神の下降している時に、降って湧いたように慶応義塾大学からフランス文学の主任教授としての迎えが来た。

このことは、荷風にとっては意外中の意外であったろう。大学の教授になるほどの学識のないことは誰よりも彼自身がよく知っていたに違いない。

だから、単なるフランス語の先生になろうとして、京都の上田敏に就職を頼んだ手紙が残っている。その手紙によると、京都の第三高等学校にフランス語の先生の欠員のあることを荷風が聞き知ったことが書かれている。

荷風と敏とが知り合ったのは、明治四十一年の三月、パリの小紅亭《コンセール・ルージュ》という寄席《よせ》でだった。

「この寄席も、またパリならでは見られぬものの一つなるべし」と荷風は書いている。「木戸銭安く、中売《なかう》りの婆《ばば》、酒コーヒーなぞ売るさま、モンマルトルの卑しき寄席に異ならねど、演芸は極めて高尚に、極めて新らしき管絃楽、またはオペラの断片にて、毎夜コンセルヴァトアルの若き楽師来たって演奏す。折々定連の客に投票を乞い、新らしき演題を定め、或いは作曲と演奏との批評を求むるなど、このコンセール・ルージュの高尚、最新の音楽普及に力をつくすこと一ト方ならぬを察すべし。おのれ、ドビュッシー一派の新らしき作曲大方洩らすことなく聞き得たるは、このコンセール・ルージュの夕べなり。初めて上田先生を見たるも、またこのコンセール・ルージュの夕べぞかし」

しかし、ここですぐ名告《なの》り合った訳ではない。「互に日本人なるより顔見合せ候が、もとより知らざる人故言葉を交《まじ》えず、そのまま別れ申し候」

「次の日、われサンジェルマンの四つ角なるカッフェ・パンテオンにて手紙書きていたりしに、向う側なるテーブルに二人の同胞あり。相見れば、一人はわが身曽つて外国語学校支那語科にありし頃、見知りたりし仏語科の瀧村立太郎君、また他の一人は、一つ橋の中学校にて我れより二年ほど上級なりし松本烝治《じょうじ》君なり。この旧友二人は、その夕べクリュニー博物館前なる旅館にありし上田先生のもとに我れを誘《いざな》い行きたり」

「それより三ヶ月ほどパリに滞在中、毎日御一緒に諸処見物いたし、教えを受け申し候」また「しばしば私を誘って古道具屋を見歩き、有益な話を聞かせて下さいました」

これが二人の初対面だったのだ。

「翌る年の春も尚寒かりし頃かと覚えたり。我れは既に国に帰りて父の家にありき。

上田先生、一日、鉄無地羽二重の羽織、博多の帯、着流しにて突然訪《おとず》れ来給えり」

「この時のわが喜びは、初めてパリにて相見し時に優るとも劣らざりけり。すべて洋行中の交際とし言えば、多くは諺《ことわざ》に言うなる旅は道連れのたぐいにて、帰国すればそのままに打ち絶ゆるを、先生のわが身に対する交情こそ、さる通り一遍のものにてはなかりしなれ」

「火鉢を間にして我等は互に日本服着たる姿を怪しむ如く顔見合わせ、今更の如く昨日となりしパリのこと語り出でて愁然《しゅうぜん》たりき」

敏は明治七年生まれ、荷風は明治十二年生まれ、たった五つしか違わないのに、上田先生と呼んで尊敬しているのはなぜか。それについて、荷風自身次のように語っている。

「そもそもこの年月《としつき》わが身をして深く西欧の風景文物にあこがれしめしは、かの『即興詩人』『つき草』『かげ草』の如き森先生が著書と、また『最近海外文芸論』の如き上田先生が著述との感化に外ならざればなり。わが身の初めてボードレールが詩集『悪の花』のいかなるものかを知りしは、上田先生の『太陽』臨時増刊『十九世紀』というものに物《もの》せられし『近世フランス文学史』によりてなりき。かくて我れはいかにかしてフランス語を学び、フランスの地を踏まんとの心起せしが—

――」

疑いっぽい荷風が、安んじて就職のことを敏に頼めたというのは、敏が気安く来《らい》青閣《せいかく》に彼を訪問してくれたせいであった。敏の友情に信頼が置けたからであろう。敏の方も、「京都にては全く話相手なく、困却仕り居り候。ただ宅の者と散歩して食事でもするより外に致し方なく候」と言っているくらいだから、寂しかったのだろう。私が三田の学生の頃、京都から上京して来ると、洒落《しゃ》れた和服姿でヴィッカース・ホールの教室へ、荷風を訪ねて来たのを二三度見掛けたことを覚えている。敏はチャキチャキの江戸ッ子で、父の代まで代々徳川家の御家来だった。実に耳に快い江戸弁を使った。パッチという、江戸から明治の中頃まで紳士のはいた腿引《ももひ》きがあった。芸人のはいたパッチは見たことがあるが、紳士のはいたパッチ姿は敏で見たのが最初で最後であった。メリヤスなんかより品のいいものだった。

敏は、荷風と話が合ったのだろう。それであぁ度々三田の教室へ荷風を訪問して来たのであろう。

荷風は、学者としての敏だけを尊敬したのではないだろうと私は思う。敏には詩の名訳が幾つもあった。収めて「海潮音」一巻にある。知らぬ者のない、あのカール・ブッセの「山のあなた」も、敏の訳である。

山のあなたの空遠く
「幸ひ」住むと人のいふ
ああ、われ人と尋《と》め行きて
涙さしぐみ帰りきぬ
山のあなたになほ遠く
「幸ひ」住むと人のいふ

ブラウニングの「春の朝《あした》」も、やはり敏の訳である。

時は春
日は朝《あした》
朝は七時
片岡に露満ちて
揚雲雀《あげひばり》名告り出で
蝸牛《かたつむり》枝《えだ》に這《は》ひ

神、空に知ろしめす
すべて世は事もなし

昔、学生の頃、ブラウニングの詩集をめくっていたら、この詩の原詩が出て来た。見ると、原詩もこの通りなのだ。一字一句の増減もなしで、原詩の面影をソックリ伝えている訳のうまさに私は感嘆した。

これ等の訳詩を読んで、若い荷風はどんなに心を弾《はず》ませたことであろう。後に彼にも訳詩集「珊瑚集《さんごしゆう》」の著がある。「あめりか物語」の中に鏤《ちりば》められている荷風の訳詩が今でも私の口を突いて出ることがある。例えば、「万象《ばんしよう》消え行く秋の日の、朧の光ぞいや美しき」とか、「心澄まして夜《よる》に聞け。ささやく声あり思い出でよと」とか、「巷《ちまた》に雨の降る如く、わが心にも雨が降る」とか言うような昔読んだ詩の切れ切れが、私の心のどこかに消えずに残っているのだ。

荷風の訳詩は、恐らく「海潮音」によってインスパイヤされたのだろうと想像して間違いあるまい。

ところで、三高のフランス語の先生の件だが、程経て敏から返事が来た。

拝啓。久しく御無沙汰に打ち過ぎ候段、平《ひら》に御宥免《ごゆうめん》下されたく候。しかし毎度新聞雑誌にて面白きお作拝見仕り、我等芸術主義の徒のため、且つは徳川の懐かしき趣味のため、御奮闘有難く感謝奉り候。

小生こと、去年の秋よりついつい上京の機を得ず、帝都の目覚ましき活動に遠ざかりて残念至極に候まま、明日《あす》は明日はと思いつつ今日までに相成り候が、今月末は是非とも東京へ参り、お目にかかりたく存じ居り候。

実は只今すぐにでも御面会いたし、親しく懇願いたしたき事件出来《しゅったい》候が、何分意にまかさず候故手紙にて申し上げ候。

昨年、お手紙にて当地高等学校フランス語教師の件お話しこれあり候が、早速その向きを探り申し候ところ、今年九月よりのこととなれば、何分まだ人選等のことは校長にも深く考え居らず、従って御尊父さまの御親交ある松井博士の紹介あらば、自然御就任のこととなるべしと考え、小生もあまり騒ぎ立てぬ方却《かえ》ってよろしからんと控《ひか》え居り候。

しかし小生の心の底には別に一種の考えありて、貴兄の御入洛《ごじゅらく》を小生自身にとりて非常なる幸福と存ずると共に、只今帝都にて新芸術の華々しき活動を試みさせ給う貴兄をして教育界の沈滞したる空気中に入れ、しかも京都の如き不徹底、古典趣味の田舎《いなか》へ移すことは、貴兄自身にとりても、わが文学のためにも不得策にあらざるかと、やや心進まざる向きもこれあり、種々熟考仕り候。

そのうちだんだん時日を経てその後の成り行きを観察仕り候ところ、一二の候補者も出来たれど、どれもまだ確定せず、教授の細目も聞き合わせ候が、仏語《ふつご》の極めて初歩のみを教えることにて、おもに当地或いは東京のフランス法科へ入学する者のための如く、従って狭い田舎のことなれば、自然大学の教師なぞより幾分か注文も出るならんと考え候。

かたがた取り集めて考えれば、あまり面白き事業とは思えず、またたとえ忍び得ることとしても、貴兄の如き芸術家をかかる刺戟の少なき田舎に置くことはどうしても口惜しいことならんと確信の度ますます強く相成り申し候。

それ故御返事を今日まで怠り居り申し候。この段まことに失礼に候いしが、何かもっと華華しき事業をと心掛け、ついつい今日に相成り候。

委曲を尽くした手紙だが、民間人の官立就職のむずかしさ、繁文縟礼《はんぶんじよくれい》さが行間に仄《ほの》見えている。「父への手前《てまえ》、心はもとより進まねど、どこか学校の教師にてもやせんと思い煩」っている荷風の心情ぐらいでは陥《おとしい》れることの出来ない牙城であった。

名は売って置きたいものだ。彼の盛名故に、荷風のところへ思い掛けない幸運が舞い込んで来るのだ。

十六

その頃、慶応義塾の塾長は鎌田栄吉で、その下に石田新太郎という幹事がいた。この人がなかなかの遣《や》り手《て》で、当時の文科はあってもなきが如く、生徒も極端に少なく、経済的に言って廃止したいくらいの存在だった。石田は廃止する代りに、陣容を立て直そうと考えた。塾には評議員会というものがあって、何かしようと思えば、ここの許可を得なければならない。

石田が学生の頃、鷗外森林太郎は美学の先生だった。石田の話だと、森先生は軍服で馬に乗って塾の坂を上《のぼ》って来て、塾監局の前の銀杏《いちょう》の木に手綱を結《ゆわ》えて教室にはいって来た。講義はむずかしくって分りにくく生徒はみんな困ったそうだ。

そういう縁を辿《たど》って、石田は森先生のところへ相談に行った。その顚末《てんまつ》は、上田敏宛ての鷗外の手紙に詳しい。

拝啓。頃日、慶応義塾文学部大刷新の内議これあり候。（先生の手紙は、仮名はすべて片仮名だが、読み馴れない人には読みにくいと思い、平仮名に直した）それにつき、十分の重みある人物を入れて中心を作るを先きとせんということに相成り候。よって漱石君に交渉候ところ、現位置（朝日新聞）を去ること難く、若し去ることを得《う》とせんも、第一、京都大学、第二、早稲田大学と二つの先口《せんくち》ありとのことに候。

然る上は貴兄に願う外これなしということに相成り候。義塾の力の及ぶ限りはいかなる条件にも応じてよろしと申すことに候。さてこの件小生に相談これあり候につき、小生、それは折角のお考えなれども、多分むつかしからんと申し候。さりながら一応は御思召のほど伺いくれよと申し候。よってこの書状相認《したた》め候。

中心を作りたる上は、劇については小山内薫《おさないかおる》君を入れ、抒情詩については与謝野寛君を入れて計画せしめ、なし得れば「昴《すばる》」（雑誌の名）同人をも入れたきよう申し候。

猶夢の如き話に候えども、その夢にてどんな方針を取り居るかということとお分りに相成るべきかと存じ候につき、わざと露骨に認《したた》め候。何卒御意見お洩し下されたく候。

次に、貴兄を聘《へい》せんことは、義塾のためには最も望ましく候えども、小生は初めよりむつかしからんと申し候故、先方にても、然らば上田君応ぜざる時は誰がよろしきかと尋ね候。小生、然らば永井荷風君然るべしと申し候。

先方申し候は、然らば上田君に交渉する時、いっそのことそれを打ち明け上田君の身上《みのうえ》動かし難き現状ならば、直ちに上田君より永井君に申し込みて貰《もら》いたしと申し候。余り気の早き話のように候えども、義塾にては刷新を非常に急ぎ居り候故、かく申し候にて候。

貴兄にせよ、永井君にせよ、中心となられ候上は、帝国劇場の如きは、義塾の側より殆んど自在に使い得らるべきよう見受けられ候。この件は、三田側の諸先輩一同交詢社《こうじゅんしゃ》にて大会議を開き、特に小生に交渉を依頼したるものにこれあり候。御意見次第にて、義塾の役人を貴地へ内議のため派遣すること勿論に候。大略のご意向至急御返事下されたく願い上げ候。

明治四十三年一月二十九日夜

結局、森先生が予見した通り、上田敏は動かなかった。帝大の教授と、私立大学の教授と、天秤《てんびん》にかけるまでもあるまい。

そこでお鉢は、荷風に廻って来た。これも、森先生の推薦した通りだった。荷風に宛てた鷗外の手紙――

拝啓、御無音《ごぶいん》に打過ぎ候。「冷笑」愉快に拝見仕り居り候。陳者《のぶれば》、今回慶応義塾文学部大刷新の計画中にこれあり候ところ、三田側一同先日の会議の結果、貴兄を聘《へい》して文学部の中心を作り、その上にて万事取り計らわんということに内定いたし候。

右は鄭重《ていちょう》を要すること故、小生よりは旧《ふる》く貴兄と交わりある上田敏君を経て貴兄に申し込み候筈《はず》にて、目下往復中にこれあり候。然るところ、貴兄三高の地位云々《うんぬん》のことも内々伝承いたし居候こと故、他に先んぜられ候様のことありては、折角の計画も画餅《がべい》に帰せんかと恐れ居り候。よって義塾より友人石田新太郎君この状持参いたされ候につき、御面会下されたく願い上げ候。

小生に於いて今回の件は是非貴兄の御承諾を得ずてはやまざる決心に候。見込まれたるが因果なれば、追って上田君より申し込み相成り次第、御承引下されたく、またそれまでに他の方面のことお決しなさらぬよう、くれぐれも願い上げ候。尚、義塾をして貴兄を重用せしむることは、小生極力取り計らい申すべく存じ居

り候。二月四日

荷風は喜んで受諾したに違いない。一生のうちで、両親に面目を施《ほどこ》したのはこの時だけだったろう。物心ついてから、肩身が狭くなく父の顔を見ることが出来たのは、この時だったろう。

森先生の手紙がもう二通ある。その一通は、

拝啓、報酬のことにつき先日来義塾と往復仕り候結果、左に申し上げ候。

義塾の最高額○○○円を出させ申すべく候。尤《もつと》も、これは他学科古参《こさん》教師に対して差支これあること故、○○○+○○とし、○○に何等かの名義を付することと相成るべく候。

一週四五日は兎に角塾へ御出向《ごしゆつこう》にて、講義の外に文学部の事務を視られ候ことに願いたく候。かくの如くして文学部が次第に目鼻が明くように致したきものと存じ候。

義塾にては報酬のことは一切公表せざる慣例にこれあり、また今回の処置は破格にもこれあり、かれこれ秘密に願いたき旨《むね》同塾より頼み来たり候。

右御承知にて御異存もこれなく候わば、至急御返事御待ち申し上げ候。

小生と上田敏君とは、「文学部顧問」の名義にて、万事御相談相受け申すべき考えに御座候。

二月十三日

上田敏宛ての手紙を見ると、「永井君へは月給百五十円出させたく交渉中にこれあり候」とハッキリ言っている。

荷風宛てのもう一通は、「三田文学」を創刊するについて、発売元の大倉書店との交渉に関するもので、「書店は義塾より出金を求め候由に候。されば書店に頼む必要なくなるよう相成るべきかと察せられ候」

その結果、俳句の本ばかり発行していた籾山《もみやま》書店が「三田文学」を取り扱うことになり、俳句の本の代りに、小説の本を出すように看板を塗り変えた。籾山仁三郎は、慶応の理財科の出身で、庭後《ていご》と号して俳句をよくし、連句《れんく》に詳しかった。旦那の風格を持っていた。彼にとって、荷風は悪友として忘れられない存在だったろう。殆《ほと》んど一生親交が続いた。

それはさて置き、森先生の荷風に対する愛情は、この世でめったに巡り合うことの出来ない稀有《けう》なものであったろう。彼は恐らく感泣したことと思う。

森先生は、若い作家の才能を逸《いち》早く見出《みいだ》す優れた眼力《がんりき》を持っていた。樋口一葉の「たけくらべ」を高く評価して、「我れはたとえ世の人に一葉崇拝の嘲《あざけ》りを受けんまでも、この人にまことの詩人という名を贈《おく》ることを惜しまざるべし」と言い、「作中の文字五六字ずつ、今の世の評家、作家に技倆上達の霊符として呑《の》ませたきものなり」と言っている。若い上田敏や、平田禿木《とくぼく》や、戸川秋骨等が、「今文壇の神様という鷗外に」これほど褒められれば、「我々文士の身として、死すとも憾《うら》みなかるまじきことぞや」と一葉の前で感泣している。

谷崎潤一郎を誰よりも早く見出したのも先生だった。木下杢太郎《もくたろう》を見出したのも先生だった。慶応義塾が二度目の刷新を企てた時、与謝野晶子を大学教授に推薦したのも先生だった。今や先生の超人的な目が、荷風に注がれたのだ。敏が荷風に向って「貴兄を推薦せられし森先生の眼光に」敬服したと言っている。実際、森先生以外の誰が荷風の中に大学教授を発見することが出来ただろうか。

丁度その時、荷風は東京朝日新聞に「冷笑」を連載中だった。登場人物が出揃って、いよいよこれから面白くなろうとしているところでこの小説は打ち切られた。この時、荷風は三十一歳だった。「三田文学の発刊」という随筆に、荷風はこんなことを書いている。

その次の日から自分の生活に多少の変化が生じた。

市中を走る電車の中には諸所の梅園の案内が出ていた。二長町《にちょうまち》の市村座には、延寿《えんじゅ》太夫が梅川忠兵衛の「道行故郷の春雨《みちゆきこきょうのはるさめ》」の出語りをしていた。有楽座には、毎夜哥沢芝金《うたざわしばきん》と富士松加賀太夫が出ると聞いた。しかし、自分は遂《つい》に一度も行くことが出来なかった。自分は所謂《いわゆる》忙がしい人になったのである。

その頃自分は銀座の裏通りに立っているイギリス風の倶楽部《クラブ》で幾度か現代の紳士と晩餐を共にした。マロック皮の大きな椅子に腰をかけ石炭の焔が低い響を立てる煖炉を前にして大勢の人と葉巻を喫しながら相談をした。

非常に風の吹き出した或日の午後《ひるすぎ》、観潮楼の一室に春寒《はるさむ》の火桶をかこんで自分はわが崇拝する鷗外先生と親しく談話する機会を得たことを喜んだ。京都から帰って来られた「渦巻」の著者と曽《か》つてパリのブールヴァールを歩いたように夜の銀座を散歩したことをも忘れない。

殆《ほと》んど毎日自分は芝の山内を過ぎて三田まで通《かよ》った。通う一日毎に自分は都の春色の次第にこまやかになって行くのを認めた。お濠《ほり》の水に浮いている水禽《みずとり》がだんだん少くなって、土手の柳がだんだん青くなった。霊廟《おたまや》の崩れた土塀のかげには紅梅が咲いた。東京見物に出て来る田舎の人の姿が諸所に見られる。遂に桜が咲いた。

自分は手紙を沢山書いた。車に乗って今まで訪ねたことのない文学者を訪ねた。大方は本郷、小石川のはずれか、牛込の奥。生け垣続きの分りにくい番地は「村園門巷多相似。処々春風枳殻花」（村園門巷《もんこう》多く相似たり。処々の春風枳殻《きこく》の花）の句を思わせた。明治の文人墨客はおもに電車の終点を離るること幾町、冬ならば霜解《しもど》け、春ならば雨の泥濘《ぬかるみ》のなかなか乾かない新開の町の彼方《かなた》に住んで想《そう》をねり筆を磨《みが》いているのである。

自分はまたまことに適度な高さから曇ったり晴れたりする品川の海を眺望する機会を得た。房州の山脈は春になるに従って次第に鮮かに見えて来た。品川湾はいくら狭くてもやはり海である。満潮の夕暮、広く連なる水のはずれに白い雲と白い帆影の動いているのを見る時、自分は何とも知れず遠いところへ行ってしまいたいような気がした。シャトーブリアンが小説「ルネ」の篇中に「去るという堪え難き羨望《せんぼう》を抱《いだ》くことなくして行く舟を眺むる能《あた》わず」と言った一句を幾度《いくたび》か思い出した。

文芸雑誌「三田文学」はこういう時間の進行の間にとにかく世に出ることになったのである。

明治四十三年五月一日の発行だった。「スバル」や「白樺」が相前後して出た。藤島武二の表紙で、本文の紙は薄手のコットン、作者の名はフランス流に一篇の最後に印刷されていた。主筆の神経が行き渡っている垢抜けのしたたい雑誌だった。ちょいとおかしかったのは、裏表紙に福沢諭吉の教訓が三行か四行自筆のまま印刷されていることだった。雑誌が洗練された類のない体裁を持っているだけに、これは場所錯誤の感があった。

初号には森鷗外の「桟橋」が光っていた。荷風の「紅茶の後《あと》」。荷風の小説が載っていないので、私達はガッカリした。

右の荷風の文中、「渦巻」の著者とあるのは上田敏のことである。「渦巻」は敏のたった一つの小説——小説の体《てい》はなしているが、文学、西洋音楽、詩の雑感として読めば面白い。

その中で、私はスタンダールの名を初めて聞き、彼の「恋愛論」のうち「恋は七つの変化をする」という奇抜な一節を紹介された。ブラウニングの「塑像《そぞう》と半身像」という、題はつまらないが、内容は興奮するほど面白い激しい恋愛詩も教わった。今では誰知らぬものもないジュール・ルナールの「博物誌」の斬新さに驚かされた。

一つ二つ実例を示すと、「青蜥蜴《あおとかげ》」という題で、「ペンキ御用心」。「新月」には「お月さまの爪が伸びた」。「蟻」は「みんな数字の3に似ている。ソラ、33333——」


荷風は「三田文学」のことしか書いていないが、学校の方も、四月から授業が始まったのだ。文科大刷新のことは、新聞にも書き立てられて評判になった。

私がそのことを知ったのは、中学の四年生の時だった。四年生にもなると、上の学校へはいるについて、何になるか一生の志望を極めなければならない時だった。学校の方でも、第一高等学校志望の生徒のために、特別の試験勉強をする設備をしていた。それで、生徒に行きたい学校を尋ね、一高へ行かないと答えた生徒は突ッ放して相手にしなかった。

私は数学が出来ないから、一高や、一ツ橋の高等商業などは、望む資格がなかった。そうかと言って、小説家になりたくっても、父が許してくれないことは分り切っていた。

前にも言ったように、その当時は、小説家では飯が食えないと言うことが定評になっていた。早い話が、小説家には家主が家を貸してくれなかった。それほど、哀れな存在だった。また悪いことに、川上眉山がどう足掻《あが》いても自然主義に改宗出来ないで自殺した。それを、世間では生活難からの自殺としてしか受け取らなかった。

だから、泉鏡花、徳田秋声、島崎藤村を除いたあとの作家は、大概もう一つ食うための職業を持っていた。田山花袋は博文館の編輯部員だった。正宗白鳥は読売新聞の社員だった。当時の小説家で、電話を持っている人は一人もなかった。

藤村なんか、一生つましい生活を守り通した。一流の大家になり、最高の原稿料を取るようになってからも、飯倉の崖下の、恐らく日も当らないような質素な貸家に暮らしていた。鏡花は二軒長屋の一軒に住んでいた。

私がどうにか所帯を持つようになってから、家内が贅沢《ぜいたく》を言って私を困らせるような時には、黙っていつも藤村の、飯倉の、崖下の家の前まで連れて行くことにしていた。

このことは、古い昔話ではない。ついこの間まで——芥川の時代までそうだった。芥川ほどの売れッ子でも、二足の草鞋《わらじ》を穿《は》いていなければ妻子を養って行けなかった。彼は横須賀の海軍機関学校で英語の先生を勤めて月給を頂いていた。そうして、

「ああ、我々は永久に不愉快な二重生活さ」

と腹立たしげに言っていた。

ああ、それに引き替えて、戦後に一変した小説家の生活は何と言ったらいいのだろう。ただ、食える食えないという点から言って、私の言ったことが信じられないくらいの違い方だ。現代の小説家で電話を持たない人なんか一人もいないだろう。それどころか、あら方の小説家が、軽井沢に別荘を持っている。今では沢山お金が取れるから小説家になれと勧める親さえいるそうだ。

私の頃は、金《かね》の草鞋を穿いて捜しても、小説家になりたいという子の望みを叶《かな》えてくれる親なんか一人もなかった。馬琴の書いた随筆に、貧乏神が或る家へはいる姿を見たという面白い随筆がある。明治の時代に小説家になることを許した親は、自分の子供の家に一生貧乏神が居据《いす》わるのを覚悟しなければならなかった。

それが恐さに、私も父に向って文科にはいりたいとは言い出せなかった。里見弴《さとみとん》は、有島家の息子だが、訳があって母方の山内《やまのうち》家を継いだ。山内家には六万円だか七万円だかの財産があった。三万円あれば、その利子で一生暮らせると言われていた時代だ。そこで安心して小説の世界に飛び込んだ。嘘か本当か知らないが、そんなゴシップが私の耳にはいった。

里見弴が羨ましくって仕方がなかった。私は慶応の理財科へはいって、勤め人になって、勤めの合間合間に小説を書くより仕方がないとあきらめていた。

小説というものは、そんな程度のジレッタンチズムで書けると思っていたのだ、その頃の私はまだ――。小説というものが、人の一生を人身御供《ひとみごくう》にしなければどうにもならないものであることを私はまだ知らなかった。

そういう矢先に、荷風が自分がはいろうと思っている三田の先生になったことを知ったのだ。荷風の手で、文科が刷新されるということは非常な魅力だった。一作毎に若い血を搔き立てられていた荷風に教えてもらえると思うと、理財科にはいる気なんか消し飛んでしまった。食えない恐ろしさなんか、物の数でもなくなった。

「小説家になればなったで、どうにかなる」

いよいよとなったら、二足の草鞋を穿くか、藤村になればいい。――そう思うと、若さの、無知の勇猛心が沸いて来た。

どんなことがあっても、三田のフランス文科にはいらずに置くもんかと決心して以来、中学の四年から五年になり、卒業するまでの二年間は、私にとって実に辛抱出来ないくらい長い退屈な二年間だった。

中学の学課なんか何一つ興味がなく、ビリでもいい、卒業さえ出来ればそれでいいと思っていた。ただ落第することだけは恐かった。

「三田文学」で講演会があれば、道を遠しとせずに聞きに行った。「人生と享楽」というのが永井荷風の演題で、五つ紋の羽織袴で最後に登壇したのを覚えている。森田草平の時は、昔の恋人の平塚らいてうが聴衆の中にいたために、草平が真赤になって一ト言もしゃべられなくなった。

十七

荷風は、大学の教授になったからと言って、別に生活態度を変えるようなことはなく、アメリカにいた時と同じように遊蕩生活を送っていた。

アメリカへ行く前は、吉原とか洲崎《すさき》とかいうような遊廓へ遊びに行っていたのが、地位も出来、金もはいるようになったので、新橋のような一等地の花柳界へ出はいりするようになった。

長年女で苦労した彼のことだ。容貌も見事だし、洋服姿も垢抜けしていたし、女心を収攬《しゅうらん》する術にはたけていただろうし、第一、永井荷風という名が女には物を言った。

三田文学会が四季に一遍ぐらいずつ方々の料理屋であった。永代橋の橋手前に、その頃「都鳥《みやこどり》」という有名な鶏《とり》料理屋があった。そこであった時、荷風がいかに持てるかを私はまのあたり見た。

席上には馬場孤蝶もいたし、小山内薫もいた。小山内は白皙《はくせき》の美男子で、美男子という点から言ったら、荷風よりも美男子だったし、年も若かった。孤蝶は樋口一葉によれば、「うれしき人なり」「時は五月十日の夜、月、山の端《は》に光暗《かげ》く、池に蛙《かわず》の声しきりて燈影しばしば風にまたたく所、坐《ざ》するものは紅顔の美少年馬場孤蝶子。早く高知の名物と称《たた》えられし兄君辰猪《たつい》が気魂を伝えて、別に詩文の別天地を蓄《たくわ》ゆれば、優美高傑兼ね備えて、惜しむところは短慮小心、大事の成し難からん生まれなるべけれども、年は今二十七、一たび躍らば山も越ゆべし」「かかるほどに、馬場君《ぎみ》、平田ぬし連れ立ちて、川上眉山君《ぎみ》を伴《ともな》い来たる。君には初めて逢《あ》えるなり。年は二十七とか。丈高く、色白く、女の中にもかかる美しき人は数多《あまた》見難かるべし。物言いて打ち笑《え》む時、頰のほどさと赤うなるも、男には似合わしからねど、すべて優形《やさがた》にのどやかなる人なり。かねて高名なる作家とも覚えず。心安げに幼《おさな》びたるさま、まことに親しみ易し。孤蝶子のうるわしきを秋の月に例えれば、眉山君《ぎみ》は春の花なるべし。強きところなく艶《えん》なるさま、京の舞姫を見るようにて、ここなる柳橋あたりの歌《うた》い女《め》にも例えつべき孤蝶子のさまとは裏表《うらうえ》なり」

しかし、この二人も、女に持てるということになると、荷風の敵ではなかった。「都鳥」の女将は、色白の小柄な、いい女と言うほどではなかったが、男好きのするうまそうな年増だったが、初対面だというのに、荷風にデレデレだった。女好きの男は、女には本能的に訴えて来るものがあるのだろう。

新橋でもよく持てたらしい。「きのふの淵」という随筆を読むと、富松という芸者との出合いのことが荷風自身の筆で語られている。

曽つて秋声会の俳人として知られていた大野洒竹《しやちく》が、木挽《こびき》町の尾梅《おうめ》という、庭の広い静かな茶屋に折々私と井上唖々《ああ》子とを招飲したのは四十二年の夏の頃であった。洒竹子は当時知名の蔵書家であった。蔵書のうち古俳書の目録を編《あ》むことについて、唖々子の力を借りようという相談をしていたのである。

尾梅の座敷には、いつも煉瓦地の美妓が入れかわり立ちかわり酒興を扶《たす》けに来たのは、洒竹子が木挽町五丁目辺に病院を開いていたところから、この土地には顔が売れていたためである。

或夜、唖々子は大酔して寝てしまう。私は洒竹子と連れ立って茶屋の門《かど》を出《い》で、その病院の門前で別れた後、一人歩いて出雲橋を渡りかけると、今しがたまで座敷にいた富松という芸者が、これも一人ぶらぶら歩いて来るのに出逢った。

「あら、只今は――」

と言って富松は腰をかがめた。

「家《うち》はどこだえ」

「向うの仲通りですの。寄っていらっしゃいまし」

「じゃ、その辺まで……」

言いながら一ト足橋の上に進み出ると、町中《まちなか》の往来とは違って、水の上を渡って来る川風の涼しさに、二人は覚えず立ちどまって欄干の上から水の流れを見た。

その頃、私は三十を越したばかり。左褄《ひだりづま》を取った潰《つぶし》島田の女と連れ立って、夏の夜ふけの河岸通りを歩くのが、夢ではないかと思うほど嬉しくてならなかった時分である。殊に新柳二橋の妓《おんな》に対しては小説的な憧れの情を持っていたので、出雲橋を渡って真直に行けば、すぐ銀座通りに出てしまうのが残り惜しくてならなくなった。

「涼しいから河岸通りを廻って行こうよ。まだそう遅くはあるまい」

と言って、橋を渡り尽すや否や、三十間堀の河岸へまがると、女もそのまま黙

れぬほどであった。

って私の行く方へ歩みを移した。

河岸通りの二階家は、大抵明治初年に建てられた煉瓦造りで、アーチの陰に出入りの格子戸をつけたものが多かった。そして軒先の燈火《あかり》にはまだ石油のランプを用いた家があったので、道の暗さは、たまたま行きちがう人の顔さえ見定めれぬほどであった。

自動車は無論のこと、自転車の鈴の音も聞えない。二階の葭戸《よしど》には明るい火影《ほかげ》のさしている家があっても、今日の花柳界のように馬鹿騒ぎをする酔客の声がしないので、夏の夜はまだ十二時にならぬうちから、しんと静まり返って、ただ遠く町を流して行く新内の連れ弾きが聞えて来るばかり。私は道端の犬に吠えられるのを恐れ、足音を忍ばせながら、やがて新橋の方へまがろうとする角から二三軒手前の家の門口を通りかけた時であった。薄暗い軒下に涼み台を出して、独酌しながら団扇《うちわ》を使っていた人が、

「おや、今晩は」

と富松の姿を見て挨拶をした。

「あら、親方。先日はどうも。用事を付けてちょいと家へ行っていたもんで、すみません」

と、何やら富松が言訳をしているうち、勝手口から出て来た女中が、私の姿を見てお客だと早呑み込みをしたらしく、

「さあ、どうぞ」

と腰をかがめて、そとから格子戸をあけた。

その頃新橋の茶屋へは、人から招待されるばかりで、私はまだ自分一人の顔で心易く上る家は一軒も知らなかった。それのみならず、私はまだその夜この富松という芸者と、二人ぎり差向いになって、しんみりした話がして見たくてならなかった矢先である。女中が格子をあけてくれたのを天の佑《たす》けと思って、

「じゃ、ちょっとお茶でも飲んで行こう」

と富松を誘い、そのまま、女中に案内されて二階へ上った。

石燈籠に灯を入れた三坪ほどとも言いたげな中庭を見おろす六畳の一ト間に坐った時、私は床の間に柴田是真《ぜしん》の書いた西瓜の茶掛けに、鴨居《かもい》の額に三代目広重の筆らしい柳に人力車の淡彩画を見て、今まで招かれた新橋の茶屋にはいずこにも明治の元勲《げんくん》か何かの書幅が掛けてあったのに比べて、ここは全くその趣味を異にしているのを非常に嬉しく思った。

後になって、余りいい芸者のはいる家ではないと人から注意されたが、私は気

楽なことを第一にして、土地での格式などは気に掛けなかった。

後になって、久保田万太郎から私の聞いたところによると、富松は名前を「こう」と言って、浅草伝法院裏門前にあった奈良屋という呉服屋の一人娘だそうだ。父は芝居好きの道楽者、彼女が十七八の時迎えた養子というのが、これまた父に負けない道楽者とあっては、奈良屋の身上《しんしょう》が幾らあっても続く訳がなかった。

数年ならずして店は潰れ、家付き娘は新橋の芸者になり、聟は実家に帰り、父は入谷《いりや》の裏長屋へ逼塞《ひっそく》して古着屋に成り下がった。そうして娘のところへ小遣をねだり来《き》い来いした。

富松は新翁家《しんおきなや》という芸者屋から出ていた。芸者にもいろいろ階級があって、上から数えると、自前《じまえ》、分け、七三、丸抱《まるがか》えという順になる。それぞれの階級に応じて芸者の収入が違うのだ。富松がどの階級に属していたのか、私は審《つまび》らかにしない。新翁家がどの程度の芸者屋か、それも知らない。

荷風の文章はなお続く。「私は江戸ッ子の性情には、滑稽諧謔を好む癖《くせ》があって、悲境に沈んだ時にはこの癖が却って著《いちじる》しく現れて来るらしいことを確かめた。富松は三代続いて浅草に生まれた江戸ッ子であった。その後心易くなるにつれ私はたびたび芸者家まで尋ねに行ったこともあったが、火鉢の縁に頬杖をつき獳袢の襟に頤《あご》を埋ずめているような、萎《しお》れた姿を一度《ひとたび》も見たことがなかった」
「あくる年、四十三年の秋、富松は客に落籍せられて赤坂新町に小料理屋を出したが、四五年にして再び芸者になり、初めは赤坂、次は麻布、終りに新橋へ立ち戻ってから一二年の後、肺を病んで死んだ」
「それは大正六年の夏の頃のことであった。私は一時全く消息を知らなかったのであるが、或日清元のさらいで赤坂の者から一伍《いちぶ》一什《しじゅう》の話を聞き、またその墓が谷中《やなか》三崎町《さんさきまち》の玉蓮寺にあることをも聞き知り、寺を尋ねて香花《こうげ》と共に、

昼顔の蔓《つる》もかしくとよまれけり

の一句を手向けた」

荷風の語るところによると、そう言うことになっているが、三田には槇《まき》金一伝説というのが語り伝えられている。それによると、荷風と富松とのイキサツがちょいと違うのだ。

槇金一とは何者か。それについては、いずれ詳しく語る機会があると思うが、彼は富松側のことには訳があって詳しい人物なのだ。例えば、最近小門《おかど》勝二が、荷風の二の腕に「こう、命」という入れ墨のあったことを書いて世間を「あッ」と言わ

せたが、私は四十年も前に大場白水郎から聞いて知っていた。白水郎は俳人である。なぜそんな荷風の秘密を白水郎が知っていたのか、もとはと言えば、親友の槇金一から出ていたのだろう。

「卯《う》の年に生まれて、九星《きゆうせい》『四緑《しろく》』に当るものは浮気にて飽き易き性《さが》なりと言えり」と荷風は自分自身のことをそう言っている。「凝り性の飽き性とも言えり。僕はそもそもこの年この星の男なり。さすが故にや、半年と長続きしたる女はなし。大抵は三月目ぐらいにて、庭の花にはあらねど、時候の変り目が色の変り目とはなるなりけり。然れどもこれは後より言う話にて、初めより一年半季と極まりをつけて掛かる訳ではさらさらなし。初手《しよて》は随分この女ならば末の末までもと、のぼせ上るが常なるを――」

自分で白状しているように、荷風は浮気者で、事実一人の女と半年と長続きした例があるのかどうか私は知らないが、谷崎潤一郎の調べたところによると、「結婚の経験は二度持っておられるが、二度とも同棲しておられた期間は短い。一度は大正元年九月二十八日、数え年三十四歳、慶応の教授をしておられた時に某材木商の娘を娶《めと》って翌年四月十日に離籍、実際に夫婦生活をしておられた期間は或いはもっと短かったであろう。二度目は大正三年八月三十日に藤間（後の藤蔭）静枝と結婚し、翌年二月十日に離籍。だから先生の結婚生活は二回とも半年余に過ぎず。それ以後八十歳で逝去されるまで、長い一生を独身生活で貫かれたので、この点が私と大分違う」

夫婦になった女とさえ、半年しか続いていないのだから、恋人相手となら、荷風自身も言っているように、半年と長続きした女はいないと言うのは本当かも知れない。だとすると、富松とは長続きした方だった。四十二年の夏頃から、翌る年の秋まで続いたというのだから——

荷風の言うところに従えば、富松が荷風を捨てたことになっているが、三田の伝説によると、捨てたのは富松でなくて荷風の方だと言うことになっている。

富松は一流の芸者だから、いい旦那が付いていたに違いない。荷風は、だから「客色《きやくいろ》」だったのだろう。客色というのは、客であって色男であるという意味だ。

荷風と親交のあった人達は、口を揃えて彼はスラリとした、薄手《うすで》の女が好きだったと言っている。荷風の随筆集「冬の蠅《の》」だったと思うが、富松の手古舞《てこまい》姿の写真が載っていた。手古舞姿だから、いろんな飾りが体に付いているのと、体の三分の二ぐらいしか写っていないのとで、彼女がスラリとしているかどうかハッキリは分らない。八重次に至っては、お世辞にも姿がいいとは言えなかった。私は富松贔屓《びいき》だから、思い切り姿のいい女として空想したい。

荷風の悪い癖で、彼の書いたものを見ると、たびたび芸者屋へ遊びに行っている。ところが、芸者屋へは旦那でも遊びに行かないのが不文律になっていた。だから、芸者屋へ遊びに行く客は鼻ッつまみだった。

花柳界通《つう》の荷風が、よくこの不文律を犯して平気で、しかも抱え芸者のところへ遊びに行けたと思う。荷風にはこういう神経があった。

荷風は、富松の陰に木内という旦那のいることを知っていた。芸者に旦那は付き物で、旦那と恋人とは別物だという考えが行き渡っていた。旦那のいる芸者に惚れられるのが、男の冥利だと信じられていた。

「ねえ――」

富松は坐り方に色気のある女だった。

「あなたもそういつまでも親御《おやご》さんに気兼ねしていないで、一軒所帯を持ったらどうなの？」

「冗談だろう。小説家なんて、今月収入があったと思っても、来月は一文も収入がないかも知れない。不安で、とても所帯なんか持てるものか」

「そうかしら。でも、あなたは毎月何か書いているじゃないの？　書けば、お宝《たから》がはいるんでしょう？」

「そりゃそうだけれど——」

荷風は、女が糠味噌《ぬかみそ》臭くなるのを何より嫌っていた。彼は飽くまでも享楽主義者だった。

「私と一度所帯を持って見ない？　こう見えても、私、うまいのよ」

富松は、荷風の一番難攻不落のところを攻め立てているのだった。楽しい空想に一人目を輝しながら——

「所帯のやりくりで苦労なんかさせたくないよ」

「本当に惚れていてくれないのね」

「どうして？」

「どうしてッて、惚れていれば、一緒になりたいのが人情でしょう？　あなた一人の物にしたくないの私を？」

「したいさ。したいけど、その資格が僕にはない」

「ないことないわよ。ただ、あなたが一本に燃え上ってくれないだけよ」

「違うよ。問題は金があるかないかだ」

「それこそ違うわ。お宝なんか、その気になれば、どうにでもなるものよ。惚れた同志の貧乏所帯の味ッて、楽しいものだと思わない？　一度私に味わわせて頂戴よ」

荷風の膝にしなだれた富松の目が燃えて、下から彼の顔を見上げた。膝の上に乗っている柔かな肘《ひじ》が、媚びの囁《ささや》きを送って来た。

「熱がないのね。あなたの欲しいのは、私の体だけなのね」

「何を言っているんだ。知っているくせに――」

「いつ一緒になってくれるの？」

「僕に職が極まった時――」

「本当？」

「うむ」

「じゃ、いつまでもこんなにウジャジャけていちゃ駄目だわ」

そう言っている自分の言葉と、なまめかしい自分の姿とに気が咎めて、彼女は肘を中心に体を起そうとした。

そのはずみに、なまめかしさから、まじめな姿に変ろうとする時に生じる彼女の肉体の魅力が彼をとらえた。思わず彼は、ネットリとした彼女の体を放すまいとして、片手を背中に廻してジワジワと抱き締めた。

「いや、いや。また私駄目になってしまうわ」

「駄目結構。駄目になりたいよ」

彼女は小さく膝の上に据えられながら、

「ね、いつくれるの？」

「何を？」

「私が、あなたの一時の慰みものでないという証拠――。私、近頃とても良過《よ》ぎて心配なの」

「何が？」

「あなたが、私の体にだけ溺れているという気がして不安なの」

「それはそれでいいじゃないか。仕合せの一つだもの」

「でも、それだけじゃないわね私達？」

「ああ――」

「いやだわ、口先だけじゃ――。ハッキリ、証拠を頂戴よ」

「やるとも――」

「あなた、命でもやるとおッしゃったわね」

「ああ」

「それを、私の体に書いてよ」

「そんなもの、幾ら書いたって、お湯にはいれば消えてしまうじゃないか」

「何言っているの。一生消えないように、入れ墨で入れるのよ、お互の肌に――」

荷風はこの大時代《おおじだい》な要求に、アナクロニズムのおかしさを感じた。しかし、大時代なだけ、アナクロニスチックなだけ、そういう江戸的な頽廃《たいはい》に近い雰囲気を心にも肢体にも持っているこの女が、一段と可愛くなった。第一、こんな要求をした女は、彼の恋愛史上初めてだった。

つい嬉しくなって、その場で二人は「こう、命」「壮吉、命」とお互いの二の腕に入れ墨をし合った。

慶応から荷風のところへ迎えが来たのは、それから間もなくのことだった。

「ホレ、御覧なさいな。私が言った通りじゃないの？」

富松はあなた程の人のところへ、何かいい話が来《こ》ないと言う法はないと前々から言っていた。

「しかし、僕は自分をよく知っているが、学校の先生くらい不向きな職はないよ」

「でも、毎日教えに行かなくってもいいなんて、あなたには持って来《こ》いじゃないの。合間に小説を書いてもいいんでしょう？」

「しかし、僕は人に物を教える柄じゃない。それに、正直言って、大学で教えるほど僕には学問がない」

これは、荷風自身が一番よく知っている弱点だった。前にも言った通り、荷風を推薦したのは、森鷗外だった。そこに鷗外の物にとらわれない大胆な自由の目が光っているのを私は感じずにいられない。鷗外は荷風を完全な学者として認識したのではないと思う。荷風は好きな本しか読んでいない。だから、大学の教授としては不完全であることは百も承知していたと思う。

その代り、文学の神髄を把握している点では、学殖豊かな大学教授が幾人集まっても敵ではなかったろう。

生きた文学を教えている大学はどこにもなかった。夏目漱石がやめた以降は——。彼の「文学論」と「文学評論」を読めば、そう言える。京都で上田敏の教室に出ていた菊池寛は、「あの人の講義はリテラリー・チャッツに過ぎない」と言い切っている。リテラリー・チャッツとは文学的雑談という程の意味だろう。せめて慶応だけでも、そういう大学であっていいと鷗外は考えたのだろうと思う。それには荷風は適任者だった。

しかし、任を受ける者としては、何よりも先ず系統立った学問をしていないわが身を顧みずにいられなかっただろう。荷風にすれば、小説家になろうとしての勉強はしたろう。しかし、学者になろうと思ったことは夢にもなかったろう。そこに引け目を感じずにいられなかった。

富松は無学だった。しかし、人を愛するということは神に通ずるものがあった。彼女は鷗外が荷風を推薦した理由を感じ取っていた。無論、彼女は鷗外その人も知らず、鷗外推薦のことも知りはしなかった。でも、

「三田の大学であなたを買いに来た以上、あなたのことは何も彼も知って来たんでしょう。あなたが大学者でないことも、道楽者だってことも、女たらしだッてことも、根からの小説家だってことも——。そうじゃないの？」

「そうだろうね」

「そんなら、遠慮するところはないじゃないの？　大学校ともあるものが、買いかぶるなんてことはないでしょう。学者は大勢いるのに、選《よ》りに選って学者でもないあなたに白羽の矢を立てたというのには、何かあなたでなければならない訳があるんだと思うわ。いいところあるもの、あなたには——」

「…………」

「おかしいわよ、据え膳据えられて食べないなんて——。あなたらしくないわ」

これには一言もなかった。事実、荷風は既に据え膳を食う決心をしていたのだ。ただ、誰にも言えない心の不安を、富松に甘えて訴えていたのだ。

「三田文学」が築地の籾山《もみやま》書店から発売されることになったイキサツは、前に書いた。この時以後、荷風の著作は殆《ほと》んど籾山書店から出版された。

主人の仁三郎は明治十一年の生まれ、荷風は十二年の生まれ。彼は江戸時代から連綿と続いた旧家の出《で》で、明治三十四年に三田の理財科を卒業している。洗練された生粋《きっすい》の下町の旦那で、教養の深い紳士だった。殊に、梓月《しげつ》と号して俳句をよくした。荷風の序を付した「江戸庵句集」の著がある。

この人は、俳句に詳しく、いろいろ俳句の古書を復刻しているが、殊にその頃誰も顧みなかった連句《れんく》の芸術的価値を認めて、繰り返し啓蒙《けいもう》の著をあらわしている。私が初めて連句の面白味を解し得たのも、彼の「連句入門」（明治四十一年）と、「歌仙講話」のおかげであった。

それから、こんなことはこの際語るべきことではないかも知れないが、私が書いて置かないと誰も知らずに終わってしまうことなので、場所柄を弁《わきま》えず書いて置きたい。幸田露伴の推薦で中谷無涯《むがい》の「新修歳時記」四冊が籾山書店から出ているが、露伴を信用して出版を承諾したところ、出来上った原稿を見ると、間違だらけの、不備だらけで、書店の名誉のためにそのまま印刷に廻す訳に行かず、全部主人が書き直したというのだ。著者は中谷無涯ということになっているが、本当は籾山仁三郎なのだそうだ。そういう責任観念の強い紳士であり、良心的な出版者であった。そうして後に胡蝶本《こちようぼん》と言われるような、また鷗外の「雁《がん》」のような綺麗な本をこしらえた。

だから、人をなかなか許さない荷風からも信用され、一時は無二に近い親友として交際が続けられ、互に訪《と》いつ訪われつする仲であった。彼はしばしば莚《えん》を設けて荷風を招待している。銀座のパン屋の木村屋、今は西側にあるが、私の知った頃は東側にあった。その裏通りに、その頃は幾軒か待合があった。その中の一軒に「藤むら」というのがあり、そこが籾山の馴染の家だったので、荷風もよくそこへ出入りした。

いつの頃からか知らないが、荷風の興味が富松から去って、八重次に移っていた。白水郎の話によると、その夜藤むらの座敷には八重次が侍《はんべ》っていた。年譜的に言うと、荷風が浮世絵に興味を持ち、「江戸芸術論」を書き、「ゴンクールの歌麿伝ならびに北斎伝」を紹介していた頃だったろう。彼は意気な和服を着て、清元梅吉について清元を習い、芝《しば》加津について哥沢《うたざわ》を習っていた。

その頃私は、日本橋にあった常磐木倶楽部で、荷風が高座に上って哥沢を歌うのを聞いたことがあった。正直の話、彼の講演と同じようにうまくないのに失望した。しかし、お師匠さんの芝加津はうまかった。その頃哥沢の名人と言われる師匠が三人いた。芝加津はその筆頭に数えられていた。

その晩も、藤むらには芝加津が招かれて来ていて、幾つか聞かせたあと、八重次が踊った。三味線が誰だったか、唄ったのは誰だったか、常磐津だったか、清元だったか、何も伝わっていない。ただ、偶然その場に居合わせた大場白水郎の言葉だけが私の耳に残っている。

「私なんか若かったし、何も分かりゃしなかったけれど、いやに癖のある踊だと思いました。見てくれよがしの踊でしたね」

ところが、悪いことに、その場に踊の名手と言われたおひろという年増芸者がいた。この人が、八重次の踊を見てグーッと胸に来た。

「私も一つ踊るわ」

そう言うと、スーッと立って八重次の踊ったのと同じ踊を踊った。そっくりそのまま踊っては角《かど》が立つので、わざと先代の梅幸の振りで踊って見せた。

これが小気味いいくらいスッキリとしていてうまかった。八重次は越後生まれ、彼女が若し江戸ッ子だったら、恥ずかしくってそのまま座敷にいられず、コソコソと姿を消しただろう。その時代の芸者には、おひろのような芸にかけては仮借《かしやく》しないきびしい気風があった。

荷風は人一倍背が高く、長い顔をしていたが、八重次はまた極端に背が低く、二人並んで歩いていると、半分ぐらいしかなかった。口の悪い三田の学生連《れん》は、八重次のことを陰で「臍舐《へそな》め」と呼んでいた。言葉は国の手形《てがた》というが、彼女は「イ」というべきところを「エ」と言い、「エ」というべきところを「イ」と言う。例えば「上野」というのを「ウイノ」と言う類《たぐい》だ。日本語の美を説く荷風の、よく耳ざわりにならないものだと学生達は不思議の一つにした。

とうとう八重次との仲を、富松が勘づく時が来た。真ッ昼間銀座を連れ立って歩いていれば、たとい富松の目には触れなくっても、朋輩の誰かの目に留まらないはずがない。朋輩の目にはいれば、富松の耳にはいるのは「あッ」という間だ。銀座は今より人通りは少かったたし、それに反して芸者の行き来は今よりも遥《はる》かに多かったし、私達でさえ、荷風が洋傘《こうもりがさ》をさして雨の中に立っていると、資生堂で何か買い物をして出て来た八重次の「臍舐め」姿を度々見掛けている。今と違って、芸者屋が全部と言ってもいいくらい金春《こんぱる》とか板新道《いたじんみち》とかに集まっていたのだから、富松の目に留まらない方が不思議なくらいだった。金春も、板新道も、資生堂の裏通りだと思って間違ない近さにあった。

その日も、遅く起きた荷風と八重次とが、不断着《ふだんぎ》のまま近くの富士田という洋食屋の二階で食事をしているところへ、足音荒く梯子段を駈け上って来た者があった。仕切り口があいて、姿を見せたのは、これも不断着のままの富松だった。流石《さすが》に二人は体を堅くして、ナイフとフォークを持った手が動かなくなった。

しかし、富松はふだんとちっとも変った表情をしていず、声もいつもの調子で、

「ちょいと先生――」

と軽く呼び掛けた。

「ねえ、食い下がりだけは見ッともないわよ」

鋭くそう言い放つと、富松はそのままクルリと向きを替えて、サーッと降りて行ってしまった。アアもスウもなかった。上杉謙信のように一ト太刀見事に切りおろした形だった。「食い下がり」というのは、富松は一流の芸者、八重次は二流か三流の芸者、自分より位置の上の芸者と出来たのならまだ我慢もなるが、一段も二段も下の芸者に見返られたのでは、腹に据え兼ねるという意味だ。

それッきりだった。富松には未練ッたらしい振舞は微塵もなかった。見事だった。

十八

三田に於ける荷風伝説の出所を明らかにしよう。

出所のすべては槇《まき》金一にある。私の知った頃の槇君は、渋谷の大和田で「いとう」という旅館を経営していた。木口《きぐち》のいい普請《ふしん》だった。

ここで久保田万太郎を宗匠《そうしよう》にして月々俳句の運座《うんざ》を催したところから、我々は無造作に「いとう句会」と称していた。槇さんは口当りのいい美男子で、美男子にもいろいろあるが、一ト口に「枕絵の殿さま」という仇名があった、そういう種類の美男子だった。

彼はその時二十二三歳だったのではなかろうか、兜町《かぶとちよう》の沢《さわ》という株屋《かぶや》に奉公していた。富松の旦那は、この沢で売り買いをしていた。大変手堅いので、評判だった。

そんな関係で、

「おい、金どん、これを木内さんとこへ届けに行ってくれ」

前場《ぜんば》のあととか、後場《ごば》のあととかに、よく届け物をさせられた。その届け先が、本宅のこともあり、祝家《いわいや》という待合《まちあい》の時もあり、番頭が黙っている時は本宅、祝家の時は一ト言注意があった。その日は祝家の日だった。

「御免下さい」

格子をあけて声をかけると、四十がらみの女中が出て来た。

「沢から参りましたが、木内さんはいらっしゃいますでしょうか」

小腰《こごし》をかがめながらそう言うと、

「ちょいとお待ち下さい」

いるともいないとも言わずに引ッ込んだッきり、あとは音沙汰なし。暫く手持ち不沙汰で待っていると、やがて衣擦《きぬず》れの音がして、突然、目の醒めるような女が姿をあらわした。金一は思わずと胸を突かれて息を飲んだ。彼は生まれてこの方《かた》、こんななまめかしい姿を見たことがなかった。緋縮緬《ひぢりめん》の長襦袢の裾を引いて、素足がチラチラと舌《した》の先ほど見える。それへ、黒縮緬の羽織をはおっていた。まるで危《あぶ》な絵《え》から抜け出て来たような姿だった。まぶしくって、彼は目が上げられなかった。そのくせ、女の胴が細くくびれているのを見逃してはいなかった。

何を言ったのか、何を言われたのか、覚えがなかったが、相手の声の綺麗な響だけが耳に残っていた。風呂敷に包んで大事に持っていたものを渡したことも覚えていなければ、風呂敷だけ返されて、いつ渡されたのか、気が付いて見ると、紙にくるんだ五十銭玉を彼は握っていた。

槇の顔を一瞥した時、女の目にとっさに浮んだ表情など、勿論《もちろん》彼は気が付かなかった。その日一日、彼はポーッと夢見心地だった。次の日も、次の日も、富松のなまめかしい姿が彼を攻め立てた。

彼があとで白水郎に語った言葉をそのまま伝えると、往来を歩いている時など、目に彼女の姿が立ちあらわれると、思わず、

「ワーッ」

と心の中で叫んで駈け出さずにいられなかったそうだ。店で働いている時なども、たまらなくなって、

「おい、金一、金一――」

と、自分で自分に声を掛けて、頼まれもしないのにガムシャラに何か力仕事に取ッ組みでもしない限り、いつまでも富松の姿が消えなかった。彼女の姿を官能の空想に思い描くことは楽しい限りだったが、同時に地獄の責め苦だった。

「おい、金どん、電話だよ」

「え？　誰？」

「木内さん――」

木内さんから彼に直接電話の掛かって来たことなんかないだけに、彼は不審だった。この間あんまりシドロモドロしていたので、何か間違いを仕出《しで》かしたのかと不安にもなった。そんな気持で電話口に出ると、

「あ、槇さん？」

富松の声だった。それも親しみのある声だった。とたんに、血が頭に――いや、体中の血が音を立てて燃え上った。

「あの――」

「はい」

「ちょいとお話があるんですが、二時頃に来ていただけません？」

「はい。どちらへ伺ったらよろしいでしょうか」

「あなた築地の本願寺を知っているでしょう」

「はい、存じております」

「本願寺から左へ三つ目の横町を曲って、家数《いえかず》にして十軒ほど行くと、左側におくろという家があるわ。そこへ来て頂戴――」

「白黒のおくろでございますね？」

「そう――」

何が何だか分らないだけに、いろんな空想が群がり沸いた。用向きはテンデ想像もつかなかったが、そんなことなんか長追いする気はしなかった。ただこの間のなまめかしい姿ばかりが彼の官能にからんで来た。またあのなまめかしい姿が見られるかも知れないと思う楽しみが彼の喉をカラカラにした。

誰にも内証で、早めに店を出た。教えられた通りの横町を曲ったが、そんな意気な普請の家は見付からなかった。

長い間かかってやっと捜し当てた家は、普通のしい、たや風の家で、墨が掠《かす》れて辛うじて「おくろ」と読める、小さな表札が出ていた。

「なんだ、この家なら、さっきから何遍も前を通っていたのに――。これでも待合なのだろうか」

苦笑しながら、彼が格子戸をあけると、こっちで何にも言わないうちに、

「いらっしゃい」

笑顔の、愛想のいい、なるほど「おくろだ」と感心しずにいられないくらい色の黒い、余計な肉のこれッぽっちもない、働き者らしい五十二三の恐らくおかみだろう、親しみ易い物腰で彼を迎えてくれた。

「あの――」

と、彼の言うのと、

「さあ、どうぞ――」

と、おかみの言うのと殆《ほと》んど一緒だった。案内されて二階へ通ると、外見《そとみ》よりも中は広いらしく、奥まった六畳の間にチャンと客設《きやくもう》けがしてあった。桐の火鉢から香《こう》の匂《におい》が仄《ほの》かに立っていた。

「御酒《ごしゅ》を召し上りますか」

「いいえ――」

「御遠慮なく、召し上っていて下さいとおッしゃってですが――」

「僕、飲めないんです」

「まあ、惜しいこと」

おかみさんは、二タ言か三言で人を寛《くつろ》がせる不思議な呼吸を心得ていた。期待と、期待疲れとで彼はだんだんイライラして来た。店の手前もあり、早く帰りたかったが、未練があって、思い切って帰ることも出来なかった。

おかみが、時々お茶を入れ替えて持って来てくれた。

「お退屈でしょう」

そう言って、少しの間話して行ってくれるのが、せめてもの救いだった。

「それにしても、随分待たされますね」

日の色が少し変って来た頃、おかみが欠《か》き餅《もち》を持って来てくれて慰め顔に言った。

「折角お待ちいただいたのですが、今、姐《ねえ》さんから電話がございましてね、どうしても体の都合がつかないんですって――。申訳ないんですが、また改めてお電話いたしますから、今日のところはお引き取りいただきたいんですって――」

最後に眉を下にさげて、おかみ自身がしょげて見せながらそう言った。それを見ては、腹の立てようがなかった。用向きの分らないのが、心に引ッ掛かった。待ちぼうけを食わされた不満も、相手の美しさに帳消《ちょうけ》しにされた。しかし、狐につままれたような気持は残った。相手の思わくが分らないだけに、不可解なところにやはり心を引かれたことは事実だった。

その後も、店で働きながらも、しじゅう電話に彼の注意が行った。殊に、用で外出する時には、電話に心が残った。

三日目に、また彼女から電話があった。

「この間は御免なさい。今日、御都合いかが?」

いかがも何もあったものではない。彼は飛び立つ思いで、おくろへ駈けつけた。

が、その日もさんざん待たせた揚句、三日前と同じ言訳を聞かされて帰らされた。花柳界の事情をまだ何も知らない槇にすれば、富松の方の事情が全然分らなかった。大丈夫だろうと思って、彼に呼び出しを掛けても、旦那の方のこともあるし、お茶屋との事情もあって、自分の体でありながら、そう気ままに動くことが出来ないのが芸者の体だった。

槇は槇で、富松が好きで自分に逢いたがっているのだとは夢にも知らなかった。何か株のことで彼に用があるのだとばかり思っていた。それにしては、どうして祝家でなく、おくろに変ったのか、その点に彼はなぜ疑問を持たなかったのだろうか。それも、彼の初心《しょしん》のせいだった。

そんなことが三四度あった。富松に満幅の好意と好奇心と垣間見《かいまみ》心とを持っている彼も、しまいには相手の誠意の無さにじれて来た。今度電話が掛かって来たら、都合が悪い、行かれない、そう言ってやろうと思ったりした。

しかし、実際は、二つ返事で飛んで行かずにいられなかった。

五度目に、やっと逢うことが出来た。

「あら、株のことなんかじゃないのよ。あなたに用があったの」

「私に——」

彼にはまるで見当が付かなかった。

「それも、急ぐことじゃないの。今日は、この間うちの埋め合せに、ユックリして行って頂戴な」

今日は、この間のしどけないなりとは打って変って、地味な不断着《ふだんぎ》の姿だった。地味ななりが、却《かえ》ってひどく意気に見えた。目を奪うほど派手でないから、不断着だと槇は思ったのだが、本当は金の掛かったいいなりをしていたのだ。

酒の支度をして、おかみが上って来た。

「やっと逢えて、お嬉しいでしょう」

そう言って、槇の顔を見て、富松の顔を見て、富松には不思議な謎のような笑顔をして見せた。すると、富松も目に色ッぽい灯をともして、

「そのうち、何でも好きなものを御馳走するわよ、おかみさん——」

「嬉しいわ」

おかみはまるで舞台の役者のように頷《うなず》き返しながら、彼に、

「まあ、お一つ——」

と徳利を取り上げた。例によって、

「僕、飲めないんです」

と辞退するのを、

「何ですね、御祝儀じゃございませんか。一つはお受けになるものですよ」

そう言われれば、断わりようがなかった。

「さ、姐さんには、あなたがお酌をして上げて下さい」

そう言って彼に銚子を渡して、彼が馴れない手付で富松の盃に酌をするのを楽しそうに見ていた。

「では、御ゆっくり――」

いい間《ま》を見計らって、おかみさんは軽く会釈をして下へ降りて行った。

富松の言うままに、盃と盃とを触れ合わせた後、一ト口猪《ちょ》口《く》の縁《ふち》を舐めたままお膳の上に置くのを見て、

「兜町の方《かた》は、こんな小僧さんでもお飲みになると言うのに、どうして飲んで下さらないの？」

盃の持ち方からして違う美しさに、彼は感に堪えたように盗み見しずにいられなかった。盃の持ち方から銚子の持ち方まで、すべて自分の不様《ぶざま》さに彼は自分ながら呆《あき》れずにいられなかった。

「そう嫌わないで、一つぐらいお干《ほ》しなさいよ」

「本当に僕飲めないんです」

彼はいよいよ場打《ばう》てがして、彼女と差向いになれた嬉しさよりも、どうしていいのか分らず、上《あが》ってしまっていた。

「さあ――」

彼女は優しい笑顔と、優しい物言いとで柔かく彼を包んで来た。

彼は盃を持つより外に仕方がないところへ追い詰められた。

「何ですね、男のくせに、そんな顔をして――」

苦《にが》いばかりで、うまくも何ともなかった。

「さあ、もう一つ――」

綺麗な指の絡《から》んだ徳利が、彼の目の前に持って来られた。否《いな》む力が彼にはなかった。結局、三杯飲まされてしまった。

「さあ、その盃を私に頂戴――」

盃洗《はいせん》で洗おうとするのを、

「水臭《みずくさ》い真似《まね》をしないでよ」

奪うように盃を取り上げられて、

「今度はこの盃で私の飲む番。お酌して頂戴――」

実に形よく持った盃が、静かに彼の前に来た。

生まれて初めてこんな綺麗な人の前に出た彼は、相手が垢抜《あかぬ》けしているのに対して、自分が野暮の骨頂《こっちょう》に見えるだろうと思えば思うほど、すること、なすこと、ぶきッちょ丸出しになってヒヤヒヤしてばかりいた。ぶつけなくってもいいのに、盃の縁に徳利をぶつけたり、一杯ついだつもりが七分目しかなかったり、つぎ過ぎて酒をこぼしてしまったり、恥ずかしいことばかりして身の縮む思いをした。そのつど、彼女は、

「まあ、けちね」

とか、

「あら、洪水――」

とか、豊富な言葉で自由に彼をからかって、上手に彼のコチコチになっている神経をほごしてくれた。庇《かば》わずに、真直に悪口を言われた方が、居心地がよかった。

富松は、こういう初心《うぶ》な男をこなすことにかけては一流の洗練された腕を持っていた。三十分もするうちに、いつの間にか、彼はぎごちなさを忘れた。一時間もすると、少しばかり積極的にこの場の空気を楽しむ余裕が出来て来た。好きな女が、自分に好意を持っていてくれることが、自然に分って来た。めったに近付けない一

流の芸者が、自分を楽しませてくれようとしている雰囲気《ふんいき》が、彼の気持に響いて来た。

「私一人にばかり飲ませて、あなた気が咎《とが》めないの？」

「うまそうに飲んでいらっしゃるので、見ていて私まで楽しくなって来ます」

「そう。そんならそう畏《かしこ》まっていずに、膝をくずして楽におなりなさいな」

十九

槇《まき》は上手《じょうず》に膝を崩させられ、上手に初対面の垣を取りはずさせられ、上手に何でも遠慮なく受け答えが出来るように仕向けられた。

言い替えれば、そこが居心地のいい場所になって来た。遠慮がだんだんなくなって、感覚的にも、感情的にも、二人の距離が急に縮まって来た。槇にすれば、なぜ一度しか会ったことのない女から親しい言葉を掛けられ、款待《かんたい》されるのか分らなかったが、だんだんそれが感覚的に分って来た。相手が自分に好意を持っていてくれることが呑《の》み込めて来た。なぜだか原因は分らなかったが——

分らないから彼は固くなっていたが、分らないからまた興味もあった。さっきから分ろうとして、彼は触覚をいろいろさまざまに働かしていた。

一つはずされ、二つはずされ、理性の垣が一つずつはずされて行った。この狭い部屋が、楽しい雰囲気に包まれて行った。彼の官能が生き生きとして来た。この楽しい雰囲気を、官能だけで楽しんでいいのだという許しを与えられたような気がして来た。この外のことは一切忘れていいのだという安心感のようなものを相手が教えてくれた。

と言うことは、女の方で、彼女自身何でも言えるように仕向けていたのだ。富松はいよいよ戦端を開いたのだ。

「あのね、私、今、惚れた人に捨てられて寂しいのよ」

そう言いながら、彼女は目から、いや、顔から、いやいや、体から、突然表情を消した。そうすると、本当に心の寂しさが漂《ただよ》い出した。

「とても信じられません」

槇は心からそう言った。

「あら、どうして？」

富松は力を消した目で彼を見返した。

「だって、姐さんのような綺麗な人を捨てるなんて――」

「でも、蓼《たで》食う虫も好き好きと言うでしょう。それも、食い下がりだけに口惜《くや》しいのよ私——」

彼女は花柳界の言葉が、そのまま誰にでも通じると思っているらしかった。こっちも、うぶだから聞き返そうともしなかった。

「私、見返してやりたいの」

「…………」

彼は頷きながらまだ本当には信じられなかった。彼に言わせれば、富松の美しさは一流の美しさだった。こんな美しい人を捨てる男がこの世にいようとは、どうしても想像出来なかった。

「あら、あなたは同情してくれないの？」

「いいえ——でも、そんな勿体《もったい》ないことをする男がいるでしょうか」

「嘘を言っていると言うの、あなたは？」

「いいえ——でも——」

「私の言うことを信じてよ。それでなければ話にならないわ」

富松はいい目をして睨《にら》んだ。その睨みが、不思議に彼の心をくすぐった。

「信じてくれる？」

「はい」

「可愛い返事をするじゃないの」

生き生きとした表情が一時に彼女の目顔に返って来た。何とも言えない、花がパッと開いたような明るい笑顔になると、片手が伸びて来て彼の口許をピタピタとはたいた。彼は恍惚《こうこつ》となって、目をつぶった。

「あなた、私を慰めて頂戴よ」

暖かい女の息が耳にかかった時には、彼は彼女の膝に横抱きに引き寄せられていた。

二十

下世話《げせわ》に、五十男に処女を献げた女と、年増女に童貞を破られた男くらい仕合せなものはないと言われている。槇金一は、その仕合せな男の一人だった。

私の子供時代に、新橋に洗い髪のお妻という有名な芸者がいた。

先代の羽左衛門は天下の美男子だったが、まだ二十台《はたちだい》の頃、この洗い髪のお妻のおめがねに叶《かな》って、いろいろの諸訳《しょわけ》を仕込まれた仕合せな男の一人だった。槇も美男子で、富松に初筆《しょふで》をおろされた仕合せの点で、羽左衛門に匹敵《ひってき》した。だからと言うのもおかしいが、談《だん》、たまたま富松のことに及ぶと、彼は、

「富松――」

などと呼び捨てにはしなかった。必ず、

「先生――」

と言っていた。富松以後、どんな女遍歴をした人か私は聞いていないが、女を喜ばすことに於いて、我々などの遠く及ばないエソテリックの境地にまで到達していたに違いない。槇君に逢って、女の話が出ると、私達は私達の知らない秘奥《ひおう》の消息を想像して羨望に堪えなかったものだ。

エソテリックというのは、「その道の難解な奥義《おうぎ》を授けられた人」というほどの意味である。槇君が富松を下にも置かず尊敬して、一々、

「先生――」

と言うのを聞くたびに、私達は好感の微笑を禁じ得なかった。富松のおかげで、彼は長い一生に、女のことではどんなに深い楽しみを味わい得たことであろう。これは一生の大きな仕合せであったに違いない。彼の一周忌の席上、久保田万太郎や大場白水郎や、その他の友人達が槇君の霊にそれぞれ俳句を捧げたが、私は俳句で

なんか私のこの複雑な羨望の情を詠《えい》じ切れないものを全身で感じていたのを覚えている。

槇は、三日にあげずおくろに呼び出されて、生まれて初めてのうまいお料理を御馳走になった。彼は自分の仕合せを人に話したくってたまらなかったが、めったな人に話すことではなし、暇さえあれば白水郎を呼び出して、

「永井壮吉ッて、どんな人だい？」

彼女を捨てた相手のことを頻《しき》りに根掘り葉掘り聞きたがった。

「どんな人ッて、荷風と言って有名な小説家だよ」

後には彼も俳句を作ったりしたが、その当時は文学のことなど何にも知らなかった。だから永井荷風と言われても、ピンと来なかった。それでも、三田の先生だということだけは知っていた。

白水郎は荷風を崇拝していたから、いろんなことを知っていたし、作品は一つ残らず読んでいたから、荷風の説明者としては最も当《とう》を得ていたが、文学に興味のない槇には、白水郎の折角の知識も、宝の持ち腐れの観があった。

「偉い人か」

そんな的《まと》はずれの質問をされて、白水郎はガッカリさせられてばかりいた。しか

し、槇が急に永井荷風を問題にし過ぎるのに、白水郎は何かを感じずにいられなかった。

「どうしたんだよ永井荷風が――」

荷風のことなら、どんなことにも興味のある白水郎は、そう言って問い詰めないではいられなかった。そうすると、槇は急に黙ってしまうのだった。

「いやな奴《やつ》だな、聞くだけ聞いて、あとは俺に隠し事なんかしやがって――」

そういういやみを言っているうちに、槇も包み切れなくなって、

「誰にも言うな」

そういう前置きをして、富松のことをしゃべり出した。

「………」

白水郎は、事の意外に返事が出来ないくらい呆気《あっけ》に取られた。富松なら、籾山《もみやま》の御馳走で彼も一二度同席したこともあるし、とても高嶺の花で、槇など相手にしてもらえる相手ではないと思っていた。

白水郎は、槇の果報を喜んでやらずにいられなかった。

「君の最初の女が富松なら、一生の語り草になるじゃないか」

「正直の話、涙がこぼれるほど嬉しいんだが、会ってる間中、永井荷風のことを聞

かされるのには参るよ。余ッ程惚れていたらしいぜ。二の腕に『壮吉、命』と入れ墨がしてあるんだ」

「本当か」

白水郎は信じられなかった。フランス文学の信奉者で、文壇の尖端を行くハイカラが、入れ墨をしているなどとは——

「だって、一緒にお湯にはいった時見たもの」

「そうすると、先生の腕には『こう、命』とあると言うのか」

「そう言っていた」

荷風崇拝家の白水郎にとっては、これは鬼の首でも取ったほどのニュースだった。あの打算的な、いつも己れを忘れたことのなさそうな荷風にも、女にかけると、そんな馬鹿な古風なところがあるのかと、今まで知らなかった荷風の一面を見たような気がした。荷風崇拝の白水郎は、女に溺れる荷風の偉さを尊敬しずにいられなかった。荷風のこの秘密を知っているのは、槇の外には自分一人だと思うと、荷風崇拝家である彼にとっては、それは御神体のような気がした。

「君に聞くと、とても偉い人らしいが、人間としては二人とない薄情者らしいね。血の冷たい人だと言っているよ。あれほど惚れ合っていながらあの人の悪性者《あくしょもの》を見破れなかったことが口惜しいと言っているんだ」

槇は富松の心中をそう言って白水郎に伝えた。彼は自分が可愛がられていることを喜びながら、彼女が本当に愛しているのは永井荷風であって、自分は彼女の悲しさ寂しさを訴える聞き手に過ぎないような、本当の恋人でない、代役のような物足りなさを打ち消すことが出来なかった。そのことを白水郎に訴えたかったのだが、その頃はまだ株屋の手代《てだい》に過ぎなかった彼には、そこまで心理を分析することは出来なかった。嬉しさしか話せないのが、何か物足りなく、彼は彼なりにイライラしていた。

二十一

中学生の私の目は、三田山上と「三田文学」とにしか向いていず、――その頃はまた、文学青年を刺戟するようなことが、あっちにもこっちにもあった。

例えば、自由劇場が有楽座で旗上げ興行をしたのも、その年だった。会員募集の広告が「スバル」という雑誌に載ったのを見て、私達は幾度もそれを繰り返して見ては、新らしい時代がすぐそこまで来ているように感じたりした。何であったか今は忘れたが、自由劇場の紋を見ただけで、私達は西洋を感じた。西洋と言っただけで、魅力があった。自由劇場という名のハイカラさよ。歌舞伎座や市村座の古い紋に対して、自由劇場の紋の新鮮さよ。

小山内薫《おさないかおる》という名の魅力よ。イプセンと言えば、読んだこともないのに、劇の神さまのように信じ込まされていた。その作「ジョン・ガブリエル・ボルクマン」を上演すると言う。それを森鷗外が翻訳すると言う。それを「国民新聞」が連載したのだ。新聞が戯曲の翻訳を連載するなんて、今でも想像することは出来まい。それを敢《あ》えてやろうとするくらい、新らしい時代の波が押し寄せて来ていたのだ。

私達はろくに読めもしないのに、丸善へ行ってモーパッサンやドーデーの英訳を買って来て、字引きを引き引き読もうとした。字引きと言っても、ろくな字引きはなく、七人の博士が名をつらねた不完全な字引きが三省堂から出ていたくらいのものだった。とにかく、丸善の二階へ行って、英書の匂いを嗅《か》ぐだけでも、西洋を感じて楽しかった。

私達は喜んで自由劇場の会員になる申し込みをした。ハッキリ覚えていないが、確か三円送ると、切符を二枚送って来たように覚えている。

その頃は、小山内薫の手にも、森鷗外の手にも、「ボルクマン」の舞台写真一枚はいっていなかった。で、左団次が困っているという記事が新聞に出た。

そんな時には、役者は作者に似せて扮装するのが西洋では作者に対する礼儀だとされているそうだ。それで、左団次はイプセンに似せて扮装するということが報ぜられた。

「スバル」も、「白樺」も、確か「三田文学」よりも少し前に発行されていたと思う。「スバル」は与謝野寛が、新詩社の同人を率《ひき》いて発行した雑誌で、ハイカラな表紙だった。九州小倉の第十二師団の軍医部長となって赴任していた間、凡そ四年間沈黙を守っていた後、鷗外の号を廃して「スバル」第一号に戯曲「プルムウラ」を森林太郎の署名で発表したのが、文壇に復活した最初であったろう。

「スバル」からは、高村光太郎、北原白秋、吉井勇、木下杢太郎《もくたろう》、長田秀雄、などの新進が輩出した。高村光太郎は和歌、白秋は詩、吉井勇は和歌と戯曲、木下杢太郎は詩と戯曲、長田秀雄は戯曲、どれも私とは縁のない部門だったが、強い刺戟を受けた。

光太郎の歌は、一つも完全に覚えていないが、感動して読んだことをハッキリ覚えている。五十年以上も立っているのに、一首のところどころを思い出すことが出来る。例えば、「おごそかに太古の民の心もて山の姿を拝《おろが》みにけり」とか、「ああ我は由《よし》なき国に人を見て果《は》てなる島《しま》に憧《あく》れ死《が》すべき」とか。ついでながら、彼の晩年の和歌はもっといい。

杢太郎の詩は殊に新鮮だった。しかし、正直に言って、私は詩よりも彼の散文「海郷風物記」や「京阪聞見録」のようなものに、彼の新鮮な感覚描写を満喫した。そこここに鏤《ちりば》められているペダンチックさえ新鮮に感じられた。「暫くの間に、船は速くなるのである。そうすると、とろりとろりと最後の笛を鳴らす。水平に近づく頃には、丁度八月の青草の中に一つ開いた落花生の花のような黄いろい灯をともしたのである」

こんな文章を私は手帖に写して持っている。もっと感心して読んだのは「京阪聞見録」の方だった。まだ見たこともない京都、大阪の風物、言葉などが彷彿として来た。あの中にはいっていた「塑《そ》像《ぞう》仏頭」や「摂津大掾《だいじょう》」のスケッチは今どこにあるのだろう。二つとも、スケッチの傑作だったが——

もっと心に残っているのは、「南蛮寺《なんばんじ》門前」や「和泉屋《いずみや》染物店」の戯曲だった。古い材料に新らしさを求めているのが、私達の興味と、文学的な喜びを与えてくれた。

二つとも上演されたのを見たが、原作には遠く及ばなかった。実をいうと、戯曲よりも、私は「霊岸島の自殺」という小説の方が好きだった。これは夏目漱石も褒めているように、李太郎一代の傑作だろうと思う。

私が李太郎の作品に感心していることを話したら、久米正雄が、

「君もそうか」

と言って喜んでくれたが、すぐあとで、

「君も僕も、李太郎小学校の卒業生か」

と言った。小学校と極め付けられて甚だ不平だった私は、やや皮肉を込めて、

「漱石は大学校ですか」

と聞き返した。

「いや、漱石は高等学校だ」

二十二

私は、文学書ばかり読んでいて、学校の勉強なんか少しもしないまま、どうにかこうにか中学を卒業することが出来た。

待望の慶応の入学試験が待っていた。その前に願書を出さなければならない。父

の書いてくれた理財科への願書を破いて、私は自分で文科への願書に書き変えた。あとは父の印を盗めばいい。

数学の試験がないのだから、入学試験には割にスラスラと通《とお》った。通ったのも道理、初めて登校したら、生徒は十五人しかいなかった。

中の五六人はハイカラな制服を着て、中折れかハンチングをかぶって、フランス語の原書を抱《かか》えて、いかにも詩人か小説家のような恰好《かっこう》をしていた。二年先輩の佐藤春夫はまだ予科にいて、黄いろいコールテンの背広を着て、山高帽子をかぶって、鼻眼鏡をかけて、細いステッキを突いていた。東京生まれの人間には、気障《きざ》に見えて鼻持ちがならなかった。

黄いろいコールテンの背広といえば、小山内薫も、佐藤春夫と同じような服を着て、パイプを銜《くわ》えていたが、小山内薫ともなると、流石《さすが》にどこか違っていた。

洋服は今のように行き渡っていず、自然派の文士は大抵和服を着ていた。たまに洋服を着ても、地味な、目に立たない装《なり》をしていた。

だから、自然派か、アンチ自然派かは、装《なり》を見れば分った。前にも言ったように、永井荷風は大きなボヘミヤン・タイを結んで、背広の上衣よりちょいと長めのコバート・コートを着ていた。日本でこんな思い切った装をしたハイカラは、恐らく荷風が最初ではなかったろうか。コバート・コートのことをフランス語で何と言うか知らないが、荷風のためには英語でなしにフランス語を使いたいが、知らないものはどうにもならない。とにかくあんな短いオーバーコートを着て銀座を散歩していたのは、荷風一人だろう。

荷風を崇拝して三田へはいって来た学生は、みんな多かれ少なかれ荷風にかぶれていたに違いない。しかし、だから、最初に彼等を見た時には、驚くには当らないのだろう。しかし、最初に彼等を見た時には、正直の話、私は目を欹《そばだ》てずにいられなかった。いや、本当を言うと、私は畏縮した。予科の一年生で、フランス語の原書を抱えているようでなければ、とても小説家にはなれないのではないかと思った。当時の学生は、荷風以来、上田敏以来、フランス語に憧《あこが》れていた。

私は荷風に教わりたい一心で、フランス語を第二外国語に選んだ。しかし、いざフランス語の教室に出て見ると、動詞の変化の大変なのにのけぞった。しかも、一方には予科の一年生のくせに、原書を抱えてフランスの詩人の話をしている同級生がいるのだ。

「こりゃ早まったことをした。俺なんぞ文科にはいる人間ではなかった」

本当にそう思った。しかし、これは後悔ではない。同級生に対する畏怖だった。

そのおかげで、一人称の現在、半過去、過去、未来で動詞がいろいろに変化し、二人称がまたいろいろに変化し、三人称がまたいろいろに変化するコンジュゲーゾンを「ジュ・シュイ」とか、「ジェテ」とか、「チュ・エ」とか唯棒暗記《ぼうあんき》するのに一生懸命になれた。それもこれも、本科になってから荷風に教えてもらいたい一心からだった。

しかし、一学期たって見ると、フランス語の原書を抱えていた学生や、ハイカラな装をしていた学生などが、何にも知らなかった私よりも遥かに不成績であったのに、私は二度ビックリした。一年たったら、彼等がみんな落第してしまっていたのには呆れた。

二年生になった時には、生徒は五人になってしまった。だから、私達は一年生の時から自分達の教室というものがなく、いつも理財科のN組の中に放り込まれていた。五人になってしまってからは、いよいよ心細い存在になってウロウロした。荷風が塾に迎えられても、喜んだのは文学青年だけで、世間の親達は卒業しても食うか食えないか分らない文科などに息子を入れてはくれなかった。そういう意味では、折角の文科大刷新も失敗だった。

文科へ来る学生は余程出来ない生徒ばかりだと見えて、私が本科になった時には、後に劇評家になった三宅周太郎と二人きりになってしまった。これはずっと後の話だが、いよいよ卒業という時、三宅が私に頼むには——彼は播磨《はりま》の加古川の出身で、叔父さんが親権者になっていた。で、その叔父さん宛《あて》に、

「君二番ニテ卒業ス」

という電報を打ってくれと言うのだ。叔父さんも叔母さんも、慶応義塾大学のことだから、生徒は何百人、何千人いることと思っているに違いない。そこへ、

「君二番ニテ卒業ス」

という電報が行けば、どんなに喜ぶか知れないと言うのだ。

「年寄りだから、喜ばせてやりたいし、二番であることは絶対に嘘ではないのだから——」

そんなことを言って三宅は笑って見せた。三宅にはそういう狡《こす》ッからいところがあった。

予科の二年間は、文科らしい講義はなく、一向面白くなかった。時々荷風や、小山内薫や、ヨネ・ノグチや、馬場孤蝶や、小宮豊隆や、阿部次郎や、安倍能成の姿を見掛けるのがせめてもの楽しみだった。それと時々開かれる文芸講演会と——

毎月「三田文学」を読むことも、楽しみの一つだった。殊に、久保田万太郎や水

上瀧太郎が「朝顔」や「山の手の子」で売り出して行くのを見ると、私は私なりに野心を駆り立てられずにいられなかった。

その久保田万太郎が、授業を終わった荷風と四五人で連れ立って三田の山を降りて行くところを見たりすると、私は立ち留まって食い入るような目で見送らずにいられなかった。

彼等は楽しそうにしゃべりながら三田通りの木村屋という洋食屋の二階へ上って行った。そこは、私達も毎日のように昼飯を食べに行く馴染の家だった。だから、遠慮なく上って行って近くのテーブルに席を取って、彼等の会話に耳を傾けた。

荷風は文学の話なんかこれッぽっちもしないで、パリと東京の靴の出来の違いや、女を買って翌る朝帰ろうとすると、女が手渡してくれる身のまわりの品々の順序が、日本人の場合とは全く逆であることや、その月見た歌舞伎の噂をしたり、浮世絵の話をしたり、平談俗語が多かった。

いつも極まって荷風はロールキャベツとパン、食後にアップルパイを食べてコーヒーを飲んだ。支払いは三十八銭だった。

荷風がみんなに御馳走するのかと思っていたら、荷風は自分の分だけしか払わず、みんなもテンデンに払っていた。

「なアんだ」

私達は正直の話、彼等の話題に失望した。文学青年の考えでは、文士は会えば必ず文学論を戦わしているものと思っていた。事実、後《のち》に知った芥川、菊池、久米のグループは、女の話もすれば、くだらない話もしたが、文学、芸術を話題にして激しい議論を戦わさないことはなかった。

「三田文学」が、どうしてだか、発行の当初ほど面白くなくなって行った。第一、久保田、水上の後、新らしい作家の作品が余り載らなくなった。松本泰の短篇が載りは載ったが、心を引かれなかった。載る作品も低調になったが、雑誌そのものも活気がなくなって来た。

谷崎の「飈風《ひょうふう》」が載った時には、みんな目を見張ったが、内容は低俗なもので、ガッカリしたのを覚えている。しかし、主人公が放浪の旅に出て、青森まで辿《たど》り着いて海を見た時、

「遠くも来つるものかな」

と感慨に耽《ふけ》るところには感心した。この作のために、「三田文学」は発売禁止になった。

私達は発売禁止になったからと言って、別に不名誉とも何とも思わなかったが、

慶応の当局にとっては、大問題だった。私は無論当時何も知らなかったが、荷風が後に書いたものを見ると、「三田文学」の編輯と、慶応は何と言っても理財科が主体だから、その間にしじゅう何かゴタゴタがあった。荷風は次のように書いている。

慶応義塾の内部には、「三田文学」第一号の発行以来、私に対する擯斥《ひんせき》の起っていたことは事実である。明治四十三年五月第一号を発行した時、それに掲載した三木露風君の「太陽その他」の詩篇、並びに山崎紫紅君の戯曲「着物」に対して、東京朝日新聞記者が道徳的の悪罵を試みた。するると、その新聞の批評をば、慶応義塾大学部教員室の壁に、れいれいしく張り付けたものがあった。無論誰の業とも分らない。その悪評は、半年ばかりも張ったままになっていたが、いつの間にやらまた誰が取ったとも知れず剝《は》がされてしまった。

理財科教授にして衆議院議員たる堀切善兵衛君は、交詢社《こうじゅんしゃ》の或会合に於いて、永井荷風はいかん、中村春雨を代りに入れろと遊説《ゆうぜい》したことがあった。

初号からこんな悶著があったとは、私などは知るはずもなかった。しかし、山崎紫紅のような時代遅れの作者のものが、新らしい「三田文学」に載ったのには落胆したことを覚えている。もっとも、荷風自身も後に「山崎氏作につきては、文壇先輩の人々よりも、芸術品としてよろしからぬ由御注意に与《あず》かり、小生全く恐縮仕りたる次第に御座候」と書いている。

文壇と違って、世間一般からは自然主義というと、男と女のことを露骨に書いた猥褻《わいせつ》な小説という風に解せられていた。慶応の塾監局でも、「自然主義臭き小説は不届き」だと荷風に向かって言ったそうだ。で、第二号に載せるはずになっていた生田葵山《きざん》の「寒き女」という小説を、掲載中止にして作者に返したと荷風は言っている。

「その後一年ほどは無事に打ち過ぎ候ところ、去年五月に至り、馬場孤蝶氏の『屈辱』を連載いたすに及び、またまた議論差し起り、場末の芸者及び待合《まちあい》のことを書きたる小説を載するは奇怪《きっかい》千万なり」という横槍《よこやり》が出た。

ところが運悪く、江南文三《えなみぶんぞう》の小説「逢引《あいびき》」のために「三田文学」はまた発売禁止になった。荷風曰く、「義塾内部にては、風俗壊乱は甚だ外聞悪るし、やられるなら治安妨害の方名義よしなどと立腹せらるる向き少なからざるよう聞き及び申し候」

　その次に来たのが、「颱風」事件だ。これも風俗壊乱、発売禁止だった。「それよりして物議いよいよ喧《かまびす》しく相成り、小生一人に編輯を任せ置き候うては、徒《いたず》らに文学美術を名として如何《いか》なる不名誉のことを仕でかすやも計られずと申すことに相成り、毎月雑誌の原稿は、編輯後一応塾監局の認可を受けて活版所へ廻すべきことに決定いたし候。これにて小生も却《かえ》って安堵《あんど》仕り、それ以来小生は内部の事情を顧慮いたさず、偏《ひとえ》に芸術的良心を中心として原稿の編輯をいたしたる上、塾監局に於いては世間向き、また内部向きの情実を専一と考慮いたし、文学的意見には一切遠慮なく原稿の取捨を行なうことに相成り候」

　その結果、荷風の「色男」という題の小説は、「色男」という名前は下等だというので「若旦那」という題に改めさせられた。

　鷗外の「藤鞆絵《ふじどもえ》」に対してさえ、「森博士までが女のことを書くのだからと眉を顰《しか》める人があった」。

「水上瀧太郎作『信次の身の上』と申す小説出で候ところ、義塾内部のことを小説などに書き入れ候は、甚だもって不届き至極なり。三田文学はいわゆる獅子身中の虫なりなぞとの風説高く、またまた容易ならざる事件にも相成り申すべきかと心痛いたし候」

「こんな工合に、三田文学は発行毎《ごと》に内部の攻撃干渉を受けていた。その結果として雑誌は年々活気を失い、記事は号を追って無味平凡に陥《おちい》って行ったため、だんだん売れ行きが悪くなった。第二年目三年目あたりには、文学雑誌としては意外と言ってもよいくらいの利益を見ることが出来ていたのであるが、遂《つい》に去年あたりからは毎月莫大な損失つづきで、とうとう寄稿家に対する原稿料の制限が始まった」

こういう事情があったことは、一学生の私なんかが知ろう訳がなかった。ただ読者として、「三田文学」がだんだん面白くなくなって行くのを悲しく思っていた。

初めのうちは、鷗外の「カズイスチカ」や「妄想」なんかが載って面白かった。その「沈黙の塔」はよく分らなかったが、何か心に迫って来るものがあった。その鷗外のものが「板《いた》ばさみ」というような翻訳になり、何も載らない号があり、長篇の鷗外「灰燼《かいじん》」は未完のまま休載になった。どうして鷗外と縁が薄くなって行ったのか、私には無論分らない。「スバル」には、「雁《がん》」という面白い小説が連載されていた。私たちなら、「六」「七」「八」と書くところを、鷗外は「陸《ろく》」「漆《しち》」「捌《はち》」と書いている道楽を面白いと思った。

荷風はと言うと、「掛取り」だとか、「色男」だとか、「風邪ごこち」だとか言ったような、待合の女中や芸者を主人公にした、平俗な、帰朝匆々《そうそう》のあの野心的な創作意欲の感じられない風俗小説を続けさまに発表していた。

それ等の短篇は、私の望んでいるような調子の高い創作ではなく、スッカリ仕事に馴れてしまった、リズムの弱い、好きな作家に向かっては言いたくない言葉だが、通俗小説に堕《だ》したような作品ばかりだった。

それでも、私と同じような荷風崇拝家の石川という友達などは、小説家になろうという野心など持っていない理財科の生徒だったが、「風邪ごこち」を読んで、

下の方からその時強い葱鮪《ねぎま》の匂いが立ち昇って来た。女は何も彼も忘れてしまって、

「ああ嬉しい。まさやが葱鮪をこしらえたわ」

「さあ、早く脱いでおしまい。襦袢《じゆばん》一枚でどうするんだよ」

「あッ、熱い。焼けどするわ、あなた」

増吉は男が炬燵《こたつ》から取り出して着せ掛ける寝間着の陰に、早や肌襦袢もない真白な身を艶《なま》めかしく悶えさせた。

格子戸があいて、箱屋の声「姐さんもうお帰りでございますか」

「どうも御苦労さま」

と、暫くしておまさが香の物でもきざむらしい俎板《まないた》の音がし出した。
二人はただ何ということなしに顔を見合わすと共に、さも嬉しそうに微笑《ほほえ》んだ。
最後のこの一節に感に堪えて幾度も読み返して羨ましがっていた。

二十三

「もはや気に入らぬ実しかならない樹だ——」

これはフランスの批評家サント・ブーヴが、ヴィクトル・ユーゴーを評した言葉だそうだ。しかし、私は原文で読んだ訳ではない。誰かが訳したのを覚えているに過ぎない。

サント・ブーヴは、初めユーゴーの作品に感心して彼の家へ出入りしているうちに、ユーゴー夫人に恋愛したりした間柄だったが、後にこんな辛辣《しんらつ》な非難を浴びせ掛けるようになった。ブーヴの批評眼が肥えて来たせいか、或いはユーゴーの書くものが本当につまらなくなったせいか、そこのところを私は審《つまび》らかにしない。

ブーヴは大という字の付く批評家だから、恐らく盛りを過ぎたユーゴーがつまらない作品ばかり発表するようになったのに対して放った言葉であろう、昔の尊敬に腹を立てながら——

少し廻りくどくなったが、私の荷風に対する不満もこれに似ていた。しかし、三田の先輩達は私とは違った見解を持っていたらしい。

「一作出づる毎に冷笑嘲罵、やれ不真面目の、駄作の、と、批評家諸賢の御愛顧を被《こうむ》った作者の近作積ってここに十篇、掛取り、色男、風邪ごこち、名花、松葉巴、五月闇、浅瀬、短夜、昼すぎ、妾宅、付録として戯曲『わくら葉』一篇が載せられている。諸作の批評は上述の通り。が、不思議なもので、初版出《い》でて日ならずして版を重ねた。批評家の権威偉大なるかな」

この新刊紹介の一文を見ても分るように、荷風には相変らず石川のような愛読者が大勢いたことは間違いのない事実だった。しかし、私は不満だった。

話はちょいと前後するが、荷風は三田の教授になるために、「朝日新聞」に連載中だった「冷笑」を慌《あわ》ただしく途中で切り上げて私達を失望させた。これは荷風の唯一の長篇小説だが、その中に、吉野紅雨という小説家が逗子の浜辺で銀行家の小山清という人に逢って、いろいろ趣味談を取り交わす一章がある。

「一体、文学者の一番苦心するところはどういうところです？　思想ですか」

そう聞かれて、吉野紅雨は、

「私の考えじゃ、思想よりも文章ですね。思想は文学者でなくッても、知識と経験のある人は誰でも相当の思想を持っているもんです。苟《いや》しくも文学者になろうとするものが、思想のない筈はない。しかし、思想があっても、これを他人に伝える発表の方法がなければ、思想がないのも同様でしょう。だから、私は文学者の一番苦心しなければならない点は、文章だというのです」

「私は外国のものを読む毎に、日本の文学者は一層文章のために苦しまなければならないと思いますよ。フランスの言語が、今日或る点まで音楽も同様の美と力とを持って来たのは誰の功績です。文学者でしょう。国力の消長について言語がどれだけの力があるかは、アルザスやポーランドでいつも絶えない言語上の紛争を見ても分るじゃありませんか。日本の文学者は、一体日本語の将来についてどう考えているのか知りませんが、私の目だけには今のところでは何だかまだ一向に自覚が薄いもののように思われてなりませんよ」

「私はこれまで何かいうと、新聞記者から非愛国の思想を歌うと攻撃されていますが、日本語を綴《つづ》る文章家たる以上は、近来の極わめて乱雑な、格調の整わない文章を、あの練磨された欧洲語に比較して、いかにすべきものかを思わない時はないです。ルーマニヤの詩人は、その種族の発達と共に、言語の彫琢《ちょうたく》についていかに努力しつつあるかということを外国の雑誌で読んだことがあります。然るに日本の青年文学者は、六号活字で必要もない悪口《わるぐち》を言って泰平の日長《ひなが》を暮らしています」

文章論としては正しい。しかし、思想について吉野紅雨は少し考えが足りないと思う。文学者の思想という場合は、「思想は文学者でなくッても、知識と経験のある人は誰でも相当の思想を持っているもんです」その程度の、その種類の、思想ではないのだ。

桑原武夫さんの書かれたものによると、西田幾多郎《きたろう》博士は谷崎潤一郎の小説を読んで、「人間いかに生くべきか」が無いと言われたそうだ。小説家の思想を云々《うんぬん》する場合は、人生をいかに読んだかと言うことでなければならないと思う。人生の読み方にも深浅いろいろある。深ければ深いほどいいことは言うまでもない。

人生を深く読んでいるうちに、いやでも人生観が生まれて来る。それにつれて男性観、女性観も生じて来る。「人生いかに生くべきか」も、問題になって来る。その人の道徳もおのずと顔を出して来る。これが小説家の思想だ。

「生命の戦慄がないものは、如何なる時にもいけない。これだけは動かせない」高村光太郎はそう言っている。志賀直哉も、次のように言っている。

偉《すぐ》れた人間の仕事――する事、いう事、書く事、何でもいいが、それに触れるのは実に愉快なものだ。自分にも同じものがどこかにある、それを目覚まされる。精神がひきしまる。こうしてはいられないと思う。仕事に対する意志を自身はっきり（或いは漠然とでもいい）感ずる。この快感は特別なものだ。いい言葉でも、いい絵でも、いい小説でも、本当にいいものは必ずそういう作用を人に起す。一体何が響いて来るのだろう。

芸術上で内容とか形式とかいう事がよく論ぜられるが、その響いて来るものはそんな悠長なものではない。そんなものを超越したものだ。自分はリズムだと思う。響くという聯想でいうわけではないが、リズムだと思う。

このリズムが弱いものは幾ら「うまく」出来ていても、幾ら偉らそうな内容を持ったものでも、本当のものでないから下《くだ》らない。小説など読後の感じではっきり分る。作者の仕事をしている時の精神のリズムの強弱――問題はそれだけだ。

マンネリズムが何故《なぜ》悪いか。本来ならば、何度も同じ事を繰り返していれば段々「うまく」なるから、いい筈だが、悪いのは一方「うまく」なると同時にリズムが弱まるからだ。精神のリズムが無くなってしまうからだ。「うまい」が

「つまらない」という芸術品は皆それである。幾ら「うまく」ても作者のリズムが響いて来ないからである。

このくらい神髄を射た言葉はあるまい。「新橋夜話《しんきょうやわ》」の短篇は一つ残らず弱いリズムしか打っていない。作者が見ているものは、人情に過ぎない。芸術家ともあるものが、人情などに興味を持ってはおしまいだ。生命の戦慄なんか響いて来ッこない。引《ひ》き言《ごと》が多くて恐縮だが、少し我慢して聞いて下さい。高村光太郎は「自分と詩との関係」でこう言っている。

私は何は置いても彫刻家である。彫刻は私の血の中にある。私の彫刻が、たとい善くても悪くても、私の宿命的な彫刻家であることには変りはない。ところで、その彫刻家が詩を書く。それにどういう意味があるか。以前よく、先輩は私に詩を書くのをよせと言った。そういう余技に取られる時間と精力とがあるなら、それだけ彫刻にいそしんで、早く彫刻の第一流になれという風に忠告してくれた。それにも拘《かかわ》らず、私は詩を書くことを止めずにいる。

なぜかと言えば、私は自分の彫刻を守るために詩を書いているのだからである。自分の彫刻を純粋であらしめるため、彫刻に他の分子の夾雑《きようざつ》して来るのを防ぐため、彫刻を文学から独立せしめるために、詩を書くのである。私には多分に彫刻の範囲を逸した表現上の欲望が内在していて、これを如何《いかん》ともし難い。その欲望を殺すわけには行かない性来を持っていて、そのために学生時代から随分悩まされた。若し私がこの胸中の氤氳《いんうん》を言葉によって吐き出すことをしなかったら、私の彫刻は多分に文学的になり、何かを物語らなければならなくなる。これは彫刻を病《や》ましめることである。

私は既に学生時代にそういう彫刻をいろいろ作った。例えば、サーカスの子供の悲劇を主題として群像を作ったことがある。これは早朝に浅草の花屋敷へ虎の写生に通っていた頃、或るサーカス団の猛訓練を目撃して、その子供達に対する正義の念から構図を作ったのである。泣いている少女とそれを庇《かば》っている少年との群像であった。

また、例えば、着物が吊《つる》されてある大きな浮き彫りを作ったことがある。その着物に籠《こも》る妖《あや》しい鬼気と言ったようなものを取り扱ったのであるが、これも多分に鏡花式の文学分子を含んでいた。

また、美術学校の卒業製作には、還俗《げんぞく》せんとする僧侶を作った。今思うと、随分滑稽な主題と構想とであって、経巻《きょうかん》を破棄して立ち上り、甚だ「俄芝居《にわかしばい》」じみた姿態が与えられてあった。

こういう風に私はどうしても彫刻で何かを語らずにはいられなかったのである。この愚劣な彫刻の病気に気付いた私は、その頃ついに短歌を書くことによって自分の彫刻を守ろうと思うに至った、その延長が今日の私の詩である。それ故、私の短歌も、詩も、叙景や、客観描写のものは甚だ少く、多くは直接法の主観的言志の形を取っている。客観描写の欲望は彫刻の製作によって満たされているのである。

こういうわけで私の詩は自分では自分にとっての一つの安全弁であると思っている。これがなければ、私の胸中の氤氳《いんうん》は爆発に到るに違いないのであり、従って自分の彫刻がどのように毒されるか分らないからである。余技などと言うものではない。

彼と同じように絵に文学の要素が混入することを極端に嫌ったのはセザンヌだ。だから、高村光太郎は「セザンヌに推服した」と書いている。

彫刻とは、一つの世界観であって、この世を彫刻的に把握するところから彫刻は始まるのである。

また外のところで彼は次のように言っている。

或男はイエスの懐に手を入れて二つの創痕《きず》を撫でてみた
一人のかたくなな彫刻家は
万象《ばんしょう》をおのれ自身の指で触《さわ》ってみる
水を裂いて中をのぞき
天を割って入りこもうとする
ほんとに君をつかまえてから初めて君を君だと思う

彫刻家が君をつかまえるという時、それは君の裸をつかまえると言うことを意味する。人間同志は案外相互の裸を知らないものである。実に荷に余るほどのものを沢山着込んで生きている。彫刻家はその付属物をみんな取ってしまった君自身だけを見たがるのである。

一人の碩学《せきがく》がある。その深博な学問はその人自身ではない。その人自身の裸はもっと内奥のところに暖かく生きている。カントの哲学はカント自身ではない。カント自身は、その哲学を貫く中軸の奥に一個の存在として生きている。厨川白村《くりやがわはくそん》の該博な知識は彼自身ではない。彼自身は別個の存在として著書堆積《たいせき》裏《り》に蟠居《ばんきょ》している。その人の裸がその学問と切り離せないほど偉大なこともある。また、その学問の下に聖読庸行《せいどくようこう》、見るも醜怪な姿をしていることもある。

世上で人が人を見る時、多くの場合、その閲歴を、その勲章を、その業績を、その才能を、その思想を、その主張を、その道徳を、その気質、またはその性格を見る。

彫刻家はそういうものを一先《ひとま》ず取り去る。奪い得るものは最後のものまで奪い取る。そのあとに残るものをつかもうとする。そこまで突きとめないうちは、君を君だと思わないのである。

人間の最後に残るもの、どうしても取り去ることの出来ないもの、外側からは手のつけられないもの、当人自身でも左右し得ぬもの、中から育つより外仕方のないもの、従って縦横無礙《むげ》なもの、何にもなくても実存するもの、この名状し難い人間の裸を彫刻家は観破したがるのである。

人生そのものには必ず裸がある。

動かし難いものを根源に探る触覚が、一番はじめに働き出す。それの怪しいもの、若しくは無いものは摑むとつぶれる。いかに弱々しい、また粗末らしい形をしたものでも、この根源の在るものはつぶれない。詩でいえば、例えばヴェルレーヌの嗟嘆はつぶれない。ホイットマンの非詩と称せられる詩もつぶれない。

そんなもののあっても無くてもいい時代が来てもつぶれない。通用しなくなってもいい時代が来てもつぶれない。通用しなくても生きている。性格や気質や道徳や思想や才能のあたりに根を置いている作品はあぶない。どうにもこうにもならない根源に立つもの、それだけが手応《てごた》えを持つ。この手応えは精神を一新させる。それから千差万別の道が来る。

これは彫刻だけの問題ではない。小説に於いても同じことだ。根源にまで達したものでなければ、小説ではない。光太郎の詩に、

人情ぽいものよ、
願わくはおれの彫刻から去れ。

というのがあるが、小説が人情のあたりをうろついていては仕方がない。この、「新橋夜話」時代の荷風は、堕落時代だ。彼は名を成してから、「西遊日誌抄」時代の、根源に達しようとする情熱を失った。芥川龍之介が、「西遊日誌抄」以外の作品を認めない理由も、ここにあると思う。私は正直の話、文学の目標を失って途方に暮れた。

ずっと後の作だが、山本周五郎の「ほたる放生」は、新橋の芸者とは比較にも何にもならないくらい低い、江戸時代の岡場所の女を書いた通俗小説だが、「新橋夜話」の女よりも、男よりも、彼等の生活の根源に肉迫している。高村光太郎に、

　　木を彫ると心が暖かくなる。
　　自分が何かの形になるのを、
　　木は喜んでいるようだ。

という詩があるが、「ほたる放生」からはそういうものを感じる。それが本当の小説であろう。

「近頃の時勢にては、小説の創作もいろいろ情実多く相成り、社会問題とか人生問題とか人の目に立つようなる大問題を捉え候時は、自然と物議の種と相成り、発売禁止の災難にも罹《か》かり易く御座候間、なるべく平凡無事にて而も全く興味を失わぬようなる小説を書くより致し方なく、それには二十年前に紅葉山人、眉山《びざん》人などの描写を試みたる如き方面へ隠退いたすより外道なかるべくと存じ、小生は本年二月頃より止むを得ず、御覧の如き拙作を連載したる次第に候」

「御覧の如き拙作」というのが、「新橋夜話」の諸作をさすのである。小説家ともあるものが、隠退しては問題にならない。

二十四

どんな日常生活を送ろうが、当人の勝手だが、その頃の荷風の日常は、私に言わせれば、退嬰《たいえい》的だった。築地一丁目の清元梅吉の裏隣りに一家を構えたり、柳橋の代地河岸《だいちがし》に引ッ越したり、毎日のように梅吉のところへ清元を習いに通ったり、とかく花柳界情緒に浸《ひた》るのを楽しみにしているような生活だった。浮世絵を集めたり、市川左団次と付き合って古い切れ地や、古代皮《こだいがわ》、矢立て、目貫《めぬき》、煙草入れ、根付け、櫛《くし》、笄《こうがい》、袋物などを買い集めたり、いわゆる江戸趣味をよしとしたり、洋服を廃して和服を着るようになったり——。

そういう生活が、彼の芸術に影響をしずにはいなかった。浮世絵の美を論じた「浮世絵の鑑賞」や、ゴンクールの「北斎」や「歌麿」の翻訳や、江戸の狂歌を最大級に褒めたり、だんだん文学とは無縁のものとなって行った。「モーパサンの石像を拝す」を執筆した頃の荷風はどこへ行ってしまったのだろう。

それには、「そもそも私が初めてフランス語を学ぼうという心掛けを起しましたのは、ああ、モーパサン先生よ、先生の文章を英語によらず、原文のままに読み味わいたいと思ったからであります。一字一句、先生が手ずからお書きになった文字を、わが舌みずからで発音して見たいと思ったからであります」という書き出しで、モーパッサンに対するあらん限りの敬意を捧げている。あの情熱はどこへ行ってしまったのだろう。

「私はどんなことをしてもフランスへ渡り、先生のお書きになった世の中を見たい。この望みが遂《と》げられないうちは、親が急病だと言っても、日本へは帰るまいと思っていました」荷風がニューヨークの正金銀行に勤めていた時のことだ。

「群がり立つあの二十何階の高い建て物の無数の窓々から、タイプライチングの音が恐ろしいように忙がしく響き出して、建て物の間々に反響する。私はその中に遠く微《かす》かに波止場を離れる欧洲行の汽船の笛を聞いて、幾たび心に泣きましたろう」

「また或時は、終日響く電燈の下《もと》、見上げるほど大きな金庫の冷たい扉に悩む額を押し当てて、先生のような天才でも、時節の来ない時は海軍省の腰弁をされたこともあった。兄のゴンクールは、その母の遺産を譲られない時分には、『二と二を加えれば幾つになるかも知らぬ身』で大蔵省の会計に雇われ、しばしば自殺を空想したとやら。そんなことを思い出して、私も一ト思いに先生の著書を枕に毒を飲もうと思ったこともありました」

「私は先生のように発狂して自殺を企てるまで苦悶した芸術的生涯を送りたいと思っています。私は先生の著作を読み行くうちに、怪しきまでに思想の一致を見出《みいだ》します。私どもが今日《こんにち》感じつつあるところを、先生は二十年前に早く経験して居《お》られたのです」

これほど積極的だった、モーパッサンと「怪しきまでに思想の一致を見出した」荷風が、こともあろうに、狂歌などにうつつをぬかそうとは誰が考えたろう。

その頃の消息に、「朝、八時に起きる。新聞は一切読まず。午前は西洋本を読み、午後は日本の古本を読む」その前後に、一方では訳詩集「珊瑚集」が出ているから、まさにこの通りの生活であったのだろう。

この時代の荷風に失望したのは、私ばかりではなかった。正宗白鳥も荷風を論じて次のように言っている。

「現代の作家の全集を買うとすると、まず荷風全集を買う」白鳥は意外なくらい荷風の愛読者であった。いつか軽井沢で白鳥に逢った時、

「僕は自分ではあんな小説しか書けないが、本当は陰気な小説が嫌いでね、荷風のような派手な小説が好きだ」

そう言って、荷風のことを根掘り葉掘り私に聞いた。しまいには文学青年のように、荷風が吸うタバコの名まで聞かれたのには驚いた。三四時間私をつかまえて、荷風のことばかり話された。だから、「まず荷風全集を買う」と言われたのは、本当だと思う。その白鳥ですら、

「近年鷗外の伝記物に倣《なら》って徳川時代の学者文人の研究をして『女性』誌上に連載したものを続けて見ていると、豊艶の才華も色が褪《あ》せ香《にお》いの薄れたことを認めないではいられなかった。芸術的神経の硬化したことが感ぜられた。若い頃の美人が俄《にわ》かに歳を取ったのを見るような痛ましさを覚えた。鷗外氏は老いるにつれて、芸が枯《か》れて、考証的伝記を編《あ》むにふさわしいのであったが、荷風氏の近作は昔の美人が

皺の目立った顔に白粉を塗っているような感じがし出した。大田南畝《なんぽ》の研究でも、その時代を知るための研究ならいいが、あんなくだらない狂歌なんか作っていた蜀《しょく》山人《さんじん》に真に感服していたとすると、阿呆《あほ》らしく思われる。成島柳北のような江戸末期のいやみだけを持っていた低級な文人を真顔をして推讃するなんか、私には滑稽至極に思われる」

「『曇天』『新帰朝者日記』をはじめ、『冷笑』その他の短篇、随筆『紅茶の後』などに煩《うるさ》いまでに出ている荷風式の現代罵倒語は甚だつまらなく思った」

「永井氏の感想を読むと、姑が自分の趣味を標準として若い女のアラさがしをしているようで、いくら言い廻しのうまい名文章であっても飽き飽きした。それに永井氏の趣味に適したような人間が頻《しき》りに出来たなら、世の中は鼻持ちのならないことになるであろう」

　私はあいにく「白鳥全集」を持っていないので、秋庭太郎の「考証永井荷風」から借用しているのだが、この白鳥の批評に対して荷風は「白鳥正宗氏に答うるの書」を書いている。

「予《よ》、足下の文名を聞くこと既《すで》に久しといえども、未だ不幸にして一たびも足下の高作を読むの機会なく、また稠広《ちゅうこう》のうち時に足下の高姿を瞻仰《せんぎょう》することありしかど、遂《つい》に交わりを訂《てい》すの栄を得ざりき」

こういういやがらせで始まっている。「一たびも足下の高作を読むの機会なく」は嘘で、彼が白鳥の「微光」の読後感を口にしているのを私はこの耳で聞いている。

「足下の文体は日常予の目にするところのものとは全く類を殊《こと》にするを以ってその意を解するに苦しむものまた少しとなさず」

「次に問う。足下は予がしばしば江戸時代の狂歌を論じ延《ひ》いて大田南畝のことに言及するを見て甚だしく嘲笑漫罵せり。然れどもこれまた徒《いたず》らに嘲笑するのみにしてその所以《ゆえん》を陳《の》ぶるに精《くわ》しからず。足下は江戸時代の狂歌を以って現代人の鑑賞に価すべきものにあらずとなすものの如し。これ僻見《へきけん》の甚だしきものなり。足下一人の僻見を以って妄《みだ》りに他人の広汎なる趣味を難ずるものなり。予、一時西洋の文物に心酔するや、足下の如く江戸軟派の文学については殆《ほと》んど顧みるところなかりき。然れども日夜先賢の書を読むに従い、年と共に人生と文学とに対して漸《よう》く見解を異にするに到るを得たり。予が狂歌に対する鑑賞の態度は、卑著江戸芸術論の中『狂歌を論ず』と題する一章に於いてこれを審《つまび》らかにしたり。予は狂歌を以って江戸時代と称するわが民族過去特種の文化を研覈《けんかく》するに臨みて最も重要なる資料の一端となすものなり。狂歌を以って既に然りとなせば、勢いその作者たる大田南畝について知るところなかるべからず」

「足下は次ぎにまた予が旧幕人《きゅうばくじん》の文を愛読することを嘲り、成島柳北を以って戯作者となし、その人物は尊むに足らず、その文は見るの価なく、その言に聞くべきものなしとなせり。柳北の人物の如何《いかん》に関しては、今暫くこれを言わず。ただ足下が柳北を以って戯作者となしたるは事実を誣《し》うるものなることを言うに留めんとす。柳北は戯作者にあらず。旧幕府の時には奥儒者にして、徳川氏歴代の実紀を編纂《へんさん》補修せし人なり。維新の後には朝野新聞の記者なりき」

「足下は文人の感奮、芸術家の芸術的衝動の如何に関しては全くこれを諒察《りょうさつ》することと能わざるものの如し。予一たびここに思い到るや、足下に対しておのずから侮蔑の念を禁ずること能わず。また進んで足下は果して芸術を鑑賞するに足るべき賦性《ふせい》を有する者なるや否やを疑わざるべからず」

「足下若し憤るところありなば、重ねて嘲罵の筆を執るに憚《はばか》ることなかれ。予、多病不才といえども、なお筆戦に堪うべきを知る。伏して貴答を待つ」

私は書き落したが、荷風のこの文の最初の方に「予は足下の文中これを例《れい》すれば、『九死一生』というが如き成語を変じて『十死一生』となせるが如き奇異なる用語の多きを見る」と言っている。

この非難は、荷風が白鳥に関する無知を暴露したものであった。白鳥の博覧多読は恐らく荷風の二十倍以上であったろう。このことは、彼の評論、随筆を見ればすぐ分ることだ。

会などの時、私達が本の話をしていると、白鳥はいつの間にかうしろに来て聞き耳を立てていた。いつか芥川が湯河原温泉に行く時、偶然白鳥夫妻と一緒になり、汽車の中から本の話になり、宿に着いても本の話が続き、一緒に温泉にはいりながらも本の話をし、奥さんを放り出して二人で本の話ばかりしていた。

「白鳥があんなに本好きとは知らなかった。冷淡無口の人のように聞いていたが、とんでもない、人懐《ひとなつ》ッこい大変な話好きだよ。二人で話ばかりしていたので、奥さんがヒステリーを起こしゃしないかと心配したくらいだ」

芥川がそういう話をしていた。

「伏して貴答を待つ」と言われて、白鳥は早速答えた。「普通『九死一生』と言うべきところに『十死一生』の奇語を用いたのは、私の戯曲『安土《あづち》の春』の信長の台詞《せりふ》の一ヶ所だけである。出典をあげれば、『十死一生』という文字は『信長記《しんちょうき》』その他の旧記にある。あの時代には一般にそう言ったのであろうと思って、わざとその奇異な語を用いた」のだ。

菊池寛がこの白鳥の反駁文《はんばくぶん》を読んで、

「小島君、君の崇拝しておかざる荷風は、十死に一生という言葉さえ知らないのかね。『人間僅か五十年、下天《げてん》のうちに比ぶれば夢幻の如くなり』と謡《うた》って桶狭間《おけはざま》へ馳《は》せ向った信長の果敢な性格は、十死に一生以外の言葉では表現出来ないよ」

そう言って、白鳥を称揚したのを覚えている。

「考証永井荷風」の文章を借りると、白鳥曰く、「荷風氏は自分の文体が分らないと言うが、私の文章は典雅艶麗でない代りに平明で晦渋《かいじゅう》ではない。荷風氏は今日の雑誌文学を卑しんで、旧文学ばかり耽読《たんどく》しているために、今日の平明な文章さえ分らなくなったのではないのか。『老女の粉粧に似たり』という評語の意味が分らないと言って、古来慣用せられたる類語の例をあげよと迫っているが、私は平明に言っただけで、荷風氏がこれを勝手に自分好みの漢文調に翻訳して、老女の粉粧に似たりなどと古来の成語であるらしく見せかけて、その典拠を迫るのは無理である。察するところ、荷風氏が私の評語の出所を明らかにせよと言ったのは、修辞の問題ではなく、『なぜ俺の近作が色褪《あ》せ香《にお》いが薄れているのか、皺が目立った後に白粉を塗った感じがするか』という点にあるのであろう。荷風氏の気に入らないあの批評は、『下谷叢話』に対して下されたもので、あれを一読した際に、何となく昔の才華の衰えたような感じがしたのだ。そう感じるのは間違いだと言うならば、意見の別れるところで幾ら論じたって仕方がない。私は先頃森鷗外の史伝を読み、『北条霞亭』は殊に面白かった。荷風氏は花柳小説その他に於いては、鷗外とは違った傑れた文才を発揮しているが、考証的伝記に於いてはまだ故人の鷗外に及ばないことを私は見たのであった」

「私は荷風氏が南畝の伝記を編《あ》むことそのことを非難したのではなかった。荷風氏の『狂歌を論ず』はまだ読んでいないが、私とても狂歌や川柳や落首《らくしゅ》などが江戸時代研究には重要な資料であることはよく知っている。私の曽祖父は狂歌に凝《こ》って六《ろく》樹園《じゅえん》の門に入り江戸へも遊学した。そんな関係から私は幼時から郷里に蔵している幾多の蜀山人の短冊や扇面を見馴れているが、しかし蜀山人などは、古今東西の文学者の中で甚だつまらない文人の一人であると思っている。曽つて南畝の紀行文を読んだことがあるが、決して傑れた紀行文ではなかった。栗本鋤雲《じょうん》と成島柳北の詩文は私も多少は読んでいる」

「『予、一時西洋の文物に心酔するや、足下の如く江戸軟派の文学については殆んど顧みるところなかりき』とあるが、私は前に述べた如く蜀山人の狂歌から馬琴、種彦、春水と手当り次第に読んで育ったのである。私が荷風氏に不快を感じるのは、氏が南畝や柳北に対して過分な敬意を払って、現今の日本の新文芸に対して侮蔑したらしい語気を洩らすことである。今日の文芸だって、南畝、柳北輩に劣っているものか」

「荷風氏が雑誌などを排斥し、現代文学について多く知るところのないらしいのに漫然侮蔑の語を下すのはどういうものだろう。荷風氏が氏だけの特異の芸術を作っているのは勝手だが、自分だけの趣味で他の文学を律するのは偏狭である。私は現代の傑れた芸術家の一人として氏に心服していることは、昨日も今日も変りはない。今後も氏の新作が現れたなら、必ず読むつもりだ。訪問を好まない私も、偏奇館へは一度刺《し》を通じて人事や芸術に関する主人の感想をユックリ拝聴したいと今でも思っている」

荷風は構《かま》えて冷たく、白鳥は卒直で暖かい。要するに白鳥は、荷風が不得意な史伝や、愚にもつかぬ狂歌などにうつつを抜かしていずに、彼本然《ほんねん》の小説の創作に立ち返るべきことを慫慂《しょうよう》していると解すべきであろう。荷風はその親切を酌むことが出来なかった。

公平に見て、この論争はハッキリ白鳥の言っている方が正しい。正直に言って、荷風の創作意欲が衰えていた時代だったろう。

二十五

白鳥は小説を書いても、戯曲を書いても、随筆を書いても、いつでも人生に立ち向っていた。しかし、この頃の荷風の目は趣味に向っていた。

この時期に、構想のある小説の創作がない訳ではない。「戯作者の死」や「恋衣《こいごろも》花笠森《はなのかさもり》」など、相当力を入れた小説の作や、セリフに手の込んだ戯曲の作がないではない。「戯作者の死」は、「田舎《いなか》源氏」という草双紙を書いていた柳亭種彦《りゅうていたねひこ》が、水野越前守忠邦の天保の改革に逢って苦しむイキサツを書いた小説である。これは度々発売禁止の厄《やく》に逢った自分の思いを託したのだろう。しかし、作者のネライは、その頃の江戸の風俗の描写に重きが置かれているように思われる。蜀山人の狂歌が中に使われている外に、彼が一時愛した浮世絵から得た知識が使われていると作者自身白状している。また単行本として出版された時、今でいうカットは「その二三を除き、すべて山東京伝《きょうでん》著『小紋新法』より臨写せしものなり」という断り書が印刷されていた。あの頃の荷風は、オール江戸趣味であった。

「余の慮《おもんぱか》るところは、印象個々の如何にあらず、そを排列するに当りここに生ずる調和の一事のみ。作品の背部に一貫する作者の情調のみ」

「恋衣花笠森」は、明和年間の美女笠森お仙のことを書いた小説だが、この題が示しているように近代小説ではない。芥川龍之介が言っていたように、荷風の江戸趣味は彼の文学を毒した。

「余は江戸演劇につきて『曽我』と称し、『暫《しばらく》』と呼ぶが如き人物、皆甚だしく史実に遠ざかり、また写実に離れて、しかも渾然《こんぜん》として芝居と呼べる特種の芸術的世界をなせるを見る」

この序文を見れば、ますます近代小説から遠ざかっていることは論ずるまでもあるまい。種彦の苦悶なんか、荷風にとっては問題ではないのだ。それでは、幾ら江戸の風俗が巧みに描かれていても、小説にはならない。私の荷風に求めているものは――いや、荷風ばかりではない、すべての小説家に求めているものは、近代小説以外の小説ではない。

構想のある、三人称小説ばかり書いていると、時には構想を忘れた私小説が書きたくなるものらしい。あの三人称小説を書かしたら、古今独歩の大小説家と言われるトルストイにも、私小説が幾つかある。しかし、バルザックにもあるかどうか、フランス語の読めない私には分らない。荷風の「矢はずぐさ」は一種の私小説であろう。

いやや、本当の意味では小説ではない。強《し》いて名付ければ、随筆とでも言おうか。いやいや、よく考えて見れば、随筆でもない。

それならば何か。私はここまで考えて来て、初めて荷風の神髄に触れたような気がする。しかし、慌《あわ》てて私の判断を聞こうとしないで頂きたい。私としては、幾つかの材料を――動かぬ証拠を提供したあとで、私の言いたいことを聞いていただきたいと思う。

荷風は言う。「そもそも小説家の、おのれが身の上にかかわることどもをそのままに書き綴《つづ》りて一篇の物語となすこと、西洋にては十九世紀の初めっ方《かた》よりようやく世に行われ、ロマン・ペルソネルなどと称《とな》えられて今にすたれず。即ちゲーテが作『若きウェルテルの愁い』、シャトーブリヤンが作『ルネ』の類《たぐい》なり」「わが国にては紅葉山人が『青葡萄《あおぶどう》』なぞをやその権輿《けんよ》とすべきか。近き頃森田草平が『煤煙』、小栗風葉の『耽溺《たんでき》』なぞ殊の外世に迎えられしより、この体《てい》を取れる名篇佳什《かじゅう》ようやく数うるに暇《いとま》なからんとす。わけても最近の『文芸倶楽部』（大正四年十一月号）に出でし江見水蔭《えみすいいん》が『水さび』と題せし一篇の如き、わが身には取り分けて興深し」

「されば我、今更となりて八重《やえ》にかかわるわが身のことを種として長き一篇の小説を編《あ》み出《いだ》さんこと、却ってたやすき業《わざ》ならず。小説を綴らんには、是非にも篇中人物の性格を究《きわ》め、物語の筋道も、あらかじめは定め置く要あり。かかる苦心は、近頃病い多く、気力乏しきわが身の堪うるところならねば、寧《むし》ろ随筆の気儘《きまま》なる体裁を借るに如《し》かじとて、かくは取り留めもなく書き出したり」

「小説たるも、随筆たるも、旨《むね》とするところは、男女の仲のいきさつを写すなり。客と芸者の悶着《もんちゃく》を語るなり。亭主と女房の喧嘩犬も食わぬ話をするなり。犬は食わねど、煩悩《ぼんのう》の何とやら、血気の方々これを読み給いて、その人もし殿方ならば、お客となりて芸者を見ん時、その人もし芸者衆ならば、お座敷かかりてお客の前に出でん時、前車の覆轍《ふくてつ》以ってそれぞれ身の用心ともなし給わば、この一篇の『矢筈《やはず》草《ぐさ》』、豈《あ》に徒《いたず》らに男女の痴情を種とする売文との蔑《さげす》むを得んや」

これは「矢はずぐさ」の「三」の全文である。中にある「ロマン・ペルソネル」を訳せば「私小説」だろうか。しかし、「若きウェルテルの愁い」や「ルネ」や「青葡萄」や「煤煙」を例にあげているところを見ると、日本の文壇でいう「私小説」とは少し違う。

日本の文壇では、「ウェルテル」や「ルネ」や「煤煙」は「私小説」とは言わない。日本では尾崎一雄や上林暁や外村《とのむら》繁の書くようなのを「私小説」と言っている。「矢はずぐさ」は、荷風のいう「ロマン・ペルソネル」とは違う。寧ろ「私小説」の方に近い。しかし、詳しく言うと、「私小説」とも違う。「私小説」には作者の私生活が明らさまに語られている。そこが魅力であり、そこがレーゾン・デートル（存在理由）でもある。久米正雄の如きは、次のように言っている。

「芸術が真の意味で、別の人生の『創造』だとは、どうしても信じられない。例えば、バルザックのような男がいて、どんなに浩瀚《こうかん》な『人間喜劇』を書き、高利貸や貴婦人やその他の人物を生けるが如く創造しようと、私には何だか結局作り物としか思われない。そして彼が自分の製作生活の苦しさを洩らした片言隻語《へんげんせきご》ほどにも信用が置けない。『他《た》』を描いて、飽くまで『自《じ》』をその中に行きわたらせる――そういう偉い作家も、或いは古今東西の一二の天才にはあるだろうが、それとて他人に仮託《かたく》したその瞬間に、私は何だか芸術として一種間接感が伴い、技巧というか、凝《こ》りというか、一種の都合のいい、虚構感が伴って、読み物としては優《まさ》っても、結局信用が置けない。そういう意味から、私はこの頃或る講演会でこういう暴言すら吐いた。トルストイの『戦争と平和』も、ドストエフスキーの『罪と罰』も、フローベールの『ボヴァリー夫人』も、高級は高級だが、結局偉大な通俗小説に過ぎないと。結局作り物であり、読み物であると――」

つまり「私小説」こそ、最も純粋な小説だというのである。しかし「矢はずぐさ」は、久米正雄の言うような意味の純粋な「私小説」ではない。では、どういう「私小説」なのか。そこに私の発見があるのだ。

二十六

しかし、正直に言って、「発見」などというほど大袈裟なことではない。「発見」などという文字を使ったことを、私は今更恥ずかしく思っている。

その頃まで、私は荷風を小説家だと思っていた。そのつもりで慶応へはいった。ところが、日がたつにつれて彼の書く小説に失望ばかりさせられた。

たまたま「矢はずぐさ」などを読むと、昔崇拝していた荷風が再び返って来たような気がした。「あめりか物語」を読んでいい気持にさせられたのとは質は違うが、とにかく荷風のものを読んだという満足感を得た。

「やッぱり俺の荷風だ」

と思った。「あめりか物語」や「西遊日誌抄」は作者の情熱が私を打って来た、その魅力だった。「矢はずぐさ」はその逆で、作者自身老いを楽しんでいる風の主題である。荷風はその時、まだ三十八の若さだった。三十八の若さで老いを楽しんでいる趣味は、言わば厭味《いやみ》だ。その厭味の趣味は、三十でフランスから日本へ帰って来た当時の、黒い牡丹の花のようなボヘミヤン・タイを風に靡《なび》かせて銀座街頭を散歩していた彼の厭味と相通じるものがあると私は思う。一生というと少し事実に反するが、それを承知で敢《あ》えて言うならば、彼は一生厭味の抜けなかった詩人だったと思う。

荷風が厭味を身に付けていた間中、不思議と「いいもの」を書いた。厭味が彼の身から離れた瞬間、芸術の神も彼から離れた。

読者である私は、二十《はたち》の若い身空であるにもかかわらず、老いを楽しんでいる風の「矢はずぐさ」に何の無理もなく文学的感興を抱かされた。

そんなことがあっていい筈がない。血気盛んな、功名野心に燃えて慶応の文科に籍を置いている私だ。荷風の厭味、似而非《えせ》趣味、文学の嘘、私はそれを見破る一隻《いっせき》眼《がん》を持っていなかったのだろうか。いや、たとい一隻眼を持っていなかったにもせよ、私の若さが、本能的にそう言ったものに反撥《はんぱつ》を感じる筈であった。それが、反撥どころか、恍惚と言っては誇張に過ぎるが、しかし、とにかく、それに近い感銘を受けたことは事実だった。

これが、荷風の文学の秘密なのだ。この秘密を逸早く看破したのは、奥野信太郎だった。厭味とポーズと嘘と、この三つのものがうまく渾然《こんぜん》として一体となった時、そうだ、もう一つ忘れてはならぬのは彼の文章の魅力だ。彼の美しい文章という言葉を得て、厭味とポーズと嘘とが忽ち見事な散文詩と生まれ変わるのである。「矢はずぐさ」が、私小説に似て私小説でない理由も、ここにある。あるがままの「私」を書き、「八重」を語るのが私小説なら、荷風の文学はそこにはない。

昔、土岐善麿が斎藤茂吉に向って生活を歌えと言った時、茂吉は声を荒らげて真平《まつぴら》だと叫んだ。若し人が荷風に向って、

「私小説を書くなら、正直そうな顔をして綺麗事ばかり並べるな」

と言ったとしたら、荷風は何と言ったろう。

彼は初めから「私小説」なんか書く気はないのだ。彼は詩人ではあるが、北原白秋のように純粋の詩に満足出来る素質ではなかった。彼の素質は散文家だった。しかし、気稟《きひん》は詩人だった。散文詩が彼から生まれるのは当然だろう。

散文は、広津和郎がその本質を言い当てているように、人生の、現実の、すぐ隣に生息しているものだろう。徳田秋声の文章が本当の散文である。「のらもの」を

見よ。小説家の文章は美文であってはならない。飽くまでも散文でなければならない。散文でなければ、現実のあらゆるものに肉迫出来ないからである。ゴーティエでも、谷崎潤一郎でも、美文家に小説家はいない。美文家の漱石が、本当の小説を書こうとした時、思い切りよく美文を捨てているではないか。

荷風が言文一致を嫌って、文章体で「矢はずぐさ」その他を書いているのも、文章体の方が現実に遠く詩に近いからであろう。「夕立」を見よ。彼が漢詩を愛し、フランスの詩を好んで訳する所以《ゆえん》も、彼の素質のなせるわざであった。

彼の自作の俳句と詩を思い出して下さい。詩人の気稟を十分持っているくせに、いかに亜流的《ありゆうてき》であるか。彼が素質的に散文家であることをハッキリ認識しずにいられないであろう。彼の詩が散文で、彼の散文がアベコベに詩であるのだ。

正直の話、私は純粋の詩には縁がない。が、散文詩にはすぐウットリとする。と言っても、ツルゲネーフの散文詩は、翻訳で読んだせいか、しまいまでウットリとなれなかった。二十の大学生が、「矢はずぐさ」にはウットリさせられた。適当の厭味とポーズとが、美文の音楽で聞くと、荷風一家の——荷風独得の文学になる、詩の不思議と言おうか。同種の作に「雨瀟瀟《あめしようしよう》」があり、「濹東綺譚《ぼくとうきたん》」がある。

荷風の小説に失望した私は、「東京散策記」という割り注のある「日和下駄《ひよりげた》」を毎月「三田文学」で愛読したことを覚えている。ハイカラだった荷風が、いつからともなく渋い和服姿に変って日和下駄を穿《は》くようになった。

「人並はずれて丈《せい》の高い上に私はいつも日和下駄をはき、蝙蝠傘《こうもりがさ》を持って歩く。いかによく晴れた日でも、日和下駄に蝙蝠傘でなければ安心がならぬ。これは年中湿気の多い東京の天気に対して全然信用を置かぬからである。変り易いは男心に秋の空、これにお上《かみ》の御政事《おせいじ》とばかり極まったものではない」

「春の花見頃、午前《ひるまえ》の晴天は午後《ひるすぎ》の二時三時頃から極まって風にならねば夕方から雨になる。梅雨《つゆ》の中は申すに及ばず。土用に入《い》れば、いついかなる時驟雨沛然《しゅううはいぜん》として来《き》たらぬとも計り難い」

「もっとも、この変り易い空模様、思いがけない才子佳人が割りなき契《ちぎ》りを結ぶよすがとなり、また今の世の我等が身の上にも、芝居のハネから急に降り出す雨を幸い、そのまま人目をつつむ幌《ほろ》の中、しッぽりどこぞで濡れの場を演ずることなきにもあらぬは、互いに覚えのある青春の夢であろう」

「閑話休題《それはさておき》、日和下駄の効能と言わば、何ぞそれ不意の雨のみに限らんや。天気つづきの冬の日といえども、山の手一面赤土を捏《こ》ね返す霜解《しもど》けも何のその。銀座、日本橋の大通りアスファルトの敷き道へ、やたらに溝《どぶ》の水をぶちあける泥濘《ぬかるみ》も、更に驚くには及ばない」

こういう書き出しで、荷風は東京十五区の淫祠《いんし》、樹、地図、寺、水、渡船《わたしぶね》、路地、空地、崖、坂、夕陽、富士眺望の美などを尋ね廻った印象を書き記しているのだ。

荷風は明治十二年の生まれ、「日和下駄」を執筆したのは大正三年だから、殆《ほと》んど東京の歴史を身を以って味わって来た貴重な一人であった。言い換えれば、東京の今昔の跡を書くのに最もふさわしい作家の一人であったろう。

「この書、板《はん》成りて世に出《い》でん頃には、篇中記すところの市内の風景にして既に変化して跡方もなきところ少からざらん。見ずや木造の今戸橋既に改まりて鉄の釣橋となり、江戸川の岸はセメントに堅められて再び露草の花を見ず」

それどころではない、大地震と、アメリカの空襲とで東京は二度灰燼《かいじん》に帰した。「日和下駄」に書き残された何も彼もが消えてなくなってしまった。いや、馬鹿な役人の手にかかって、町名もあら方消えてなくなってしまった。ドーデーの「パリの三十年」は、若し熱心な好事家《こうずか》がいてその跡を尋ねようとするならば、恐らく、歴々としてその跡を彷彿《ほうふつ》とすることが出来るだろう。しかし、荷風が蝙蝠傘を杖の代りに散策した跡は、どこにもこれを求めることは出来ないに違いない。荷風よりも前に田山花袋の生活した「東京」も、谷崎潤一郎の書き残した思い出の「東京」も、夢のように消えて跡形もないことは言うまでもあるまい。

いや、ついさっき抜萃《ばっすい》した「急に降り出す雨を幸い、そのまま人目をつつむ幌《ほろ》の中」の「幌」が今の人には分らないかも知れない。

「日和下駄」当時の東京は、まだ市で、区の数も十五しかなかった。本所、深川、下谷、浅草、神田、日本橋、京橋、本郷、麴町、小石川、芝、牛込、赤坂、麻布、四谷。本当をいうと、北京《ペキン》のようにこの十五区だけを東京として、グルリを城壁でかこんでしまうべきだった。現在の東京は、黴菌が食い拡がったように拡がるにまかせた聚落《しゅうらく》であって、都会ではない。

折角荷風が尋ね歩いて、荷風でなければ発見出来なかった美しい眺めや、露地の中の特異な生活を書きとめておいてくれたすべてが、みんな雲散霧消してしまったのだ。淫祠《いんし》も、樹木も、寺も、水も、渡しも、空地も、崖も、坂も、夕日も、みんな言い合わせたように思い切りよく住みにくい東京を見捨ててしまったのだ。

今の人は、字引きを引かないから、淫祠という言葉を知らないかも知れない。「私が好んで日和下駄をカラカラ鳴らして行く裏通りには極まって淫祠がある。淫祠は昔から今に至るまで政府の庇護《ひご》を受けたことはない。目こぼしでそのままに打ち捨てて置かれれば結構、ややともすれば取り払われるべきものである」

「それにもかかわらず、淫祠は今尚東京市中数え尽くされぬほど沢山ある。私は淫祠を好む。裏町の風景に或る趣きを添える上から言って、淫祠は遥かに銅像以上の審美的価値があるからである。本所、深川の堀割の橋際、麻布、芝辺の極めて急な坂の下、或いは繁華な町の倉の間、または寺の多い裏町の角なぞに立っている小さな祠《ほこら》や、また雨《あま》ざらしのままなる石地蔵には今もって必ず願掛けの絵馬や、奉納の手拭、或る時は線香なぞが上げてある」

「現代の教育がいかほど日本人を新らしく狡猾《こうかつ》にしようと勉《つと》めても、いまだに一部の愚昧《ぐまい》なる民の心を奪うことが出来ないのであった。路傍の淫祠に祈願を込め、欠けたお地蔵さまの首に涎掛《よだれか》けをかけてあげる人達は、娘を芸者に売るかも知れぬ。義賊になるかも知れぬ。無尽《むじん》や富籤《とみくじ》の僥倖《ぎょうこう》のみを夢見ているかも知れぬ。しかし彼等は他人の私行を新聞に投書して復讐を企てたり、正義人道を名として金をゆすったり、人を迫害したりするような文明の武器の使用法を知らない」

　これでほぼ淫祠の意味が分ったことと思う。そうしたら、また無尽などという言葉が出て来た。これも現代の青年には分らないのではないかと思う。しかし、そうそう言葉の説明もしていられないから、奮発して字引きを引いてもらうより仕方がない。

「崖」の中に、次のような私の忘れられない一節がある。

「当代の碩学《せきがく》森鷗外先生の居邸《きよてい》は、この道のほとり、団子坂《だんござか》の頂に出ようとするところにある」

「二階の欄干に彳《たたず》むと、市中の屋根を越して遥かに海が見えるとやら、然《しか》るが故に先生はこの楼を観潮楼と名付けられたのだと私は聞き伝えている」

「たびたび私はこの観潮楼に親しく先生に見《まみ》ゆるの光栄に接しているが、多くは夜になってからのことなので、惜しいかな、一度《ひとたび》もまだ潮《うしお》を観る機会がないのである。その代り、私は忘れられぬほど音色の深い上野の鐘を聞いたことがあった。日中はまだ残暑の去りやらぬ初秋の夕暮であった。先生は大方御食事中でもあったのか、私は取次ぎの人に案内されたまま、暫くの間ただ一人この観潮楼の上に取り残された」

「楼はたしか八畳に六畳の二タ間かと記憶している。一間《いっけん》の床には、何か謂《い》われのあるらしい雷《らい》という一字を石摺《いしず》りにした大幅《たいふく》が掛けてあって、その下には古い支那の陶器と想像せられる大きな六角の花瓶《かへい》が、花一輪さしてないために、却ってこの上もなく厳格にまた冷静に見えた」

「座敷中には、この床の間の軸と花瓶の外は全く何一つ置いてないのである。額《がく》もなければ置き物もない。おそるおそる四枚立ての襖《ふすま》の明け放してある次の間を窺《うかが》うと、中央《まんなか》に机が一脚置いてあったが、それさえ言わば台のようなもので、一枚の板と四本の脚があるばかり、引き出しもなければ彫刻の飾りも何もない机で、その上には硯《すずり》もインキ壺も紙も筆も置いてはない」

「しかし、そのうしろに立てた六枚屛風の裾からは、紐で束ねた西洋の新聞か雑誌のようなものの片端が見えたので、私はそっと首を延ばして差し覗くと、いずれも大部のものと思われる種々なる洋書が、座敷の壁際に高く積み重ねてあるらしい様子であった。世間には往々《おうおう》読まざる書物をれいれいと殊更人の見るところに飾り立てて置く人さえあるのに、これはまた何という一風変った癇癖《かんぺき》であろう」

「私は『柵《しがらみ》草紙』以来の先生の文学とその性行について、何とはなく沈重に考え始めようとした。恰《あたか》もその時である。一ト際高く漂《ただよ》い来る木犀《もくせい》の匂と共に、上野の鐘声《しょうせい》は残暑を払う涼しい夕風に吹き送られ、明け放した観潮楼上にただ一人、主人を待つ間《ま》の私を驚かしたのである」

「私は振り返って音のする方を眺めた。千駄木の崖上から見るかの広漠たる市中の眺望は、今しも蒼然たる暮靄《ぼあい》に包まれ一面に煙り渡った底から、数知れぬ燈火を輝かし、雲の如き上野谷中《やなか》の森の上には淡い黄昏《たそがれ》の微光をば夢のように残していた。私はシャワンの描いた聖女ジェネヴィエーブが静かにパリの夜景を見下ろしている、かのパンテオンの壁画の神秘なる灰色の色彩を思い出さねばならなかった」

「鐘の音は長い余韻のあとを追い掛け追い掛け撞き出されるのである。その度毎にその響の湧き出る森の影は暗くなり、低い市中の燈火は次第に光を増して来ると、車馬の声は嵐のように却って高く、やがて鐘の音《ね》の最後の余韻を消してしまった」

「私は茫然として再びがらんとして何物も置いてない観潮楼の内部を見廻した。そして、この何物もない楼上から、この市中の燈火を見おろし、この鐘声とこの車馬の響をかわるがわるに聞き澄ましながら、わが鷗外先生は静かに書を読み、また筆を執られるのかと思うと、実にこの時ほど私は先生の風貌をば、シャワンの壁画中の人物同様神秘に感じたことはなかった」

「ところが、『やあ、大変お待たせした。失敬失敬』と言って、先生は書生のように二階の梯子段を上って来られたのである。金巾《かなきん》の白いシャツ一枚、その下には赤い筋のはいった軍服のズボンを穿いて居られたので、何の事はない、鷗外先生は日曜貸間の二階か何かでごろごろしている兵隊さんのように見えた」

「『暑い時はこれに限る。一番涼しい』と言いながら、先生は女中の持ち運ぶ銀の皿を私の方に押し出して、葉巻をすすめられた。先生は陸軍省の医務局長室で私に対談せられる時にも、極まって葉巻を勧められる。若し先生の生涯に些《いささ》かたりとも贅沢《ぜいたく》らしいことがあるとするならば、それはこの葉巻だけであろう」

「この夕《ゆう》べ、私は親しくオイケンの哲学に関する先生の感想を伺って、夜も九時過ぎ再び千駄木の崖道をば根津権現の方へおり、不忍池《しのばずのいけ》のうしろを廻ると、ここにも聳え立つ東照宮の裏手一面の崖に、木の間《こま》の星を数えながらやがて広小路の電車に乗った」

明治時代に東京に生まれ、そこに育った私達にとってこそ、この「日和下駄」はその名と共に懐かしい一作だが、ここに語られている一木一草も残っていない今日、客観的に見た場合、この作は訴えるところの少しもない反故《ほご》かも知れない。支那の詩人は言っている。「古調自ら愛すといえども、今人多くは弾ぜず」

二十七

予科を終えて本科生になると、理財科の学生の中へ放り込まれていた今までと違って、文科生だけの、独立した教室を当てがわれた。それが、佐藤春夫の歌ったヴイッカスホールだ。

ヴィッカスホールの玄関に
咲きまつわった凌霄花《りょうしょうか》
感傷的でよかったが
今も枯れずに残れりや

秋はさやかに晴れわたる
品川湾の海のはて
自分自身は木柵《もくさく》に
寄りかかりつつ眺めたが

ひともと銀杏葉《いちょう》は枯れて
庭を埋《うず》めて散りしけば
冬の試験も近づきぬ
一句も解けずフランス語

若き二十《はたち》のころなれや
三年《みとせ》がほどは通《かよ》いしも
酒、歌、煙草、また女
ほかに学びしこともなし

孤蝶《こちょう》、秋骨《しゅうこつ》、はた薫《かおる》
荷風が顔を見ることが
やがて我等をはげまして
よき教えともなりしのみ

我等をさしてなげきたる
人を後目《しりめ》に見おろして
新らしき世の星なりと
おもい驕《おご》れるわれなりき

若き二十《はたち》は夢にして
四十路《よそじ》に近く身はなりぬ
人問うままにこたえつつ
三田の時代を慕うかな

ああ、この詩を作った友も、もうこの世にいない。村松梢風《しょうふう》も、久保田万太郎も、三宅周太郎も、堀口大学を一人残して、みんなどこへか行ってしまった。

ヴィッカスホールというと聞えはいいが、むかし理財科の教授だったヴィッカスのために建てた木造洋館の二階家であった。上をいくつかの小さな部屋に区切って教室に当て、下のホールは大学の先生達の食堂に使っていた。午頃《ひる》になると、うまそうな洋食の匂いが教室へ這《は》い上って来た。

ここへ来て、私達は初めて文科生らしい講義を聞くことが出来た。同級生は潔《いさぎよ》くみんな落第して、ここまで来たのは私と三宅周太郎の二人きりだった。その三宅さえ、歌舞伎芝居にばかり熱をあげていて、殆んど顔を見せなかった。何のことはない、私一人のために十何人の先生を雇っているようなものだった。

忘れもしない、ヨネ・ノグチの試験の時、

「君は誰だ？」

「三宅です」

「君は僕の時間に一度も出たことがないから、試験を受ける資格はない。出て行きたまえ」

「一度も出なかったことはありません。現に、私は、先生に『伊賀越《いがごえ》道中双六《すごろく》』の院本《いんぽん》をお貸ししました。まだ返していただきませんが――」

「…………」

「そうだな小島？」

「うむ、先生、お忘れになったんですか」

ヨネ・ノグチは小首をかしげていたが、

「とにかく、塾監局へ行って、受験資格があるという証明をもらって来たまえ」

そんなことがあったくらい、三宅は、月の半分は芝居通いをして出て来なかった。あれでよく卒業出来たものだ。のん気な、いい時代だったとつくづく思う。

私達の一年上は、福原、宇野、井汲、南部と四人いた。その上が、佐藤春夫、堀口大学、生方《うぶかた》なにがしの三人。が、三人とも姿を見せなくなっていたから、結局、山崎俊夫一人だった。初めて私がヴィッカスホールへ顔を出すと、

「永井荷風がよしたそうだ」

四人組がそう言った。

「本当か」

私は信じたくなく、顔の色が変っていたと思う。荷風に教わりたくって入学したのだから、ここで——いよいよ来年から教わることが出来るという時になってよされたのでは、三田へ来た甲斐がなかった。私は「どうしよう」と思った。

「本当だろう。だって、時間割りに永井壮吉の名がないもの」

四人組が言った。私は立っていられないくらい体から力が抜けて行くのを感じた。

荷風のいなくなった文科なんか、私には意味がなかった。

「永井先生がよしたとすると、あと、誰がフランス文学を教えるんだろう」

「太宰施門《だざいしもん》と書いてあったぜ」

「太宰施門？」

そんな名は聞いたこともなかった。その日、教室にいても、家へ帰ってからも、私は道を誤ったという気がして、大変気落ちがした。取り返しのつかぬことをしたような気がした。

荷風の作品に対して生意気なことを言ってはいても、心の中では、荷風に教わることによって文学の精神を会得《えとく》し、荷風に作品を見てもらうことによって、久保田万太郎や水上瀧太郎のように文壇に出て行くことを私は夢見ていたのだ。

その荷風がいなくなっては、「三田文学」もどうなるか分らなかったし、荷風以外に教授の中に作家は一人もいなかった。作家のいない教授陣から文学の精神なんか伝授されることも、文壇へ出る手引きをしてもらうことも、望めなかった。私は失望した。英語にもろくな辞書はなかったが、フランス語になると、もっとなかった。それを苦労して、どうにかモーパッサンの短篇を読めるか読めないかくらいまで漕ぎつけたのも、本科の二年になって荷風から教わりたいばッかりだった。荷風に教えてもらえないなら、フランス語なんか止めた——私はそう思った。語学の才能のない私には、英語一つでも重荷だった。荷風に教えてもらえないくらいなら、第二外国語なんか無用の長物だった。

この時、フランス語を捨てたことを、私はあとでどんなに後悔したことか。英訳で読むのと、原語で読むのと、大変な違いを考えなかった愚かさを地団太踏んで口惜しがったが、あとの祭りだった。まだ英訳になっていない作品がいかに多いかを知った時の悲しさ。読みたくっても読めない悲しさに、私はどんなに足摺《あしず》りしたことか。

それに、まだそれまでは荷風の人間に直接触れたことがなかったので、前に書いたように私は荷風に対して甘い考えを持っていた。二年間教わっている間に、先生と生徒という親しみを生じて作品を見てもらえると思い、「朝顔」や「山の手の子」のような作品が書けた時には、「三田文学」へ発表してもらえるぐらいに思っていた。

しかし、日がたつにつれて、荷風がそんな人柄でないことが私にも分って来た。そのことについては、追々書いて行く。

とにかく、私は前途に希望を失った。予科の授業はつまらなかったが、本科になったらと只管《ひたすら》それを楽しみにしていた本科も、一向面白くなかった。

国文の先生は、「四谷怪談」の講義をして「柝の頭《きのかしら》」という言葉を知らず、お岩のお化《ば》けを見て、伊右衛門がうしろにドウとなり、「さて恐ろしき――」というのをキッカケに、チョンと柝《ひょうしぎ》がはいる、柝の第一声だから、柝の頭と言う。それを先生はお岩の木の頭《かしら》が出るのだと説明した。

漢文の先生は、中学以来の「孟子」や「荘子」の講義をする。面白い漢詩や「韓非子」など、見向こうともしなかった。

英文学では、一人が「ヘンリー・ライクロフトの手記」を訳読すれば、一人は

「サイラス・マーナー」の訳読をし、ヨネ・ノグチは自作の英詩集を買わせて「泣いたべくあった」などと日本語にもならぬ日本語で訳して聞かせた。

　プレーフェヤーというイギリス人は、何も持たずに「英文学史」の講義をしたが、あとで気がつくと、有名な何とかいう薄ッぺらな本の丸暗記だった。チェーホフをテケコッフという毛《け》唐《とう》もいた。小山内薫の時間を楽しみにして出て見ると、「なぜ芝居は五幕なのか」という厚い本を持って来て、「イン・アディション・ツー」（加うるに）と読みながら訳すだけのことだった。面白くも何ともなかった。里見《さとみ》弴《とん》や武者小路や志賀直哉が大学を中途で退学した気持がよく分った。

　血の通《かよ》った近代文学の講義なんかどこにもなかった。若し馬場孤蝶の時間がなかったら、私の三田生活は実に索漠《さくばく》たるものだったろう。私の臆病な律義な性質が退学とまでは踏み切れなかったが――。

　孤蝶は、前にも言ったようにモーパッサンの「ブール・ド・スイフ」を訳して私達を喜ばせてくれた。自然主義の小説の醍醐《だいご》味《み》を私達に味わせてくれたこれが最初だった。

　先生としての孤蝶は、どこにも構えたところがなく、暖かな人柄がそのまま出ていて、すぐ親しみが持てた。一度もこの親しみを裏切られたことがなかった。当時、孤蝶は「戦争と平和」の翻訳をしていた。また樋口一葉の「日記」を、いろんな人の反対を押し切って出版しようとしていた。一葉自身は、自分の日記を公《おおやけ》にするつもりはないから、達筆にまかせて自由自在に書き流してあるので、なかなか読みにくい。それを一々チャンと書き写す苦労話が面白かった。

そんな話から、彼が接した一葉の人柄をいろいろ話してくれた。一葉の作品を読んで感心していた私にとって、生きた一葉の生活、一葉の魅力、一葉の人及び作品に引かれて出入りした幾人かの若い小説家、詩人の逸話など、どれにも血が通《かよ》っていた。その後の、一生変らぬ私の一葉に対する親近感の素はと言えば、この時の孤蝶の話からだった。いや、親近感ばかりではない、一葉を正しく理解出来たこともそのお陰だと思っている。

島崎藤村が、一人前の作家になるまでの踠《もが》きなども、平談俗語だけに面白かった。藤村との交際から受けた直接の体験談だけに、実に生き生きとして響いた。殊に、孤蝶は座談がうまかったから、「春」の時代の藤村の苦悶が、「春」では作者が隠したり、きれい事でごまかしたり、取り澄ましたりしているところを、もっと露骨にありのままに話してくれたから、よく分り、よく同感出来た。一人の作家になるまでの藤村の精神生活の隈々《くまぐま》は、これから作家になろうとしている私にとってはためになった。いい刺戟になった。行くべき道を指し示《さ》されたような気がした。

孤蝶は大変な読書家だったから、フローベールや、ゾラや、ドーデーのような自然主義作家ばかりでなく、アナトール・フランスの作品の話や、ブランデスの「アナトール・フランス」を教えながら、ブランデスの「自叙伝」の話や、ロシアのいろんな作家の作品の話や、シェンキウィッチの「大洪水」や「剣と光り」の話やー殊に、ロシアに併呑《へいどん》された故国ポーランドを、自分の小説がよく売れて莫大《ばくだい》な印税がはいって来る、その金で、ポーランド一国の土地を全部買い占めて独立することを真剣に考えていた話などは、大衆小説家だとばかり思っていた「クォ・ヴァディス」の作者に限りない親しみを覚えさせた。

孤蝶は、私達が寝ながら講談本を読むように、あらゆる探偵小説を読みあさっていた。その頃博文館から長篇短篇さまざまの探偵小説が毎月一冊か二冊ずつ出ていた。しまいには百冊にまで纏まって、私達を楽しませてくれた。どれが面白いか、その選択示唆《しさ》を博文館の森下雨村に与えたのは、先生だったと聞いている。雨村は、先生と同じ土佐の生まれで、先生のところに頻々《ひんぴん》と出入りしていた。

私も、そういう雑談からチェスタートンの「師父《ファーザア》ブラウン」に興味を持ち、それが動機で「ディッケンズ論」や「ショー論」の虜《とりこ》になった。ジャック・ロンドンの面白さを教えてもらったのも、先生からだった。こんなことを書けば、切りがないくらい多方面の読書の指南を受けた。

こうした先生のリテラリー・チャッツと、読書指南の間にいつともなく私は文学の生命というようなものを会得した。荷風を失った代償を、私は一週一度二時間の孤蝶との接触によって得た。放課後、先生と一緒にブラブラ歩いて銀座へ出たり、丸善へ行ったり、神田の「いせ源」へ行って鮟鱇鍋《あんこうなべ》を突ついたり、そのあとで小柳《こやなぎ》亭へ講釈を聞きにはいったり、私は特に豊竹呂昇《ろしょう》のよさを教えられて彼女が東上するつど有楽座へ聞きに行ったりした。色ッぽい義太夫だった。

しかし何と言っても、先生から受けた最大の恩誼《おんぎ》は、どうにか曲りなりに英語で小説が読めるようにして貰《もら》ったことだった。或る日、何のことからだったか、

「英語で物を読めるようになろうと思ったら、辞書を引かないことだ」

という思い掛けないことを先生の口から聞いた。まさに私のしていることと正反対だった。

「そんなことをしていたら、文章の流れを会得しそこなう。一行一行は分っても、一章全体の意味を理解しそこなう。第一、面白くないでしょう?」

そう言われれば、その通りだった。

「分っても分らなくっても、辞書を引かずに一冊全部読んでしまう。殺されたと思っていた人物が、あとで生きて出て来たりする。殺されたのではなくて、あべこべに相手を殺していることがあとで分ったりする。それでも、いいのだ。文章の流れが分り、作者の呼吸が伝わって来、霞を通したように朧《おぼろ》げながら全部読み通したことに意味があるのだ。前後の関係で、度々同じ文字が出て来るうちに、辞書を引かないでも分って来る言葉もある」

先生はそう言い、

「私達が子供の頃、初めて新聞を読んだ時の事を思い出して見給え。皆《みん》なが皆な分って読んでやしない。そのうちに何とか分ったような気がして来る。あれと同じですよ英語の場合も——」

「…………」

「一冊読み二冊読みしているうちに、英語に対する恐れがなくなって来る。これが、大事なことなのだ。英語の本が手軽に手に取れるようになる。こうなれば、しめたものだ。ここまで来れば、ひとりでに勘《かん》見たようなものが働いて、辞書を引く必要のある言葉と、その必要のない言葉とが判断出来るようになる。こうして覚えた単語はめったに忘れることじゃない」

私は早速この教えを実行して見た。実際、先生の言われた通り、英語の本を手に取ることが億劫《おっくう》でなくなった。これが、天の助けだった。

私は英語が読めると言えるほど読めはしない。が、どうにかこうにか一ト通り読める程度になれたのは先生の大恩だ。

私は荷風から得るつもりのものを、得ることが出来ず、孤蝶から得た。更に後年、芥川龍之介、菊池寛の鉗鎚《けんつい》を得て、二度目の開眼《かいげん》をした。

そこへ、私にとって仕合せなことに、ヨーロッパから沢木四方吉《よもきち》が帰って来て、「西洋美術史」の講座を開き、逸早く私の才能を認めてくれた。

二十八

一枚看板の荷風にいなくなられて、「三田文学」はヘタヘタと潰《つぶ》れてしまった。前にも言ったように、私達は途方に暮れた。今と違って、芥川賞も何もなかった時代だ。幾ら小説を書いたって、どこにも発表してくれる雑誌がなかった。

小説を載せている雑誌といえば、「中央公論」と、「新小説」と、「新潮」と、「スバル」と、「白樺」と、「早稲田文学」と、「趣味」と、そのくらいのものだった。

と言っても、「白樺」「早稲田文学」「スバル」は同人以外の作品なんか載せてくれないだろうし、となると、「中央公論」と、「新小説」と、「新潮」と、「趣味」の四つしかなかった。「改造」はまだ発行されていなかった。

今の人が聞いたら、不思議に思うかも知れないが、その頃は誰かの弟子になって何年か修行の後、先生に認められてどこかの雑誌に推薦してもらうより外に文壇に出て行く道はなかった。その点、前時代とあまり変っていなかった。紅葉の門から鏡花や風葉や秋声や春葉が出たように、漱石の門から三重吉や、草平や、小宮豊隆や、阿部次郎や、安倍能成や、野上豊一郎が出た。鷗外の門から木下杢太郎が出た。芥川龍之介も、久米正雄も、漱石の門から出た。

そうでなければ、谷崎潤一郎や、芥川や、久米や、菊池寛や、山本有三のように「新思潮」のような同人雑誌を持つことだ。武者や、志賀や里見だって「白樺」のおかげで世に出て行くことが出来たのだ。そのように私達も「三田文学」を居城として文壇に出て行くつもりでいた。

その居城が、一夜にしてなくなってしまったのだ。私達は昔でいえば浪人になったようなものだった。浪人が禄を失って途方に暮れたように、私達も「三田文学」を失って全く途方に暮れた。禄を失って浪人の身になって見なければ、浪人の悲しみもつらさも分らないように、雑誌を失って見ないと、それ一つを頼みに思っていた文学青年の途方に暮れた寂しさは分るまい。

因《ちな》みに、「三田文学」一冊の定価は二十五銭だった。五十銭だったとばかり思っていたのに、半分の二十五銭だったのには安過ぎて私はビックリした。もっとも、当時トンカツ、ライスカレーが八銭だった。

荷風の手紙によると、「夕方井川氏（三田文学編集人）来たり、雑誌名前人は石田（新太郎）君となり候由話し申し候。石田君は寧ろ得意の顔色にて、おれが出れば警視庁も恐れをなすくらいの意気あるらしき模様の由、まずまず結構この上なし」

それやこれやで、荷風はいや気がさして来ていた。学校の方では、荷風を教授に迎えたら、いッぺんに生徒が殺到するものと期待していたのに、いつも六七名を出《い》でず、理財科の生徒が常に二百名を越えているのに対し、商売としては失敗と言わなければならなかった。そんな意味では、荷風招聘《しょうへい》は計算違いだったと当局は落胆したに違いない。

文科革新の当座は、石田幹事が森先生を上野の精養軒や、築地の精養軒、あるいは築地の旗亭《きてい》野田屋などへ招いたものだが、そんなことも、だんだん減って行った。そんな時、いつも荷風や孤蝶や、三田文学の発行を引き受けた籾山仁三郎などが陪席した。

　何と言うこともなしに、いつと言うこともなしに、三田と鷗外とが疎遠になって行った。それと同じように、荷風を初めほど大事にしなくなった。それが、荷風に分らないはずはない。

　丁度そこへ持って来て、父の久一郎が突然脳溢血で亡くなった。六十二だった。その頃の法律によると、父の遺産は全部長男が相続することになっていた。父の遺産がどのくらいあったか私は知らないが、恐らく一生食うに困らないだけあったのだろう。だから、自分の肌に合わない、そうして窮屈な先生などしている必要なんかなくなった。

わが父食《くら》ふべき餌《えば》を欠かし給はざりしかば
われ年久しく鳥の如くに歌ふを得たり。
わが父常に美衣を購《あがな》ふに嗇《やぶさか》ならざりしかば
われ宛《さなが》ら宮廷の詩人の如くに奢《おご》るを得たり。
わが父のしゝむらに食ひ入りし
耳もなく目もなき絛虫《さなだむし》のわが身よ。

荷風はこのように歌っている。この緜虫が一朝にして一城の主《あるじ》となったのだ。居心地のよくない他人に仕えている必要がなくなった。金さえあれば、肩書も地位も用はない。「兎に角小生この後は三味線ひいて暮らすべき覚悟に御座候」と籾山仁三郎への手紙に書いている。やめる方はそんな気持でいられたろうが、やめられる方の私達は、みじめだった。

荷風の書いたものを見ると、哥沢《うたざわ》を習ったり、清元を習ったり、薗八《そのはち》、新内を習ったり、三味線を大変愛好しているが、西洋にあった頃は、小遣《こづかい》をはたいて音楽会やオペラを聞きに行っている。帝劇へロシアやイタリアのオペラが来ると、毎晩のように聞きに行っている。ヴァイオリニストのエルマンのことも、ジンバリストのことも、「日誌」の中に書いてある。

しかし、彼が落籍《らくせき》させて富士見町で幾代《いくよ》という待合を開かせていたお歌という女の書いたものを読むと、荷風は音痴だったと言っている。私が聞いた哥沢なんかも、あんなに執着していたこれが荷風の哥沢かと思われる程度のものだった。

荷風が三田の教授になった時、両親は例えようがないくらい喜んだ。荷風を子に持って、初めての喜びだったろう。それまでの三十何年間、苦労と心配の掛けッぱなしだった息子《むすこ》が、大学の教授になったのだ。どんなに喜んだことだろう。西園寺公爵は、時々文士を招いて一夜を清談に過ごすのを楽しみにしていた。雨声会と言った。後には荷風もその一員として招かれるようになった。その席上で、

「君のお父さんには、随分君のことで泣かれたものだよ」

と、公爵が笑いながら言われたそうだ。その時、公爵は、

「息子さんもあれだけの文学者になったのだから、何も言うことはないだろう」

と、久一郎を宥《なだ》めたという話だった。だから、両親は荷風のことでは長い間泣いていたのだ。その跡取り息子が、大学の教授になったのだ。一生の喜びの溜息《ためいき》を洩らしたことと思う。

荷風の放蕩のことは、両親もよく知っていた。それに終止符を打つには、結婚させるに限ると考えた。平凡な放蕩息子にならば、この療法も利き目があったろう。が、そんな生優《なまやさ》しい放蕩息子でないことを両親は見抜いていなかったのだろうか。

それにしても、よく荷風がこの結婚話に耳を傾けたと不思議に思う。大変な父親恐がりだから、反対出来なかったのかも知れない。

本郷新花町《しんはなちょう》から曲って、金助町の坂をおりてまた坂をのぼると、湯島一丁目の電車通りに出る。その少し手前の左側に、斎藤という大きな材木商があった。私が毎

日中学に通う道筋だったので、よく覚えている。立派な店構えだったし、住まいも堂々としていた。そこの二番目娘をヨネと言い、このヨネに白羽の矢が立ったのだ。

誰の世話だったのだろう。仲人は、荷風の親友だった井上啞々《ああ》の両親だったと言うから、啞々も一枚嚙《か》んでいたに違いない。とすれば、随分罪なことをしたものだと思う。啞々なら、荷風の性癖を一番よく知っていたはずだ。その啞々が、罪もないヨネのような可愛い生娘《きむすめ》を放蕩無頼の荷風の餌食《えじき》に選んだとは余りに無責任だと言わずにいられない。

私は学校の行き帰りに、四五度このヨネという令嬢を見て知っていた。その頃は十七八の清潔な細面《ほそおもて》のお嬢さんだった。

荷風の伝を書く人は、両親を安心させるための結婚だったと言うけれど、二人は啞々の取りなしで歌舞伎座で見合いをしているのだから、そうは言わせない。大正元年九月二十八日に式は挙げられた。明治天皇が崩御遊《ほうぎょ》ばされたのが七月三十日だから、大正と改元されて間もなくだった。荷風は三十四、ヨネは幾つであったか私は審《つまび》らかにしない。

荷風はこれまでにいろんな女と関係があったが、出来ては切れ出来ては切れ、ただ八重次とばかりは不思議に明治四十三年以来ずっと続いていた。そんな状態のまま、何にも知らない生娘を妻に迎えるなどとは、随分無責任なむごい仕打ちだと思う。

十月四日の八重次の手紙を、「考証永井荷風」で読むと、

「一昨日帰京いたし候。まだ当分お出掛けにならぬように候や。それとも二三日うちにお出掛けになれそうに候や」と誘いを掛けている。

それに対して荷風は、「先日よりいろいろとお前さまの行く末を考え居り候。今日までは何も彼も承知の上にて鬼のようなることばかり致し、今更後悔先に立たず、せめてはお前さまの今後の身の上に何かの足《た》しにも相成るよう幾分にても私の身にて出来るだけのこと致さねば心に済まずと存じ居り候。今までの薄情は夢と思いお許し下されたく候。明日一時頃学校の帰りお尋ねいたし、万事お話し致したく候につき、是非にも御在宅下されたく候。何となく心の忙《せ》き候まま夜中ながらこの手紙認《したた》め候」

八重次というものがありながら、余所《よそ》の娘と結婚したうしろめたさがどこかに感じられる手紙だ。「何となく心の忙き候まま夜中ながらこの手紙認め候」には、恐らくヨネが寝ている夜中にコッソリ起きてこの手紙を書いている様子が想像出来るではないか。

二人はだんだん図々しくなって、箱根へ遠出などしているのだ。秋庭太郎の記述によると、「十二月三十日、久一郎は来訪の末弟大島久満次と歓語、午後四時ごろ久満次が帰って後、降りしきる雪に、愛玩の盆栽の松の枝の折れるのを虞《おそ》れ、座を立ってこれを屋内に取り入れようと手を延べた瞬間、脳溢血を発して卒倒、意識不明となった」越えて大正二年一月二日、息が絶えたのだ。

「断腸亭日乗」を見ると、「予はこの時家にあらず。数日前より狎妓《こうぎ》八重次を伴《ともな》い箱根塔《とう》の沢《さわ》に遊び、二十九日の夜妓家に帰り、翌朝帰宅の心なりしに、意外の大雪にて、妓の今一日と引き留むるさま、『障子細目に引き明けて』という端唄《はうた》の言葉そのままなるに、心惑《まど》いて帰ることを忘れしこそ、償《つぐな》い難きわが一生の過《あやま》ちなりけれ」

「予は日頃箱根の如き流行の湯治場に遊ぶことは、当世の紳士らしく思われて好むところにあらざりしが、その年に限り偶然湯治に赴きし謂《い》われいかにと言えば、予その年の秋正妻を迎えたれば、心のうち八重次には済まぬと思いいたるを以って、歳暮学校の休暇を幸い、八重次を慰めんとて予は一日先立って塔の沢に出掛け、電話にて呼び寄せたりしなり」

「予は家の凶変を夢にだも知らず、灯ともし頃に至りて雪いよいよ烈しく降りしきるほどに、三十日の夜は早く妓家の一間《ひとま》に臥しぬ。世には父子親友死別の境には、虫の知らせと言うこともありと聞きしに、平生不孝の身には、この日虫の知らせだもなかりしこそ、いよいよ罪深き次第なれ」

「かくて夜も更け初《そ》めし頃、しきりに戸口を敲《たた》く者あり。八重次の家は山城河岸《やましろがし》中央新聞社の裏にあり、下女一人のみにて抱《かか》えはなかりしかば、八重次長襦袢に半纏《はんてん》引き掛け、下女より先に起き出で、どなたと恐る恐る問う。森田なりと答うる声、平家建ての借家なれば、わが枕許までよく聞えたり。これ文士森田草平なり。草平子の細君は八重次と同じく藤間勘翁の門弟なりし故、草平子早くより八重次と相識りしなり。この夜、草平子酔いて電車に乗りおくれ、雪中帰宅すること能わざれば、是非とも泊めてもらいたしと言いたる由なり。後日に至り当夜の仔細を聞きしに、予の正妻を迎えし頃より草平子折々事に託《たく》して八重次の家に訪《と》い来たりしと言う」

「かくて夜の明くればその年の除日《じよにち》なれば、是非にも帰るべしと既にその支度せし時、籾山庭後君の許より電話かかり、昨日夕方より尊大人《そんたいじん》御急病なりとて、尊邸より頻《しき》りに貴下の行方《ゆくえ》を問い合わせ来たるにより、内々にてちょいとお知らせ申すとのことなり。予はこの電話を聞くと共に、胸轟《とどろ》き出《いだ》して容易に止まず。心中窃《ひそ》かに父上は既に事切れたるに相違なし。予は妓家に流連《りゆうれん》して親の死目にも遭《あ》わざりし不孝者とはなり果てたりと覚悟を極めて家に帰りぬ」

「母上わが姿を見、涙ながらに父上は昨日いつになく汝のことを言い出で、壮吉は如何せしぞ、まだ帰らざるやと度々問い給いしぞやと告げられたり。予は一語をも発すること能わず、黙然として母上の後に従い行くに、父上は来青閣《らいせいかく》十畳の間に仰臥し、昏睡に陥《おちい》り給えるなり」

「鷲津氏を継ぎたる弟貞二郎は、常州《じょうしゅう》水戸の勤め先よりこの夜大久保の家に来たりぬ。末弟威三郎はドイツ留学中なりき。ここに曽つて先考《せんこう》の学僕なりし小川新太郎とて、その時は海軍機関少監となりいたりし人、横須賀軍港より上京し、予が外泊の不始末を聞き、帯剣にて予を刺し殺さんとまで憤激したりし由なり。尤《もっと》も、この海軍士官、酒乱の上甚だ好色にて、予が家の学僕たりし頃、下女を孕《はら》ませしこと二三名に及べり。葬式の前夜も台所にて大酔し、下女の意に従わざるを憤《いきどお》りて殴打せしことなどあり。今は何処《いずく》に居住せるにや。先考易簀《えきさく》の後予とは全く音信なし。

さて先考は昏睡より寤《さ》めざること三昼夜、正月二日の暁もまだ明けやらぬ頃、遂に世を去り給えり」

月が変って二月十七日、戸籍謄本を見ると、「妻ヨネ協議離婚」とある由、秋庭太郎は報じている。「断腸亭日乗」には何にも記してなく、ただ「寒風終日吹きつづきぬ。『詩経国風邶《はい》』読了」とあるばかりである。この日吹き荒れていた寒風よりも、荷風のヨネに対する仕打ちの方がもっともっと寒風だった。

荷風はどこにもヨネに対する正直な感想を洩らしていない。ただ、「日記」に病弱だとか、小説「雨瀟瀟」の中で、新妻の愚鈍に呆れたと書いているが、これは小説だからどこまでヨネのことと思っていいのか分らない。しかし、病弱と言えば、荷風自身腸《はらわた》がよじれて切れる病気を煩っているし、「久振りにて診察を請《こ》う。瘰《るい》癧《れき》よろしからず。左方の肺尖、瘰癧のために圧下せられ畸形を呈すと言う」と「日記」にあるし、よく風邪を引いているし、彼も病弱でないことはない。病弱の点を比較すれば、ヨネを病弱を理由に去る資格は荷風にはなさそうだ。その上、その前後の「日記」を見るに、勝手放題の放蕩をしている。ヨネの両親が、「大変なところへやってしまった」と嘆いていた方が正当だと思う。

「雨瀟瀟」に「十年前、新妻の愚鈍に呆れてこれを去り、七年前には妾の悋気《りんき》深きに辟易《へきえき》して手を切ってからこの方、わたしは今に独りで暮らしている」と書いている。この作が成ったのが大正十年。ヨネを去ったのが、大正二年二月。八重次を家に入れたのが大正三年八月、彼女を離籍したのが大正四年二月、「雨瀟瀟」に書かれている年月が事実とピッタリではないが、大凡《おおよそ》のところは当っていると見てよかろう。八重次を去ったのは悋気の故であることも事実である。しかし、去ったのではなくて、八重次の方から出て行ったのだ。

「考証永井荷風」に、八重次の置き手紙が載っている。

「一ト筆申し残しまいらせ候。私事こちらへ片付き候こと、欲にも見栄にもあらず、ただ一つ捨て難き恋の歴史がいといとおしさに候。素より馴れぬ手業《てわざ》、お針も覚束なく、水仕《みずし》のことは言うまでもなく候。さぞお気に入らぬ事だらけとお気の毒に存じ上げ居り候も、私はそのくらいの事、汲んで下さるお方と日々嬉しく勤め居り候ところ、あなたさまはまるで私を二足《そく》三文《もん》に踏み下《くだ》し、どこの南瓜《かぼちゃ》娘か大根女郎でも拾って来たように、御飯さえ食べさせて置けばよい、夜のことは売色《ばいしょく》に限る、それがいやなら三年でも四年でも我慢しているがよい、夫《おっと》は勝手だ、女房は下女と同じでよい、奴隷である、外へ出たがるは贅沢だと頭ッから仰せなされ候。なるほど、それも御《ご》尤《もっと》も、世の常の夫婦ならば、そうなくてはならぬところ、さなきだに女は付け上がりたがるもの、夫としては常日頃そのくらいに女房を押し付けて置かなければならぬ事、私とてもよく存じ居り候。私は殊にあなたがそれ程になさらずとも、来る時既に心に誓いしこともあり、決して御心配掛けるほど贅沢や見栄をしたがる者にてはなく候。そんなこと分らぬあなたとも思われず、つまり嫌われたが運の尽き、見《み》下《くだ》されて長居は却《かえ》ってお邪魔、この意味向島の老人（八重次の仮親《かりおや》）に話し候うても通ぜず、拠《よ》ンどころなく候」

この置き手紙で、荷風のけちはよく分るが、荷風が家を明けて彼女を苦しめたことは隠されている。八重次は後に勝本清一郎を「若い燕」として愛した。勝本は大変な蔵書家で、批評家として一家を成したが、三田で教えた関係で私とは親しかった。その勝本を通して八重次が永井家を出たイキサツを聞いたところによると、一にも二にも荷風の浮気故であった。

ところが、「矢はずぐさ」を見ると、荷風は「八重家に来《きた》りてより、われはこの世の清福限りなき身とはなりにけり」と作に都合のいいように修飾している。前に言ったように、荷風には「私小説」を書く資格がないのだ。だから、「雨瀟瀟」も、「矢はずぐさ」と同じように世の常の「私小説」のように見せ掛けているが、私達の言う「私小説」ではない。だから、それを証拠にとって云々するのは烏滸《おこ》の沙汰だが、「雨瀟瀟」の書き出しに、「その年の二百十日は確か涼しい月夜であった」とあるのをたよりに、荷風の「日記」を繰って見ると、二百十日のくだりに「快晴」とあり、「雨瀟瀟」には「つづいて二百二十日の厄日《やくび》も、またそれとは殆んど気もつかぬばかり」、「日記」を見ると、「この夜、中秋、空晴れ渡りて深夜に至るも一点の雲もなく、月色清奇、近年になき良夜なり。麹坊《きくぼう》の妓阿歌《おうた》を携え神楽坂を歩む。夜涼の人、織るが如し」荷風はお天気のことは偽《いつわ》らない。それに免《めん》じて、自分が嫉妬の種を蒔いて置きながら恬《てん》として恥じずに「妾の悋気深きに辟易《へきえき》し」などと書いているのに注意しながら、私は「新妻の愚鈍」を問題にして見ようと思う。

ヨネと結婚した大正元年は、荷風が三十四、ヨネは恐らく二十を越えて間もなくだったろう。三十四と言っても、荷風の場合は、花柳界の女の幾人もと、いや、幾十人もと出入りがあって、色の諸訳《しょわけ》を知り尽したしたたかものだった。花柳界の女は、倏忽《しゅっこつ》の間《かん》に男の表情を見てその心理を洞察する鍛練を叩き込まれているヴェテランである。利口馬鹿は別にして——。

彼女達にくらべたら、ヨネは深窓に育った良家の子女である。荷風によって初めて男性に接した処女である。男のことなど何も知らないのが彼女の宝であったろう。これに反して、荷風の方は一ト目見て女の賢愚を見分ける一隻眼《いっせきがん》を持っているヴェテランである筈だった。その彼が見合いをして、よしと認めた相手ではないか。一緒になって、半年たってから「愚鈍」を言うのはおかしい。一ト目見て、そのくらいのことは見分けていなければ女で苦労した荷風ではない。一体二十《はたち》やそこ等の処女に彼は何を要求したのであろう。

千軍万馬の古《ふる》つわものが、花柳界の女達から味わい馴れたような到れり尽くせりの面白味を、良家の子女から得ようとしても、得ようと望む方が無理だ。彼女は所帯のことも何も知らなかったに違いない。新婚の楽しみ、新家庭の幸福を夢に描いて嫁《とつ》いで来た処女に過ぎなかったろう。

この時代における永井家の家族構成を私は知らない。家居《かきょ》の構造も知らない。ただ、母堂のいられたことと、一生永井家に仕えた老婢しんのいたことを知っているに過ぎない。永井家は山の手の名家であり、ヨネは下町の良家の子女であり、そこに溶け合うまでに相当の歳月を必要としたことは言うまでもあるまい。簡単に言って、半年やそこ等では無理であったろう。一トロに「愚鈍」と評し去るのは冷酷であり過ぎる。

私は不幸にして直接ヨネの人物を知らない。しかし、写真で見るのに、どこにも愚鈍を見出すことは出来ない。美人でもなければ不美人でもない。いや、美人不美人は、荷風自身の鑑賞に堪えたのだから、今更問題にはならないはずだ。要するに、可憐な、常識が表情に出ているいい娘さんであった。澄んだいい目をしている。この目は少くとも愚鈍の目ではない。

なぜそんなことを言えるかというに、私の感じを裏書きしてくれる友人がいるからである。それは大場白水郎だ。

白水郎は俳人で、久保田万太郎の親友であった。一時籾山書店に勤めて、荷風とも接触があった。後、株屋の店員として羽振りがよく、万太郎を花柳界に誘った先輩でもあった。私や万太郎と違って、よく持てた。艶福の絶えたことがなかった。

俊敏という感じは一度も受けたことはなかったが、しかし事実は俊敏だったに違いない。四十を過ぎて間もなく、宮田自転車株式会社の重役として活躍していた。奥さんは年上だったが、やさしい上品な人だった。詳しいことは知らないが、諸芸に通じていたそうだ。

私は白水郎から、荷風とヨネの花婿花嫁姿の写真をもらって持っている。そうした写真をヨネから贈られるほど、白水郎夫人は彼女と親しかった。

ヨネはしばしば白水郎夫人を尋ねて来ては、荷風が気むずかしくって、機嫌を取るのに骨が折れると言って、いろいろ教えを仰いでいたそうだ。そういう時の彼女は、可憐愛すべきものがあった。そう白水郎が私に話してくれた。

「あの人、私の着物を見て野暮だ野暮だと言って笑うんですけど――」

ヨネはそう言って、野暮でない着物を見立てて下さいと夫人にせがんだ。

「さあ、先生のお気に入るかどうか分らないけれど、家へ出入りの呉服屋を呼んで相談して見ましょう」

夫人はそう言って、喜んでヨネの相談相手になっていた。

ヨネは嫁入り支度の一つとして、長唄のお稽古の外に、生け花、茶の湯など、一ト通りの素養は身に付けていた。が、堅気の家庭では哥沢など稽古することは先ずなかった。

「小母《おば》さま、哥沢を教えて下さいません？」

何とかして荷風に気に入られたい娘心が、白水郎の奥さんの胸を打った。

「私のでよかったら、喜んでお教えしますけど――」

口ではそう言ったが、心では、何とかして一人前の哥沢に仕込んでやろうと奥さんは真剣に思った。

「まあ、嬉しい」

ヨネは本当にそういう顔をして、その日からすぐ始めて、日を極めてせっせと通って来た。

白水郎から私の聞いたヨネの話は、どれもこれもこの種のいい話ばかりだった。白水郎も、夫人も、及ばずながら私も、荷風夫婦のために、いや、ヨネ子夫人のために、陰ながら力瘤《ちからこぶ》を入れていた。

私の知っている話は、みんなこんな間接なことばかりだが、それでもどこにも愚鈍な匂はしなかった。それどころか、可愛い、一途な、娘心の感じられるいい話ばかりだった。この可憐な娘心の一途さを汲み取ることの出来ない荷風こそ愚鈍でなくて何であろう。荷風は「夏の町」という随筆の中で、「この周囲と一致して日本の女の最も刺戟的に見える瞬間もやはり夏の夕べ、伊達巻の細帯にあらい浴衣《ゆかた》の立て膝して湯上りの薄化粧する夏の夕べを除いて他《た》にはあるまい」と言っているが、若しそんな姿を彼女に求めたとするなら、これ以上の無理はあるまい。そうした女に仕込むには半年では無理である。

しかし、私はこんなことを言うつもりで、「夏の町」を思い出したのではなかった。次の一節を読んで下さい。

「これもやはりそういう真夏の日盛り、自分は倉造りの運送問屋のつづいた堀留《ほりどめ》あたりを親父橋《おやじばし》の方へと、商家の軒下の僅かなる日陰を選《よ》って歩いて行った時、あたりの景色と調和して立ち去るに忍びないほど心持よく、倉の間から聞える長唄の三味線に聞き取れたことがある」

「歌は若い娘の声、絃《いと》は高音《たかね》を入れた連奏《つれびき》である。この音楽があったために倉続きの横町の景色が生きて来たものか、或いは横町の景色が自分の空想を刺戟していたために長唄がかくも心持よく聞かれたのか、今では何れとも断言することは出来ない」

「その日は照り続いた八月の日盛りのことで、限りもなく晴れ渡った青空の藍色は滴り落つるが如くに濃く、乾いて汚れた倉の屋根の上に高く広がっていた」

「自分はいつも忙がしかるべきこの横町の思いもかけぬ夜のような寂寞《せきばく》と沈滞とに、新らしい強い興味に誘われながら歩いて来た時、立ち続く倉の屋根に遮られて見えない奥の方から勢よく長唄の三味線の響いて来るのを聞いたのである。炎天の明るい寂寞のうちに、二挺《ちょう》の三味線は実によくその撥音《ばちおと》を響かした」

「自分は『長唄』という三味線の心持をば、この瞬間ほどよく味わい得たことはないような気がした。長唄の趣味は、一中、清元などに含まれていない江戸気質《かたぎ》の他の一面を現わしたものであろう。拍子はいくら早く手はいくら細《こま》くても、真直で単調で、極わめて執着に乏しく、情緒の粘って纏綿《てんめん》たるところが少い。しかし、その軽快鮮明なることは、俗曲と称する日本近代の音楽中この長唄に越すものはあるまい」

「端唄が現わす恋の苦労や、浮世のあじきなさも、または浄瑠璃が歌う義理人情のわずらわしさをも、まだ経験しない幸福な富裕な町家《ちょうか》の娘、我儘《わがまま》で勝気でしかも優しい町家の娘の姿をば自分は長唄の三味線の音《ね》につれてありありと空想中に描き出した。そして八月の炎天にもかかわらず、わが空想のその乙女《おとめ》は、襟付きの黄八丈に赤い匹田《ひった》絞《しぼ》りの帯を締めているのであった」

空想の中では、長唄と、それを唄う下町の娘とに対してこれだけの同感を抱き得る荷風が、どうして自分の妻に対しては、「端唄が現わす恋の苦労や、浮世のあじきなさも、または浄瑠璃が歌う義理人情のわずらわしさをも、まだ経験しない幸福な富裕な町家の娘」の一人として見てやれなかったのだろうか。

何で読んだのか、幾ら捜しても捜し当てられないのだが、荷風に、母堂が年を取られてからも声一杯に「吾妻八景」を唄われるさまを描いた文章があった。ヨネを三味線を通してこの母堂と親しませる親切ぐらいあってもよかったろう。一度嫁して、離縁される女の悲しさを荷風は顧みても見なかった。僅か半年やそこ等で、罪もない娘をキズ物にして返す非情さを私は憤慨しずにいられない。三十四にもなった男が、自分のためにではなく、親のために結婚するなんて、馬鹿馬鹿しいにも程がある。

荷風のところへさえ行かなければ、離婚もされず、仕合せな一生を送ることが出来たであろう普通の女が、荷風の身勝手から、離婚の憂き目を見た理不尽さを—

―冷酷無慙《むざん》な荷風の性格の無責任さを私は責めずにいられない。私は荷風の書いたものよりも、白水郎が幾つかの事実を並べて語ってくれたヨネの性格の尋常性の方を信じる。男でも、女でも、或るキッカケから突然一生の星が狂って不幸に見舞われるこの世の不思議さを私は知っている。恐らくヨネの後半生は幸福ではなかったろう。

　ヨネは処女だ。しかも、良家の娘さんだった。ヨネにくらべれば、八重次は年も年だったし、芸者だし、永井家を飛び出したからって、食って行けるだけの下地《したじ》もあったし、藤蔭《ふじかげ》流の家元として名告りを上げるだけの芸も度胸も政治性もあった。家元というのが名人であることを必須《ひっす》の条件とするなら別の話だが――。殊に、越後女だから、荷風に負けないだけの強い星を持っていたに違いない。

　彼女はもう一度芸者になり、家元として出発する準備をしていた。荷風の手紙。

「さて私はそなた去りたる後は今更母方へも戻りにくく候間、これより先きの一生は男の一人世帯張り通すより外致し方なく、朝夕の不自由、今はただ途方に暮れ居り候。お前さまは定めし舞扇《まいおうぎ》一本にて再び晴れ晴れしく世に出る御覚悟と存じ候」

　強い星には、荷風ほどの男も弱いのを見よ。

八重次の手紙。「ちょいと一ト筆申し上げまいらせ候。私事、お陰さまにてこの度無事芸妓営業致し候に付、これもみんなお陰といろいろ御礼申し上げたくと、再三電話にてお伺い申し上げ候ところ、いつもお留守にて、お礼も申し上げられず、失礼ながら手紙にて山々御礼申し上げ候。さぞいろいろお腹の立ち候ことや、お心持の悪いこともおわしまさんが、どうぞ過ぎたことと御見許し下されて、私もすっかり心入れ替わり居り候まま、どうぞ私の悪いことは御勘忍下されて、ただ芸妓の八重として月に一度でも年に一度でもお逢い下されたく、こんなこと、どの面《つら》さげてとのお憎しみもあらんが、幾重にも私が心に済まぬと思い居り候万分の一つにても通《かよ》い候よう神かけて祈り居り候ことなれば、どうぞお許し下され候て、お通り掛かりの折にはお立ち寄り下されたく願い上げまいらせ候。御給《おんあわせ》、今夕酒井さんへお渡し致す筈につき、御入手願い上げ候。右お詫びを兼ね御礼まで」

おやおやと思うような手紙の内容ではないか。思うに、一緒に暮らさねば――永井家にはいりさえしなければ、いろいろとして付き合っている限り、面白い男だと彼女は悟ったのであろう。殊に、彼女は文学趣味があったし、荷風ほど手練手管のある、口説《くぜつ》の面白い、その上寝てから面白い男は、そうザラに見付けることは出来なかったのだろう。

彼女の方も、一ト通りや二タ通りのしれいものでないことは、この手紙の奥に「旦那さま御許」とあるのでもほぼ推察がつくであろう。殊に、「袷」の件は殺し文句である。

荷風と付き合って行くには、深入りをしてはイケない――さすが八重次は芸者で鍛えて来ただけあって、一度の失敗でこの秘密を見破ったのだ。「ただ芸妓の八重として月に一度でも年に一度でもお逢い下されたく」と言っているのがそれだ。男では、この荷風の恐るべき鰓《えら》を知っていたのは谷崎潤一郎ただ一人だったろう。彼は荷風が唯一の恩人であり、終生変らぬ尊敬の念を払っていたが、心して決して近付かなかった。近付けば、友情に破綻《はたん》を生じることを知っていたからである。

しかし、男と女とでは知っていながらもそうは行かなかった。籾山仁三郎の手紙。「八重女とのやゝさもっさも、近頃は再び元の鞘《さや》の丸髷《まるまげ》に収まり候よう拝察、それも今はその方がおよろしかるべし」それに対する荷風の返事。「実は焼棒杭《やけぼっくい》となり候後は、自ら心に恥ずること深く、世間俄《にわ》かに狭く相成り、殆んど身の置きどころなきようの心地致し居り候」荷風自選の「年譜」を見ると、大正四年の条に「九月、荷風、芸者家本巴家《もとともえや》二階に移る」。

二十九

「三田文学」がなくなってショボリしている私達に面当てのように、荷風は間もなく「文明」という薄い雑誌を発行した。発行所はやっぱり籾山書店だった。

まるで一人雑誌のような感じの寂しい雑誌だった。それでも、「第一号は先ず五六百部の残本かと思われ候」と籾山は報告している。「正味千部売れ候わば何とか安定も保ち得べく候。広告料だけの持ち出しにて事《こと》済み候。そのくらいの事にて済めば上々吉《じょうじょうきち》と存じ候。広告料は第一号は別として、第二号以下は月々四十円に御座候。尚《なお》第一号の精算付き次第御覧に入れ申すべく候。……『矢はずぐさ』いよいよ面白く、行文の妙、実に実に驚嘆の外これなく候。昨日石田（新太郎）氏の曰く『紅葉以来の文章家なり』と。予曰く『何ぞ以来と言わん』と。『文明』の如き薄き小冊子を威張って小売屋に売り渡し得ること、一に主筆一人の盛名と人気とに拠《よ》り候。薄き雑誌は頭から馬鹿にして、扱わぬが本屋一般のならわしに御座候。この度『文明』出でてこの陋習を打ち破り候ことに御座候」

今でも、薄い雑誌は小売店で喜ばない。それを喜んで店頭に並べたのは、この手紙の文句にあるように荷風の人気が衰えていない証拠であろう。表紙や裏表紙に、荷風好みの漢詩や俳句などが転載されていたが、その他「毎月見聞録」という雑報仕立ての記事が連載された。私達崇拝家には、それが荷風の筆であることが分った。そういう風に、荷風の息のかかったものは面白かったが、あとの寄稿家の文章などは「あらずもがな」のものばかりで、興味がなかった。

前にも抜萃したように、慶応義塾に対する恨みつらみが書かれているのを読んで、荷風辞任の理由が初めて分って同情もし、悲しみもした。今更こんなことを聞くのは、私達にとっては思いも設けぬつらいことだった。大人の世界のことが悲しかった。それにしても、「三田文学」を見馴れていた目には、荷風の雑誌ともあろうものが、余りに貧弱なのが情なかった。いっそ貧弱な雑誌なら、つまらぬ人の原稿なんか載せないで、完全に荷風の一人雑誌であってくれればいいのにと思った。

「文明発刊の辞」というのが載っていたのを記憶している。「私は最初『屋根船』という名前にしたいと思った。次には『編笠《あみがさ》』という名前はどうかと思った。編笠に顔を隠して遊びに行くということは、丁度匿名《とくめい》で好きなことを書くということにも例えられる。或いは浪人が編笠の陰から仇を捜したり世上を見歩いたりする心にも例えられるであろう。しかし、そんな名前は今時はもう流行《はや》らないと言われてよしてしまった」

「この雑誌『文明』は只今のところ私一個人の経営するものである。私の紙入れから出費する遊び事故、申すまでもなく経費には限りがある。目下戦争にて紙代高値につき三十二頁ということにした。三十二頁くらいの小冊子にして置けば、一部も売れなくても差支はない。即ち全然世評を顧慮する必要のない純然たる文学雑誌たることが出来る」

「売るべき品物でないから広告する必要もない。れいれいしく発刊の主意なぞ書くことも実は無用の次第である」

「ただ長年『三田文学』御愛読の諸君に対し、これまで御贔屓《ごひいき》の御厚情にあまえて、どうぞこの『文明』も『三田文学』同様お引き立て御吹聴《ごふいちょう》のほどをお願い申すのである」

「この小雑誌は、新古の小説、詩歌、また東西文学の研究ばかりには限らぬ。絵のこと、骨董のこと、古着古切れ類の珍らしい話、釣りのはなし、盆栽、茶の湯、料理の道、流行小間物、髪結いの評判もするつもりである。踊、三味線、遊芸のことは専門の人達にお頼みして、おいおいにその人々の意見、抱負をも洩らして頂きたいと思っている。堅い議論も、むずかしい研究も載せる。艶ッぽい話や浮いた噂も載せる」

「何の秩序もない種々雑多の記事、一見全く統一なきが如きところ、却ってこれを本誌の特徴にしたいのである。フランス王朝時代に詩人を中心として貴族の会合したサロンの会談は、各々その好むところのことを楽しみ語り合うのに過ぎなかったが、やがてそれは隠然たる一団の勢力となって一時代の文明を促《うなが》し作らしめる原因となった」

「文明とは礼儀を知ることであろう。交わるにも礼儀を以ってし、また争うにも礼儀を以ってすることであろう。今古人物の美徳を敬慕し、誠実にこれを称揚することであろう。常に心地よく胸襟を開いて、わが思うところを忌憚《きたん》なく打ち明けると共に、人の言うところを誤解なく聞き取ることであろう。要するに、何事もラフィネ（洗練）せる世界に生きようという意味であろう」

「行き届かぬところは、何卒御注意下されたし。次号よりますます勉強いたします」

これを読んで、そうして内容を見て、私達は失望した。ますますわが崇拝する作者が堕落の一路を辿《たど》ろうとしているのを悲しまずにいられなかった。荷風ほどの作家が、趣味と文学と間違えているとはどうしても考えられなかった。あれほど尊敬置かざる鷗外の文学を一体何と見ているのだろうか。趣味を文学と見ていて、しかも鷗外の文学を尊敬するとは何を意味するのか。

骨董、古着、古切れ、釣りの話、盆栽、茶の湯、流行小間物、髪結い、踊、三味線、遊芸のことなど、私達にとっては無用の長物だった。

文壇の趨勢《すうせい》が、自分と相容れないのをすねて、荷風はこんなことを言っているのだと初めは思っていた。しかし、彼の生活が事実、「置き炬燵に一人下手な三味線でも爪弾きしている方がよい」という風になって行ったのを見て、単にすねているのではないと思うようになった。

「文明発刊の辞」で、荷風は体裁のいいことを言っているだけで、「文明」には一度も「東西文学の研究」など載ったことはなかった。サロンの会談のようなものも遂に現れなかった。「常に心地よく胸襟を開いて、わが思うところを忌憚なく打ち明けると共に、人の言うところを誤解なく聞き取る」ことなど、荷風のよくするところでないことは、正宗白鳥との応酬で私達は既に知っていた。

「文明」の寄稿家である井上唖々や久米秀治などは、どう贔屓目に見ても、小説家でもなければ、文学者でもなかった。「浅草の久保田万太郎君並びに久米秀治君は、この小雑誌に御同情下され、毎号その御創作を恵与せられる筈である」と書いてあったが、万太郎は遂に最後まで御創作を恵与せられなかった。俗人久米秀治と違って、詩人万太郎は、幾ら恩師の雑誌でも、自分の出る幕でないことを知っていたのだろう。

私の事を語れば、こんな調子でだんだん荷風に失望しながらも、いや、腹を立てながらも、「文明」を買うのをよすことが出来なかった。荷風の本が出れば、必ず買わずにいられなかった。

どうして知るのか、映画のお客くらい面白い映画と面白くない映画を嗅ぎ分ける勘の鋭い人種はあるまい。面白くない映画は、初日から入りがない。お金を出して雑誌を買う読者も、その点正直だ。籾山の荷風宛の手紙に、「文明追々読者も少く相成り申し候こと口惜しく存じ候」

荷風の返事に、「文明読者追々減じ行き候由。小生一人のほか他に小説ようの物これなく、また専門の研究というものもなき雑誌故、人の買わぬは無理ならず。それは兎に角として、今日と相成りては、私一人のためならば『文明』は全く必要これなく、何とか外によき目的をつけたきものと考え居り候」そう言って、荷風は廃刊を匂わせている。籾山は続刊を希望していたらしい。

その頃の荷風の手紙の一つに次のようなのがある。「郵便為替拝受仕り候。右は何卒九月限りとなし、以後は御心配御無用になし下されたく懇願致し候。只今執筆中の長篇半分だけにても脱稿いたし候までは、暫く他に気の散らぬように致したく、そのため自然『文明』にも思わしきもの書く暇《いとま》これなきかと心配致し居り候。病気も追々悪くなるにつけ、今のうちに何か少し力の入りたる長篇書き置きたく、毎月雑誌へ片々たる責め塞《ふさ》ぎのものばかり書き月日を過すも如何《いかが》と存じ居り候。それやこれやにて兎に角『文明』に対する過分の報酬は甚だ心苦しき次第につき、何卒この儀よろしく御推察下されたく願い上げ候」

右文中の郵便為替云々は、幾ら中にはいっていたのか知らないが、主筆名義料、若しくは編輯謝礼であろうと「考証永井荷風」の著者は言っていられるが、恐らくそうであろう。そんなものが出ていたとは私は知らなかった。前に抜萃した籾山の書翰のうちに「第一号の精算付き次第御覧に入れ申すべく候」とあるのを思い出していただきたい。これは金銭にやかましい荷風の性格をよく知っている籾山らしい挨拶だが、その籾山だからなにがしかの名義料を送っていたに違いない。それまで黙って受け取っていた荷風が突然これを辞退して来たことは、「文明」に全然熱のなくなった何よりの証拠と見なければなるまい。

この機会の間《かん》に、荷風と籾山との間に何か意志の阻隔《そかく》を来《きた》すような行き違いがあったらしい。あんなに仲のよかった二人が、急に疎々《うとうと》しくなったのには何か訳がなければならない。「文明」のあと荷風が出した雑誌「花月」の発行所は籾山でなく、「拙著『腕くらべ』売り捌《さば》きの儀も、却って御多用中御迷惑かと存じ候間、何とか私方にて取り扱い申すべく候。右念のため申し添え候」という手紙一本で籾山とは縁を切り、今まで何の関係もなかったその頃銀座にあった新橋堂書店で販売させている。

確か小栗風葉に「冷暖」という小説があったが、荷風の冷暖の差――殊に冷たくなったら極端に冷たくなる彼の性格は特筆大書するに価すると思う。

その一例をあげれば、小山内薫だ。

そのことを語るには、荷風の「夏姿」出版前後のことを語らなければならない。作者自身言っているように、「この作は春本《しゅんぽん》と異なるところなきもの故、そのまま篋底《きょうてい》に蔵して置いたものを、籾山の勧めで出版に及び、発売禁止を予想し、官省の休みを窺《うかが》い、土曜日の夕方に書店に配本、翌くる日曜一日に一千部を売り尽した」

籾山の書いたものによると、「四六判、本文わずかに七十頁、扉の図案も、表紙の絵も、共に先生自ら作り給えり。定価三十銭。内務省に届け出《い》づるや、忽ち発行を禁止せられたり。警視庁吏、販元を襲うて刊本を差し押うるに、残本僅かに三十余冊に過ぎず。本来届け出の後三日はその発行を差し控《ひか》うべき定めなるを、その儀に及ばざる本屋も不心得なりとて、大目玉を頂戴し、まず無事には済むまじとのことなりしも、小山内薫先生、事を扱《あつこ》うて警視庁へ赴かること前後三度、陳弁、哀訴、これ努められたる甲斐ありて、ようやくにして事無きを得たり」

とにかく作者も、発行人も、官憲の裏を掻いた悪質の行為だったから、彼等の心証を甚だしく害した。そこで厳しく追及して来た。荷風も、籾山も、難を恐れて息を殺して身を隠していた。若しこの時小山内の斡旋《あつせん》がなかったら、二人はどんなひどい目に会ったか分らなかった。そういう意味では、小山内は二人の恩人だったと言ってもいい。

ところが、荷風はその恩を忘れて、小山内の悪声を放っている。籾山宛の手紙に、「その節《せつ》お話しこれあり候速記会へ小山内薫お招きの儀、お見合わせ下されたく候。その訳は、小山内、小生の『三田文学』へ出《いだ》したる『江戸演劇の特徴』と題する拙文を無断にて古劇研究会草稿中へ差し入れ、天弦堂という書店に売却致し候由につき、右原稿取り戻しの談判を天弦堂及び小山内両方へ開始致すつもりに候」

この手紙を見ると、籾山から速記会の話のあった時、即座に小山内拒否のことを言えばいいのに、荷風にはそれが言えず、帰ってからこんな強硬なことを手紙に書く性癖があった。人と逢っている時は思っていることの言えない気の弱いところがあった。その点、斎藤茂吉にも、これに似たところがあった。荷風と違うところは、茂吉は文章に書くとなると、相手に向って遠慮会釈もなかった。「吹き飛ばす石は浅間の野分《のわき》かな」と言うような強烈無比な物言いをした。荷風の場合は、対小山内の場合のように陰口が多かった。これは私の想像だが、荷風はこの籾山宛の手紙とは打って変って、小山内に対して原稿取り戻しの手紙など出してはいなかったと思う。

こんな例は幾つもある。「にくまれぐち」の中で、荷風は「新潮」に載った鷗外に対する悪口を抜萃して、「私はここに於いて雑誌『新潮』誌上の該記事は、文学書肆《しょし》新潮社全体の是認しているものと見做《みな》した」と言って、次のように筆を進めている。

新潮社は、森先生が六十年の生涯になされた事業はわが日本の文壇に何等の意義をもなさぬものと断定したのである。然るに、かくの如き暴言を吐いたその舌の根のまだ乾きもやらぬうち、新潮社は同年十一月、与謝野寛氏が「鷗外全集」刊行のことを企てるや、氏に請《こ》うて遂に全集出版書肆の中に加わった。

森先生は新潮社にとっては死んでも尚イヤな奴ではないか。そしてその著述は何等の意義なきものだと言うのではないか。意義なきものの出版に強《し》いて自ら参加したのはどういう訳であろう。さほどに意義なきものが出版したくば、ひとり森先生の著述のみを選ぶには及ぶまい。新潮社は言行の相一致せざる破廉恥の書肆である。

翌々年大正十三年十一月二十一日に至って、新潮社は店員何某《なにがし》を私の家に派遣して、「現代小説選集」とか称する予約出版物に拙著をも編入したい趣を伝えた。店員はその際私の問いもせぬのに、不可解なることを申訳らしく言い添えた。その言葉は、「中村さんも近頃は大変後悔して居られますから」と言うのである。(小島注。「新潮」の記事の執筆者は編輯長中村武羅夫《むらお》であった)

私はいまだに何の意であるかを解しない。しかし、私は森先生が物故《ぶつこ》の際、聞くに堪えざる毒言を放った書肆に、私の著述を出版せしめることは徳義上許さるべきことではないので、断然これを拒絶し、且つ店員に向っては重ねて敝盧《へいろ》の門を叩くなと戒めて帰した。

私は新潮社に関係する文士と、その社から著述を公にしている文士輩とは、誰彼の別なくかの「新潮」の記事を公平だと是認している者と思っているので、それ等の輩とはたとえ席を同じくする折があっても、言語は交じえないつもりでいる。宋儒《そうじゅ》の学説を奉ずるものは、明学《みんがく》を入れる雅量はないであろう。私は狷介固陋《けんかいころう》を以って残余の生涯を送ることを自ら快《こころよ》しとなしている。

荷風が言う通り、「新潮」の暴言は無知と無礼の極端なものであった。荷風の怒りは当然である。思い起こす、「鷗外全集」編纂《へんさん》の時、私も編纂委員の一人として、富士見町の与謝野邸の会合に毎回出席していた。荷風も一二度顔を見せた。

私は後輩中の後輩だったが、鷗外の「水沫集《みなわ》」の初版をはじめとして、殆んど著書の全部の幾つかの版を持っていた。そればかりでなく、雑誌に載《の》ったまま単行本になっていない切り抜きなども持っていた。

若し私がそれ等の全部を提供しなかったら、あの短時日の間に、巻数を定め、内容見本を作ることは恐らく不可能だったろう。森家では、於菟《おと》博士は確か留学中で、誰も編纂に参加する方《かた》はいなかった。その上、私は先生の生前「森林太郎訳文集」の編纂と校正とを依嘱《いしょく》されて、ドイツ篇とオーストリー篇の二冊を出版していた。

その時、先生は鷗外の号を嫌われて、「森林太郎訳文集」としてくれとおっしゃった。で、「鷗外全集」も当然「森林太郎全集」とすべきことを私は主張したが、容れられなかった。「全集」については、まだいろいろの逸話があるが、語るべき機会がいずれあるだろう。

第一回の「全集」は、全集刊行会の名の下《もと》に出版されたが、それは版権の所有者が全集刊行会であって、出版書肆は、国民図書株式会社、春陽堂、新潮社の三軒であった。この三軒の中から、新潮社を除けというのが荷風の言い条であった。

ところが、彼は編輯会議の席上でそれを口に出して言うことをしなかった。委員のうち与謝野夫妻、吉田増蔵のほかは、荷風が多少でも遠慮しなければならない人は一人もいなかった。入沢達吉、木下杢太郎、森於菟なども名を列ねてはいたが、会議には出席しなかった。それだのに、荷風が言いたいことを言わなかったのはなぜだったろう。

そのくせ、会議が済んでそとに出ると、私をつかまえてそれを言うのだった。若し自分の説が容れられなければ、委員を辞任するつもりで、辞任届をここに持っていると言って、洋服のポケットを押さえて見せたりした。しかし結局、新潮社のことは一ト言も言わず、委員を辞任もせず、ただ会議に出なくなっただけだった。要するに、非常なはにかみ屋で、臆病者だったのだろう。バーナード・ショーのいわゆる肉体的勇気がなかったのだろう。

同じような証拠がもう一つある。彼が「にくまれぐち」を「中央公論」に発表すると、すぐ翌月、新潮社の中根駒十郎という大番頭が「永井荷風氏の出鱈目《でたらめ》」という反駁文を「新潮」に書いた。中根は社長の佐藤義亮とは義兄弟で、事実上での名コンビで、新潮社をして今日の大をなさしめた功労者の一人であった。我々には礼儀正しく慇懃《いんぎん》だったが、私に対して食言《しょくげん》のことは一度もなかった。商売上の駆け引きのことは知らないが――。

以下は秋庭太郎の文章を借りているのだが、右の「反駁文の冒頭に於いて、永井荷風氏は日頃から円本の跋扈《ばっこ》を慷慨悲憤し、改造社の『現代日本文学全集』は不都合だと言いながら、半歳を出でずして、釈明もなく同全集にはいったのは、荷風氏にして言行不一致の破廉恥の見本であり、また大正十三年十一月二十一日、新潮社の店員何某《なにがし》云々とある文章も出鱈目であるとして以下の如く難じた」「店員何某《なにがし》というのは、かく申す私です。私は『現代小説全集』の用向きで氏のお宅を訪ねると、大変な上機嫌で、出版の話から、土地家屋のこと、金融のことなどに及んで、何くれと世間話を愉快に話され、『現代小説全集』の方は暫く考えた上で返事するから待ってくれということでお別れしました。社に帰ると、同全集の中にはいられる某作家がいたので、今荷風氏を訪問して来たが、大変な上機嫌であったから、大抵話は出来ることと思うと話した程です。その翌日になって、荷風氏から先日御依頼の件は、折角だがお受けし兼ねる、悪しからずという丁寧な断わり状に接しました。それが、やれ『一言の下にその請いを拒絶した』の、やれ『重ねて敝廬の門を叩くなと戒めて帰した』のと出鱈目を列べて大層な威張り方ですから、吹き出さずにはいられません。殊に、中村さんが後悔云々という明かに出鱈目を推測されるようなことを言って何になりましょうか。中村氏はあの当時から今日まで明白に永井荷風を軽蔑すると言い切っています。その荷風氏の前に『後悔している』などと私の口から申されるかどうか、常識で判断されましょう」

どっちの肩を持ちたいかと言われれば、言うまでもあるまい。しかし、私は荷風のこういう癖《へき》を知っているから、恐らく中根の言う通りだったのだろうと思わない訳に行かない。

実際、改造社の全集のことをあれほど堂々と論じて置いて、ケロケロと忘れたように「全集」にはいった時には、私達も正直唖然《あぜん》とした。その理由として、荷風は次のように記している。

「午下《ごか》、邦枝君来訪。偶然改造社社長山本氏に逢いたりとて、全集本のことにつき語るところあり。山本は余に契約手付金として一万五千円を支払い、周旋礼金として金五百円を邦枝子に与うべき旨《むね》言い居れば、枉《ま》げて承諾ありたしと言う。余、邦枝子の言うところに従うべき旨返答す。邦枝子、直ちに自動車にて改造社に赴き、住友銀行小切手を持参せり」

この件につき、後に荷風は人に語って、邦枝に金のいることが出来たので、仕方がなかったのだと同じことを二人の人間に語っている。邦枝も私にその通りだと言っていた。

「現代日本文学全集」はわが国に於ける円本の始まりであった。その頃は、四六判三百ページ前後で一円が本の相場だった。大抵の作家が初版一千部、印税一割が基準だった。ところが、「現代日本文学全集」は菊判で五百ページあって、一円だった。その代り、一ページ三段組みで、六号活字で全部振り仮名付きであった。安いと言う点では日本一だった。その代り、何万部と売れなくてはソロバンが取れなかったろう。

小説の単行本が何万部、何十万部と売れたのは、この時が最初であった。私の知っているだけでも、谷崎潤一郎や佐藤春夫が住宅を新築した。小石川関口町の佐藤のスペイン風の家は、この時の印税で建てた家である。島崎藤村に、この時の印税を三人の令息に分配することを主題にした小説があった。

文士と言えば、みんな貧乏だった。自分の家を持っている小説家が何人いたろう。とにかく一万五千円といえば大金だった。今の金に直したら、一千五百万円ぐらいに当るだろうか。

この円本が大当りに当ると、春陽堂でも「明治大正文学全集」という円本を企画して改造社のあとを追った。この二種の円本のお陰で、一時に文壇が金的《かねてき》に潤った。思い出すのは「芥川龍之介全集」のことだ。生前彼は死後「全集」を新潮社から出す契約を彼自身していた。ところが、遺書を開いて見ると、師の漱石に倣《なら》って岩波書店から出したいと認《したた》めてあった。

私達は驚いた。そうして困惑した。しかし、新潮社は芥川の遺志を快く容れてくれた。岩波も出版を快諾してくれた。ここに困ったのは、改造社からこれも生前の約束を盾《たて》に「現代日本文学全集」の一冊として「芥川龍之介集」の出版を強要して来たことだ。彼の自殺によって世間の目が芥川に集注しているこの際、改造社としては出版して一挙に当てたかったに違いない。

しかし、「全集」を委託された岩波としては、商売上、出鼻を遮《さえぎ》られるようなことは面白くなかった。いろいろ悶着があった。が、結局、改造社が強引《ごういん》に芥川家と岩波とをウンと言わせてしまった。その時、五万円という夢のような大金が支払われたのを私は覚えている。今の人は笑うかも知れないが、当時の五万円は、私達にとって本当に夢のような大金であった。今の金に換算したら、五千万円以上だろう。

さて、荷風と改造社の「全集」のことに話を返すと、私が直接邦枝から聞いたところによると、荷風は何十万部という大部数が売り捌《さば》かれていることは夢にも知らなかったらしい。

改造社はそれまでにも小山内薫と巖谷小波《さざなみ》とを介《かい》して、荷風の説得に努めていた。

「俺から部数のことを聞いて、先生はビックリしていたよ。先生は『時事新報』に三回にわたって書いていたろう、改造のやり方の間違いを――」

邦枝は私にそう言った。荷風は「改造」が社会主義に則《のっと》って日本を改造しようとしている主義主張を快く思っていないことを第一の理由として、「改造」の記者が荷風に面会を強要し、その私行を「改造」誌上に載せたことを第二の理由とし、「私は以上の理由のみならず」「その編輯の方法及びその主旨について賛同することが出来ない」ことを第三の理由として挙げている。「今、明治大正年間に於ける文学の選集を編纂せんとするならば、専攻の学者に依嘱《いしよく》して慎重なる選択を行わしむべき筈である」「薄利多売は衣食住に関する日常需用の物品について言うべきことで、文章、絵画の如き純正芸術の作品についてこれを言うべきことではない」「改造社はこの後私に対して如何なる手段を取ろうとも、正義と気概との世に存在する限り、改造社は私なる一老朽作家の意志を枉《ま》げしめることは出来ないのである。改造社が目下世に流布《るふ》した広告文中、私に関する部分は誤謬にあらざれば虚妄である」

私は邦枝の話を聞きながら、

「よくあんな正々堂々の議論を書いて置きながら、お前の一ト言で——お前に五百円くれるだけのために、落城したものだね」

そう言うと、邦枝はニヤリと笑って、

「お前もよく知っている通り、そんな甘ッちょろい荷風なものか。俺は外に二千円改造からもらったがね。先生の懐には十万円近い大金が転がり込んでいるぜ」

「本当か」

「だって、改造社ばかりじゃないものね。すぐあとで春陽堂の全集にもはいっているじゃないか。両方で五十万部は出ているだろう」

「ヘエー」

私は羨ましさに息が詰まる思いがした。名は売って置きたいものだと心から思った。

また私は「考証永井荷風」の文章を借りなければならない。昭和三年のくだりに、

「この年七月初旬に荷風と小山内との間に確執《かくしつ》を生じた」

それは小山内が読売新聞に「夜の断想」という文章を発表したことから発した。

……春陽堂の円本をも、改造社の円本をも拒否した人に、ただ一人真山青果君がある。

「俺は金儲けは嫌いだ」

そう言って断わったそうである。書物というものを無制限に安く売る必要はないと思っている私にとっては同感の出来る言葉である。真山君の気概には動かされた。

そこへ来ると、気骨がありそうに見えて、永井荷風君の態度などは、ちと軟弱である。この一件には、私自身も多少関係を持っているし、「顔をつぶされた」一人でもあるから、余り詳しいことは言いたくないが、とにかく一度ハッキリ拒絶して、その上その本屋の非をあばいた公開状まで発表しながら、いつの間にか、平気でその同じ本屋から円本を出しているのは奇怪《きっかい》である。

公開状で始まった事件だから、いずれ公開状で片付けてもらえるだろうと、私

はしきりに待っているのだが、いまだに何の断わりもないところを見ると、このまま世間をごまかしてしまうつもりではないかしらとつい疑惑の念も起って来ようというものである。

永井君は新聞を読まない人だが、誰かからこんなことを書いたと聞いて、不快に思うかも知れない。しかし私は病人になってから、何事も腹の中にあることを押さえつけて置くことが出来なくなった。病人が譫言《うわごと》を言っているのだと思えば腹も立つまい。だが、同時に、私がこんなことを書くのも、少年時代から畏敬している先輩の名をいつまでも穢《けが》して置きたくないからである。私がこれだけ書けば、永井君の罪も幾らか消えるだろう。更に永井君自身が、私の言葉に励まされて、公開状で弁明するところがあれば、或いは私達が罪だと思っていたものが、罪でもなんでもなくなるかも知れないのである。……夜の断想は、夢のようにそれからそれと続いて行く。

この一文によって、二人の仲は最後の決裂を招来した。この時の病気が小山内の生命を四十七で奪ったのだ。これより前から、荷風は小山内に対して何か感情を害していたらしい。曽つては小山内の訳した自由劇場用の戯曲「ドン底」のために、

「三田文学」の全誌面をあげて提供したほど仲のよかった二人だったのに——

荷風は籾山宛に書いている。「昨夜、有楽座にて岡鬼太郎の連中あり。松莚《しょうえん》子（市川左団次）と共に参り候ところ、図らず小山内、吉井の徒《と》に出合い閉口致し候。文壇に万太郎（久保田）あり、劇場に彼等あり、行くところ不快ならざるはなし」

そう言いながらも、その後も彼は小山内と左団次の家で同席し、歌舞伎座の楽屋でも会っているのだが、例の弱気から何も言うことが出来なかった。万太郎に対しても、相手は三田時代の教え子であり、「朝顔」の一作によって彼を世に送り出した恩師であるにもかかわらず、不快を不快としてぶちまけることが出来なかった。晩年、芸術院会員を受けなかったように、文化勲章も受けないだろうと言われていたのに、万太郎の来訪を受けると、一も二もなく受諾した。

「よくお受けになりましたね」

私がそう久保田に言うと、

「みんなが危ぶんでね、二度断わられたら、それこそ芸術院の恥じだから、発令する前に一応永井さんの内意を聞いてくれと言われて、市川へ行ったよ。しかし正直言って、僕は自信があったね」

「どうして？」

「だって、文化勲章には百万円の年金が付いているもの」

「で、苦もなくお受けになった？」

「ああ、苦もなく――」

万太郎は自信の鼻を高くしてそう答えた。

そればかりでなく、「あぢさゐ」などという小説が新派で上演される時など、万太郎に脚色を頼んだりした。これは花柳章太郎《はなやぎしょうたろう》の当り芸になった。

そういう点、「行くところ不快ならざるはなし」の一本槍《やり》ではなかった。ただ、私などに言わせると、「夏姿」で危ないところを救われた小山内の親切を忘れてしまっているあたりが、筆を執れば立派なことを言っているだけに、不思議な気がするのである。

その代り、不快を発散する折がないから、女の気鬱《きうつ》のようにキナキナと不快が荷風の胸に余燼《よじん》を残していつまでも燻《くすぶ》り続けるのだろう。だから、彼にとっては「日記」を書かずにいられなかったのだろう。そうでなければ、籾山のような安心して愚痴を言える親友が必要だったのだろう。

ついさっき書き落したが、改造社の全集も、春陽堂の全集も、それぞれ二十五万部前後売れたそうだ。文壇空前のことであろう。最高が漱石、荷風が第二位だったと聞いている。

三十

沢木四方吉がドイツから帰って来て、美学と西洋美術史の教授となったことは前にちょいと書いた。小泉信三、水上瀧太郎の親友で、秋田の船河港《ふなかわみなと》の生まれだった。額が秀《ひい》でていて、色白で、見るからに秀才で、三田の貴公子だった。美学はリップスの説の祖述《そじゅつ》で、大したことはなかったが、美術史の方は専攻だけあって、熱があり、自説があり、一つ一つ実物を見て来た興奮が伝わって来て面白かった。

講義に情熱があって、生きた教授に初めて巡り会った楽しさを私達は感じた。帰朝して鷗外のところへ挨拶に行ったら、

「君の学問に最も反応を示す上田敏君が死んで、残念だった」

と言われたそうだ。彼の講義を聞いて、学問と言うものはこう言うものだろうと我々は思った。ルネッサンスのイタリア絵画の講義が面白かった。万太郎や瀧太郎と一緒に、「春より秋へ」という恋愛小説を「三田文学」に発表しただけあって、

文章がうまかった。文章という点からだけ言えば、万太郎よりも、瀧太郎よりも、荷風に近く、うまかった。

講義が始まるとすぐ、「中央公論」から寄稿を依頼して来たりした。

荷風が去ってから沈滞していた文科の空気が、沢木教授には物足りなかった。阿部次郎や小宮豊隆が、東北の帝大に新らしく文学部を創設するために、慶応へ辞職を申し出て来た。

「何と言っても、自分の思うように文学部をこしらえて行く楽しさを思うと、久振りに若々しい情熱を覚えずにいられません——昨日阿部君が僕の家へ訪ねて来てそう言ってニコニコ笑った顔を見たら、そうだろうなあと同感しずにいられなかった」

次郎の笑顔というと、何とも言えない笑顔で、口の悪い日本橋の芸者が、

「一人で下宿している書生さんが、好きなおかずをもらった時のようね」

そう言ったのが当っているような笑顔だった。

次郎の笑顔は、私に京都帝大に文学部を創設した当時の、西田幾太郎《きたろう》、内藤湖南、狩野直喜《なおき》、桑原隲蔵《じつぞう》等の若い意気込みを思い出させた。

沢木教授も、多少次郎の笑顔に刺戟されなかったとは言えまい。自分を除いては、

一人もその人がいないと思ったに違いない。彼は文科の二度目の刷新をしようと思い立った。「三田文学」をもう一度発行しようと決心した。

ここで、私と沢木教授との関係を一応説明して置かなければなるまい。少し自慢めく話なのでちょいと書きにくいが、試験の時、私は先生の「西洋美術史」の講義の筆記そのままを書かずに、何の気もなく全部自分の言葉で書いた。それが、私が先生の講義の内容を完全に理解している証拠として、沢木教授を大変喜ばせた。それからもう一つ、事は前後するが、先生の手で「三田文学」が復刊された後、私は「オーソグラフィー」という一文を書いた。「オーソグラフィー」というのは、一トロにいえば「正字法」とでも言おうか。文字や仮名遣いを正しく書くことである。

なぜそんなものを書いたかというと、荷風の随筆に「文士の文字を知らざる」と言って嘆いているのを読んで、一流の文士が、どんなに間違った文字を書き、誤った仮名遣いをしているかという実例を幾つか挙げて、自分では窃《ひそ》かに荷風の嘆息に呼応したくらいのつもりでいた。

ところが、翌月の「文明」を見ると、「毎月見聞録」の中に、誰よりも先に褒めてくれるものと思い込んでいた荷風が、誰よりも先に立って私をやッつけているのだった。意外とも何とも言いようがなかった。私は悲しくってベソをかいた。

要するに、私の言わんとするところを無視して、枝葉末節《しようまつせつ》を捉《とら》えて嘲弄しているのだ。「文明とは礼儀を知ることであろう。交わるにも礼儀を以ってし、また争うにも礼儀を以ってすることであろう。常に心地よく胸襟を開いて、わが思うところを忌憚なく打ち明けると共に、人の言うところを誤解なく聞き取ることであろう」荷風は「文明」の初号でそう言ったばかりではないか。それなのに、もう人の言うところを誤解なく聞き取ろうとしていないのだ。

なぜそう言えるかというのに、これより前《さき》、私は森林太郎博士から次のような手紙を頂戴していたからである。

拝呈、小生仮名遣ノ誤謬御指摘下サレ謝シ奉リ候

一、今言「ツイ云々スル」トイフ「ツイ」ヲ「ツヒ」ニ作ルハ、大槻文彦君ノ説ニ従ヒシツモリニ候。但シ小生大槻君ノ説ヲ誤解シ居《ヲ》ルモノナラムモ知レズ候

二、「ハヒル」ハ「ハヒイル」ノ略ニテ、我国ニハ子韻《シイン》ヲ省ク例ナク、母韻《ボイン》ヲ省ク例多キ原則ヨリ、「ハヒル」トスルトイフガ国語家ノ説ト存ゼラレ候。小生ハhahir ヲ ha'ir トスル「アポストロフ」ノ例ヲ応用スルツモリニテ、十余年前マ

デ「ハイル」ト書キシ次第ニ候。然ルニ名詞ノ「ハヒリ」ハ先例動カシ難キニヨリ、近年ハ動詞ヲモ「ハヒル」ト書クコトニ改メ候。

三、「フルエル」ハ古言「フルフ」ナルコト勿論ニコレアルベク候。古言ノ「フルヘリ」「フルヘル」ハ全ク別ノ意ニ候。小生ハコレモ旧来「アポストロフ」ノ例ヲ取リ、furu'er トシタルツモリニ候。カクノ如クシテ古言ノ「フルヘリ」「フルヘル」ト区別セント試ミシ次第ニ候。コノ仮名ノミハ、右「区別」ノ目的ヲ以ツテ、夙《ハヤ》ク竹柏園《チクハクエン》主人ソノ他ノ忠告アリシニ拘ハラズ、今モ猶襲用シ居リ候。

四、今言ノ「何ノセイ」ハ人皆「所為《セヰ》」ト書《ショ》スレド、小生ハ右「セイ」ノ語原不明ニテ「所為《ショヰ》」トハ別ナルモノト考ヘ、故意ニ記音法《フオネチツク》ヲ用ヰ居リ候。

右ノ如ク小生ハ今ニ至ルマデ定見ナク、小生ノ今言ノ仮名遣ハ動揺シ居リ候。将来ノタメ何卒詳細御教示下サレ度願ヒ上ゲ候。就中《ナカンヅク》今言「ツイ」ノ来歴、今言ノ「フルエル」ハ古言ノ「フルヘル」ト同一ニ書セザルベカラザル理由（意義ハ全ク別ナルニ）、「セイ」ノ何故ニ「セヰ」ナルカノ説明等ハ、特ニ御示教ヲ煩ハシタク存ジ奉リ候。

大正五年十一月三日

右の文中、「竹柏園主人」とあるのは佐佐木信綱博士のことである。大槻文彦とあるのは、「言海」「大言海」の著者である。

この手紙は、「三田慶應義塾内三田文学会」小島宛に来た。授業中、塾僕が持って来てくれたのだ。裏を返すと、「団子坂、森林太郎」とあり、一ト目見るなり私は五体が顫《ふる》えて来て、授業が済んで親の家へ帰って来るまで止まなかった。夜が来ても、どうしても封が切れなかった。

内容を読むに及んで、私は、する資格のない者が「してはならぬこと」をしたという悔いと恐縮とを切々《せつせつ》と感じた。私の「オーソグラフィー」は大槻博士の「広文《こうぶん》典《てん》」と「言海」とを根拠にして論を進めてあった。が、森先生は、そんな世界の上にいた。そんじょそこらの剣術使いで、恐れげもなく宮本武蔵の剣をあげつらうような愚を敢えてしたようなものだった。

私は先生の手紙によって、全然知らなかったことを知った。初めて小さな窓を開いて、学問の広い絶景の一部をチラッと覗かせてもらったような気がした。私は清浄なものに洗われた。生まれて初めての、これまで知らなかった種類の、楽しい興奮を感じた。勉強しようと思った。

私は顫えながら、正直に、ありのままの見窄《みすぼ》らしい内容の返事を書いた。それに対して、先生はもう一度手紙を下さった。

宛名は「小島学兄」と書いてあった。私が挙げた大家は十五六人いたが、私の言わんとするところをそのまま受け取って、手紙を下すったのは先生一人だった。私はよもや森先生から質問の手紙を頂こうとは夢にも思わなかった。殊に、日常繁多《はんた》の先生が、学生の書いたものに目を通して下さるなどとは夢の夢にも思っても見なかった。それを、墨で巻紙に書いた手紙を下さったのだ。学生の書いた間違いだらけの、取るに足りない些事《さじ》に質問の書状を書くなんてことは、いかに学問を大事にしていられるかと言うことを身を以って示されたことだった。私は学問は有難いと思った。

それにつけても、荷風とは何という相違だろうと思わずにいられなかった。

「水沫集《みなわしゅう》」の序に、「朝餉《あさげ》終わりて馬に騎《の》り、団子坂より本郷通りに行き、ここより本郷青山通《がよ》いの電車に乗りて、赤坂なる官衙《かんが》に行く。公事果てて、同じ道を家に帰り、沐浴し、夕餉食《と》うべて、文机《ふづくえ》にいむかうは、火ともし頃なり。これわが日ごとの業なり」

「かくてこの点燈後暫しが程の時間こそは、我がためにいと貴きものなれ。新《あら》たなる書読むもこの時なり。物書かんとて思いを構うるもこの時なり。さればわが昔書き捨てつる反古《ほご》整《ととの》うることに、この貴き時を費さんを惜しと思うは、理《ことわり》なきにあらざるべし」こんな忙しい中から頂いた手紙かと思うと、一層有難く思わずにいられなかった。

荷風にはやッつけられたが、その情なさを償《つぐな》って余りあった。そればかりではない。森先生から手紙を頂いたということが、沢木教授に私に対する或る種の認識と信用とを齎《もたら》したと思う。私がいよいよ卒業する間際に、

「君、学校に残らないか」

そういう思いも掛けない申し出を聞いた。私は喜んだ。父との約束をこれで完《まっと》うすることが出来る、そう思うと、前途に道が開けた思いがした。これで卒業後の就職のことで心配する必要がなくなった。

沢木教授は、いよいよ「三田文学」の復刊に取り掛かった。私より一年前に卒業する南部修太郎を編輯の衝《しょう》に当らせ、私と水木京太とをその補助に起用することにされた。

雑誌を発行するのには何よりも先に資金が必要だった。で、或る日私達三人を連れて、沢木教授は会計課へ行って「三田文学」の収支決算表を一覧した。

驚いたことに、一文《いちもん》も残っていなかった。ずっと後になって、私が木下杢太郎と

吉井勇に逢った時、「三田文学」の話が出て、

「あの当時の三田の原稿料はよかったな。中央公論よりもよかった」

そういう会話を耳にしたことがあった。当時、雑誌のうちで「中央公論」の原稿料が一番いいという噂だった。それよりもよかったと言うのだから、思い切って出していたのだろう。

「ひどい」

会計課を出て、教員室の方へ歩きながら、教授は一ト言憤慨の語調でそう呟《つぶや》くのを私達は聞いた。私は数字のことはよく分らないが、収支決算ゼロというのは、「三田文学」主幹の意図がそこに働いていなければそううまく弾《はじ》き出せる筈はなかった。沢木教授の「ひどい」という一ト言には、荷風の悪意を感じての発語《ほつご》であったろう。見事に後足《あとあし》で砂を掛けて去った実感を私達は感じた。

沢木教授は、前々から「三田文学」復刊のことでは水上瀧太郎、小泉信三に助力を乞うていたが、こうなると、経済的にも二人の力を借りなければならなくなった。まず塾監局を動かして、復刊「三田文学」のために経費を捻出《ねんしゅつ》してもらわなければならなかった。それには沢木一人よりも、水上、小泉三人の方が有力であった。

いろいろ面倒な経緯はあったが、しかし、とにかくも支出してくれることに成功

した。僅かな金額ではあったが——。あとは、水上、小泉の言い出しで、塾出身の実業家から寄付を募《つの》ることになった。その文案を私が書き、交詢社《こうじゅんしゃ》へ鎌田栄吉を訪ねて一閲を乞うたことを覚えている。資金の一部を作るために、「三田文選《もんぜん》」という作品集を玄文社《げんぶんしゃ》から出版した。菊判の大帙《たいちつ》で、一つ外箱《そとばこ》の中に森先生の訳文集「蛙」が収められていた。

その外いろいろのことがあって、ともかくも第二次の「三田文学」が発行された。私達はこれによって、初めて作品を発表する雑誌を持つことが出来た。南部も、私も、水木も、文壇の片隅に登場する機会を与えられた。

芥川龍之介が「鼻」や「芋粥《いもがゆ》」で売り出したのは、これより少し前だった。私は文章のうまいのに魅せられた。短篇集「羅生門」が阿蘭陀《オランダ》書房から出た。佐藤春夫の書いたものによると、二人の交際は「芥川が将《まさ》に流行児として文壇の檜舞台《ひのき》へ上ろうとしている前後であった」。私が芥川の知遇を得たのは、彼が流行児になってからだった。作品でいうと、「或日の大石内蔵助」が「中央公論」に出た時だった。無上《むしょう》に逢いたくなって、鈴木三重吉の紹介状をもらって、田端の我鬼窟《がきくつ》へ訪問した。その頃の田端は、東京府豊島郡瀧野川町字田端で、芥川家は四三五番地にあった。

しかし、事実をいうと、三田の連中が食い足りなくなって、私のつもりでは他流試合をするくらいの意気込みで交際を求めて行ったのだった。が、行って見ると、他流試合どころの騒ぎではなく、先生と弟子くらい違っていた。あらゆる点で――。そんなことを、機会ある毎に話していたので、沢木教授は芥川のことをよく知っていた。芥川の本が出る度に持って行って貸したりしたから、彼の書くものも殆《ほと》んど読んでいた。

「どうだろう、大した原稿料は払えないが、何か三田へ書いてもらえまいか」

或る日、突然教授はそんな思いも掛けないことを言い出した。

「何かッて、随筆か何かですか」

「いや、小説だ」

素人《しろうと》は恐いと私は思った。流行児の先頭に立って、毎月あっちからもこっちからも注文が殺到して、書けずに悲鳴をあげている芥川が、一流の雑誌でもあることか、余所《よそ》の雑誌の倍も原稿料を払うなら兎も角も、あの忙しい人に小説を書いてくれとどの面《つら》さげて頼みに行けるものか。私がいい返事をしず、渋っているのを見て、教授は、

「実はね、僕は芥川君と三田と縁を付けて置きたいんだよ」

そう言い出した。

「これはまだ僕一人の空想だがね、芥川君を英文学の教授として塾へ迎えたいと考えているのだ。このことは、必ず実現する可能性があると僕は信じているのだがね」

当時芥川は横須賀の海軍機関学校の教官をしていた。鎌倉に住んでいて、土曜日毎に東京へ帰って来ては、日曜日一日友達と逢って、彼のいう駄弁欲《だべんよく》を満たした上で月曜日の朝横須賀へ急行する、そんなような暮らしをしていた。

彼は鎌倉住まいをいやがっていた。機関学校というところは、自分の受持ちの時間が済んでも、定刻までは学校に残っていなければならないのだそうで、塾では自分の受持ちの時間さえ済ませば、さっさと帰ってもいいのだという話をすると、

「そいつは羨ましいなあ」

と、本当に羨ましそうに言った。教授は一週間に三日出勤すればいいこと、受持ち時間は一週間に九時間だというようなことを話したら、いよいよ羨ましがった。だから、彼を三田へ迎える話を聞かせたら、喜んで来るだろうと私は沢木教授に答えた。

そんな下話があったので、私は芥川に「三田文学」への寄稿のことが話しよくなった。

「ああ、少し待ってくれれば喜んで書くよ」

そういう返事を聞いて、私は喜んで復命した。二三カ月して書いてくれたのが、「奉教人《ほうきようにん》の死」であった。芥川には「るしへる」とか、「きりしとほろ上人伝」とか、「じゆりあの吉助」とか、吉利支丹《きりしたん》物の作が幾つかあるが、その中でも傑作だった。いろんな意味で評判になった。沢木教授も私も芥川の好意を喜んだ。

「去んぬる頃、日本長崎の『さんた・るちや』と申す『えけれしや』（寺院）に、『ろおれんぞ』と申すこの国の少年がござった」

こう言った「日葡《にっぽ》辞書」の中の言葉遣いで書かれた苦心の作であった。この一作をキッカケに、沢木教授と芥川との交際が始まり、塾へ来てくれた場合の条件について話し合った。例えば二年か三年イギリスへ留学させること、月給のことなど——。芥川もその気になり、履歴書を書いて塾監局へ提出したりした。

芥川の外にも、沢木教授は私の推薦を入れて、折口信夫《おりくちしのぶ》を教授に迎えることに同意してくれた。沢木教授が不治の病気になりさえしなかったら、二度目の文科刷新の事は著々として実現したことだったろう。

三十一

私は「夏姿」が発売禁止になる前に逸早《いちはや》く買ってすぐ読んだが、作者自身も言っているように「春本」と異なるところなきもので、荷風ともあるものが、なぜこんなものを書くのか、どこに文学としての狙《ねら》いがあるのか、その真意が摑《つか》めなかった。こっちは若い身空だったから、息をはずませながら一気に読んだが——喉が乾くほど興奮して読んだが、これは一体一流の文学者の書くものかと作者の意図を疑わずにいられなかった。荷風にはこういう好色趣味があって、「四畳半襖《ふすま》の下張《したばり》」や「腕くらべ」の私家版のような、「夏姿」よりももっと烈しい溺れ方をしたものさえある。鷗外やジードに感心するかと思うと、為永春水に感心したり、高さと低さと極端な両面を持った不思議な人格であった。

実生活においても、荷風はこの両面を臆面もなく実行している。昼はフランス文学や、支那の文学、詩を愛読しているかと思うと、夜は毎晩のように新規な女漁《あさ》りをして倦《う》むところを知らなかった。

「痩《や》せ立《だ》ちの背はすらりとして柳の如く、目はぱっちりとして鈴張りしようなり。

鼻筋見事に通りし色白の細面、何となく凄艶《せいえん》なるさま、予が若かりし頃パリの巷《ちまた》にて折々見たりし女に似たり。先年新富町にて見たりし妓お澄に似て、一段と品よくしたる面立《おもだ》ちなり。予の今日まで狎《な》れ暱《したし》みし女の中にては、お澄とこのお富の面《おも》ざしほど気に入りたるはなきぞかし。お富は年既に三十を越え、久しく淪落《りんらく》の淵に沈みて、その容色将《まさ》に衰えんとする風情、不健全なる頽唐《たいとう》の詩趣を喜ぶ予が目には、ダーム・オー・カメリヤもかくやとばかり思わるるなり。去年十二月のはじめに初めて逢いしその日より情交忽膠《じょうこうこつこう》の如く、こなたより訪《と》わぬ日は必ずかなたより訪い来たりて、これと語り合うべき話もなきに、ただ長き冬の夜の更《ふ》けやすきを恨むさま、宛《さなが》ら二十前後の恋仲にも似たりと思えば、さすがに心恥ずかしく顔のあからむ心地するなり」「夜、初更《しょこう》の頃、お富来たりて門を敲《たた》く。出でて門扉を開くに、皎々たる寒月の中に立ちたる阿嬌の風姿、凄絶さながらに嫦娥《じょうが》の下界に来たりしが如し。予、恍惚自失せんとす」

「去年十二月の初め、蠣殻町小待合《こまちあい》近藤の帳場にて初めて逢いしなり。年二十五六。閨中秘戯絶妙」これは黒沢きみという女についての記述である。

「今宵は女二人連れなり。いずれも羽織は着ず、大形模様の銘仙を着たり。この間のお友達はどうなさいましたと言う。今夜は僕一人なれば、これからどこへなりとお前の好きなところへ行こうと答えながら、三十間堀の暗き河岸通りに出でたり。女はわが耳許に口を寄せ、一人行くのは都合悪《あ》しければ、友達の愛子さんに一円でも二円でもいいからやって下さい、私には五円下さい、二人ともあなたの自由になるからと路上にて接吻もしかねまじき勢いなり。通りがかりの円タクを呼び留め、芝浦埋立地にわが知りたる待合あれば、その二階に二人の女を連れ行き、すぐさま女中に支度させて狭き一ト間に入れれば、女は二人とも手早く着物脱ぎ捨つるさま、恰《あたか》も湯に入る時の如し。われ今日までさまざまなる売笑婦を知りたれど、この女二人の如く万事につけて意外なる者には未だ曽つて一ト度も出合いし事なし。年は一人は十九、一人は二十なりと言う」

荷風はまた、麹町三番町の川岸家の抱え芸者寿々龍《すずりゆう》を五百円で身受けしている。本名お歌。同じ三番町に権利金三千五百円を出し、家賃七十五円で幾代《いくよ》という待合を出させた。彼女の語るところによると、「先生は春画を沢山持っていらっしゃいました。覗き趣味も、確かにおありでした。小さな柄の付いた細長い鋸《のこぎり》を御自分で買って来《こ》られて、『どこを明けたらいいかなあ』と押入れの中にはいったり出たりして、一人でギイギイやっていらっしゃるのです。やがて小さな穴があくと大喜びで、或る時には『今のはつまらなかった』と言って来られたり、また或時は大変悦《えつ》に入ったらしく、『あの方《かた》の席料は負けて置いてお上げ』と言われることもございました」幾代の勘定書は荷風が自身で筆で書いた。

「美代子に逢うべき日なれば、その刻限に烏森《からすもり》の満佐子屋に行きて待つほどもなく、美代子はその同棲せる情夫を伴《ともな》いて来たれり。会社員とも見ゆる小男なり。美代子この男と余とを左右に寝かし、五体綿の如くなるまで淫楽に耽らんと言うなり」

「過日、新聞広告にて女中を募集せし時、羽生まさという三十近き女来たり、五六日わが家に居たりしが……この女、今まで一年ほど青山高樹町フランス人語学教師スビテ・ジャン方に働き居たる由。西洋料理も少しは出来る女にて、容貌は十人並にて痩せ立ちなり。目見得《めみえ》に来たりし翌日の夜、戯れに袖引きて見しに、内々待ちかまえたりという様子にて、嬉しげに身をまかせたり」

「下女まさ江を捕えて共に入浴す」

　実生活がこんなだから、彼の書くものもそうなるのだろうが、それが自然の発露《ほつろ》なのだろうが、それにしても不思議な異常性が、あの高級な教養と、気むずかしい趣味家の中に潜《ひそ》んでいたものだ。右三作のうち、最後の作である「腕くらべ」私家版の描写が、芸術に近い何かを発散している。

　私はこの荷風の恥を知らない異常性を見過ごしに出来ない気がするのである。なぜだかよく分らないのだが、何かこの異常性が彼の芸術の根元をなしているように思われてならないのだ。

私は無学だし、この異常性を掘り下げて行って、荷風の人間と芸術とに結び付けることが出来ないのだが、そんな気がして仕方がないのだ。彼がフランス文学から「あめりか物語」を通して日本へ持って来たものは、新らしい感情、感覚、官能だったと思う。青年らしい新鮮さ、濃厚さ、自由さ、ふんだんさに、若い私達を噎《む》せ返らせた。そういうものは、彼が帰って来るまでの日本の文壇にはなかった。自然主義が天下を取っていた文壇には全然なかった。だから、「あめりか物語」が私達を魅了したのだ。

「長髪」や「夜の女」や「ちゃいなたうんの記」などにも多少の異常性があって、多少のせいで、小説性の中に整理されていたから、美しく、異常性が露骨でないために、非常に美しく私達を刺戟し、魅惑した。荷風がまだ若く、小説を尊重していたから、異常性を芸術的気稟のうちに溶かし込んでいた。

年を取って自信を持つようになり、創作の才能が衰えるに従って、統制力が衰えて来たのだろう。あの方の欲も衰えて来たのだろう。「何という訳もなく身のまわり裏寂しく、余命のほども幾何《いくばく》ならずという心地して、何事をもなす気力なし。視力の衰えも今年に入りていよいよ甚だしく、冬の日の曇りし時には、案頭《あんとう》の電燈を点ぜざれば細字を書すること能わざるほどなり。葵山《きざん》氏は予の顔を見るたび、荷子の眉太く長きこと筆の穂の如し、これ長命の相なりとまことしやかに言わるるなり。されど淫欲の失せること我ながら驚くばかりなり。この春頃までは十日目ぐらいには肌さむしき心起りしに、秋より冬に入りて半月一箇月たちても更にそのような気も起らず」そのせいもあって、ああいうものを書く気になったのかも知れない。とにかく、芸術的気稟の統制を乱して来たことは事実である。

とは言え、現在あらゆると言ってもいいくらいいろんな雑誌に氾濫しているそれを狙っている小説よりも、そんな小説は少しもエロチックではなく、興味索然《さくぜん》たるものばかりだが、そこへ行けば、「夏姿」にしても、「襖の下張」にしても、「腕くらべ」の私家版に至っては殊に、本当の意味でエロチックである。

私はたまたまエロチックに於ける異常性を取り上げたが、そうでなく、エロチックの場合ほど露骨でないが、彼の芸術の根元的な魅力は彼の異常性にあると思う。どんな異常性か。彼が日本に持って帰った新らしい開放された感情、感覚、官能描写の異常性だ。彼は自然主義の作家と言われるモーパッサンによって開眼《かいげん》して帰って来た。しかし、彼は自然主義の作家ではなかった。人間性を徹底的に追究する作家ではなかった。「日記」によると、彼は一生数え切れないほど女を漁《あさ》った。しかし、どの女の性格をも追究していない。彼の小説を読んで、性格が彷彿として記憶から消え去らない女は一人もいない。彼は、

「鷗外先生が道楽をしていたら、もっといい作品を残していたろう」

と言っているが、「ヴィタ・セクスアリス」に書かれたくらいしか女を知らない鷗外の方が、無数に女を食べた荷風よりも、数多くの女の性格を描き分けている。忘れられない女の性格を幾人か私達の目の前に呼吸させている。

荷風は人生を「物語」にする作家であった。男にも、女にも、人間的に、性格的に肉迫しようとする興味はなかった。しかし、風俗や、小説が展開する場所、風景には、異常な興味と執念とを持っていた。「すみだ川」の人物は一人も生きていない。しかし、隅田川沿岸の風景描写は、小説に不必要なくらい詳細に生き生きと活写されている。

彼が小説の舞台に使おうとする土地へは、煩を厭《いと》わず、時間を惜しまず、幾度でも見聞に出掛けて行った。そのせいで、我々は忘れられない見事な風景描写に接することが出来る。前に抜萃した洲崎の描写などそのいい例だろう。もっと示せと言われれば、私は咄嗟《とっさ》に幾つでも挙げることが出来る。芸者の衣裳、女給の衣裳に荷

風ほど筆を惜しまなかった作家はいないだろう。大正時代の風俗を書き残して置くことに作者の使命を感じている感じ方に私はやはり異常性を感じないではいられない。全部彼の異常性の現れだと見て見られないこともあるまい。彼の作品の最も魅力的な箇所は、彼が無意識に情熱を燃やして彼の異常性を発揮した時であろう。

「紅茶の後《あと》」の中に、「流竄《るざん》の楽土《らくど》」という一篇がある。「そもそも文芸と社会との分離については、我国に於いては最も特別なる歴史がある。過去三世紀間、儒教を基礎として建設された江戸の文明は、一方に於いては未だにみんなの有難がる武士道を作ったと同時に、一方には絵画と建築とを除いて殆んどあらゆる芸術を正当なる社会の埒外《らちがい》に追放してしまった。今から顧みれば、自分はかかる流竄の宣告を受けたる当時の芸術をいかにも羨ましく懐かしく思い返すのである。江戸芸術は社会から追放流竄されたために、却って社会的道徳に囚《とら》われ妨げらるることなく、自由に恣《ほしいまま》に独得の発達を遂《と》げ得たのだ」「自分は戯作者と嘲けられ、河原者と卑しめられたる当時の芸術家が、悠々として散歩した流竄の楽土の美しさを夢みている」

荷風はそんな流竄の楽土なんかないことを百も知りながら――「戯作者の死」でその事実を書いている――そういう楽土を空想して楽しんでいたのだ。恐らく流竄の楽土こそ彼の理想だったのだろう。「夏姿」や「襖の下張」は、彼が流竄の楽土に遊んだ時の放埒な夢だろう。

ところが、面白いことに、現実に於いても彼は思うがままに流竄の楽土を楽しんでいるのだ。日記を見ると、彼が玩《もてあそ》んだ女の数を書いている。しかし、あれが全部ではないであろう。

しかし、どの一人にも、彼は本気で恋愛していない。本気で愛さなければ、女も、自然も、本当のリアリティを決して示すものではないとダヌンチオは「エピスコーポ」という作品の中で言っている。それは真実だ。だから、荷風は「夏姿」でも、「襖の下張」でも、「腕くらべ」の私家版でも、女を玩ぶところしか描いていない。女のリアリティを描き得ないのは当然である。

彼の流竄の楽土癖《へき》は、これまで私が書いて来たように中学生の頃から始まって晩年に到るまで変らなかった。読書と執筆の外は、他聞を憚ることばかりの日常生活だった。だから、あらゆる訪問客を寄せ付けなかった。訪問者は、彼の日常生活を窺いに来る闖入者《ちんにゅうしゃ》としか思えなかったのだ。自分はあんなに人の生活を覗き見することに異常な興味を寄せながら――。この病いのために、彼は好意で一ト間を提供してくれたフランス文学者小西茂也の家から追われたではないか。小西は、荷風が死んだら、わが家で経験した荷風の異常性のすべてを書くと言って息巻《いきま》いていたが、惜しいことに、彼は荷風に先き立ってこの世を去った。

荷風はわが流竄の楽土を乱すものとして新聞記者を憎んだ。自分の原稿が欲しければ、若い記者などをよこすのは無礼だろう、それ相当の責任者が来るべきだと言っていた。彼は自分に何も求めない紳士、例えば糀山仁三郎とか、相磯凌霜《あいそりょうそう》とか、池上幸二郎とか、森銑三《せんぞう》とか、新聞記者でも小門勝二とか、市川左団次とか、佐藤春夫ほどの大家ですら、何か求めるところがあると、忽ち逆鱗に触れるのだった。

佐藤の荷風先生に対する慇懃《いんぎん》さなどというものは非常なもので、三尺下って師の影を踏まず式であった。鞠躬如《きっきゅうじょ》という言葉を形に現したような敬《うやま》い方であった。あれで嫌われたら佐藤が余りに可哀想だ。

私の友達に大岡龍男という男がいる。父は文部大臣になったこともある名家の出だが、私と同じように荷風に教わりたくって慶応に入学した。時々出入りしていたが、後、三省堂に入社して教科書編纂《へんさん》の仕事で荷風を訪問したところ、荷風自身出て来て、

「先生は只今お留守です」

と言うのだそうだ。冗談言っちゃイケない。大岡は幾度か荷風に逢っているのだ。

「いえ、お忘れかも知れませんが、私は幾度か先生にお目にかかっている者です」

幾度そう言っても、荷風は「先生は只今お留守です」を繰り返すばかりだった。呆れて、大岡はスゴスゴ引ッ返して来る外なかった。弱いものには荷風は強かった。

「あの時ばかりは、しみじみ血の冷たい人間だと思ったね」

大岡は歯軋《はぎし》りせんばかりにそう言った。血の冷たいことは、弟の永井威三郎博士に対する彼の態度でも知れる。

「威三郎は余の思想及び文学観につきて苛酷なる批判的態度を取れるものなり。彼は余が新橋の芸妓を妻となせることにつき、同じ家に住居することを欲せず、母上を説き、家屋改築を表向きの理由となし、旧邸を取り壊《こわ》したり。余が大正三年秋、余丁町《よちようまち》邸内の小家に移りしは、これがためなり。邸内には新たに垣をつくり門を別々になしたり。余は妓を家に入れたることをその当時にてもよきこととは決して思い居らざりき。ただ多年の情交俄かに縁を切るに忍びず、且つはまた当時余が奉職せし慶応義塾の人々も悉くこれを黙認しいたれば、母上とも熟議の上公然妓を妻となすに至りしなり。彼は大正五年某月、余の戸籍面よりその名を取り去りて、別に一家の戸籍を作りたり。これによりて、民法上兄弟の関係を断ちたるなり。彼は結婚をなせし時、そのことを余に報告せず。故に余は今日に至りても、彼が妻の姓名その他について知るところなし。余が家の書生たりしもののうち、小川守雄、米谷喜一の二人は、母上方への来訪の際、庭にて余の顔を見ながら挨拶をなさざりしことあり」

例によって荷風は自分本位の理窟を主張しているだけで、相手の言い分を少しも斟酌《しんしゃく》していない。「慶応義塾の人々も悉くこれを黙認しいたれば」も、俄かに信じられないし、そんなことは何の正当の理由にもならない。彼一流の旗差《はたさ》し物《もの》に過ぎない。「民法上兄弟の関係を断ちたるなり」も笑わせる。「二人は母上方への来訪の際、庭にて余の顔を見ながら挨拶をなさざりしことあり」に至っては、女の愚痴に近い。

当時の法律は現在と違って、長男が父の財産を全部相続することになっていたそうだ。だから、地所も、家屋も、家財道具類も、父の蔵書も、父の洋服に至るまで、全部荷風のものになった。地坪が千余坪、建て坪がどのくらいあったろう。とにかく大邸宅であった。大正五年に、千坪のうち五百坪を売り、大正七年に残る何百坪を全部売り払っている。合計三万円以上の現金が荷風の手にはいった。今の金に直したら、億に近い何千万円だろう。

「考証永井荷風」によると、この金は「悉く荷風の所有となって、母恒《つね》や弟威三郎には分配されなかった。恒は明治製糖の株券と恩給とを所有して威三郎の家に暮らしていたのである。威三郎は母を世話し、六人の子供を教育し、永井家、鷲津家、（母の実家《さと》）をはじめその他の親類と交際していたのであるから、その経済的負担は並大抵ではなかったであろう。因《ちな》みに、荷風は母恒に小遣銭を与えたことなどはなかったと言う」

「荷風威三郎兄弟の不和は、大正三年秋にはじまり、同五年頃に至って両者は全く交わりを絶った」と秋庭太郎は書いている。「荷風歿後、威三郎博士に私は荷風との不和について訊《たず》ねたところ、荷風に生き写しの老博士は温顔に笑みを浮べて、『兄はああいう人ですし、細君も芸者で、母に御馳走も出来ないから、私が母を引き取ったまでです』と答えられた」

しかし、荷風に言わせると、「母を引き取る場合には、相当の順序があるべきだ。ズルズルと威三郎方に住み込んだ」これが、威三郎や母に対する荷風の言い分である。

しかし、私のような他人から見れば、荷風も、彼の家庭も、いや、やがてはその家庭もなくなってしまって、親の遺産でヌクヌクと肥った荷風が、当然面倒を見るべき長男が、冷々として母の面倒を見ないから、見るに見兼ねて遺産を一文も貰《もら》っていない弟の博士が、身を挺《てい》して母を引き取ったのだとしか思えない。

しかし、荷風にすれば、そう簡単には思えなかった。弟に遺産もやらず、母に小遣銭もやらず、母に孝養を尽すべき妻もいず、一人暮らしで女狂いばかりしていながら、威三郎に感謝すべきを忘れて、逆に彼を恨んでいるのだ。その恨み方も一ト通りでない。母が病んで危篤に陥り、七十七で亡くなる前後の荷風の態度は、血の冷たさと言おうか、彼の異常性の露骨さと言おうか、実に非人間的であった。

三十二

私はもう少し、荷風と母の問題を考えて見たい。

実際問題として、荷風が母を引き取ったとして、どうして母に孝養が尽せる彼か。いや、彼の家庭か。

事実、そんなに恨むなら、弟の威三郎博士と争ってでも一ト思いに母を引き取ればいいではないか。彼が引き取るのに、誰が文句を言うものがあるものか。それを引き取りもしずに、弟を恨み、弟に腹を立て、弟と義絶するとは訳が分らなさ過ぎる。

早い話が、母を引き取ったとしても、出来るだけ寝坊をして、毎日散歩に出、毎夜女と戯れ、そとでばかり飯を食い、夜遅く帰って来、時には女を家に引き入れ、徹夜で物を書き、本を読み、毎日遊んでい、一人暮らしの彼が、どうして母に孝養を尽すのか。孝養は愚か、三度三度の食事の世話も出来はすまい。

母の方が荷風の食事その他の面倒を見なければならなくなるだろう。第一、荷風の暮らし向きを見たら、母の方で家を出て行くに極まっている。それを知っているからこそ、荷風は母を引き取らなかったのだろう。それを知っているからこそ、威三郎博士は母を引き取ったのに違いない。

感謝しなければならないところだ。それを恨むなんて、私なんかにはその心理が分らない。佐藤春夫は、これをエディプス・コンプレックスと解している。エディプス・コンプレックスというのは、精神分析学で、男の子が父親に反感を持ち、母親を慕う傾向をいうのである。しかし、それにしても合点が行かない。

昭和十二年三月十八日の「日記」に、「曇りて風寒し。土州橋に行き、木場《きば》より石場《いしば》を歩み銀座に飯《はん》す。家に帰るに、郁太郎より手紙にて、大久保の母上重病の由を報ず。母上方には威三郎の家族同居なすを以って見舞に行くことを欲せず。万一の事ありても余は顔を出《いだ》さざる決心なり」

また四月三日のくだりに、左の記事あり。「晴天。午後、辰巳屋来たり、長谷川雪旦《せったん》筆『諸国名所図会《ずえ》』画稿数冊、河鍋暁斎《かわなべぎょうさい》筆『絵巻』一巻を示す。折から門口に来訪者あり。聞き馴れぬ声なれば、留守なりと断わるよう辰巳屋に言い付けたり。やがて名刺を持ち来たりて示すを見れば、弟威三郎なり。思うに大久保母上病い俄かに革《すす》みしものなるべし。母上は威三郎の家にあるなれば、余はいかにするともその家に行くこと能わざるなり」

四月二十八日のくだりに、「夜半家に帰るに、酒井晴次の名刺台所の戸口に置きてあるを見る。母上の病いいよいよ革《すす》みたるものと思わる」

「九月八日。南風吹きすさみ、塵煙濛々《もうもう》たり。朝のうちより民衆歓呼の声遥かに聞ゆ。晡下《ほか》、午睡より覚めて顔を洗い居たりし時、勝手口に案内を請《こ》うものあれば戸を開き見るに、従兄の永井素川氏なり。ケントン夏服にパナマ帽をかぶりたり。西大久保伯母上危篤なれば、直ちに余が車に乗りて共に行かるべしと言う。何はともあれ一寸顔を出されたし、これ僕が一生のお願いなりなど、言葉軽く誠に如才もなき勧め方なり。余は平生より心の底深く覚悟するところあれば、衣服を改め家の戸締まりなどして後刻参上致すべければ、御安心あるべしと体《てい》よく返事し、素川君を去らしめたり。風呂場にて行水をなし、浴衣のまま出でて浅草に至り、松喜《まつき》に夕餉《ゆうげ》を食し、駒形の河岸を歩みて夜を更《ふ》かし家に帰る」

秋庭太郎はこう書いている。母と「荷風とは大正三年以来別々に暮らして来ただけに、誰よりも荷風に会いたかったのであろう。病床の恒《つね》は看護に当っていた嫁の誉津《よつ》に、

『壮吉はまだ来ませんか』

と、呟《つぶや》いていたそうである」

「誉津の談によれば、この日荷風は、

『床屋に行って来るから——』

と言って素川を去らしめたと言う。兄来たるの報に、威三郎は紋付袴の礼服を着て、荷風の来るのを待ったが、遂に荷風の姿は見えなかった」秋庭太郎は「考証」にそう書いている。

「九月九日。晡下《ほか》、雷鳴り雨来たる。酒井晴次来たり母上昨夕六時事切《ことぎ》れ給いし由を告ぐ。酒井は余と威三郎との関係を知るものなれば、ただ事の次第を報告に来たりしのみなり。葬式は余を除き、威三郎一家にてこれを執行すと言う」

「日記」の欄外に、荷風は次のように朱書しているそうだ。

「母堂、鷲津氏、名は恒、文久元年辛酉《かのととり》九月四日、江戸下谷御徒町《おかち》に生まる。儒《じゅ》毅堂《きどう》先生の二女なり。明治十年七月十日、毅堂門人永井久一郎に嫁す。一女三男を

産む。昭和十二年九月八日夕、東京西大久保の家に逝く。雑司ケ谷墓地永井氏の塋《えい》域《いき》に葬す。享寿七十六。追悼、泣きあかす夜《よる》は来《き》にけり秋の雨。秋風の今年は母を奪ひけり」

　右の「日記」に出て来る人物のうち、郁太郎は荷風の次弟貞二郎の長男。永井素川は、久一郎の次弟松右衛門の長男、名は松三、帝大法科を卒業、外務省に勤務し、天津、ニューヨークに領事として在勤、後年外務次官に任ぜられ、昭和八年にはドイツ大使を拝命した。「ふらんす物語」の扉に、「わが親愛の従兄永井素川君に本書を献ず」と印刷してある。

　ついでだから、久一郎の兄弟のことをここに一括して書いて置こう。父は匡威《まさたけ》、長男は久一郎、次男は松右衛門、三男は釤之助《さんのすけ》、四男は佐佐吉、五男は久満次、女の子の名は伝わらない。三男の釤之助は阪本家に養子に行き、赤十字社副社長や枢密顧問官などになった。阪本越郎や高見順はその子である。五男の久満次も大島家の養子となり、台湾民政長官などを勤めた。「叔父大島久満次、官命を帯びて欧米視察の途次ニューヨークに来たる」と荷風の「日記」にある。この人の子が大島五《ご》叟《そう》である。「日記」に「予が旧邸売却の後は親戚のものとは全く音信《いんしん》を通ぜざるを以って、今日まで相見るの機なかりしなり。人の語るところによれば、大島叔父の遺子は、杵屋五三郎の門弟にて、三絃をよくすと言う。白皙《はくせき》長身、鼈甲《べっこう》の眼鏡をかけ、毛皮襟付きの二重廻しに白足袋をはきたる風采、宛然《えんぜん》長唄の師匠の如し」後年に及んで、その二男永光《ひさみつ》が荷風の養子となった。

以上は「考証永井荷風」からの抜き書きである。

私にとって肝腎なことは、荷風の心理の不可解さだ。一体、彼は弟を憎んでいるのか、母を憎んでいるのか。

私は直接威三郎博士から聞いていないから、博士が兄の思想及び文学観を苛酷に批判しているかどうかは知らない。しかし、「考証」に出て来る限りの博士は温厚の紳士であり、兄を尊敬している態度は誠に奥床《おくゆか》しい。荷風が「余は今日に至りても、彼が妻の姓名その他について知るところなし」と書いている博士の夫人は、関東大震災の時、身を以って荷風の危急を救っている。博士の令息の書いたものが「考証」に出ているが、

「疲れ切った先生を背負ったのだから、母も健気《けなげ》なものであったが、そんな母を驚倒させたのは、竹槍《たけやり》隊の来襲であった。この時ばかりは大男の如くに立ちはだかって、先生をかばわねばならなかった。万一怪我でもあってはお母さまに申訳が立たないとそれこそ死の覚悟をしたと言う。先生の風態《ふうてい》がまた手拭で頬かぶりした上に、

頭のうしろの方にカンカン帽を載せていたので、実に×××にソックリだったのだろう。自警団にやられたむごたらしい屍《しがい》を既に見ていたから、その時の恐怖は一ト通りではなかった。『永井です』『永井荷風です』と言っては見ても、根が涎《よだれ》の出そうな発音だった上に、先程のドロップの効《ききめ》があるから、さッぱり駄目で、危かったところを、幸い先方にも多少冷静なのがいて、紙に書かせたら直ちに了解がつき、虎口を免れたのであった。さんざんな目に会って家へ辿《たど》り着いたのは夜の八時頃だった」

これは荷風と誉津夫人とが、焼け出されて上野の山へ避難したはずの鷲津一家の人達の安否を母上が気遣って捜しに行ってもらった帰り道での記事である。秋庭太郎の記すところによると、「荷風は数日威三郎の留守宅に寝泊まりしていたそうである。（博士は当時南洋セレベス方面の農業視察のため出張中であった）荷風は焚き出しの玄米を食《しょく》して腸を害していたので、誉津は特に荷風の食事の世話には苦労したと言う。然るに『断腸亭日乗』には威三郎方に一泊したとあるだけである」事実、九月四日のくだりに、「疲労して一宿す。この日初めて威三郎の妻を見る」と書いてあるだけである。「威三郎とは大正三年以後義絶の間柄なれば、その妻子と言語を交じうることは予の甚だ快しとなさざるところなれど、非常の際なれば止むことを得ざりしなり」

「考証《かっこう》」によると、「威三郎の留守宅に滞在中、威三郎の幼児が、父親の威三郎と姿恰好生き写しの荷風を父親と間違えて纏《まつ》わりつき、荷風も迷惑そうにもなく睦《むつ》び合っている様子を傍らで母恒《つね》が眺め、涙ぐんでいたと言う。心柄《こころがら》とは言いながら、妻子もない荷風の身の上を哀れと思われたのでしょうとは、誉津夫人の述懐である」

ところで、「日記」を見ると、威三郎の子供二人が荷風に向って「早く帰れ帰れ」と連呼したと言う。どっちを信じたらいいのだろう。

しかし、紳士の家に育った子供が、客に向ってそんなことを口にするとは信じられない。なぜ私がそんな断言をするかと言うに、荷風は屡々《しばしば》「日記」に嘘を書いているからである。中野好夫に「二つの日記」という面白い随筆がある。それを読むと、「数年前非売私家版として刊行されたものだが、『五叟遺文』という本がある。著者の杵屋五叟は十年ほど前に物故《ぶつこ》した長唄師匠であるが、それよりもこの五叟の次男永光《ひさみつ》が、後に永井荷風の養子になった人物であるということを言えば、恐らく知る人は知っているはずである」

五叟が荷風の叔父大島久満次の子であることは前に書いた。中野好夫の文章は続く。「そこでこれも言って置かなければならないのは、周知のように荷風は、戦後の二十一年一月から二十二年一月まで、まる一年、疎開地から上京してこの五叟の家に寄寓《きぐう》した。従ってこの前後のことは、『五叟日記』にも、また当然『荷風日記』にも出て来ることになる。ところが、その両者を併せ読んで見ると、なかなかに興味深い事実にぶつかるのである」

「まずこの時期の『荷風日記』を卒読《そつどく》して行くと、五叟家に移って間《ま》もなく、『夜、机に向わんとせしが、隣家のラジオに妨げられて止む』（一月二十一日）というような記載が時々あるのに気がつく。そして六月頃から夏に掛けると、『隣家』がハッキリ『隣室』に変り、口吻《こうふん》も頓《とみ》に激しくなる。曰く、『枕につかんとするに、五叟その子と共に奥の間にて三味線を弾《ひ》き出《いだ》せり。眠るべくもあらず。……暁二時に至るも絃歌止まず。……漸くにして絃歌止む。嘆息して初めて眠りに就きぬ。貸間の生活勉学に適せず。されど今俄かに移るべきところもなし。悲しむべきなり』（六月六日）」

「曰く、『隣室のラジオと炎暑とのために、読書執筆共になすこと能わず。毎日午後家を出で、葛飾《かつしか》八幡また白幡天神境内の緑蔭に至り、日のやや傾く頃帰る。ラジオの止むは夜も十時過ぎなり。この間の苦悩、実に言うべからず』（七月二十五日）」

「八月から十月頃にかけては、殆んど数日置きに同趣旨の記載があり、十月の或る時期など、『昨日よりラジオ同盟罷業にて放送なし』（十月八日）『夜九時、隣室のラジオ轟然たり。ラジオ本月初めより同盟罷業にて放送なく、精神大いに安静なりしが、今宵再びこの禍《わざわい》あり』（十月二十六日）」「ひどいのは、『帰宅後、耳に綿を詰め、夜具敷き延べて伏しぬ。……悲しむべきなり』（八月三日）などと言うのさえある」

「これだけなら、荷風の苦悩察するに余りあるが、これを『五叟日記』に見ると、またおのずから盾《たて》の他の一面があるから面白い。二十一年十月二十二日というから、もう大分荷風側では感情険悪になっているはずだが、こんな記載がある。夜『十一時頃、爪弾の三味線の音、気に障りてか、先生雨を犯して外出、三十分ばかりにて帰宅せらる。一種のゼネストか』また年末から翌年初めにかけては、もっと愉快である。『十二月十七日。朝の邦楽の時間、ラジオを入れる。先生の部屋より、ただならぬ物音聞ゆ。八重（妻女）覗き見るに、火鉢の上に火箸を載せ、それを一本の火箸にて木魚を叩くが如く叩き、ラジオの音を避けようとなせり。気の毒とも思えども、児輩の如き心地して可笑《おか》し』同じく翌二十二年一月二日には、『夕餉後、爪弾きの三味線に、先生火吹竹にて机を叩く。余も流石《さすが》に釈然たり得ず。わがままか狂人沙汰か、判じ難し』ともある。勿論、こんな所行《しょぎょう》のことは『荷風日記』にはオクビにもない」

五叟は「三味線弾きの家にて三味線の音を忌避せらるるは無理なり。老いても尚わがままなる、気の毒にもなれり」とも書いている。「五叟の感想の方が、一応ヨリ筋が通っているかも知れない」と中野は言っている。

中野の文章はまだ続いている。「もっと面白いのは、少し遡《さかのぼ》るが、二十一年十月六日の条下にある。『昨夜、先生茶の間に入り来たり、電燈の笠も球もメチャメチャに毀《こわ》し、香衣と永光（長女・次男）に、「毀れたものは仕方がない。俺が毀したと言うな」と言ったまま戸外に出でしと、両人笑いながら顚末《てんまつ》を語る。何が故に電燈を破壊せしや、理由や情景想像も出来ず。世に文豪と言われる人の日常の子供に似た所業可笑《おか》し』とある。言わずと知れた、理由は隣室の騒音であったに間違いない」

荷風の「日記」の同じ日を見ると、ただ「半陰半晴、新小岩その他の私娼窟、米兵を迎うることを禁ぜらるると言う。午後海神《かいじん》に至る」とあるのみである。要するに、荷風は自分に都合の悪いことは平然として嘘をつくのである。前に、新潮社の中根駒十郎に嘘をスッパ抜かれた例もある。私は威三郎博士の令息達が「早く帰れ帰れ」と言ったというのは、荷風一流の嘘だと断言して憚らない。

威三郎博士が、「余の戸籍面よりその名を取り去りて、別に一家の戸籍を作りたり」と言って荷風は非難しているが、この事はそんなに非難に価する事だろうか。私は法律のことは何も知らないが、成人すれば独立して戸主となるのはごく当り前の事ではないのだろうか。

実際は、母を引き取ってくれたことを荷風は感謝していたのではあるまいか。内心では——。それをその通りに感謝出来なかったのだ、長男の面目上——。そこでああいう形で、辻褄を合わせたのではあるまいか。仮に弟がいず、母一人子一人で荷風が残され、どうしても母を自分のところへ引き取らなければならなくなったと想像して見て下さい。荷風は一体どうしたとあなたはお思いになりますか。

彼の生活が忽ち破《は》綻《たん》を来たすことは目に見えている。幸い弟がいたために、その破綻を免れ得たのだ。その幸運をありのままに感謝することは、人間として道にはずれている。彼の両親に対する道徳の根幹は儒教であったから——。母を弟にまかせたまま、二十四年間殆んどこれを顧みなかった罪は、威三郎に怒りの仮面を被るより外に弁解の辞がなかったのであろう。自己に対しても、母に対しても——。

「責めを一人に帰す」という言葉があるが、この場合の一人は最高の主権者をさすのだが、仮りにこれを威三郎博士と解して、荷風は責めを博士一人に帰して自分の罪を免れようとしているとしか私には解しようがない。威三郎博士のしたことは、荷風が言うほどの大事とは思えない。そんなに母が大事なら、何は置いても母の枕許に馳《は》せ参じれば済むことである。

第一、荷風は彼自身が言うほど母を愛していたのだろうか。母の重病のことを甥《おい》の郁太郎が報じて来たのは三月十八日、母が亡くなられたのは九月八日、その間《かん》半年の間彼は何をしていたか。「日記」に母の記事の出ているのは、前に私が抜萃した数項だけで、あとは、母の病気を気遣《きづか》った記事一つない。

「快晴。春風嫋々《じようじよう》たり。正午起床。写真機を提げて……玉の井を過ぎて浅草より銀座に出で、夕餉を食す。不二店地下室を窺《うかが》い見しが、いつもの諸子もあらざれば物買いて家に帰る」

「春風駘蕩。黄昏《こうこん》土州橋に赴《おもむ》く。ホルモン注射終る。夜銀座不二アイス店にていつもの諸子と会す」

「晴れて風甚だ寒し。午後大塚坂下町、儒者捨て場を見る。夜、銀座不二店に行きていつもの諸子と会す」

「快晴、雀頻りに鳴く。古書商玩古堂主人一昨日病んで歿《ぼつ》せし由葉書来たる。……

余が家に出入りの商人も前後して世を去るもの多し。心細き限りなり」

「浅草よりバスにて吉原大門前に至り、揚屋町の成八幡楼《なりやわた》に登る。二時間二円半。夜より明朝までは七円半なりと言う。妓丁《ぎちょう》に勧められて表梯子を登りしは、写真を撮影せんがためのみ。但し、成八幡という家には思い出づること少からず。明治三十二三年頃のことなり。余が敵娼《あいかた》は島村抱月の馴染なりき。また唖々子の敵娼は年《ねん》あけて後岡村柿紅に身を寄せたり。その人々にして今生き残れるものは一人もなし」

「薄暮銀座に飯《はん》し、北里《ほくり》に遊び彦太《ひこた》楼に登る。曽つて九段上の妓街にて見知りたる女の娼となれるに逢う」

「燈刻銀座に飯し、北里に行く。揚屋町の万字屋に登る」

「江戸一の彦太楼に登る。ラジオの洋楽 楽《かまびす》しければ、須臾《しゆゆ》にして出でて京二の河内屋に登る。震災後そのままの仮普請にして甚だ不潔なり。然れども娼妓には頗る美貌なるものあり」

「江戸見坂を下《くだ》り円タクを呼び留めて仲《なか》まで幾らで行くかと問う。仲とはどこですかと聞き返されて、初めてこの言葉の既に廃語となりしに心付きたり。大門口にて車を下り……京町二丁目の河内屋に登り、昨夜の女を買う」

「夜十二時家を出で、今宵また彦太楼に宿《しゆく》す。毎夜北里の妓楼に宿するに、今は妓楼が余の寝室の如く、わが家はさながら図書館の如く思わるるようになりしもおかし」

「夜十一時家を出で、江戸二の山木楼《やまき》に登る」

「南千住行の電車に乗る。満員の乗客悉く女給なり。吉野橋より歩みて廓《くるわ》に入り稲《いな》本《もと》に登る」

「北里に夜を明かすこと昨夜にて丁度十夜となれり。今宵も出掛けたく思いしが……」

「吉原に行く。竹下君の紹介にて引手茶屋《ひきてぢやや》浪花屋に登り、仲の町の妓小槌、小仙の二人を招ぎ、雑談暁の二時過ぎに至る。妓小槌、風姿清楚、挙止静粛にして、明治時代の名妓の面影あり」

「吉原の娼妓には床上手《とこじようず》なるもの稀れなるが如し。余二十歳より二十四歳頃まで、吉原のみならず洲崎にも足繁く通いしことあれど、閨中の秘戯人を悩殺するもの殆んど絶無と言いてもよき程なり。これに反してその頃より浅草の矢場《やば》、銘酒屋の女には、秘戯絶妙のもの少からざりき」

この間《かん》、一ト筆も母の病気を気遣う文字を見ない。これがあれ程弟を怨み、母を慕う子の生活だろうか。私は佐藤春夫の言うように、エディプス・コンプレックスとも解し得ない。エディプスは、テーベの王ライオスの子だ。成長の後、この子は父を殺し母と結婚するだろうという神託を聞いて、父はこの子を山に捨てさせた。ところが成長の後、彼は父と知らずにライオスを殺す。スフィンクスの謎《なぞ》を解いて王となり、知らずに母と結婚する。が、間もなくそれと知って、自ら両眼を剔《えぐ》って世を捨てて放浪する。これがエディプスだ。荷風のどこにそんな強烈なものがあるか。私の感じるのは、ただ荷風の血の冷たさのみだ。本当に彼が母を慕っているなら、威三郎も何もあったものではない。威三郎の家にいようがどこにいようが、垣を破って母の枕頭に押し入るべきだろう。

三十三

もう一面の異常性——女体に対する彼の執念についても、私はこの機会に書いて置きたいと思う。

昭和二年八月二十九日の「日記」に、「夜半妓を拉《らっ》して家に帰る」というような記事がある。その前後に、「晩間麴坊《きくぼう》の妓お歌、病いを問い来たる」「夜、麴坊の妓《ぎ》家《か》に夕餉をなす」「夜来の雨やまず。お歌の許に留《とど》まりて昼餉を食し、昏暮《こんぼ》家に帰る。深更また雨」「夜お歌の家を訪う。遂いに宿す」「偶然かくの如き小家を借り得て、ここに二十歳を越したるばかりの女を囲う。これまた老後の逸興というべし」彼は「壺中庵の記」という一文を草している。

そうかと思うと、九月二十八日のくだりに、「細雨糠《ぬか》の如し。正午家に帰る。門外にて偶然旧太牙酒肆《タイガーしゆし》の婢お久の来るに逢う。避けんと欲すれども道なし。客間に案内して来意を問う。酒肆を去りてより再び纏頭《てんとう》を得ず。大いに窮迫せりと言う。遂いに金壱百三十円を与えて去らしむ」ところが、十月八日に「正午女給お久また来たりて、是非とも金五百円入用なりと居坐りて去らず。折からこの日も邦枝君来合わせたれば、代りてさまざま言い聞かせしかど、暴言を吐きふてくされたる様子、宛然《えんぜん》切られお富の如し。止むことを得ざる故、警察署へ願い出づべしと言うに、漸く気勢挫《くじ》けて立ち去りたり。今まで心付かざりしかど、実に恐るべき毒婦なり」

越えて十月十一日、「初更『中央公論』の草稿を作り終わりしかば、勝手に至り茶を沸かさんとするに、表入口の方に人の足音聞ゆ。恐る恐る窺《うかが》い見るに、女給お久なり。主人旅行中と答うべき旨を老媼《ろうおん》に言い含め、裏口より外に出で、山形ホテルの電話を借り日高君の来援を求む。路傍にて日高君と熟議の上、市兵衛町曲り角の派出所に訴え出づ。巡査来たり、遂に女給を鳥居坂警察署に引致し去りぬ」

「十月十二日。午前七時、巡査門を叩き、警察署に同行せられたしと言う。自動車を雇い鳥居坂分署に赴く。刑事部屋にて宿直の刑事一ト通りの訊問あり。お久は昨夜より留置場に投げ込みある故、午後四時頃再び出頭すべしと言う。帰宅して後、電話にて日高氏に顚末を報ず。日高氏来たる。相談の上、余が知れる弁護士平井という人を招ぎ、三人打ち連れ時刻をはかり再び警察署に至る。待つこと一時間ばかり、呼び出しあり。一室に於いて制服着たる警官まず余を説諭して曰く、こんなくだらぬことで警察へ厄介を掛けるのは馬鹿の骨頂なり。淫売を買おうが、女郎を買おうが、それはお前の随意なり。その後始末を警察署へ持ち出す奴があるかと。次に檻房より女を呼び出し、お前も年は二十七とか八とかになれば、男の言うことを真に受けることはあるまい。瞞《だま》されたのはお前が馬鹿なのだ。金ばかり欲しがったとて、事は解決せぬ。今日は放免するから帰れと言う。警察の物言うさま、恰《あたか》も腐った大福餅を一ト口嚙んでは嘔《ほ》き出すと言うような調子なり」

「十月二十日。午後平井弁護士毒婦お久の事件落着せし旨を報ず、壺中庵に宿す」

「日記」をこまかに見て行くと、荷風の女出入りはこの二件にはとどまらない。呆れるほど多い。例えば、「函館生まれの女にて、色白く眼大きく睫毛濃く長し。西洋婦人に似たる顔なり。これ余の最も好むところ。寒国産の女なれば、閨中の秘戯巧妙濃艶なるは言うを待たざるところなり。新春の祝儀にとて二十金を与え、二更《にこう》の後別れて帰る」

「白髪も一二本はあるようなれど、いまだ目につかず。されど淫欲の失せたること我れながら驚くばかりなり」と自身書いているが、嘘か本当か私には分らない。昭和十二年になると、流石の荷風も六十に垂《なんな》んとした。「ホルモン注射をなす」などと「日記」に見える。その頃から、彼はカメラを愛用するようになった。昭和十一年十月二十六日のくだりに、「安藤氏に託して写真機を購《あがな》う。金壱百四円也」とところが、このローライコードでは、室内や夜間撮影が意の如くならないので、改めて十二年二月一日に、「名塩《なじお》君周旋のカメラを購う。三百十円也」と無駄使いを極端に嫌う荷風が、思い切って三倍もするローライフレックスを買い直したところに、ただならぬ彼の執念を感じないではいられない。

「日記」を見ると、「二時過ぎ家を出で、写真機を携えて中洲より亀井戸に至り、更に白髯橋に出づ。日漸く没す」とか、「水天宮の賽日《さいじつ》にて賑かなり。裏門外道路の上に癩病の乞食数人坐するを見る。竊かに携帯のカメラに収む」とか——

そのうちに、そういう尋常の撮影では満足出来なくなり、彼の覗き趣味が顔を出すようになった。「二月二十八日。空よく晴れしが、風寒し。沈丁花《じんちょうげ》咲き初めたり。晡下《ほか》美代子来たる。共に銀座に行き、不二店に茶を喫す。美代子は五時頃、富士見町のもみぢという待合にて客と逢引きの約束あれば、それを済ませて八時頃再びわが家に来たるべしとて、電車に乗る。余はフィルムを購い家に帰り、夕飯の支度をなす程に、美代子の情夫Ｗ生まず来たり、ついで美代子来たる。写真撮影例の如し」

「考証」を読むと、「偏奇館内に於いていかなる写真撮影がなされたか、想像に難くない」とある。また、

「夜八時、Ｗ生その情婦を携え来たる。奇事百出、筆にすること能わざるを惜しむ」ともある。そんな写真だから、フィルムをそとに出すことが出来ない。そこで、「写真焼き付けに半日を費す」とか、「写真現像をなし、晩涼を待つ」とか、「写真を現像して暁二時に至る」とか、「写真焼き付け暁四時に至る」とかあるのがそれだ。

　荷風の好奇心は、そんな作られたシーン描写では満足出来ず、年少の友人であった竹下英一君の下宿している家の前に銭湯があり、竹下君の二階の物干台から女湯が見おろせた。荷風は喜んで無心の女体の撮影をした。「午後散歩。晩間烏森《からすもり》に飯

す。芸妓閨中の艶姿を写真に取ること七八葉なり」荷風の道楽も行くところまで行き尽した観があった。

彼の写真趣味を語る一挿話を、昔、佐藤春夫から聞いたことがあった。幸い彼自身に一文がある。

「私をして再び荷風先生の机辺に赴かせ、先生をして堅く鎖《とざ》された偏奇館の門扉を私のために開かせたのはこの帚葉《そうよう》山人こと神代種亮《こうじろたねすけ》であった」

「その頃、彼は殆んど毎晩のように銀座の万茶亭で荷風散人のお相手をしてその色道世界武者修行談義の連続講話を謹聴していると言うのであった」

「『やむにやまれぬ大和魂をもって日本刀の切れ味を試すと、吉原仕込みの武芸に碧眼紅毛の娘子軍《じょうしぐん》を当るを幸いと斬り伏せ、逃げるは薙《な》ぎ倒し……』

などと口に涎を溜めて、微に入り細を穿《うが》っても、活字ではないから天下御免に手真似身振りまじりに娓々《びび》として尽きない饒舌は天下一品の聞きものと口真似まで加えての誘引に、私は金阜《きんぷ》山人の色道講話もよいが、帚葉山人の片棒をかつぐ気にもなれず、私は山形屋ホテルでの話をして、

『僕はどうも先生のおん覚え目出度くないようだから――』

『いや、そんなことはありませんよ決して――。大兄の近況にも詳しいし、いろん

な噂もよく出るので分ります。実はそのうち大兄を同道すると先生のお許しも得て置いてあります』

という話に、私は即日、帚葉山人と相携えて西銀座の数寄屋橋近くに、大きな麦酒樽《ビールだる》の半分を表扉《おもてとびら》に見せた酒場の手前にあった小ぢんまりしたカフェーにはいって行った」

「見ると、散人は白茶けた夏服姿を店の一番奥まったところに、銀の握りのある竹のステッキに乗せていた顋を持ち上げて、目顔で我々を迎え、さて手に杖を弄《もてあそ》んでいた。三田時代から見覚えのある杖である」

「この頃、偏奇館には決して客を迎えなかった荷風も、銀座でなら気軽に人と談笑した。堀口大学が一友人の引見を頼むと、銀座の風月堂で逢おうと言ったとか。また私の老友瀬沼氏や、年少の友旗《はた》なども銀座で私や神代などの仲間に加わることがあった」

「荷風はこの万茶亭の外に、また新橋見番の付近の、場所錯誤のように鄙《ひな》びた汁粉屋の常連で、そこに給仕をしていた洋装の（当時としては珍らしかった）小娘が気に入ったらしく、夜毎に通って深夜に及ぶことが多かったが、一夕、旗《はた》が同道した時、荷風はこの小娘の足許にしゃがんで、そのスカートをつまみ、少しくそれを捲《まく》り上

げながら猫撫で声をつくり、

『ちょっと見せてちょうだいネ』

と、からかっていた態度が妙に優雅であった」

「万茶亭へは私もしばしば行った。しかし神代の言う荷風の武者修行談は、もうおしまいになったのか、私には聞かしてくれなかった。ただ一度、今まで馴染んだ東西の情人の写真は今もってすっかり揃えて所持している。惜しいことに、ただ一枚だけ成金に引かされて行った新橋の奴は腹が立ってズタズタに引き裂いてしまったが(これが富松のことらしい)、あとのは全部ある。と言うのは、どうやら神代のための今までの武者修行談の締めくくりらしくもあった」

「その写真の話に、私がその貴重な蒐集品の一見を所望する傍から神代が、それはただ拝観だけで済ますのは惜しい、須《すべか》らく先生百年の後は遺品として拝領し、荷風先生伝の絶好資料、荷風美学の具体的標本として長く後昆《こうこん》に伝うべきだと言い出したので、私もその気になって試みにそれを願い出て見たら、先生は思いの外にあっさり、

『え、上げますよ』

と、はっきり承諾してくれたのは寧《むし》ろ意外で、衣鉢を伝えられる以上だから、そ

の場限りのことぐらいに聞いていた」

「その後、私が偏奇館へ伺候した時、こちらからは何も言い出さなかったのに、先生は、

『この間の写真の話は』と言い出して、『すぐ一応中身《なかみ》を調べてすっかり包み直し、その包みの上には、「散人百年の後には佐藤春夫君に贈る」と明記して置きましたから間違いありませんよ。写真の裏には皆その出合った場所、年代、写真の主《ぬし》の姓名、産地、年齢など明細な説明がありますから、それを見さえすればよく分るようになっています』

先生が本気でこう語り出した時、私は改めて望外に思った程である。これに対して私は、

『有難う存じます。しかし百年の後では少し待ち遠しくて、先生の百年の後を待つような怪しからぬ気持になっていけませんから、なろうことなら即刻拝領したいような気がします』

と言うと、先生は例の一流の曖昧な笑いを帯びて、しかし言葉ははっきりと、

『それは駄目です。——今はまだ時々出して見なければなりませんからね』

と言うのであった。それではせめて唯今、その中身を拝見するだけでもともう一

ト押しすればよかったが、私にも流石《さすが》にそれだけの押しはなくて済ましてしまった」

惜しいと思うのは佐藤春夫一人ではあるまい。彼は次のように書いている。「荷風百年の後にわが手に帰すべきであった（?）東西両洋にわたる荷風を魅惑した麗人の照影も、この時楼上万巻の書の灰燼《かいじん》に雑《まじ》ったものに相違ない」「この時」というのは、昭和二十年三月九日、アメリカ軍の空襲によって偏奇館が焼亡した日のことである。

彼は「荷風文学はその反俗精神にも劣らぬ好色的意欲から成るものと解する」と言い、「否、ひとり荷風文学のみではなく、すべての詩心というものは、頭蓋《ずがい》の骨匣《こつこう》の中では淫心と相隣接して秘蔵され、互いに交流することの密接なものでもあろう。アンリ・ド・リニエー、ダヌンチオ、わが荷風などを見ると特にこの感が深い」と言っている。しかし、レニエーやダヌンチオを上げるまでもない、夫子自身及び谷崎潤一郎を上げれば誰よりも歴然として来るであろう。

ここまで説いて来て、私は初めて「夏姿」や「腕くらべ」の私家版や「四畳半襖《ふすま》の下張《したばり》」を問題にすることが出来る。

しかし、断わって置かなければならないのは、世間に流布《るふ》している「夏姿」は、である。

私の言う「夏姿」ではない。あれは、まあ、普通の小説である。私の言うのは、大正四年正月に籾山書店から出て忽ち発売禁止になった七十ページの薄い小説のことである。

「腕くらべ」の私家版は「夏姿」よりも面白い。「夏姿」は覗き趣味だが、「腕くらべ」は小説だから——。あれは何と言ったかな。海坊主のような好色漢に、駒代という芸者がヘトヘトになるまで蹂躪《じゆうりん》される場面描写を私は今でも覚えている。これも、私は持っている筈なので、書庫を捜しに捜したが、見当らないので悲観した。

三つのうち、捜して出て来たのは「四畳半」だけだ。

仕方がない、「夏姿」と「腕くらべ」私家版とは思い切る外ない。と言って、「四畳半」も「全集」にはいっていないいくらいだから、内容を御覧に入れる訳に行かない。どういう風に紹介したらいいのだろうか。

荷風の「四畳半」は、次のような書き出しで始まっている。

さるところに久しく売家の札斜めに張りたる待合《まちあい》。もとより横町なれども、その後往来の片側取り拡げになりて、表通りの見ゆるようになりしかば、待合家業当節の御規則にて、代《だい》がかわれば、二度御許可《おゆるし》になるまじとの噂に、普請は申し分なき家なれども、買い手なかなか付かざりしを、ここに金風山人という馬鹿の親玉、通りがかりに何心もなく内を覗き、家作り、小庭の様子、一ト目見るなり無暗と惚れ込み、早速買い取り、ここかしこ手を入れる折から、母家《おもや》から濡れ縁伝いの四畳半、その襖の下張、何やら一面にこまかく書き綴る文反古《ふみほご》、いかなる写本の切れはしならんと、かかることには目敏《めざと》き山人、経師屋が水刷毛《みずはけ》奪い取って、一枚一枚剝《は》がしながら読みゆくに、これやそも誰《た》が筆の戯れぞや。

こういう江戸時代の戯文《ぎぶん》を真似た文章である。そうしてここで小さな活字で二行に「初めの方はちぎれてなし」と書き添えられている。そのあとは、

持って生まれし好きごころ、幾つになっても止むものでなし。十八の春「千種《ちぐさ》の花」読みふけりし頃、ふと御神燈《ごしんとう》の影潜り始めしより幾年月の仇夢、相手は新造、年増、小娘のいろいろ変れども、主《ぬし》のこなたはさても変らぬ好きごころ飽くを知らず、人生五十の坂も早や一つ二つ越しながら、寝覚めの床に聞く鐘の音も、あれは上野か浅草かと、すぐに河東《かとう》がかりの鼻唄、まだなかなか諸行無常と響かぬこそ、いやはや呆れた次第なり。

この待合を買ったのが金風山人となっているが、作者の名も金風山人となっている。金皐《きんぷ》山人は荷風の雅号であることを思い出す読者もいることと思う。

これぞと思う芸者、茶屋の女中に訳言い含め、初めて承知させし晩の楽しみ、男の身にはまことに胸も波立つばかりなるを、後にて女に聞けば、初会《しょかい》や裏《うら》にては気心知れず、気兼ね多くして人情移らずと。これだけにても男と女は違うなり。女は一ト筋に脇目も振らず深くなるを、男はとかく浅くして広きを欲す。女、男の気心知りて少し我儘いうようになれば、男は早くも飽きるとにはあらねど、珍らしさ薄らぎて、初手《しょて》程にはちやほやせず、女の恨みこれより始まるなり。

おのれ女房のお袖、まだ袖子とて芸者せし頃のことを思《おも》い出《いだ》すに、二十三四の年増盛り、小柄にて肉付きよきに目を付け、折を計って否応《いやおう》言わさず泊らせける。その首尾いかにを回顧するに、女はまず帯解いて長襦袢一つ、伊達巻の端きっと締め直して床に入りたるが、この一夜のつとめ、浮きたる家業の是非もなしと言わぬばかり。長襦袢の裾さえ堅く引き合わせていたるにぞ、この女なかなか勤めに馴れて振る道もよく覚えているだけ、一つ羽目はずさせれば、楽しみまた一倍ならんとそのまま此方《こっち》から手を出さず、至極さッぱりした客と見せかけ、何ともつかぬ話しして、時分を計りちょっと片足を向うへ入れ、起き直るような振りすれば、それと心得る袖子、手軽に役《やく》を済ません心にて、すぐに乗せ掛ける用意する故、己《おの》れもこれがお客の勤めサという顔付にてなすがままに、但し口も吸わねば深くは抱きもせず、もとより本間取《ほんまど》りにて静かに×××なしつつ、道具のよしあし、肌ざわり、肉付、万事手落ちなく瀬踏みするとは女吏にも気が付かず——

本当はこの辺から面白くなるのだが、残念ながらこれ以上は書き移すことは許されまい。本文二十一ページ。定価は書いてない。

この書が流布《るふ》して問題となり、作者が警視庁に呼び出された時、荷風は偽書だと言って難を免れたが、このあとの本文をよく読めば、荷風以外の誰にも書ける文章ではない。

「全集」にも「四畳半襖の下張」は収められているが、流布本とは大変出入りがある。面白いところは全部省略されていることは言うまでもない。

「腕くらべ」も、私家版の面白いところを抜萃出来ないことは「四畳半」と同じである。不思議な作家がいたものだ。江戸時代の浮世絵師が、春画を書いたのと同じ心理だろうか。

彼等の春画は、表芸《おもてげい》の浮世絵よりも或いは見事な完成品かも知れない。渡辺崋山のような大画家すら書いている。しかし、彼等は恐らく金のために書いたのだろう。荷風はそうではない。

三十四

では、お前は荷風の作品のうち、小説では何を認めるのか。

さあ、何だろう。

第一は「濹東綺譚《ぼくとうきたん》」だ。記憶だけで言うのだが、——読み返すと、幻滅の悲哀を感じるのがいやさに一度も読み返していないのだが、「見果てぬ夢」も悪くない。第三に「矢はずぐさ」だろうか。「狐」は好きだが、文章が少し気になる。小説ではないが、「春のおとづれ」「花より雨に」「夏の町」「伝通院」「紅茶の後」など。

人は「雨瀟瀟」をいいと言うが、年を取ってもいないのに年を取っているようなことを言っているいや味が、作品の邪魔をしている。底を浅いものにしている。

「矢はずぐさ」の方がずっと真実に触れている。

「さて突然ながら、かのお半事、この程いささか気に入らぬ仕儀これあり、彩牋堂《さいせんどう》より元の古巣へ引き取らせ申し候」

「拙者とて芸者に役者はつきものなり、大概のことなれば見て見ぬ度量は十分これあり候。況《いわ》んや、外の芸事とは違い、心中物ばかりの薗八節《そのはちぶし》稽古致させ、『惚れねばならぬ殿ぶりに宵の口舌《くぜつ》を明日《あした》まで持ち越し髪の艶《つや》ぬけて』など申すところは、取り分け情を持たせて語るように日頃注文致し居り候こととて、『口舌八景』の口舌ならねど、色里《いろざと》の諸わけ知らぬ無粋なこゝなさんとは言われぬつもりに候えども、相手が誰あろう活動の弁士と知れ候ては我慢なり難く、お払い箱に致し申し候」

お半は十九だ。十九の芸者に、ここに書いてあるような薗八の急所が理解出来る訳はない。彩牋堂主人の一人よがりと言う外ない。活動の弁士といい仲になったということも、手紙で報告しているだけで、小説としての実感も何もありはしない。そこへ行くと、「矢はずぐさ」は、荷風の生活が底に流れている。それが、顧みて他を語っているような顔をしていても、真実感が読者に迫って来る。八重次を失った寂しさを一ト言も口にしていないが、寂しさがどうしてだか読者の胸に訴えて来る、そこがこの作のいいところだ。言文一致では、こういう持ち味は出て来ない。

荷風が文章体を好んで書いたのも故なきではない。

「南向きの小窓に雀の子の母鳥呼ぶ声頻《しき》りなり。梯子段に誰やら昇り来たる足音聞き付け目覚むれば、老婆の蒟蒻《こんにやく》取り換えに来たりしにはあらで、唐桟縞《とうざんじま》のお召の半纏に襟付きの袷前掛け締めたる八重なりけり。根下がりの丸髷思うさま髱《たぼ》うしろに突き出だし、前髪を短く切りて額の上に垂らしたり。こは過ぐる日、八重わが書斎に来たりける折、書棚の草双紙《くさぞうし》、絵本の類《たぐい》取りおろして見せける中に、豊国が絵本「時勢粧《いまようすがた》」に「それ者《しや》」とことわり書きしたる女の前髪切りて黄楊《つげ》の横櫛《よこぐし》さしたる姿の仇なる、今時の芸者もこうありたしと我れの戯れに言いけるを、何事も気早やの八重、机の上にありける西洋鋏《ばさみ》手に取るより早く、前髪ぷッつり切り落し、鏡よ鏡よとて喜び騒ぎしその名残りなりかし」

こういう風情《ふぜい》は、言文一致では描けまい。言文一致では、荷風の散文詩人の詩味がリズムを打って来ないのだ。彼自身どこかで「二葉亭四迷出でて以来、殆んど現代小説の定形の如くなった言文一致体の修辞法は、七五調をなした江戸風詞曲の述作には害をなすものと思ったからである」と言っている。

昔、川端康成は水上瀧太郎の小説を評して、「文壇の垣のそとの小説だ」と言った。荷風の小説についても、同じことを私は言いたい。日本にいて自然主義の洗礼を受けなかった彼は、フランスの自然主義によって生まれ変って日本に帰って来たが、根が日本自然主義以前に小説家としてデビューしているために、小説を書くとなると、素直に人生を直写しようとしずに、日本自然主義以前に近い筋立てを考えずにいられないらしい。「おかめ笹」にしても、「二人妻」にしても、「ちぢらし髪」にしても、「あぢさゐ」にしても、谷崎の褒めた「つゆのあとさき」にしても、その他すべて、日本自然主義以前の古い筋立てが目に付く。従って文章も古く、心理描写をしようとせずに、まず物語を盛り立てて行く。

手触りも何も昔の小説だ。自然主義以後の新鮮潑剌とした小説ではなく、通俗小説的だ。何のためにフランスの新らしい小説を読んでいたのだろう。「日記」を見ると、彼の生活が悪い。前に書いたように、江戸趣味に溺れて居過ぎる。彼よりも遥《はる》かにつまらない為永春水などを買い被り過ぎている。市川左団次と、あんな付き合い方をして何になるのか。一トロに言って、趣味に溺れ過ぎている。新らしいフランスの小説を読んでも、薬になっていない。

彼が小説らしく組み立てていない小説、例えば「濹東綺譚」、これは荷風流の「私小説」だ。荷風一流の、不思議な、エゴイスチックな生活がそこに展開されている。手前勝手な、社会生活を捨てた、夜の魅力に憑《つ》かれた男の生活がリアルにそこに語られている。通俗小説性が姿を消している。そういう意味では、「寐顔《ねがお》」のような通俗小説的なプロットを構える余地のないごく短い小説が成功している。「おかめ笹」でも、「ひかげの花」でも、長い小説は通俗小説的なプロットがあるので失敗している。

「濹東綺譚」で一番失敗しているのは、「濹東綺譚」という題だろう。あとはみんな荷風としては珍らしく素直である。ただ、時々鷗外が使うようなむずかしい漢字が出て来る。例えば、「女の言葉遣《づか》いはその態度と共に、私の商売が世間を憚《はばか》るものと推定せられてから、狎昵《こうじつ》の境いを越えて寧ろ放濫《ほうらん》に走る嫌いがあった」とか、「かの女《おんな》達の望むがまま家に納《い》れて箕帚《きそう》を把《と》らせたこともあったが――」とか。それが不思議に「私小説」だから不調和でない。

「私の商売が世間を憚るものと推定せられてから」というのは、ちょいと説明がいる。

二階の襖に半紙四つ切り程の大きさに復刻した浮世絵の美人画が張りまぜにしてある。その中には歌麿の鮑《あわび》取り、豊信《とよのぶ》の入浴美女など、曽つて私が雑誌「此《この》花《はな》」の挿絵で見覚えているものもあった。北斎の三冊本「福徳和合人」の中から、男の姿を取り去り、女の方ばかりを残したものもあったので、私は詳しくこの画の説明をした。それからまた、お雪がお客と共に二階へ上っている間、私は下の一ト間で手帳へ何か書いていたのをチラと見て、てっきり秘密の出版を業とする男だと思ったらしく、こん度来る時そういう本を一冊持って来てくれと言い出した。

家には二三十年前に集めたものの残りがあったので、請《こ》われるまま三四冊一度に持って行った。ここに至って、私の職業は言わず語らず、それと極められたのみならず、悪銭の出どころもおのずから明瞭になったらしい。すると、女の態度は一層打ち解けて、全く客扱いをしないようになった。

日陰に住む女達が、世を忍ぶ後暗い男に対する時、恐れもせず嫌いもせず、必ず親密と愛憐との心を起すことは、夥多《かた》の実例に徴して深く説明するにも及ぶまい。鴨川の芸妓は、幕吏に追われる志士を救い、寒駅の酌婦は関所破りの博徒に旅費を恵むことを辞さなかった。

これは荷風自身の説明である。この文章の中に出て来るお雪という女が、この小説の女主人公である。

いかに素直がよくって、荷風がプロットを立てた小説が嘘になり、通俗小説的になるかは、この「濹東綺譚」の中に、荷風の玉の井通《がよ》いの本筋の外に、「失踪」という小説のプロットが書き込まれている、この二つを読みくらべて見ると、私の言う意味がよく分ると思う。「濹東綺譚」が本当の小説で、「失踪」が嘘の小説——通俗小説であることが、プンと鼻に匂って来るであろう。

それにしても、硯友社時代に育ったために、荷風は長い一生無駄な努力をしたものだ。私は荷風にもっと「私小説」を書いてもらいたかった。私小説を書く時、荷風は実に素直でリアルだ。

「私は殆んど活動写真を見に行ったことがない」

これがこの中篇小説の書き出しである。こんな無造作な書き出しの小説が外に荷風にはない。私の好きな「狐」でも、変に気取った書き出しをしている。「濹東綺譚」が新聞に出た時、この書き出しを見て、私は「これなら付いて行ける」と思った。「冷笑」が新聞に連載された時も、

「小山《こやま》銀行の頭取《とうどり》をしている小山清君は、この頃になってますます世の中を愚《ぐ》なものだ、誠に退屈なものだと感じ出した」

という書き出しを読んで、「濹東綺譚」の時のようにいい気持になれなかった。

「世の中を愚なものだ、誠に退屈なものだと感じ出した」という文章を読んで、「また始まった」と思ったものだ、荷風のマンネリズムが――。書き出しを読んだだけで、作者の意図が朧《おぼろ》げながら分ったような気がしたのだ。そんな小説はつまらない。

ところが、「濹東綺譚」の書き出しでは作者のネライが一向分らない。「私」という主人公が――読者には作者の荷風が、夕風のソロソロ寒くなった季節に、浅草の六区の活動小屋の絵看板を見て歩いているうちに、千束町の辺へ出る。

「右の方は言問《こととい》橋、左の方は入谷町《いりやまち》、いずれの方へ行こうかと思案しながら歩いて行くと、四十前後の古洋服を着た男がいきなり横合から現れ出て、

『旦那、御紹介しましょう、いかがです』と言う。

『イヤ、有難う』と言って、私は少し歩調を早めると、

『絶好のチャンスですぜ、猟奇的ですぜ旦那』

と言って付いて来る」

まるで随筆を読むようで楽しい。とても小説の文章とは思えない。この作は昭和十一年の作だから、荷風が五十八歳の作だ。さすがに大家の風格があって、余計なものをみんな振り捨てて、必要欠くべからざるものだけに澄み返っている。

続いて「私」は、吉原の近くにある古本屋へ立ち寄る。

「店は、山谷堀《さんやぼり》の流れが地下の暗渠に接続するあたりから、大門前日本堤《おおもんまえにほんづつみ》のたもとへ出ようとする薄暗い裏通りにある」「私は古本屋の名は知らないが、店に積んである品物は大抵知っている。創刊当時の『文芸倶楽部』か、古い『やまと新聞』の講談付録でもあれば、意外の掘出物だと思わなければならない。しかし、私がわざわざ廻り道までしてこの店を尋ねるのは、古本のためではなく、古本を鬻《ひさ》ぐ亭主の人柄と、廓外《くるわそと》の裏町という情味とのためである」「主人《あるじ》は頭を綺麗に剃った小柄の老人。年は無論六十を越している。その顔立ち、物腰、言葉遣いから着物の着様に至るまで、東京の下町生粋《きっすい》の風俗を、そのまま崩さずに残しているのが、私の目には稀覯《きこう》の古着よりも寧《むし》ろ尊くまた懐かしく見える。震災の頃までは、芝居や寄席の楽屋に行くと、一人や二人こういう江戸下町の年寄に逢うことが出来た。――例えば音羽屋の男衆の留爺《とめじい》やだの、高島屋の使っていた市蔵などいう年寄達であるが、今はいずれもあの世へ行ってしまった」

ここのくだりも、随筆的で甚だ楽しい。荷風はまるで小説を書いていることを忘れてしまったように、勝手放題のことを書いている。小説を意識している時の荷風は、こう無心に古本屋のことを書いたりはしない。この古本屋が必ず一つの舞台に使われる。そういう趣向が荷風の小説を古臭いものにしているのだ。

その晩の「私」は、この古本屋で古着屋の爺《じじい》に逢うのである。この爺が「実は今日鳩《はと》ケ谷《や》の市《いち》へ行ったんだがね、妙な物を買った。昔の物はいいね。差し当り捌《は》け口《くち》はないんだが、見ると、つい道楽がしたくなる奴《やつ》さ」そう言って、「女物らしい小紋の単衣《ひとえ》と、胴抜きの長襦袢を出して見せた。小紋は鼠地の小浜ちりめん、胴抜きの袖にした友禅染めも一寸《ちよつと》変ったものではあるが、いずれも維新前後のものらしく、特に古代という程の品ではない」

「浮世絵肉筆物の表装とか、手文庫の中張《うちば》りとか、また草双紙の帙《ちつ》などに用いたら案外いいかも知れないと思ったので、その場の出来心から私は古雑誌の勘定をするついでに、胴抜きの長襦袢一枚を買い取り、坊主頭の亭主が、『芳譚雑誌《ほうたんざつし》』の合本と共に紙包みにしてくれるのを抱えて外へ出た」

何の奇もない。小説らしいところもない。いつもこの伝《でん》で小説を書いたら、谷崎の褒めた「つゆのあとさき」なども、谷崎に褒められないで済むような、その代り正宗白鳥を感激させるような、本当の小説になったに違いない。

実はこっちへ来がけに、途中で食パンとカン詰とを買い、風呂敷へ包んでいたので、私は古雑誌と古着とを一つに包み直して見たが、風呂敷が少し小さいばかりか、堅い物と柔かいものとはどうも一緒にうまく包めない。結局、カン詰だけは外套のかくしに収め、残りの物を一つにした方が持ちよいかと考えて、芝生の上に風呂敷を平らにひろげ、頻りに塩梅を見ていると、いきなり後の木蔭から、

「おい、何をしているんだ」

と言いさま、サーベルの音と共に、巡査が現れ、猿臂《えんぴ》を伸ばして私の肩を押さえた。

私は返事をせず、静かに風呂敷の結び目を直して立ち上ると、それさえ待ちどしいと言わぬばかり、巡査はうしろから私の肘を突き、

「そっちへ行け」

公園の小径をすぐさま言問橋の際《きわ》に出ると、巡査は広い道路の向側にある派出所へ連れて行き、立ち番の巡査に私を引き渡したまま、忙がしそうにまたどこへか行ってしまった。

派出所の巡査は入口に立ったまま、

「今時分、どこから来たんだ」

と尋問に取り掛かった。

「向うの方から来た」

「向うの方とはどっちの方だ」

「堀の方からだ」

「堀とはどこだ」

「真土山《まつちやま》の麓の山谷《さんや》堀《ぼり》という川だ」

「名は何と言う」

「大江匡《ただす》――」

と答えた時、巡査は手帳を出したので、

「匡《ただす》は匚《はこ》に王の字を書きます。一タビ天下ヲ匡スと論語にある字です」

巡査は黙れと言わぬばかり、私の顔を睨み、手を伸ばしていきなり私の外套のボタンをはずし、裏を返して見て、

「記号《しるし》は付いていないな」

続いて上着の裏を見ようとする。

「記章《しるし》とはどういう記章です」

と、私は風呂敷包みを下に置いて、上着とチョッキの胸を一度にひろげて見せた。

「住所は――」

「麻布区御簞笥町《おたんすまち》一丁目六番地」

「職業は――」

「何にもしていません」

「無職業か。年は幾つだ」

「己《つちのと》の卯《う》です」

「幾つだよ」

「明治十二年己の卯の年」

それきり黙っていようかと思ったが、後が恐いので、

「五十八――」

「いやに若いな」

「へへへへ――」

「名前は何と言ったね」

「今言いましたよ。大江匡――」

私はこの種の訊問に引っ掛かったことがないから、大変興味がある。これも随筆的で大変いい。小説の訊問とは違って小説的作為がないから素直に読める。「私」

が巡査を小馬鹿にしているところなど、殊に面白い。

風呂敷包みを解《ほど》くと、紙に包んだパンと古雑誌まではよかったが、胴抜きのなまめかしい長襦袢の片袖がだらりと下がるや否や、巡査の態度と語調とは忽ち一変して、

「おい、妙なものを持っているな」

「いや、ハハハハハ――」

と、私は笑い出した。

「こりゃ女の着るもんだな」

巡査は長襦袢を指先に摘《つま》み上げて、燈火《あかり》にかざしながら、私の顔を睨み返して、

「どこから持って来た」

「古着屋から持って来た」

「どうして持って来た」

「金を出して買った」

「それはどこだ」

「吉原の大門前」

「幾らで買った」

「三円七十銭」

巡査は長糯袢をテーブルの上に投げ捨てたなり、黙って私の顔を見ているので、大方警察署へ連れて行って豚箱へ投げ込むのだろうと、初めのようにからかう勇気がなくなり、こっちも巡査の様子を見詰めていると、巡査はやはり黙ったまま、私の紙入れを調べ出した。紙入れには、入れ忘れたまま折り目の破れた火災保険の仮証書と、何かの時に入用であった戸籍抄本に印鑑証明書と実印とがはいっていたのを、巡査は一枚々々静かにのべひろげ、それから実印を取って篆刻《てんこく》した文字を燈火《あかり》にかざして見たりしている。大分暇が掛かるので、私は入口に立ったまま道路の方へ目を移した。

「おい、もういいからしまいたまえ」

「別に入用なものでもありませんから――」

呟《つぶや》きながら私は紙入れをしまい、風呂敷包をもとのように結んだ。

「もう用はありませんか」

「ない」

「御苦労さまでしたな」

私は巻煙草も金口のウェストミンスターにマッチの火をつけ、薫りだけでも嗅《か》いで置けと言わぬばかり、煙りを交番の中へ吹き散らして、足の向くまま言問橋の方へ歩いて行った。あとで考えると、戸籍抄本と印鑑証明書とがなかったなら、大方その夜は豚箱へ入れられたに相違ない。一体古着は気味の悪いものだ。古着の長襦袢が祟《たた》りそこねたのである。

随筆でも、荷風の随筆は凝《こ》ったものが多い。「夏の町」にしても、「伝通院」にしても、羽織袴に威儀を正して呼吸を整えているようなところがある。私のような荷風の崇拝家には、そういうところが言うに言えない魅力であった。「即興詩人」の名文。「たけくらべ」の名文。「多情多恨」の名文。眉山の「ふところ日記」の名文。名文から文学にはいって行った私には、自然主義作家の非名文には付いて行けなかった。そのくせ、徳田秋声の文章には魅力を感じていた。あの、青年には興味のない筈の暗い男女の生活に魅力を感じたというのは、秋声の女性描写のうまさにまだ女の魅力がよくも分りもしないくせに、私は何かを嗅ぎ当てていたのだろう。秋声の文章も、鷗外、紅葉、荷風流の名文ではないが、これこそ小説の文章だという——そういう意味で、真似の出来ない名文だと思った。秋声は「のらもの」で、秋声流の名文を完成した。

鷗外は「渋江抽斎」で鷗外流の名文を完成したが、荷風は言文一致体では、一家の名文を完成しなかった。文章体では「矢はずぐさ」や「断腸亭日乗」で完成したが——。しかし、この場合、彼の名誉にはならない。それは幸田露伴が「運命」を発表して大変な評判になった時、露伴自身「あれは、ああいう形式も文章も支那に先例があるから、自分の創作上の名誉にはならない」と答えたのと同じ理由からである。

荷風は横井也有《やゆう》の「うづら衣《ごろも》」を愛読しているが、あの官能派の荷風が、あんな俳文にあれほど感心しているとは信じられない。「自分だけの心やりとして死ぬまでにどうかして小説は西鶴、美文は也有に似たものを一二篇なりと書いて見たいと思っているのである」「私は反覆朗読する毎に、案《あん》を拍《う》ってこの文こそ日本の文明滅びざるかぎり、日本の言語に漢字の用《よう》あるかぎり、千年の後と雖《いえど》も必ず日本文の模範となるべきものとなすのである」そう言って、その理由を諄々《じゅんじゅん》と説いているが、「鶉衣《うずらごろも》の思想、文章ほど複雑にして蘊蓄《うんちく》深く、典故によるもの多きはない」と言い、「渾成完璧《こんせいかんぺき》の語ここに至るを得て初めて許さるべきものであろう」などと言われると本気で言っているのかと首をかしげたくなる。幾ら荷風にそう言われても、私は「うづら衣」からそんな至上の感銘は得られないからである。「どうかして小説は西鶴」と言っているが、いつか荷風が「榎物語《えのき》」を書いて、西鶴の面影があると言って白鳥に褒められた時荷風が洩らした言葉によると、余り西鶴を高く評価していない。近松の方を買っている。その時西鶴を評した一語が荷風の評価をよく語っているので、それをあっちこっち捜したが、どうしても見付からず、私はガッカリしている。

それが時とすると、忽ち「どうかして小説は西鶴」などと全くアベコベのことを言い出すのだから、油断も透きもあったものではない。佐藤の書いたものによると、荷風は也有の「百虫譜」を推奨していたそうだが、そう言えば、荷風にも「日本の庭」という散文詩がある。これなど、也有崇拝の現れかも知れない。

しかし、荷風の散文に最も影響を与えたのは蜀山人大田南畝ではないかと私は見ている。荷風は「葷斎《くんさい》漫筆」で蜀山人のことをいろいろ書いているばかりでなく、「大田南畝年譜」まで作っている。しかし、正面切って也有に対するように感嘆の声を上げていない。しかし、実際に影響を受けた作家に対しては、文士というものは明けッぴろげに感謝の言葉を吐かないものだ。人との対談の折の外は――。で、いつぞや村松梢風が「現代作家伝」を書く時、荷風に面会する機会があった際に、そのことを確かめて来てくれと頼んだところ、学生の頃から崇拝して置かなかった先生に逢えた嬉しさに、私の頼んだことをすっかり忘れて帰って来た。だから、私は私の観察を確かめる機会を失ってしまった。が、私は今でも私の観察を堅く信じて疑わない。荷風の文章体の文章には、蜀山人の影響が相当の肥やしになっていると思っている。

彼の言文一致体の文章は、途中で一度変化している。この変化は彼の作品に重大な影響を与えている。変化した原因を私は「花火」の中に捜す。

明治四十四年慶応義塾に通勤する頃、私はその道すがら折々市ケ谷の通りで囚人馬車が五六台も引き続いて日比谷の裁判所の方へ走って行くのを見た。私はこれまで見聞きした世上の事件の中で、この折ほど言うに言われないいやな心持のしたことはなかった。私は文学者たる以上この思想問題について黙していてはならない。小説家ゾラは、ドレフュース事件について、正義を叫んだため国外に亡命したではないか。しかし、私は世の文学者と共に何も言わなかった。私は何となく良心の苦痛に堪えられぬような気がした。私は自ら文学者たることについて甚だ羞恥を感じた。以来私は自分の芸術の品位を江戸戯作者《げさくしゃ》のなした程度まで引き下げるに如《し》くはないと思案した。その頃から私は煙草入れをさげ、浮世絵を集め、三味線を引き始めた。私は江戸末代の戯作者や浮世絵師が、浦賀へ黒船が来ようが、桜田御門で大老が暗殺されようが、そんなことは下民の与《あずか》り知ったことではない——否、とやかく申すのは却って畏《おそ》れ多いことだと、すまして春本や春画を書いていたその瞬間の胸中をば、呆《あき》れるよりは寧《むし》ろ尊敬しようと思い立ったのである。

事実、整々《せいせい》としていた荷風の文体が崩れて、こんな調子になった。

四月の末、いよいよ侯爵家の宝物売り立てがあった。鵜崎《うざき》は事務所から慰労金やら、大須賀家からの心付けやら。また幸水堂をはじめその他の骨董商からの礼金に加えて、殊に雲林堂からは、その際鵜崎の口添えで大須賀家へ出入りするようになったため、十二分のお礼。それと共に、芸者家の方は姉妹二人水入らずの稼《かせ》ぎに、鵜崎一人の身はどうやら懐手していても食って行けそうだという話。雲林堂はとうに浅草の方へ河岸をかえ、翰は勘当同様アメリカへ留学に追いやられた後、可哀想なのは蝶子一人であった。蝶子は翰の病毒を受けたため、一時妊娠のように思われたのは、葡萄状鬼胎《ぶどうじょうきたい》とかいう病症で、その年盆《ぼん》時分手術の甲斐もなく病院で死んだ。

あの美しかった文体が、こんな品のない文章に変ってしまったのだ。小説家の文体は一生変らないのが普通だが、荷風の場合は悪く変った稀れな例であろう。ところが、「濹東綺譚」になると、見事にこの戯作者流の悪文から抜け出している。「すみだ川」でも、「牡丹の客」でも、「つゆのあとさき」でも、「かし間の女」でも「腕くらべ」でも、惜しいことに、小説ではなくて、「物語」である。これ等の諸作を「物語」でなく、純粋の「小説」に書いたら、面白かったであろう。「濹東綺譚」は、戯作者流の文章に邪魔されず、荷風と潤一郎の致命傷である「物語」にもならず、見事に「小説」にしおおせている点、私のような崇拝家には無上の喜びである。

交番のイキサツから、荷風は――いや、「私」は、言問橋を渡って初めて玉の井の地に足を踏み入れたのであろう。

「小説をつくる時、私の最も興を催すのは、作中の人物の生活及び事件が開展する場所の選択と、その描写とである。私はしばしば人物の性格よりも背景の描写に重

き を置き過ぎるような誤に陥ったこともあった」

彼自身そう言っているように、「失踪」という小説の舞台を捜し求めて、玉の井にしばしば足を運んだようなことに書いている。

大分その辺を歩いた後、私は郵便箱の立っている路地口の煙草屋で、煙草を買い、五円札の剰銭《つり》を待っていた時である。突然、「降って来るよ」と叫びながら、白い上ッ張りを着た男が向側のおでん屋らしい暖簾《のれん》のかげに駈け込むのを見た。つづいて割烹着の女や、通り掛《が》かりの人が、ばたばた駈け出す。あたりが俄かに物気立《ものけだ》つかと見る間もなく、吹き落ちる疾風に葭簀《よしず》や何かの倒れる音がして、紙屑と塵芥《ごみ》とが物《もの》の怪《け》のように道の上を走って行く。やがて稲妻が鋭く閃き、ゆるやかな雷《らい》の響につれて、ポツリポツリと大きな雨の粒が落ちて来た。あれほどよく晴れていた夕方の天気は、いつの間にか変ってしまったのである。

私は多年の習慣で、傘を持たずに門を出ることは滅多にない。いくら晴れていても、入梅中のことなので、その日も無論傘と風呂敷とだけは手にしていたから、さして驚きもせず、静かにひろげる傘の下から空と町のさまとを見ながら歩きかけると、いきなりうしろから、「旦那、そこまで入れてってよ」と言いさま、傘の下に真白な首を突ッ込んだ女がある。油の匂で結《ゆ》ったばかりと知られる大きな潰島田《つぶし》には、長目に切った銀糸《ぎんし》をかけている。私は今方《がた》通りがかりに硝子戸を明け放した女髪結の店のあったことを思い出した。

吹き荒れる風と雨とに、結い立ての髷にかけた銀糸の乱れるのが、いたいたしく見えたので、私は傘をさし出して、「おれは洋服だからかまわない」

実は店続きの明るい燈火《あかり》に、さすがの私も相合傘には少しく恐縮したのである。

「じゃ、よくって。すぐ、そこ」と女は傘の柄につかまり、片手に浴衣の裾を思うさま捲《まく》り上げた。

これが「私」と「お雪」との出合いであった。これから毎晩のように二人の交際が始まる訳である。幾度も言うように、どこにも物語性が顔を出さず、随筆風な淡々とした描写が繰り拡げられて行くばかりだ。こういう女の描写にかけては、この作者は非凡の腕を持っている。いや、その非凡さをさえ感じさせないのである。

「急に痛くなったの。目が廻りそうだったわ。腫れてるだろう」と横顔を見せ、「あなた、留守番していて下さいな。私今のうち歯医者へ行って来るから」

「この近所か」

「検査場のすぐ手前よ」

「それじゃ公設市場の方だろう」

「あなた、方々歩くと見えて、よく知ってるんだねえ。浮気者」

「痛い。そう邪慳にするもんじゃない。出世前の体だよ」

「じゃ、頼むわよ。あんまり待たせるようだったら帰って来るわ」

「お前待ち待ち蚊帳《かや》のそと……という訳か。しようがない」

そんな会話もある。

お雪は座布団を取って、窓の敷居に載せ、その上に腰をかけて、暫く空の方を見ていたが、「ねえ、あなた」と突然私の手を握り、「私、借金を返しちまったら、あなた、おかみさんにしてくれない」

「おれ見たようなもの、しようがないじゃないか」

「ハスになる資格がないッて言うの」

「食べさせることが出来なかったら、資格がないね」

そんな会話もある。

「今に夕立が来そうだな」

「あなた、髪結さんの帰り……もう三月《みつき》になるわネエ」

私の耳には、この「三月になるわネエ」と少し引き延ばしたネエの声が何やら遠い昔を思い返すとでも言うように無限の情を含んだように聞きなされた。「三月になります」とか「なるわよ」とか言い切ったら平常《つね》の談話に聞えたのであろうが、ネエと長く引いた声は詠嘆の音《おん》というよりも、寧ろそれとなく私の返事を促すために遣《つか》われたもののようにも思われたので、私は「そう」と答え掛けた言葉さえ飲み込んでしまって、ただ目容《まなざし》で応答をした。

お雪は、毎夜路地へ入り込む数知れぬ男に応接する身でありながら、どういう訳で初めて私と逢った日のことを忘れずにいるのか、それが私にはあり得べからざることのように考えられた。初めての日を思い返すのは、その時のことを心に嬉しく思うがためと見なければならない。しかし、私はこの土地の女が私のような老人《としより》に対して、尤《もつと》も先方では私の年を四十歳ぐらいに見ているが、それにしても好《す》いたの惚れたのと言うような、若《も》しくはそれに似た柔かく温《あたた》かな感情を起し得るものとは、夢にも思っていなかった。

そんな心理の説明もある。作者は言う。「お雪はあの土地の女には似合わしからぬ容色と才知とを持っていた」

お雪は窓に坐っている間は、その身を卑しいものとなして、別に隠している人格を胸の底に持っている。

私は若い時から脂粉の巷《ちまた》に入り込み、今にその非を悟らない。或時は事情に捉われて、かの女《おんな》達の望むがまま家に納《い》れて箕帚《きそう》を把《と》らせたこともあったが、しかしそれは皆失敗に終った。かの女達は一たびその境遇を替え、その身を卑しいものではないと思うようになれば、一変して教うべからざる懶婦《らんぷ》となるか、然らざれば制御し難い悍婦《かんぷ》になってしまうからであった。

お雪はいつとはなく、私の力によって境遇を一変させようという心を起している。懶婦か悍婦かになろうとしている。お雪の後半生をして懶婦たらしめず、悍婦たらしめず、真に幸福なる家庭の人たらしめるものは、失敗の経験にのみ富んでいる私ではなくして、前途に猶多くの歳月を持っている人でなければならない。しかし今、これを説いても、お雪には決して分ろう筈がない。お雪は私の二重人格の一面だけしか見ていない。私はお雪の窺《うかが》い知らぬ他の一面を暴露《ばくろ》して、その非を知らしめるのは容易である。それを承知しながら、私が猶躊躇しているのは、心に忍びないところがあったからだ。これは私を庇《かば》うのではない。お雪が自らその誤解を悟った時、甚だしく失望し、甚だしく悲しみはしまいかということを私は恐れていたからである。

これは偽らざる「私」の告白であろう。


お雪は窓から立ち、茶の間へ来て煙草へ火をつけながら、思い出したように、「あなた、あした早く来てくれない」と言った。

「早くって、夕方か」

「もっと早くさ。あしたは火曜日だから診察日なんだよ。十一時にしまうから、一緒に浅草へ行かない。四時頃までに帰って来ればいいんだから」

私は行ってもいいと思った。それとなく別盃《べっぱい》を酌《く》むために行きたい気はしたが、

新聞記者と文学者とに見られて、またもや筆誅《ひっちゅう》せられることを恐れもするので、

「公園は工合の悪いことがあるんだよ。何か買うものでもあるのか」

「時計も買いたいし、もうすぐ袷だから」

「暑い暑いと言ってるうち、本当にもうじきお彼岸だね。袷はどのくらいするんだ。店で着るのか」

「そう。どうしても三十円はかかるでしょう」

「そのくらいなら、ここに持っているよ。一人で行って誂《あつら》えておいでな」

と紙入れを出した。

「あなた、本当」

「気味が悪いのか。心配するなよ」

私は、お雪が意外の喜びに目を見張ったその顔を、長く忘れないようにじっと見詰めながら、紙入れの中の紙幣《さつ》を出して茶ぶ台の上に置いた。

最後に、荷風は「私小説」では満足出来ず、次のようなことを書き添えている。

「濹東綺譚」は、ここに筆を擱《お》くべきであろう。しかしながら、若しここに古風

な小説的結末をつけようと欲するならば、半年或いは一年の後、私が偶然思い掛けないところで、既に素人《しろと》になっているお雪に巡り合う一節を書き添えればよいであろう。なおまた、この偶然の邂逅をして更に感傷的ならしめようと思ったなら、摺れちがう自動車とか、或いは列車の窓から、互に顔を見合わしながら、言葉を交わしたいにも交わすことの出来ない場面を設ければよいであろう。楓葉荻《てき》花秋《か》は瑟々《しつしつ》たる刀禰河《とねがわ》あたりの渡し船で摺れちがうところなどは、殊に妙であろう。

何が妙なものか。そんな真似をされずに済んで、「濹東綺譚」は完全に「私小説」のよさを完うすることが出来た。散文詩人の作者に最も似つかわしい形態の抒情詩として終りを飾ることが出来たことを私は喜ぶ。

佐藤春夫と言い、小島政二郎と言い、彼を崇拝している人間の真心が通じない不思議な人間がいたものだ。私は近付かなかったからまだいい。佐藤は何年間か親炙《しんしや》して、その間《かん》ずっと彼の笑顔に騙されて、――実際は彼の崇拝の真心なんか少しも

通じていないばかりか、最後に残酷な悪口《わるぐち》を「日記」に書かれて佐藤が激怒したのも無理はない。私も、何の言われもないのに、無実の悪声を六回も書かれた。世の中に、人の真心がありのままに心の鏡に写らない人くらい哀れな人間はいまい。殊に、芸術家の場合、この欠陥は致命的だ。

彼にあっては、一度何かで彼の感情を傷つけたが最後、それまで彼に尽くした親切も、恩誼《おんぎ》も、一切水の泡となって、彼一流の名文という武器を揮《ふる》って、ある事ない事をまことしやかに書き立てて止まないのだ。彼の「日記」の中で、最大の被害を受けているのは、小山内薫であろう。彼よりも先きに死んだ者は災難だ。死人に口なしで、得たりとばかり面《おもて》を向けん様《よう》もないくらい罵詈《ばり》讒謗《ざんぼう》の限りを尽くしている。プライヴェートの日記だから、何を書こうと遠慮はいらない。但し、「断腸亭日乗」はいつかは公刊されることを意識して編輯され且つ書かれているのだから、結局、巧みな二面作戦を実行している訳である。

人がその人を崇拝してくれるということは、その人の一生にとって稀有《けう》なことだと私などは思っている。崇拝される人よりも、崇拝する人の方が必ずしも下位の人であるとは限らない。谷崎潤一郎に於ける佐藤春夫の場合のように、尊敬して近付いた春夫から、谷崎の方がいろいろ根本的な文学上の目を開かされたことは人の知る通りである。同時に、春夫も、谷崎との交遊によって生活的にも文学的にも忘れることの出来ないよき裨益《ひえき》を得たことも語り草となって残っている。

そういう人の真心を感じ取ることの出来なかった荷風は、日本には珍しいエゴイストであった。だから、彼には本当の親友がなく、本当の恋人もなかったのは当然であったろう。

このエゴイストが、物語作家にならず、本当の小説家となって、彼の好きなボードレールのように生活上の真と美、善と悪とに直面したら、曽つて日本になかったような悪徳と罪悪の深刻な作家が初めて生まれたのではなかったかと思う。

私はフランス語が読めず、従ってボードレールも読んでいないが、アナトール・フランスの「ボードレール論」を読んだところによると、荷風はボードレールの最も大切な部分を読み取っていないようだ。

今、私はフランスの「ボードレール論」を翻訳して御覧に入れる時間がない。が、最後の一句を引用すれば、

「なるほど、人としてのボードレールは嫌悪《けんお》すべき人間であるという説に私も同意する。しかし、彼は詩人であった。それ故神で——いや、神に比すべきものであった」

荷風が、ボードレールのように、自己の個性に忠実に人生と取ッ組み合って、血みどろになって、――そうすれば、物語作家になんかなっていられず、いやでも真の小説家になって一生を貫かずにいられなかったろう。そういう意味では、荷風は大事な一生を誤った。

あとがき

昔読んだのであら方忘《かた》れてしまったが、この世の中に不変なものは何一つないとモンテーニュが言っていたように思う。批評なんて、不安定な、気紛れなもので、ポケットに物差を持っていないからと言って、その人を非難することは出来ない。

私の好きなフランスの批評の大家ジュール・ルメートルが、その実例のように、彼が若い頃、ヴィクトル・ユーゴーのリズムと魔力とに目も耳も満たされていたが、今日ではユーゴーの精神なんか、自分にとっては異国人のようなものだと言い切っている。ミュッセの詩にも一時涙ぐむ程夢中になっていたが、今日では再び読み返す気にもなれない。

要するに、「よき批評というのは、いろいろの傑作の中で自分自身の魂がさまざまの冒険をする、その一部始終を語ることだ」とアナトール・フランスが言っている。ルメートルは「現代作家」八巻のどの一冊にも、このフランスの言葉をモットーとして巻頭に印刷している。

私は、この「小説　永井荷風」の中で、荷風がアメリカでモーパッサンの洗礼を受けたことを仕合せだと書いた。同時に、日本の自然主義の文学運動の波を直接身に浴びなかったことの不幸をも書いた。前者については詳しく書いたが、後者に関しては少ししか書かなかった。

鷗外も、漱石も、日本の自然主義の運動を間違いだとして反対した。が、「虞美人草」や「坑夫」を書いていた漱石が、なぜ「道草」のような現実小説を書くようになったのか。鷗外がなぜ「カズイスチカ」や「ヴィタ・セクスアリス」のような現実小説を書くようになったのか。

日本自然主義の影響以外に理由はないと私は信じている。荷風も、日本にいてこの自然主義の揺すぶりに逢っていたら、帰朝以後のような現実離れのした自然主義以前のような古臭いプロットのある小説は書かなかったろうと思うと、残念でならない。

彼の「日記」が語っているように、荷風は日本には珍らしい血の冷たいエゴイストである。荷風に親譲りの財産がなく、彼の好きなボードレールのように、原稿料で生活して行かなければならない作家であり、いやでも応でも、あのエゴイズムを剝《む》き出《だ》しにして現実を生活しなかったことを私はかえすがえすも、彼のためにも、日本文壇のためにも、大きな損失だったと思う。いや、それが本当の小説家の生き方なのだ。

漱石に「道草」を書かせ、鷗外に「渋江抽斎」を書かせたように、荷風に彼自身のエゴイズムがいかに現実生活と悪戦苦闘したかを書かせたら、日本にたった一人の特異な小説家が生まれ出たと思うのだ。財産があったばかりに、彼独得のエゴイズムを直接現実生活に接触する機会をなからしめ、逃避の、一人よがりの、隠居のような、趣味の生活に一生を終らせたことは、一生を誤ったとしか思えず、あたら才能を完全に発揮させず一生を終らせたことは、幾ら考えても残念で残念で仕方がない。

荷風は一種の名文家に違いない。しかし、鷗外が「渋江抽斎」で自分の文体を完成したように、また徳田秋声が「のらもの」で彼の文体を完成したように、荷風は彼自身の文体を完成しずに終った。若し彼が私の言うように、彼の性格で現実の人生を生活したら、恐らく彼の好きなボードレールのように、彼自身の本当の名文を生んだであろう。

そういう意味でも、私は彼が性格そのもので生活と取り組まなかったことを取り返しの付かぬ大きな失敗だったと思わずにいられない。

昭和四十七年十月三十一日

小島政二郎

追記

著者あとがきの日付を見て「オヤ？」と思った方も多いと思いますが、これは決して誤植ではなく、昭和四十七年十月三十一日は墓標のようなものになってしまったのです。

その頃、政二郎は永井荷風との問題と熱心に取り組んでいました。東京「上野のれん会」刊のタウン誌「うえの」に「下谷生れ」、続いて昭和四十五年から連載の「百叩き」で永井荷風の「断腸亭日乗」にまつわる話を二十三回から七回にわたって展開していました。

これを読んだ読売新聞の（竹）氏が昭和四十七年七月二十三日のコラム「風知草」で「……この数回、永井荷風との交渉を荷風の日記と照らしあわせて検討していて、興味がある。（以下略）」として取り上げて下さいました。

その「百叩き」（昭和四十八年八月北洋社刊）のあとがきに「世の中というものは

不思議なもので、この本のように仕合せな本もあれば、私の『小説　永井荷風』のように、校正も終わって製本も出来ようという時になって、永井家の許可が得られずに、……」とあるように出版出来なくなってしまったのです。

それから三十数年たって鳥影社の百瀬氏から「小説としても資料価値としても素晴らしい」と評価して頂き、是非わが社でと申し入れをうけました。これが縁で幻の作品であった「小説　永井荷風」が今日、日の目を見る事になりました。

誠に作者冥利、平成六年三月に彼岸に旅立って行った政二郎もきっと喜んでいると思いますが、残念ながら元の著者原稿がなく、テキストが当時の「ゲラ刷り」でありましたので、鳥影社のスタッフのご苦労は並大抵ではなかったようで、皆々様のお骨折りなくしては完成しなかったのではなかろうかと、今更ながら改めて感謝しております。

心残りは引用した参考文献を明記出来なかった事です。

何分、出版が頓挫してから三十数年、すなわち著者が寝たきりになって二十数年、死後十数年もの年月が経過しており、今となっては「不明」とせざるを得ない状態なのであります。深くお詫びするしか方便がございません。平にご容赦のほどお願い申し上げます。

平成十九年七月十六日

小島嘉寿子代理

稲積光夫《イナヅミテルヲ》（小島政二郎・甥）

解説　一期一会

加藤典洋

この本は小島政二郎が書いた永井荷風の評伝である。小島政二郎といういまの人はもう知らないかもしれない。私が十代だったころ、すでに十分に古い人だった。なにしろ一八九四年に生まれ、一九九四年に百歳で亡くなっている。芥川龍之介の同時代人である。三田の大学生のころ、生意気にも「一流の文士が、どんなに間違った文字を書き、誤った仮名遣いをしているか」実例をあげて難じる文を書いた。するとふれたなかで最長老の森鷗外から書状がくる。「拝呈、小生仮名遣ノ誤謬御指摘下サレ謝シ奉リ候」。三田慶應義塾内三田文学会小島宛の手紙を、授業を受けていると、塾僕がもってくるのである。

「裏を返すと、「団子坂、森林太郎」とあり、一ト目見るなり私は五体が顫えて来て、授業が済んで親の家へ帰って来るまで止まなかった。夜が来ても、どうしても封が切れなかった」。「内容を読むに及んで、私は、する資格のないものが「してはならぬこと」をしたという悔いと恐縮とを切々と感じた」。「私は先生の手紙によって、全然知らなかったことを知った。初めて小さな窓を開いて、学問の広い絶景の一部をチラッと覗かせてもらったような気がした。」

東京下町の呉服屋に生まれ、旧制の中学生で自然主義にふれ、その後読んだハイカラな荷風の文学に憧れ、荷風に教えられたいばかりに慶應大学に進み、文学者になる。なぜ自然主義に動かされたか。「私の父は、どうしても私が小説家になることを許してくれなかった。中学を卒業したばかりの青年にも、そういう親と子の衝突があった」。そういうとき自然主義文学の示す人間性に迫る「新らしい道徳」が自分を動かした。衝突してみて、古い道徳は、権力者に都合のよい作り物だとしか思えなかった、——と書いている。

歌舞伎や落語、花柳界などの世界に通じた都会的な青年が、なぜ格好の悪い地味な地方出の花袋、秋声、藤村の自然主義文学に動かされたか。漱石なども物足りなかった。高浜虚子の短編集『鶏頭』序文に「余裕文学の有難味を説いているが、私たちは一笑に付した」。このようなとき、「あめりか物語」をひっさげて文壇に登場した新帰朝者の永井荷風が輝いてみえた。読んで、一気にこの人について小説家になりたい、と彼は思う。

このだいぶ不思議な荷風の評伝は、一九七二年、小島が七十七歳のときに書き終えられている。そのまま出版されるはずが、内容が正直にすぎ、過激すぎたため、荷風の遺族の怒りを買って二〇〇七年まで活字にならなかった。荷風がある芸者と「壮吉、命」「こう、命」の入れ墨をしあった顚末、荷風が書いているのとはまったく異なるその背景の事実等、驚くべきことがらがあっさりと書かれている。荷風の『断腸亭日乗』の記述の嘘八百のいろいろなども、当時の友人の話、当事者からの直話等を通じて、例証される。でも、読んでいて一向にいやな気持ちにならないのは、ここに浮かびあがる荷風がとんでもない嘘つき、卑怯で臆病な冷血漢でありつつ、魅力あふれるエゴイスト文学者であることをやめないからである。荷風の卑小さよりも、小島の文学への愛が勝っている。それでこの本は、肺腑をえぐる、巻置くあたわざる、すぐれた荷風論、荷風評伝となった。

小島にも荷風にもさして詳しくない私が、なぜこの解説を書いているのか、というと、その理由は高校生のときに芥川龍之介との交遊を描いた、この人の『眼中の人』という評伝ふうの作品を読んだからである。それがやけに面白かった。深く心に残ったのだ。この本をもとに、久世光彦が『蕭々館日録』という作品を書いているといえば、人生の機微にふれる、その面白さの質もわかってもらえるだろう。荷風について書かれたこの本も、二〇〇七年にようやく世に出ると、丸谷才一、川本三郎などの読み巧者がこぞってほめそやしている。なかで、私から年の近い鹿島茂の評が、いま一番私の気持ちに沿う。曰く、「高校生のときに読んだ評伝風の芥川龍之介論がおもしろかった記憶があったので、これもいけるのではないかとカンが働いたのだが、果たせるかな、大傑作であった。いや驚いた」。そしてこう書いている。「ではどこがいいのかといえば、まず、荷風の評伝であると同時に、小島政二郎自身の文学的自叙伝となっていること」である、と。

私も、いま著者七十代で書かれたこの本を六十代の目で読んで、老年にして人生の初心が失われていないことの意味を考える。この人の本を最初に読んだ高校生のころのことを思い出す。東京が未知のものへの憧憬につつまれていた大正時代に、一人の青年が荷風を慕って三田に進み、文学者馬場孤蝶に英語を叩き込まれ、フランス語にも苦闘し、文学的な知己をえて、だんだん見聞を広めていく。そしてその後、荷風に「褒められたい」ばかりに礼讃の論を書くが、正直が幸いして一点、鋭い批判を加えたばかりに、「怒りを買」い、嘲られる。要は相手が悪すぎる。荷風とはとんでもなく臆病で卑怯で嘘つきで下劣な人なのである。それでも荷風への崇拝は消えない。そのさまは、読んでいて、ジュール・ベルヌの冒険小説を読むように楽しい。

　それでいて、これまでの荷風観を根本から揺るがす、新奇な荷風像の提示もある。そしてそれが、十分に鋭い。

　小島は書いている。

「臆病な彼に、（文学への――引用者）信仰を貫く真理を教えたのは、アメリカにおける彼の生活の累積だ」。「一度でも彼の書斎に通ったことのある人は、彼の坐っている手近の柱に中ぐらいのソロバンがぶらさがっているのを覚えているだろう。これは彼がアメリカで身につけた勤勉のシンボル以外の何物でもない」。

　荷風はアメリカで一人で生活した。銀行に勤めながら直接フランスの自然主義文学にふれ、独学で学んだ。それが彼の幅の広い、日本の自然主義文学の主張臭のないのびやかな作風を作った。しかし、帰国後の幸運なデビューとこれに続く例のない人気と声望、そして畏怖してやまなかった父の早すぎる死からもたらされた莫大な遺産が、荷風を生活の惨めさから遠ざけ、徐々に弛緩させる。すると、日本で自然主義の洗礼を受けなかった先の幸運が、今度は文学的な不幸の原因となる。自分では江戸の戯作者流に「身を落と」したつもりで、結局は、文学的に頽落し、江戸文学にではなく、日本の自然主義文学が闘った紅葉、鏡花流に堕してしまう。それをぐっていない弱さが、彼を、「身を落とした」つもりで単に「堕落した」だけの戯作者流にさせるのである。だから、もしこの弛緩がなかったなら日本の文学は荷風によってほんとうの意味での冷血で好色でエゴイストの文学をもつことができただろう。惜しむべし。これが小島の結論である。

大逆事件に声をあげることができなかったのが文学者として恥ずかしい、「以来私は自分の芸術の品位を江戸戯作者のなした程度まで引き下げるに如《し》くはないと思案した」と述べた名高い荷風の「花火」も、ひかれている。でもそれへの論評はない。ただ、それを機に、荷風の「言文一致体の文章」が変わったと指摘し、そのことを丁寧に例証している。そういう空白が、この定説に動かされてきた私のような読者にはなかなかに意味深い。ゆるやかな解毒剤として、作用してくる。

荷風の強さは「面従腹非」のしぶとさと「負けなさ」にあった。それは「不決断の中でじっとしている」『戦争と平和』のロシアの将クツーゾフの強さだ。芥川は、荷風は「西遊日誌抄」だけ、といい、他は一切評価していなかった、など、面白い逸話、寸言の類に事欠かない。文学者と否とを問わず、さまざまな無名に近い人々への同情も心に残る。

もうこういう人は出てこないのではないか。ひとつの国の青春期に、ときおり現れる、幸福で透徹した素直さをもつ常識を手放さない文学の徒と、異常で冷血で一点で高貴でもあったかもしれない文学者との一期一会の出会いが、この本の肝である。

本書は、二〇〇七年九月鳥影社より刊行されました。

なお、本文中の引用文に、「荷風全集」との異同が多々見受けられますが、著者の参照とした文献が不明のためそのままとしました、他の引用文もそれに準じました。

荷風さんの戦後　半藤一利

戦後日本という時代に背を向けながらも、自身の生活を記録し続けた永井荷風。その孤高の姿を愛情溢れる筆致で描く傑作評伝。（川本三郎）

荷風さんの昭和　半藤一利

破滅へと向かう昭和前期。永井荷風は驚くべき適確さで世間の不穏な風を読み取っていた。時代風景の中に文豪の日常を描出した傑作。（吉野俊彦）

東京の文人たち　大村彦次郎

漱石、荷風から色川武大まで東京生まれの文人一〇〇人のとっておきのエピソードを集め、古き良き東京の面影を端正に描き出す、文庫書き下ろし。

時代小説盛衰史（上）　大村彦次郎

中里介山「大菩薩峠」から司馬遼太郎の登場まで、時代小説の栄枯盛衰を豊富なエピソードと味わい深い語り口で描く。大衆文学研究賞・長谷川伸賞受賞。

時代小説盛衰史（下）　大村彦次郎

名作誕生の背景や秘話、大きな役割を果たした挿絵画家や、作家と苦楽を共にした編集者など、作品にまつわる人間像を掘り起こした好著。（坂崎重盛）

文壇挽歌物語　大村彦次郎

太陽族の登場で幕をあけた昭和三十年代。編集者の目から見た戦後文壇史の舞台裏。『文壇うたかた物語』『文壇栄華物語』に続く〈文壇三部作〉完結編。

文壇さきがけ物語　大村彦次郎

大正の終わりから戦前戦後と、長きに渡り文藝編集者として活躍した楢崎勤の一生を追うことで描かれる昭和文壇草創期の舞台裏。（川本三郎）

茨木のり子集　言の葉（全3冊）　茨木のり子

しなやかに凜と生きた詩人の歩みの跡を、詩とエッセイで編んだ自選作品集。単行本未収録の作品なども収め、魅力の全貌をコンパクトに纏める。

女子の古本屋　岡崎武志

女性店主の個性的な古書店が増えています。カフェを併設したり雑貨も置くなど、独自の品揃えで注目の各店を紹介。追加取材して文庫化。（近代ナリコ）

昭和三十年代の匂い　岡崎武志

テレビ購入、不二家、空地に土管、トロリーバス、くみとり便所、少年時代の昭和三十年代の記憶をたどる。巻末に岡田斗司夫氏との対談を収録。

みみずく古本市　由良君美

博覧強記で鋭敏な感性を持つ著者が古本市に並べるのは時を経てさらに評価を高めた逸品ぞろい。新刊書に飽き足らない読者への読書案内。（阿部公彦）

私の文学漂流　吉村昭

小説家への夢はいくら困窮しても、変わることはなかった。同志である妻と逆境を乗り越え、太宰賞を受賞するまでの作家誕生秘話。（稲葉真弓）

東京の戦争　吉村昭

東京初空襲の米軍機に遭遇した話、寄席に通った話。少年の目に映った戦時下・戦後の庶民生活を活き活きと描く珠玉の回想記。（小林信彦）

回り灯籠　吉村昭

きれいに死を迎えたい。自らが描き続けてきた歴史上の人物のように、潔く死と向き合い、決然とした態度を貫いた作家の随筆集。（曾根博義）

東京骨灰紀行　小沢信男

両国、谷中、千住……アスファルトの下、累々と埋もれる無数の骨灰をめぐり、忘れられた江戸・東京の記憶を掘り起こす鎮魂行。（黒川創）

いい子は家で　青木淳悟

母、兄、父、家事、間取り、はては玄関の鍵の仕組みまで、徹底的に「家」を描いた驚異の「新・家族小説」。一篇を増補して待望の文庫化。（豊崎由美）

うたの心に生きた人々　茨木のり子

こんな生き方もあったんだ！　破天荒で、反逆精神に溢れ、国や社会に独自の姿勢を示し、何より詩に賭けた四人の詩人の生涯を鮮やかに描く。

倚りかからず　茨木のり子

もはや／いかなる権威にも倚りかかりたくはない……話題の単行本に3篇の詩を加え、高瀬省三氏の絵を添えて贈る決定版詩集。（山根基世）

内田百閒集成（全24巻）　内田百閒

飄飄とした諧謔、夢と現実のあわいにある恐怖。磨きぬかれた言葉で独自の文学を頑固に紡ぎつづけた内田百閒の、文庫による本格的集成。

突然のキス　植島啓司

谷崎、川端、太宰、三島、吉行から村上龍、京極夏彦、川上弘美まで22人の作家を取り上げ、魅力的で不可解なヒロインの行動に迫る。（斎藤綾子）

尾崎翠集成（上）　尾崎翠　中野翠 編

鮮烈な作品を残し、若き日に音信を絶った謎の作家・尾崎翠。この巻には代表作「第七官界彷徨」をはじめ初期短篇、詩、書簡、座談を収める。

尾崎翠集成（下）　尾崎翠　中野翠 編

時間とともに新たな輝きを加えてゆく尾崎翠の文学世界。下巻には『アップルパイの午後』などの戯曲、映画評、初期の少女小説を収録する。

カラダで感じる源氏物語　大塚ひかり

エロ本として今なお十分使える『源氏物語』。リアリティを感じる理由、エロス表現の魅力をあまさず暴き出す気鋭の古典エッセイ。（小谷野敦）

源氏の男はみんなサイテー　大塚ひかり

『源氏』は親子愛と恋愛、「愛」に生きる人たちの物語だった。それは現代の私たちにも問いかける。幸せって何？と。（米原万里）

沈黙博物館　小川洋子

「形見じゃ」老婆は言った。死の完結を阻止するために形見が盗まれる。死者が残した断片をめぐるやさしくスリリングな物語。（堀江敏幸）

尾崎放哉全句集　村上護 編

「咳をしても一人」などの感銘深い句で名高い自由律の俳人・放哉。放浪の旅の果て、小豆島で破滅型の人生を終えるまでの全句業。（村上護）

文学賞メッタ斬り！　大森望　豊崎由美

文学賞って何？　受賞すれば一人前？　芥川・直木賞から地方の賞まで、国内50余の文学賞を稀代の読書家二人が徹底討論。（枡野浩一）

読んで、「半七」！　岡本綺堂　北村薫／宮部みゆき編

半七捕物帳には目がない二人の選んだ傑作23篇を二分冊で。「半七」のおいしいところをぎゅぎゅっと凝縮！　お文の魂／石燈籠／勘平の死／ほか。

せどり男爵数奇譚　梶山季之

せどり＝掘り出し物の古書を安く買って高く転売することを業とすること。古書の世界に魅入られた人々を描く傑作ミステリー。（永江朗）

名短篇、ここにあり　北村薫　宮部みゆき 編

読み巧者の二人の議論沸騰し、選びぬかれたお薦め小説12篇。となりの宇宙人／冷たい仕事／隠し芸の男／少女架刑／あしたの夕刊／網／誤訳ほか。

ちくま文庫

小説《しょうせつ》　永井《ながい》荷風《かふう》

二〇一三年十一月十日　第一刷発行

著　者　小島政二郎（こじま・まさじろう）
発行者　熊沢敏之
発行所　株式会社　筑摩書房
東京都台東区蔵前二―五―三　〒一一一―八七五五
振替〇〇一六〇―八―四一二三
装幀者　安野光雅
印刷所　三松堂印刷株式会社
製本所　三松堂印刷株式会社

乱丁・落丁本の場合は、左記宛にご送付下さい。
送料小社負担でお取り替えいたします。
ご注文・お問い合わせも左記へお願いします。
筑摩書房サービスセンター
埼玉県さいたま市北区櫛引町二―六〇四　〒三三一―八五〇七
電話番号　〇四八―六五一―〇〇五三

ISBN978-4-480-43116-5　C0193